Charlotte Jacobi

Die Douglas-Schwestern – Das Paradies der Düfte

PIPER

AF638480

Charlotte Jacobi

Die Douglas Schwestern

Das Paradies der Düfte

Roman

PIPER

Mehr über unsere Autorinnen, Autoren und Bücher: www.piper.de

Wenn Ihnen dieser Roman gefallen hat, schreiben Sie uns unter Nennung des Titels »Die Douglas-Schwestern – Das Paradies der Düfte« an *empfehlungen@piper.de*, und wir empfehlen Ihnen gerne vergleichbare Bücher.

Von Charlotte Jacobi liegen im Piper Verlag vor:
Elbstrand-Saga (Serie)
Die Kuchenkönigin von Straßburg (Serie)
Perlen-Saga (Serie)
Blütenweiße Träume – Die Persil-Saga
Heldin der Gezeiten – Eine Schwimmerin. Ein Ziel. Ein weltweiter Erfolg.
Die Parfümerie:
Band 1: Die Douglas-Schwestern
Band 2: Die Douglas-Schwestern – Das Paradies der Düfte
Band 3: Die Douglas-Schwestern – Die Parfümerie der Träume

Inhalte fremder Webseiten, auf die in diesem Buch hingewiesen wird, macht sich der Verlag nicht zu eigen und übernimmt dafür keine Haftung.

MIX
Papier | Fördert gute Waldnutzung
FSC® C083411

PRODUZIERT MIT VERANTWORTUNG

Originalausgabe
ISBN 978-3-492-31822-8
1. Auflage September 2022
2. Auflage September 2025
© 2022 Piper Verlag GmbH, Georgenstraße 4, 80799 München, *www.piper.de*
Für direkten Kontakt und Fragen zum Produkt wenden Sie sich an: *info@piper.de*
Redaktion: Kerstin von Dobschütz
Satz: Eberl & Koesel Studio GmbH, Altusried-Krugzell
Gesetzt aus der Adobe Garamond Pro
Druck und Bindung: CPI books GmbH, Leck
Printed in the EU

ÜBERSICHT DER WICHTIGSTEN FIGUREN

Familie Harders

Catharine Hertha Marie Johanna Harders (* 20. November 1900 in Hamburg), Parfümverkäuferin

Alma Lucie Thea Harders (* 19. Januar 1905 in Hamburg), Parfümverkäuferin, Herthas jüngere Schwester

Johannes Harders (* 10. September 1871 in Kellinghusen, Kreis Steinburg), Kunstmaler

Helene Harders, geborene Franzen (* 23. Februar 1875 in Altona), Salonière

Familie Carstens

Maria Margarethe »Marie« Carstens (* 1. August 1876 in Kellinghusen), Parfümeriebesitzerin

Anna Dorothea Carstens (* 26. September 1879 in Kellinghusen), Maries Schwester, Parfümeriebesitzerin

Julius Christian Karstadt (* 12. Mai 1885 in Dresden), Prokurist, Annas Verlobter

Odile Carstens, geborene Dubois (* 12. Mai 1861 in Straßburg), Stiefmutter der Carstens-Schwestern

Familie Schalt

Eugenie Anna Schalt (* 6. Mai 1897 in Danzig), Verkäuferin

Adolf Hermann Schalt (Geburtsdatum und -ort nicht ermittelt), Eugenies Vater, Schuhmacher, wohnhaft in Danzig

Emilie Albertine Schalt, geborene Roesler, (Geburtsdatum und -ort nicht ermittelt), Eugenies Mutter

Familie Lambert

Pauline Lambert, geborene Dumas (* 28. Juli 1854 in Grasse), pensionierte Parfümeriebesitzerin, Kunstmalerin

Bernadette Dumas, geborene Coquard (* 15. August 1838 in Grasse, † 1. September 1880 in Grasse), Paulines Mutter

Philippe Lambert (* 14. Juli 1872 in Grasse), Buchbinder, Paulines Sohn

Alexandre Lambert (* 7. November 1848 in Grasse), Journalist, Paulines Ex-Mann

Marcel Lambert (* 20. Januar 1864 in Grasse), Neffe von Paulines Ex-Mann

Berta Edith Kolbe, geborene Krekeler (* 26. August 1880 in Höxter), Seifenfabrikantin, Marcels Lebenspartnerin

Jakob Silberstein (* 1. März 1858 in Grasse), Pianist, einstiger Liebhaber von Pauline

Familie Wang

Anjing Wang (* 29. Januar 1901 in der Hafenstadt Guangzhou, Provinz Guangdong), Übersetzer bei der HAPAG, Koch

Rulan Wang (* 11. Oktober 1899 in der Hafenstadt Guangzhou, Provinz Guangdong), Masseurin, Anjings Schwester

Xu Li Wang (* 29. November 1855 in der Hafenstadt Guangzhou, Provinz Guangdong), Buchhändler, Anjings Onkel

In Berlin

Elise Charlotte Marie »Liselotte« Nagelschmidt, geborene Peter (* 9. August 1887 in Belgard, Westpreußen), Kosmetikfabrikantin und Schönheitsberaterin bei der Elise Bock GmbH

Elise Bock, geborene Heidecke (* 23. Februar 1866 in Gröningen, Krs. Oschersleben), Gründerin der Moderne Toiletten Kunst Elise Bock

Ludwig Scherk (* 1. Mai 1880), Kaufmann und Drogist

Alice Scherk (* 11. Februar 1888), geborene Carsch, seine Frau, ausgebildete Sängerin

Walter Scherk (* 8. März 1913), ihr älterer Sohn

Fritz Scherk (* 26. Februar 1918), ihr jüngerer Sohn

Marta Ginschor (* 1897), Expedientin in der Firma Scherk

In New York

Karl Vollmoeller, eigentlich Karl Gustav Vollmöller (*7. Mai 1878 in Stuttgart), Autor, Unterstützer von:

Anna May Wong (*3. Januar 1905 als Wong Liu-tsong, in Los Angeles, Kalifornien), amerikanische Schauspielerin

Josephine Baker (*3. Juni 1906 als Freda Josephine McDonald in St. Louis, Missouri), Tänzerin

Emma Arévalo, geborene Wenz (*30. März 1902 in Hamburg), Ehefrau von:

Capitán Javier Esteban Arévalo (*27. November 1864 in Iquique, Chile), Salpeterbaron

Weitere Personen

Franz Georg Mülder (*19. Dezember 1899 in Schüttorf), Buchhalter

Wilhelm »Willi« Baumann (*4. Dezember 1897 in Altona), Landschaftsgärtner

Elisabeth Henriette »Henny« Henckel (*18. September 1878 in Billwärder an der Bille), Französischlehrerin

Emil von Seggern (*7. Oktober 1885 in Oldenburg), Vermieter, in gehobener Position bei »Krupp«

Robert Bethge (*24. Juni 1898 in Wanne), Polizeiassistent

Knuth Fedder (*5. September 1875 in Altona), Polizeioberwachtmeister

Uwe Hauer (*22. Juli 1874 in Wansbeck), Bootsmann

Hinnerk Carlos Nieland (*28. Mai 1895 in Schleswig), Reeder

Wilhelm »Willy« Brix alias Håkon William Heger (*25. Januar 1895 in Rüde bei Glücksburg), Hinnerks Prokurist

Eugène Fuchs (*6. Oktober 1861 in Ecully), Notar

Miklós »Niki« László, geborener Nicholaus Leitner (*20. Mai 1903 in Budapest), Theaterautor

Fritz von der Höh (*5. Juni 1896 in Wanne), Reichsbahn-Lokomotivführer-Anwärter

Arnold Friedrich Georg Diestel (*2. März 1857 in Valparaíso, Chile), Senator und Erster Bürgermeister in Hamburg

Clara Luise Marie Emma Sophie Claudine Mathilde Gräfin zu Castell-Rüdenhausen (*15. Oktober 1861 in Sutten)

Anna Magdalena »Marlene« Kleinert, geborene Sutor (*22. Juli 1878 in Regensburg), Inhaberin Lübecker Detektiv- und Auskunftsbüro

PROLOG

1876

»Orangenduft!«

Das war es, was Pauline Lambert, geborene Dumas, als Erstes wahrnahm. Für die Kopfnote, so wusste die zweiundzwanzigjährige Frau in dem weißen Sommerkleid, nutzte man intensiv duftende Stoffe, die sich allerdings rasch verflüchtigten. Häufig wurden hierfür leichte Zitrusaromen wie Grapefruit und Mandarine, Bergamotte oder aber fruchtig-süße Noten gewählt. Parfüms, so hatte Pauline gelernt, bestanden aus verschiedenen Duftnoten, die ihre Wirkung erst innerhalb eines zeitlichen Ablaufs komplett entfalteten. Jede einzelne Phase setzte sich aus wenigstens fünf Ingredienzen zusammen, somit wies ein Parfüm mindestens fünfzehn Bestandteile auf.

»Der Duft der Kopfnote entscheidet meist, ob das Parfüm den eigenen Vorlieben entspricht oder nicht«, zitierte sie die Worte ihres Mentors, des alten Parfümeurs Monsieur Gaillard. Alles, was er ihr im Laufe der Jahre über die Kreation von Parfüms erzählt hatte, befand sich in einem Notizbüchlein, das sich Pauline eigens zu diesem Zweck besorgt hatte.

Heute saß der schlaksige Greis an seinem Marktstand vor der schlanken Frau mit dem flachsblonden Haarknoten, die ihren vierjährigen Sohn Philippe dabeihatte. Wie seit Jahrzehnten verkaufte Gaillard hier seine Seifen und Parfüms aus eigener Herstellung. Auch kunstvoll gestaltete Trockenblumensträuße hatte er im Angebot. Pauline bewunderte ihn schon seit Kindertagen, und nach Erledigung ihrer Einkäufe gönnte sie sich oft noch einen Plausch mit dem Parfümeur, der inzwischen nahezu blind war.

Pauline hatte die Augen freiwillig geschlossen, während er sie an einem roten Flakon schnuppern ließ, der geformt war wie ein gläsernes Schneckenhaus. Im Geiste ging sie den Duftablauf durch, wie er nach Monsieur Gaillards Worten in ihrem Notizbuch festgehalten war. Auf die Kopfnote folgte die Herznote. Diese Mittelnote kam erst zur Geltung, wenn die erste bereits verflogen war. Durch ihren intensiven Duft gab die Herznote dem Parfüm seinen eigentlichen Ausdruck. Dafür wurden oftmals fruchtige Duftstoffe wie etwa Apfel, Himbeere, Pflaume oder Kokos verwendet. Auch blumige Düfte eigneten sich sehr gut für die Kreation der Herznote, so hatte Pauline gelernt. »Düfte sind die Gefühle der Blumen«, so hatte laut Monsieur Gaillard einst ein deutscher Dichter geschrieben. Doch in diesem Fall erkannte sie etwas anderes: »Pfirsich?«

Der Alte nickte zufrieden und hielt Paulines kleinem Sohn Philippe ebenfalls das Fläschchen hin, der aber nur das Näschen krauste und fand: »Das stinkt.«

Seine Mutter war peinlich berührt, doch der Parfümeur lachte und erklärte: »Für Kinder sind diese Düfte zu stark.« Dann fragte er: »Und die Basis?«

Sie wusste, dass die Basisnote den Abschluss des Duftablaufs bildete und auch erhalten blieb, wenn die Kopf- und die Herznote schon verflogen waren. Sie wurde meist von stark duftenden Ölen gebildet. Eine besondere Intensität wiesen zum Beispiel Patschuli und Vanille auf. Doch bei dem Parfüm in dem Schneckenflakon erkannte Pauline eine andere Basis: Jasmin. Die Gewinnung von Duftbausteinen war nicht nur aufwendig, sondern auch überaus teuer. So wurde ein Liter des kostbaren Jasminöls aus einer Tonne Blüten gewonnen. Dies erklärte, warum hochwertige und lang anhaltende Düfte ihren Preis hatten – und warum Pauline sie sich nicht leisten konnte.

Sie bedauerte das zutiefst, nicht nur, weil sie dieses Parfüm auf Anhieb liebte, sondern auch, weil sie dem alten Monsieur Gaillard durch einen Kauf gern gezeigt hätte, wie sehr sie seine neueste Kreation bewunderte.

»Es riecht himmlisch«, schwärmte sie, als sie die Augen öffnete und blinzelnd auf den Marktplatz von Grasse im Licht der Morgensonne sah. Bedauernd musste sie hinzufügen: »Leider hat mein Mann mir verboten, irgendetwas anderes zu kaufen als die nötigsten Nahrungsmittel – und seine Zigarren.«

Tja, ihr strenger Gatte Alexandre. Er war Journalist, schrieb unter anderem für das Wochenblatt *Journal de Grasse et de l'arrondissement.* Nachdem Paulines Vater vor sechs Jahren im Deutsch-Französischen Krieg gefallen war, hatte sie sehr getrauert. Da war sie froh gewesen, dass der anfangs so galante Alexandre Lambert, der im selben Haus wie ihre Familie im Dachgeschoss wohnte, sie mit seinem Werben von ihrem großen Verlust abgelenkt hatte. Er hatte sich als versierter Verführer entpuppt – irgendwann war Pauline ungewollt schwanger geworden, und sie hatten heiraten müssen. Zu spät erst hatte sie schließlich Alexandres wahren Charakter erkannt. Nach der Hochzeit war sie von ihm gezwungen worden, ihn von früh bis spät zu bedienen. Ihre Mutter, die seit dem Tod des Vaters an Schwermut litt, war mit Paulines sieben jüngeren Geschwistern ohne ihre Hilfe allerdings völlig überfordert. Noch kurz vor dem Ableben ihres Mannes war Bernadette Dumas, geborene Coquard, ein siebtes und letztes Mal schwanger von ihm geworden. Und so kam es, dass Paulines jüngste Geschwister, zwei Zwillingsmädchen, erst fünf Jahre alt waren. Es zehrte oft enorm an Paulines Kräften, Alexandres Forderungen und die Bedürfnisse ihrer großen Familie unter einen Hut zu bringen.

»Maman, gehen wir bald nach Hause?«, maulte nun ihr eigener Sohn Philippe, dem der Markt langweilig zu werden schien.

»Erst muss deine Mutter noch ihr Geschenk in Empfang nehmen«, erwiderte Monsieur Gaillard. Er reichte Pauline erneut den – diesmal geschlossenen – roten Schneckenhausflakon. »Alles Gute zum Geburtstag!«

»Das wissen Sie noch?«, staunte sie.

Ihr Mann Alexandre hatte heute Morgen keine Anstalten gemacht, ihr zu gratulieren. Sie wusste nicht, ob er es vergessen hatte oder einfach nur schlechter Laune war. Die hatte er morgens nämlich häufig – und meist eigentlich auch für den Rest des Tages.

»Die Maman ist jetzt zweiundzwanzig, und ich werde nächstes Jahr schon fünf«, erklärte ihr Sohn dem alten Parfümeur.

Sie strich dem Kleinen liebevoll über den strohblonden Haarschopf. Er war wirklich der einzige Grund, warum sie es noch bei ihrem Mann aushielt.

Sie wandte sich wieder Monsieur Gaillard und dem Fläschchen in ihrer Hand zu, welches rot in der Sonne glänzte. »Das kann ich doch nicht annehmen.«

»Sie müssen, der Duft ist für Sie persönlich zusammengestellt«, entgegnete der Parfümeur. »Letztes Jahr waren Sie gezwungen, sich selbst einen Blumenstrauß zum Geburtstag zu kaufen, ich erinnere mich genau.«

Das hatte auch sie nicht vergessen – schon allein, weil Alexandre abends wegen des Geldes für den Strauß einen furchtbaren Wutanfall bekommen hatte.

»Tausend Dank, Monsieur Gaillard, ich werde mich im November an Ihrem Geburtstag revanchieren«, sagte Pauline gerührt und sah hinüber zu Obsthändler Aubry, wo ihre zwei fünfjährigen Schwestern sowie deren sechsjähriger Bruder mit großen Augen auf die Berge dunkelroter Kirschen starrten.

»Jeanne, Marion, Claude, kommt! Wir müssen die Zigarren für Onkel Alexandre besorgen.«

»Aber die Kirschen sehen so lecker aus«, befand die kleine Marion mit flehendem Blick.

»Die können wir uns nicht leisten«, wiederholte ihr Bruder Claude den Satz, den er zu Hause zu Paulines Bedauern viel zu oft von den Erwachsenen hörte.

Die Verabschiedung von Monsieur Gaillard musste schneller vonstattengehen als gewünscht, denn ein Blick zur Kirchturmuhr machte Pauline klar, dass sie sich schon viel zu lang auf dem Markt aufgehalten hatten. Und kurz darauf ließ ein weiterer Blick – diesmal auf den Zettel an der Ladentür des Tabakhändlers Fournier – sie befürchten, dass sie noch später nach Hause kommen würden als befürchtet: »Wegen Krankheit geschlossen.«

Sie musste Alexandres Zigarren also woanders besorgen.

»Kommt, Kinder, wir gehen in die Rue Amiral de Grasse.«

In jener Straße gab es ein zweites Rauchwarengeschäft, welches die kubanischen Romeo y Julieta führte, die ihr Mann bevorzugte.

Auf dem Weg dorthin hörte sie plötzlich das seit zehn Jahren beliebte Lied *Les temps des cerises.* Eine jung klingende Männerstimme sang mit Klavierbegleitung von der Kirschenzeit – ausgerechnet. Das dürfte ihren Geschwistern die verlockend dunkelroten Früchte auf dem Markt wieder ins Gedächtnis zurückrufen.

Das leer stehende kleine Geschäft, aus dessen offener Tür die Musik drang, übte eine seltsame Anziehungskraft auf Pauline aus. In den beiden Schaufenstern hatten einst Musikinstrumente gestanden. Sie wusste, dass der alte Noten- und Instrumentenhändler Monsieur Silberstein um Ostern herum gestorben war; sie hatte die Traueranzeige in der Zeitung gesehen. Wer hier wohl auf seinem Flügel spielte?

»Das Lied von den Kirschen ist schön«, flüsterte Philippe seiner Mutter zu.

Und ehe sie ihm antworten konnte, rannte der Junge einfach hinein in Richtung der Musik.

Er reagierte nicht auf ihr Rufen, sie musste wohl oder übel hinterher. Auf ein Klopfen gegen die offene Ladentür kam keine Antwort, Gesang und Klavier übertönten es offenbar. Zögerlich folgten ihre drei kleinen Geschwister Pauline in die Geschäftsräume.

Da sie aus dem grellen provenzalischen Sonnenlicht kamen, wirkte drinnen alles sehr düster, und es dauerte einen Moment, bis Paulines Augen sich daran gewöhnt hatten.

Sie hörte, wie Klavierspiel und Gesang endeten und die Männerstimme amüsiert fragte: »Na, wer bist du denn, kleiner Mann?«

»Ich bin der Philippe Lambert«, stellte sich ihr Sohn vor – genau in dem Augenblick, als seine Mutter an der einstigen Verkaufstheke vorbei in ein unerwartet geräumiges und lichtdurchflutetes Hinterzimmer gegangen war. Dort stand der blonde Junge vor einem Flügel, an dem ein drahtiger junger Herr in Sandalen, Stoffhosen und weißem Hemd saß. Widerspenstige dunkle Locken fielen ihm in das lächelnde Gesicht, als der Knabe erklärte: »Ich mag dein Lied von den Kirschen.«

Nun bemerkte der Mann Pauline.

»Guten Morgen, entschuldigen Sie bitte«, beeilte sie sich zu sagen und bemerkte dabei, wie fasziniert die dunklen Augen des Pianisten zu ihr aufsahen. »Mein Sohn ist einfach hineingerannt.«

»Das nehme ich als Kompliment«, entgegnete der Herr am Klavier und erhob sich, um ihr die Hand zu reichen. »Er hätte bei meinem Gesang ja auch die Flucht ergreifen können.«

»Mein Name ist Pauline Lambert«, stellte sie sich hastig vor.

»Jakob Silberstein«, entgegnete er.

»Silberstein? Dann war der Instrumentenhändler …?«

»Mein Großvater, ja«, bestätigte er.

»Oh, mein Beileid.«

Nun traten die Zwillingsmädchen und ihr Bruder Claude hinter Pauline in das Zimmer.

Jakob sah die drei Kinder erstaunt an. »Sind das auch Ihre?«

Sie schüttelte amüsiert den Kopf. »Nein, das sind meine Geschwister. Wir sind insgesamt acht.«

Der junge Klavierspieler sah vorsichtig in den einstigen Verkaufsraum hinter ihr. »Kommen die restlichen auch noch?«

Daraufhin konnte sie nicht umhin, aufzulachen. »Nein, keine Angst, wir waren heute nur zu fünft auf dem Markt. Und jetzt müssen wir noch zu Tabakhändler Marais.«

»Oh, wenn ich darf, begleite ich Sie«, meinte er. »Ich wollte mir die Zeitung besorgen, darin hab ich eine Anzeige zum Verkauf des Ladens aufgegeben. Mal sehen, wie sie herauskommt.«

Als sie mit den Kindern das einstige Geschäft verlassen hatten und in Richtung Tabakladen gingen, drehte sich Pauline noch einmal mit einem bedauernden Blick um. »Wie schade um die schönen Räume.«

»Ich werde sie auch vermissen«, gab Jakob zu. »Vor allem, weil ich bei meinen Eltern keinen Platz für den Flügel habe. Das ist natürlich sehr schade. Darauf hat Grand-père mir das Klavierspielen beigebracht. Und heute gebe ich selbst Unterricht.«

»Dann wird das Instrument mitverkauft?«, vergewisserte sich Pauline.

Jakob nickte. »Das hoffe ich doch. Ich würde mir wünschen, dass die Räume an jemanden gehen, der den Flügel zu schätzen weiß – und ihm weiter sein Zuhause gönnt.«

»Bei mir wäre das der Fall«, meinte Pauline. »Ich habe immer davon geträumt, einen eigenen Laden zu haben. Für Parfüms. Selbst kreierte. Aber ich habe nicht mal genug Geld, um den Kindern Kirschen zu schenken.«

»Ich hätte die Räume auch gern behalten«, gab Jakob wehmütig zu. »Solange ich dort Zeit verbringen konnte, war mein Großvater irgendwie noch nicht ganz fort. Aber meine Eltern haben das Geld für den Verkauf schon verplant – eigentlich mehrfach.«

Inzwischen waren sie am Tabakladen angekommen. Beim alten Monsieur Marais erstand Jakob die Zeitung, Pauline die Zigarren für ihren Mann.

Draußen vor dem Geschäft blätterte er zu den Kleinanzeigen und fand schließlich seine eigene Annonce.

Pauline sah ihn fragend an. »Ist alles korrekt?«

Er nickte ernst. »Da steht es nun schwarz auf weiß: eine Erinnerung an meinen Großvater weniger.«

»Vielleicht ist er auch gar nicht dort«, sagte Pauline und deutete auf den leeren Instrumentenladen am Anfang der Gasse, um den Finger dann sanft auf Jakobs linke Brust zu legen, »sondern hier.«

»Sie sind sehr lieb«, sagte er mit belegter Stimme. »Ich hoffe, wir begegnen uns einmal wieder.«

Sie hatte inzwischen bemerkt, dass Jakob Silberstein unter der Verkaufsanzeige eine weitere Annonce hatte drucken lassen, in der er Klavierstunden anbot.

»Ich wollte immer lernen, wie man spielt«, erzählte sie. »Sobald ich es mir leisten kann, melde ich mich bei Ihnen.«

»Ich könnte Ihnen auch …«, setzte Jakob an, da zerrte Philippe am Arm seiner Mutter. »Maman, wir müssen los, Papa wartet auf seine Zigarren.«

Da hatte er leider recht. Pauline reichte Jakob zum Abschied die Hand, und als er sie drückte, bekam sie trotz der sommerlichen Hitze eine Gänsehaut. Er sah noch jünger aus als sie – und sie war zudem ja auch bereits verheiratet –, aber es ließ sich nicht leugnen, wie sehr er ihr gefiel. Ebenso wenig wie die Tatsache, dass sie ihn wohl nie wiedersehen würde.

Als Pauline mit den Kindern vor dem Mietshaus ankam, in dem sie mit ihrer Familie und Alexandre wohnte, wartete ihre Mutter Bernadette sichtlich nervös vor der Tür. Das war kein gutes Zeichen.

Pauline eilte zu ihr und konnte die dunklen Ränder unter den Augen in dem ausgemergelt wirkenden Gesicht erkennen.

»Wo bleibt ihr denn?«, zischte Bernadette.

»Monsieur Fournier hatte wegen Krankheit geschlossen, ich musste Alexandres Romeo y Julieta in der Rue Amiral de Grasse holen«, erklärte Pauline. »Ist er sehr böse?«

»Er tobt.« Bernadette flüsterte, damit es die Kinder nicht hörten. »Soll *ich* ihm die Dinger lieber hochbringen?«

Doch ihre Tochter schüttelte den Kopf. »Das mache ich schon selbst«, sagte sie und nahm die Zigarren aus dem Korb mit den Markteinkäufen, den sie daraufhin ihrer Mutter reichte.

Die sah ihr mitleidig nach, als Pauline sich auf den Weg hinauf zu Alexandres winziger Dachgeschosswohnung machte, die sie seit der Hochzeit vor knapp fünf Jahren miteinander teilten.

Wieder einmal fühlte die junge Frau sich wie auf dem Weg zum Schafott. Sie konnte sich die Ohrfeige schon jetzt vorstellen, die Alexandre ihr verpassen würde. Eine von jenen, für die er weit ausholte, die ihr die Tränen in die Augen schießen und die Ohren sirren ließen.

Sie schloss die Tür zur Mansarde auf.

»Alexandre, ich bin zurück«, rief sie.

Er saß an seiner Schreibmaschine. Wie immer war er auch zu Hause adrett gekleidet. Anzug, Krawatte, das rote Haar mit Pomade zurückgekämmt, auch der Schnäuzer bestens gepflegt.

»Monsieur Fournier war krank, da musste ich …«, begann sie, doch er unterbrach sie, indem er ungeduldig neben sich auf den Tisch schlug.

»Sei froh, dass du heute Geburtstag hast«, knurrte er, ohne von seiner Schreibmaschine aufzusehen, während sie mit zitternden Fingern die hölzerne Zigarrenschachtel auf die Stelle der Mahagoniplatte legte, auf die er zuvor seine Faust hatte krachen lassen.

Das war also sein Geburtstagsgeschenk? Sie ausnahmsweise nicht zu schlagen?

Einige Minuten später saß Pauline in der Küche und prostete mit der Kaffeetasse ihrer Spiegelung im Fenster zu. »Alles Gute, Pauline.« Sie musste sich wach halten, es lag noch ein arbeitsreicher Tag vor ihr, zunächst stand die Zubereitung des Mittagessens für neun Personen an. Doch für einen Augenblick wollte sie sich eine winzige Flucht gönnen. Liebevoll strich sie mit den Fingern über Jakobs Annonce für Klavierstunden, die sie in der Zeitung auf dem Küchentisch wiederentdeckt hatte. Und dann öffnete sie Monsieur Gaillards Schneckenhausflakon, schloss die Augen und ließ das Duftgemisch seinen Zauber verbreiten. Pauline Lambert träumte sich in ein neues Leben.

TEIL 1

1920

1

Hier wurde die Nase verwöhnt! Ein Hauch der Wohlgerüche, die am Sonnabend im Verkaufsraum probiert worden waren, lag immer noch als angenehm sanfte Mischung in der Luft. Die einzelnen Parfüms hatten vorgestern natürlich noch intensiver gerochen, als die Verkäuferinnen mit den Kunden versucht hatten, einen Duft – *den* Duft! – zu finden, der zu ihnen passte. Hertha Harders liebte es, bei diesem Auswahlprozess zu beraten. Die Neunzehnjährige half schon seit Kindertagen in der Parfümerie ihrer Patentanten Marie und Anna Carstens aus. Douglas hieß dieses Paradies der Düfte am Neuen Wall im Zentrum Hamburgs. Der Name war bei der Eröffnung 1910 in der Hansestadt bereits bestens etabliert gewesen, die beiden Besitzerinnen hatten ihn sich von der Firma einer befreundeten Seifenfabrikantin geliehen. Und am heutigen 24. Mai 1920 feierte das Geschäft an der Hamburger Binnenalster sein zehnjähriges Bestehen. Lange hatte es so ausgesehen, als werde die Parfümerie diesen Tag nicht mehr erleben. Durch den Großen Krieg waren Herthas Patinnen ab 1914 nämlich finanziell arg ins Schlingern geraten. In Zeiten des größten Mangels hatten die Douglas-Schwestern, wie sie allenthalben genannt wurden, ihr Geschäft zeitweise sogar schließen müssen. Es war nur der jüngeren von Herthas Patentanten, Anna Carstens, und deren großem Wirtschaftswissen zu verdanken, dass daraus kein Dauerzustand geworden war.

Nach einer etwas bescheidenen Wiedereröffnung im vorigen Jahr sollte die Feier zum Jubiläum der Gründung heute für mehr Furore sorgen. Zufrieden sahen sich Hertha und ihre fünfzehnjährige Schwester Lucie in dem Laden um. Zusammen mit ihren Patinnen und der Ausbilderin Eugenie Schalt hatten sie am gestrigen Sonntag ganze Arbeit geleistet: Die gläsernen Regale und Parfümfläschchen in allen Farben und Formen glitzerten und funkelten miteinander um die Wette, die Stuckdecke war auch von den kleinsten Staubpartikelchen befreit worden und sah aus wie frisch gestrichen.

An den wenigen Wänden, an welchen keine Parfümflakons zur Schau gestellt wurden, befanden sich Gemälde der blumenreichen Landschaften rund um Grasse, der französischen Stadt der Düfte. Marie Carstens hatte die Bilder einst von einer Reise dorthin mitgebracht.

Herthas Schwester Lucie sah besorgt durch das Schaufenster hinaus, während sie sich die rotblonden Locken zurechtrückte, die auf dem Weg von der U-Bahn hierher trotz ihres Regenschirms feucht geworden waren. »Hoffentlich war das der letzte Schauer für heute.«

»Bestimmt, die Sonne kommt ja schon durch«, entgegnete Hertha zuversichtlich und überprüfte in einem verspiegelten Regal ebenfalls den Sitz ihres kinnlangen, in akkuraten Wellen frisierten braunen Haars.

Einmal mehr fiel ihr auf, dass ihre hochmodisch gekleidete Schwester wesentlich älter aussah als fünfzehn. Manche hielten die etwas höher gewachsene, schlanke Lucie sogar für die Ältere.

Da ertönte das vertraute Bimmeln des Glöckchens über der Ladentür, die daraufhin etwas schwerfällig geöffnet wurde. Die beiden Schwestern erblickten eine alte Dame mit weißem Haarknoten. Sie trug einen leichten Sommermantel und stützte sich auf einen hölzernen Gehstock, dessen Griff die Form einer goldenen Rose hatte. Ob dieser Knauf aus echtem Gold war, vermochte Hertha nicht zu sagen. Auch die Kleidung der grazilen Greisin schien derart aus der Zeit gefallen, dass man nicht einschätzen konnte, ob sie einst teuer gewesen war. Doch als Hertha zu ihr eilte, um die Tür aufzuhalten, bemerkte sie, wie gepflegt die Dame duftete. Nach Vanille und einer weiteren, exotischeren Note, welche die Verkäuferin nicht eindeutig auszumachen vermochte. Das wäre ihrer Schwester Lucie gewiss sofort gelungen, denn sie war von ihnen beiden die Duftexpertin, die »Nase«.

»Vielen Dank, Mademoiselle«, sagte die Alte, und das Funkeln ihrer veilchenblauen Augen sowie ein charmantes Lächeln verliehen ihr etwas fast Mädchenhaftes.

Der Akzent war unüberhörbar, daher ahnte Hertha, um wen es sich bei diesem ersten Jubiläumsgast handelte, und sie fragte auf Französisch nach: »Sind Sie Madame Lambert?«

Nun bewährte es sich, dass Marie und Anna Carstens ihren Patentöchtern und deren Ausbilderin Eugenie Schalt einen Sprachkurs bei einer Lehrerin aus Harburg bezahlt hatten. Sie waren der Meinung gewesen, falls Lucie und Hertha eines Tages den Laden übernehmen sollten, wäre es gut, wenn sie mit den zahlreichen Duftlieferanten aus Frankreich in deren Muttersprache verhandeln könnten. Sie selbst waren dank ihrer aus dem Elsass stammenden Stiefmutter ohnehin zweisprachig aufgewachsen. Und zur Übung sprachen sie regelmäßig Französisch mit ihren Verkäuferinnen.

Die alte Dame schien erleichtert, dass Hertha dessen mächtig war, und antwortete ebenfalls in ihrer Muttersprache: »Ja, die bin ich.«

Nun hatte Hertha die Gewissheit, dass es sich um Pauline Lambert handelte, Marie Carstens' alte Mentorin aus Grasse, der Welthauptstadt des Parfüms. Sie war die Tante des Bankiers Marcel Lambert, dem langjährigen Partner der Geschäftsführerin der Douglas Seifenfabrik, Berta Kolbe. Berta war es gewesen, von der die Carstens-Schwestern vor zehn Jahren die Lizenz erhalten hatten, den etablierten Namen Douglas auch für ihre Parfümerie zu verwenden.

Pauline Lambert erklärte Hertha nun: »Eigentlich wollten mein Neffe und Berta Kolbe mich am Bahnhof abholen, aber der Nachtzug hatte Verspätung, und wir haben uns wohl verpasst, deshalb bin ich mit einer Droschke gekommen. Ich hatte gehofft, die beiden hier anzutreffen.«

»Noch sind sie nicht da«, erklärte Hertha bedauernd.

Pauline Lambert sah sie fragend an. »Und Marie Carstens?«

»Sie müsste jeden Augenblick hier sein«, beruhigte Hertha die Französin, von der ihre Arbeitgeberin erzählt hatte, dass sie in Grasse einst eine eigene, wunderschön eingerichtete Parfümerie betrieben hatte. »Wo haben Sie denn Ihr Gepäck?«

»Das hat der Fahrer freundlicherweise schon in das Haus meiner Schwiegertochter an der Elbchaussee gebracht«, antwortete Madame Lambert und betrachtete mit mildem Lächeln einige besonders ungewöhnlich geformte Flakons sowie die auf den Gemälden an den Wänden wiedergegebene Blütenpracht – eine wahre Farbexplosion.

»Die alten Parfümfläschchen und Bilder stammen von Ihnen, nicht wahr?«, erinnerte Hertha sich an die Erzählungen ihrer Arbeitgeberin Marie.

»Ja, sie hingen in meiner eigenen Parfümerie in Grasse, und die alten Flakons hatten sich im Lauf der Jahre dort angesammelt«, erzählte Pauline Lambert. »Als ich mich vor einigen Jahren zur Ruhe setzen wollte, habe ich vieles Mademoiselle Marie vermacht. In meiner kleinen Wohnung war kein Platz für das alles. Und inzwischen habe ich ja noch mehr Zeit zum Malen, da platzen die Räume sowieso aus allen Nähten.«

»Ich liebe Ihre Bilder schon, seit Marie sie vor dem Krieg mitgebracht hat«, erzählte Hertha. »Besonders im grauen Winter kann man sich so richtig in sie hineinflüchten. Damals habe ich selbst angefangen zu malen, aber es ist mir nie gelungen, etwas so Wirkungsvolles herzustellen.«

Madame Lambert sah sie neugierig an. »Malen Sie heute auch noch?«

»Ich versuche es zumindest«, antwortete Hertha schüchtern. »Wenn ich die Zeit und die Muße dazu finde. Dann lässt mich mein Vater sein Atelier benutzen. Er ist auch Kunstmaler – und ein großzügiger und lieber Mensch. Wie Sie.«

»Oh, danke, Ihre Bilder würde ich gern einmal sehen«, meinte die betagte Künstlerin.

»Zwei von Herthas Werken hängen da hinten an der Tür zum Lager«, verriet Lucie, die dem Gespräch bisher nur zugehört hatte. »Meine Schwester ist sehr bescheiden, was ihre Malerei betrifft, aber die Fräulein Carstens wollten sie zumindest dort aufhängen dürfen.«

In diesem Augenblick klingelte das Telefon im Hinterzimmer, und Lucie eilte los, um das Gespräch anzunehmen.

Pauline Lambert machte sich indes auf den Weg zur Lagertür und bewunderte daneben zwei kleine gerahmte Bilder, beides Stillleben von Blumensträußen in Porzellanvasen. Die Farben der Blüten wirkten besonders strahlend, da Hertha den Hintergrund nahezu völlig schwarz gehalten hatte.

»Sehr ausdrucksstark, ein raffinierter Kontrast«, lobte Pauline. »Sie sollten das mit dem Malen weiterverfolgen. Die Verwirklichung dieses Traums muss Ihrer Arbeit in der Parfümerie nicht widersprechen. Es soll zumindest schon Menschen gegeben haben, die beides unter einen Hut gebracht haben«, spielte sie verschmitzt lächelnd auf sich selbst an.

Da kam Lucie aus dem Hinterzimmer zurück. Am besorgten Gesichtsausdruck ihrer Schwester bemerkte Hertha sofort, dass etwas nicht stimmte.

»Das war Ihr Neffe, Madame«, wandte Lucie sich an Pauline Lambert, ihrerseits auf Französisch. »Er und Berta Kolbe hatten einen Unfall.«

***

Eugenie Schalt freute sich über die Sonne, die nach dem morgendlichen Regenschauer zwischen den Wolken hervorblinzelte. Die dreiundzwanzigjährige Verkäuferin warf einen letzten Blick auf die malerische Alster und den Pavillon an deren Ufer, strich sich eine Strähne ihres flachsblonden Haars aus dem Gesicht und überquerte dann den Neuen Wall, um auf den Eingang der Parfümerie zuzueilen.

Sie schüttelte vor der Glastür ihren Regenschirm aus, als sie hinter sich eine rauchige Stimme hörte, die ihr vage bekannt vorkam. »Guten Morgen, Fräulein Schalt.«

Sie drehte sich um und erblickte Oberwachtmeister Knuth Fedder in Begleitung eines jüngeren Kollegen, den sie noch nie gesehen hatte. Er war sehr hochgewachsen, bestimmt über einen Meter neunzig, hatte kurzes braunes Haar und ein Paar faszinierende dunkle Augen, die eine gewisse Unsicherheit ausstrahlten. Diese verlieh ihm trotz seiner Größe und der muskulösen Brust etwas Zerbrechliches. Eugenie fand den Mann derart anziehend, dass sie befürchtete, sie würde ihn anstarren. Rasch wandte sie sich daher an den wesentlich kleineren Mittvierziger neben ihm: »Guten Morgen, Herr Oberwachtmeister. Wie geht es dem Rücken?«

Fedder rieb sich seinen Oberlippenbart und lächelte. »Bestens, der Hexenschuss ist besiegt.« Er deutete auf den schönen Hünen an seiner Seite. »Das hier ist mein neuer Kollege Polizeiassistent Bethge, kam aus dem Ruhrgebiet zu uns.«

»Freut mich«, sagte der Uniformierte mit tiefer, aber unerwartet leiser Stimme.

»Ebenso«, erwiderte Eugenie aufrichtig.

Der junge Polizeiassistent sah die Verkäuferin so seltsam bestürzt an, dass sie nervös wurde und den Blick senkte.

»Wie man hört, gibt es bei Ihnen heute ein großes Jubiläum zu feiern?«, wandte sich Fedder wieder an sie.

»Ja, zehn Jahre haben die Fräulein Carstens jetzt durchgehalten«, versetzte Eugenie nicht ohne Stolz.

»Nun, da … dann ist es vielleicht gut, dass ich Sie zuerst treffe«, sagte der Oberwachtmeister ein wenig stockend. »Ich habe nämlich leider keine allzu guten Nachrichten.«

Eugenie wurde augenblicklich von vager Sorge erfasst. »Worum geht es denn?«

»Erinnern Sie sich an Uwe Hauer?«

»Natürlich.« Eugenie erschauderte. Bei der Erwähnung des Namens kam ihr augenblicklich das Zeitungsfoto eines hageren, kahl geschorenen Matrosen mit tief liegenden

Augen in den Sinn. »Das ist der Einbrecher, den Fräulein Anna im Hinterzimmer einsperren konnte.«

Der Dieb hatte seinerzeit schon zwei weitere Läden ausgeraubt, unter anderem jenes Herrenausstattungsgeschäft, das damals noch Anna Carstens' Verlobter im Nachbarhaus ihrer Parfümerie betrieben hatte. Ihm hatte Anna das Leben gerettet, indem sie den Räuber ausgetrickst und ins Hinterzimmer eingeschlossen hatte. Hauer hatte ihr bei seiner Verhaftung durch die Polizei Rache geschworen.

»Genau der«, versicherte Fedder. »Da er sich vor sechs Jahren freiwillig an die Front gemeldet hat, wurde er vorzeitig aus dem Kittchen entlassen.«

Eugenie erinnerte sich noch daran, dass vor knapp einem Jahr ein kahl geschorener Mann erst vor der Parfümerie und dann bei der Beerdigung des Vaters der Carstens-Schwestern aufgetaucht war. Damals hatten sie bereits gefürchtet, Hauer sei zurückgekehrt, um sich an Anna zu rächen. Doch schließlich war zu ihrer aller Freude herausgekommen, dass es sich bei dem Mann nicht um den diebischen Matrosen gehandelt hatte, sondern um Annas tot geglaubten Verlobten: Julius Karstadt. Er war über ein halbes Jahr nach Kriegsende endlich aus einem französischen Lazarett entlassen worden und hatte sich der Familie zunächst vorsichtig genähert. Aber nun trieb also doch der einstige Einbrecher Uwe Hauer wieder sein Unwesen.

»Ist er denn noch auf freiem Fuß – oder wurde er wieder straffällig?«, erkundigte Eugenie sich beunruhigt.

»Nun ja, in gewisser Weise beides«, meinte Fedder, und sein jüngerer Kollege ergänzte: »Ein Tabakhändler hat den Kerl 1911 als Erster bei uns angezeigt. Und der wurde gestern von hinten niedergeschlagen, seine Tageseinnahmen ließ der Täter mitgehen. Allerdings hat Hauer für die Zeit ein Alibi.«

»War in einer Hafenspelunke am Saufen«, präzisierte der Oberwachtmeister. »Dafür hat er jede Menge Zeugen.«

»Natürlich weiß er, dass wir ihn auf dem Kieker haben, und würde einen solchen Raubüberfall nicht selbst wagen«, sagte der junge Bethge.

»Er könnte aber einem Komplizen den Auftrag gegeben haben, meinen Sie?«, führte Eugenie seinen Gedanken zu Ende.

Der Polizeiassistent nickte. »Ist vielleicht folgendermaßen gelaufen: Hauer liefert das Wissen über den Tabakladen. Findet raus, wann für seinen Kumpan der beste Zeitpunkt zum Zuschlagen ist, und später machen die beiden Vögel bei der Beute halbe-halbe.«

»Das wäre natürlich möglich«, stimmte sein älterer Kollege zu. »Und weil er auf Ihre Chefin hier ja auch noch ziemlich sauer sein dürfte, dachte ich, wir warnen Sie lieber vor. Immerhin verdankt Hauer Anna Carstens seine längste Zeit im Gefängnis.«

»Vorsicht wäre also angebracht«, betonte Bethge. »Der Dreckskerl scheint nachtragend zu sein wie ein Elefant. Den hat selbst die Front nicht geläutert.«

Eugenie nickte ernst. »Verstanden. Aber wenn Sie erlauben, sage ich es Anna erst heute Abend. Ich möchte ihr den Jubiläumstag nicht ruinieren.«

»Natürlich«, entgegnete der Oberwachtmeister, »wenn hier heute Nachmittag so viel los ist, werden sich Hauer und sein Komplize sowieso nichts trauen.«

Die Verkäuferin nickte. »Das denke ich auch.«

Sie sah durchs Schaufenster ins Innere der Parfümerie, wo ihre jüngere Kollegin Hertha und Lehrmädchen Lucie mit einer alten Dame sprachen. Im Augenblick waren sie hoffentlich wirklich noch nicht in Gefahr.

Bethge räusperte sich. »Also, ähm, bis zur Feier heute Nachmittag ist Ihre Parfümerie ja geschlossen, habe ich gelesen. Morgen ist aber wieder regulär geöffnet?«

Eugenie sah fragend zu ihm auf. »Ja, brauchen Sie etwas?«

»Na ja, meine Verlobte hat am Mittwoch Geburtstag«, berichtete er, und die Verkäuferin war ein wenig enttäuscht. Aber dass solch ein Bild von einem Mann vergeben war, davon hätte sie ja eigentlich ausgehen müssen. Was sie wohl für eine Frau war, Bethges Verlobte?

»Ich hatte mir überlegt, sie mit einem Parfüm zu überraschen.«

Eugenie schluckte ihren Anflug von Eifersucht hinunter und sagte freundlich: »Wenn Sie wollen, kommen Sie doch jetzt einfach schnell mit hinein. Da Sie schon mal hier sind. Die Fräulein Carstens haben gewiss nichts dagegen, im Grunde haben wir gestern schon alles für die Feier vorbereitet.«

Zunächst blitzte ein erfreutes Lächeln in seinem schmalen Gesicht auf, dann sah er jedoch etwas verschüchtert in Richtung seines Vorgesetzten. »Ja, ähm …«

Fedder musste seinen Arm etwas strecken, um dem riesigen jungen Mann jovial auf die Schulter zu klopfen. »Machen Sie nur, Bethge. Was Sie haben, das haben Sie. Ich warte drüben am Kiosk, brauche sowieso erst mal meinen Kaffee und die Zeitung.«

Nun strahlte der junge Polizeiassistent Eugenie an, und sie bemerkte niedliche Lachfalten und Grübchen in seinem Gesicht.

»Na, dann kommen Sie mal mit hinein, Herr Bethge«, bot sie an, sein Lächeln erwidernd.

Da deutete Oberwachtmeister Fedder auf eine schwarze Limousine, die gerade am Neuen Wall zum Stehen kam.

»Oh, sehen Sie, da kommt Herr Karstadt junior mit den Douglas-Schwestern.«

Zu Eugenies Erstaunen saß auf dem Beifahrersitz neben Annas Verlobtem deren sonst so menschenscheue Stiefmutter. Würde die Patriarchin Odile Carstens sich etwa durchringen, zum Jubiläum erstmals die Parfümerie zu besuchen?

2

Als Erstes entstieg der Fahrer, Annas Verlobter Julius, dem Wagen. Er winkte Eugenie und dem jungen Polizeiassistenten zu, während er um das Automobil herumging, um auf der Beifahrerseite die Tür zu öffnen. Wie schnittig der Mittdreißiger in seinem edlen Anzug, mit dem zurückgekämmten hellbraunen Haar und seinen braungrünen Augen aussah, dachte Eugenie.

»Guten Morgen, Fräulein Schalt«, rief er in ihre Richtung und nickte dem Polizisten zu.

»Willkommen, Herr Karstadt«, erwiderte sie.

Nun stieg Odile aus, die zerbrechlich wirkende Stiefmutter der Douglas-Schwestern. Sie trug heute ein äußerst elegantes Kleid aus waldgrüner Seide. Ihr Gesicht schien dezent geschminkt – die Neunundfünfzigjährige sah ganz anders aus als im vorigen Jahr auf der Beerdigung ihres Mannes, bei der Eugenie die Dame das erste Mal getroffen hatte. Und lag da nicht ein Hauch Lippenstift auf ihrem Mund?

»Bonjour, Madame Carstens«, grüßte sie, während Odiles Stieftöchter Marie und Anna aus dem Fond stiegen. »Sie sehen blendend aus.«

»Maman, das ist unsere wunderbare Eugenie Schalt«, stellte Marie ihre Mitarbeiterin vor.

Odile nickte und lächelte scheu. »Bonjour, Mademoiselle, ich habe schon viel von Ihrem Verkaufstalent gehört«, sagte sie und sah dann bewundernd auf die Ladenfront mit den vielen Flakons hinter den Schaufensterscheiben. »Was für eine hübsche Fassade!«

»Das daneben war mal mein Herrenausstattungsladen«, erläuterte Julius Karstadt mit leicht wehmütigem Blick auf das Nachbargebäude, in dem sich inzwischen ein Hutgeschäft befand. »Bevor ich bei meinem Onkel in der Kaufhausverwaltung begonnen habe.«

Anna, die etwas molligere der beiden Carstens-Schwestern, legte tröstend den Arm um ihren Verlobten. »Du warst unser Nachbar, und dadurch haben wir uns kennengelernt. Dein Laden hat seinen Zweck also vollkommen erfüllt.«

Julius lächelte und küsste sie liebevoll auf die Wange.

In diesem Augenblick kam Hertha Harders aus der Parfümerie geeilt und wandte sich aufgeregt an Annas ältere Schwester: »Marie, Marie, Madame Lambert ist schon hier und wartet drinnen. Sie hat eine Droschke genommen. Ihr Neffe und Berta Kolbe – ein Lastwagen hat sie vor dem Bahnhof angefahren.«

»Um Himmels willen!«, rief Anna entsetzt, während Odile die Hand vor den Mund schlug und Marie sich bang erkundigte:

»Schlimm?«

Zu ihrer aller Erleichterung schüttelte Hertha den Kopf. »Berta hat sich das rechte Handgelenk gebrochen und Monsieur Lambert den linken Fuß. Er konnte selbst anrufen. Sie wollen rechtzeitig zur Eröffnung heute Nachmittag hier sein – aber wenn sie Gipsverbände bekommen, müssen die ja erst mal trocknen.«

»Gott, die Armen«, kommentierte Marie mitleidsvoll.

Odile sprach mit der für sie so typischen fatalistischen Grabesstimme: »Man ist nirgendwo sicher.«

»In der Parfümerie Douglas schon«, widersprach Marie und hakte ihre Stiefmutter unter. »Komm, Maman, Anna und ich zeigen dir endlich alles.«

Eugenie wusste, weshalb die gebürtige Straßburgerin Odile Carstens derart ängstlich war. Wie Anna ihr einst anvertraut hatte, war deren Stiefmutter als Kind von ihrem deutschen Onkel missbraucht worden. Erst seit Kurzem war die Dame dank einer modernen Therapie bei einem Psychologen überhaupt in der Lage, die Wohnung der Familie am malerischen Isebekkanal zu verlassen. Eugenie fröstelte bei dem Gedanken daran, was manche Männer Mädchen und Frauen antaten. Da fiel ihr der junge Polizeiassistent wieder ein, der etwas hilflos neben ihr stand. Dieser Mann, so schien es, konnte keiner Fliege etwas zuleide tun.

»Sollen wir dann auch, Herr Bethge? Ich bin mir sicher, wir finden einen passenden Duft für Ihre Verlobte.«

Der Polizist nickte dankbar und ließ sich von ihr in den Laden führen.

Kurz darauf war die Parfümerie Douglas von wildem Stimmengewirr erfüllt. Anna und Marie zeigten ihrer Stiefmutter Odile und der alten Madame Lambert das Ladeninnere, dazu erzählten sie einige Anekdoten. Begleitet wurden sie von Lucie Harders, die von der alten Pauline ausgesprochen fasziniert war.

Besonders interessiert zeigte sich die Französin an einem kleinen gekachelten Bereich mit Waschbecken, der sich hinter einem hohen Regal verbarg. Dort lagen einige frische Blüten, es gab Fläschchen und Phiolen mit verschiedenfarbigen Flüssigkeiten darin.

»Ihr stellt jetzt auch selbst Parfüms her?«, erkundigte sich Pauline erfreut.

»Ich habe es früher öfter probiert, aber es war einfach zu viel Tagesgeschäft zu erledigen«, seufzte Marie. »Die neuen Versuche sind von unserer jungen Lucie hier, sie ist mit ihren fünfzehn Jahren schon eine echte Nase.«

Lucie lächelte. »Bisher ist aber nichts entstanden, mit dem ich zufrieden war.«

»Das wird bestimmt noch kommen«, entgegnete Madame Lambert im Brustton der Überzeugung. »Wichtig ist, auch exotische Bestandteile zu verwenden, nicht nur die altvertrauten Düfte.«

»Wir halten Ihr Handbuch in Ehren.« Lucie deutete auf ein kleines Notizheftchen im Ledereinband. Sie nahm es von der Arbeitsplatte und reichte es der alten Dame, die es letztes Jahr Marie Carstens geschenkt hatte. »Das ist mir bei meinen Versuchen eine große Hilfe.«

Madame Lambert blätterte lächelnd durch die Seiten mit getippten Texten sowie handgefertigten Zeichnungen.

»Alles Wissen meines alten Mentors Monsieur Gaillard … Das Original war sogar handschriftlich«, erinnerte sich Pauline. »Das Gekrakel hätten Sie kaum lesen können. Außerdem ist das alte Büchlein nach der langen Zeit ganz zerfleddert – fast ein halbes Jahrhundert hat es auf dem Buckel.«

Als sie zurück in den Verkaufsbereich kamen, war Eugenie Schalt bereits dabei, den überfordert wirkenden Herrn Bethge zu beraten.

»Haben Sie ein Foto Ihrer Verlobten?«, erkundigte sie sich. »Dann kann ich mir besser vorstellen, was für ein Typ Frau sie ist.«

»Natürlich.« Bethge kramte nervös eine winzige Fotografie aus seinem Portemonnaie und reichte sie der Verkäuferin.

Blutjung war sie, die Auserwählte des schmucken Polizeiassistenten, gewiss noch nicht mal zwanzig. Doch ihr Blick hatte etwas Beifall heischendes, die Pose wirkte fast lasziv.

»Sehr hübsch«, sagte Eugenie höflich und griff nach einem kleinen Flakon. »Ein blumiger Klassiker könnte zu ihr passen. Das ist *Quelques Fleurs* aus dem Hause Houbigant. Das ursprüngliche Geschäft wurde schon 1775 gegründet. Jean-François Houbigant hat sogar Königin Marie-Antoinette von Frankreich beliefert.«

»Und er kam aus Grasse«, ergänzte Madame Lambert lächelnd, während der junge Polizist skeptisch an dem Flakon schnüffelte.

Eugenie sah ihn fragend an. »Sie wirken nicht begeistert?«

»Hm, ja«, sagte Bethge stockend, »vielleicht ist es doch etwas zu blumig für meine Emma.«

»Verstehe«, entgegnete die Verkäuferin und griff erneut ins Regal. »Dann vielleicht ein eher süß-würziger Duft.«

Sie reichte ihm ein schmales, tropfenförmiges Fläschchen mit platinfarbener Flüssigkeit darin.

»Das ist *L'Or* von Coty«, ergänzte sie und bemerkte aus dem Augenwinkel erstaunt, wie sich Pauline Lamberts Gesichtsausdruck verdunkelte.

Der Polizeiassistent hingegen begann zu strahlen, als er an dem Fläschchen roch. »O ja, das kann ich mir sehr gut an ihr vorstellen.«

Nun mischte sich auch Ladenbesitzerin Marie Carstens ins Gespräch: »François Coty habe ich vor zehn Jahren auf der Weltausstellung in Brüssel sogar persönlich kennengelernt. Ein meisterhafter Parfümeur.«

»Er ist genial, das stimmt. Und die Mitarbeiter seiner

Firma sind liebe Menschen«, räumte Pauline Lambert reserviert ein, »aber er selbst hat inzwischen leider eine grässlich faschistische Einstellung.«

Marie sah ihre alte Mentorin bestürzt an. »Kennen Sie Monsieur Coty denn auch persönlich?«

Pauline nickte und sagte bitter: »O ja, er ist ein guter Freund meines Mannes. Sie teilen dieselben politischen Ansichten. Und sie hassen beide die Juden.«

Hertha, Marie und Eugenie sahen einander besorgt an. Alle drei hatten bemerkt, dass die alte Parfümeurin und Künstlerin ungewohnt betrübt wirkte. Ob es am Unfall ihres Neffen und Berta Kolbes lag oder an unangenehmen Erinnerungen an ihren Ehemann und François Coty?

In diesem Augenblick wurde es recht hektisch im Geschäft, denn Anna begrüßte den Assistenten von Arnold Diestel. Letzterer war seit Februar Erster Bürgermeister Hamburgs und hatte zugesagt, heute zum Jubiläum der Douglas-Parfümerie eine kleine Rede zu halten. Seine rechte Hand, Peter Keller, ein Stadtrat mit Glatze und spitzer Nase, war von fast zwanghaft wirkender Akribie. Sein Gespräch mit Anna und Lucie zur Planung von Diestels Auftritt drohte zäh und langwierig zu werden. Eugenie plauderte beim Verpacken das Parfüms zudem angeregt mit Polizeiassistent Bethge – der Geräuschpegel stieg, daher bot Hertha an: »Darf ich Ihnen eine Tasse Kaffee anbieten, Madame Lambert?«

Nachdem Pauline bejaht hatte, schlug Marie vor: »Möchten Sie uns dazu in unser Hinterzimmer begleiten? Dort ist es etwas ruhiger. Und es gibt eine bequeme Sitzecke, wo Sie in Ruhe auf Berta und Ihren Neffen warten können.«

Wenig später schenkte Hertha Madame Lambert, Marie und Odile Carstens, die sie gern ins ruhige Hinterzimmer begleitet hatte, Kaffee ein.

»Hatten Sie eine angenehme Reise, Pauline?«, erkundigte sich Marie.

Die Parfümeurin nickte und nippte an ihrem Kaffee. »O ja, im Nachtzug konnte ich sogar ein wenig schlafen.«

Da wurde die Bürotür geöffnet, und zur Freude der Anwesenden humpelte mit eingegipstem linkem Fuß ein hochgewachsener Mittfünfziger herein.

»Marcel!«, erkannte Pauline erleichtert ihren Neffen, der wie immer, passend zu seinem Beruf als Bankier, einen äußerst schmucken Anzug trug.

Während die alte Dame erstaunlich flink aufsprang und dem nach *Kölnisch Wasser* duftenden Herrn um den Hals fiel, betrat seine Partnerin, die adrett gekleidete Berta Kolbe, ebenfalls den Raum. Die Seifenfabrikantin wiederum trug den rechten Arm in einer Schlinge.

»Ihr Bedauernswerten, tut es sehr weh?«, fragte Marie mitleidsvoll, nachdem sie ihre beste Freundin herzlich, aber behutsam umarmt hatte.

»Der Doktor hat uns was gegen die Schmerzen gegeben, das geht jetzt wieder einigermaßen«, beruhigte Marcel Lambert.

»Nur im Haushalt wird es schwierig werden«, befürchtete Berta. »Unser Mädchen ist ja im Seehüsli in Zürich und kümmert sich dort um alles.«

Hertha wusste von ihrer Patentante Marie, dass Berta und der französische Bankier Marcel sich vor einigen Jahren in Paris ineinander verliebt hatten. Da er nach Ausbruch des Großen Krieges nicht in Deutschland hätte leben können und sie nicht in Frankreich, war das Paar in die neutrale

Schweiz gezogen. Die Villa ihres Mannes an der Elbchaussee hatte Berta bisher jedoch nicht verkauft.

»Dann unterstütze eben ich euch im Haus«, bot Pauline an. »Ich habe in Grasse ja keine Verpflichtungen mehr, seit ich meinen Laden an den Bäcker verkauft habe. Deshalb kann ich so lange bleiben, bis ihr völlig wiederhergestellt seid. Wenn es euch recht ist.«

»Und wie uns das recht ist«, betonte Berta und küsste die Tante ihres langjährigen Partners auf die Wange. »Vielen Dank.«

In diesem Moment wurde erneut die Tür zum Hinterzimmer geöffnet, und Anna Carstens linste mit ihrer Patentochter Lucie herein. »Ihr könnt wieder herauskommen, er ist fort. Dieser Peter Keller ist wahnsinnig anstrengend.«

»Außerdem verwendet er ein grässliches Rasierwasser – und raucht einen ganz ekligen Pfeifentabak«, ergänzte Lucie.

Hertha lächelte amüsiert. Es war typisch für ihre jüngere Schwester, riechen zu können, was jemand geraucht hatte, auch wenn dies ein paar Stunden zurückliegen mochte.

»Aber wir sind uns einig geworden«, betonte Anna. »Bürgermeister Diestel wird um sechzehn Uhr eine dreiminütige Laudatio halten und dann umgehend zu seinem nächsten Termin verschwinden. Wir sollen alle dafür sorgen, dass ihn niemand anspricht.«

Als Berta Kolbe, ihr Marcel und dessen Tante Pauline das Hinterzimmer verlassen hatten, bekam Hertha mit, wie Odile Carstens sich mit gesenkter Stimme an ihre Stieftochter Marie wandte. »Madame Lamberts Mann muss der Armen sehr wehgetan haben. Das merkt man ihr an.«

Hertha hatte Pauline Lambert während ihres Gesprächs bereits recht lieb gewonnen, sie verstand Maries Begeisterung für die alte Dame mittlerweile nur zu gut. Ein Ehemann mit einer faschistischen und antisemitischen Einstellung passte nicht zu ihr.

»Weißt du etwas über ihren Gatten?«, erkundigte Hertha sich bei ihrer Vorgesetzten und Patentante.

»Sie hat mal erwähnt, dass sie einen erwachsenen Sohn in Straßburg hat. Am Ende von dessen Schulzeit hat Pauline sich von ihrem Mann getrennt«, erinnerte sich Marie. »Laut Marcel lebt sein Onkel nach einem Schlaganfall sehr zurückgezogen in Grasse.«

Als sie mit Marie und deren Stiefmutter ebenfalls das Hinterzimmer verlassen hatte, sah Hertha mitleidsvoll zu Madame Lambert. Die Vorstellung, dass diese liebenswerte Frau jahrelang in einer schlimmen Ehe gefangen gewesen war, behagte ihr überhaupt nicht. Hertha erinnerte sich daran, was ihr Vater einmal gesagt hatte: »Jeder Mensch kämpft einen Kampf, von dem du nichts weißt. Also sei nett zu allen.«

Eine halbe Stunde vor dem für drei Uhr nachmittags anberaumten offiziellen Öffnungstermin standen draußen auf dem Neuen Wall bereits einige Gäste und plauderten miteinander im Sonnenlicht. Zum Glück hatte sich das Wetter gehalten. Das Rednerpult hatten die Parfümfrauen und ihre männlichen Helfer bereits um die Mittagszeit vor dem Geschäft aufgestellt. »Wenn der Bürgermeister seine Rede draußen hält, ist das noch werbewirksamer für uns«, hatte die stets geschäftstüchtige Anna augenzwinkernd erklärt. »Dann bekommen nicht nur die geladenen Gäste mit, dass wir seit zehn Jahren für Qualität stehen, sondern auch Passanten und die Gäste vom Alsterpavillon drüben.«

Auch im Ladeninneren wurde in aufgeregter Vorfreude geklönt. Schließlich nickten sich die Douglas-Schwestern in stummem Einverständnis zu und kamen mit todernster Miene auf Hertha und ihre Verkaufskolleginnen Lucie und Eugenie zu.

»Wir müssten euch drei noch kurz sprechen, bevor hier gleich alles losgeht«, sagte Marie entschlossen, als sie bei ihnen angekommen waren, und Anna ergänzte: »Wir haben zusammen einen Entschluss gefasst. Den möchten wir nachher öffentlich bekannt geben. Aber dazu müssen wir euch erst mal befragen.«

Wie ungewohnt ernst die beiden sind, dachte Hertha besorgt. In diesen Nachkriegstagen herrschte allenthalben großer Mangel, und allzu viele der Männer, die ihre Kundinnen einst mit den Wohlgerüchen aus der Parfümerie hatten betören wollen, waren inzwischen tot. Die aktuellen Umsätze waren daher noch immer nicht mit der Zeit vor dem fatalen Sommer 1914 vergleichbar. Würden Marie und Anna nun einer oder gar mehreren von ihren drei Verkäuferinnen die Kündigung aussprechen müssen?

Als Anna die Tür des Hinterzimmers hinter ihnen geschlossen hatte, räusperte sich ihre Schwester Marie.

»Wie ihr wisst, sind die Zeiten nicht einfach«, begann sie, und Hertha wurde noch unruhiger. Dieser Einstieg klang nicht gut. Marie fuhr fort: »Aber Anna meint, früher oder später wird sich auch unsere Wirtschaft erholen.«

»Damit wir in der modernen Welt bestehen können, müssen wir allerdings mit der Zeit gehen, Innovationen aus aller Welt aufgreifen«, wandte Anna ein.

Ihre Schwester nickte. »Wir wollen deshalb noch mehr nationale und internationale Kontakte für die Firma knüpfen.«

Hertha erinnerte sich, dass Anna Carstens ihr schon in der vorigen Woche anvertraut hatte, sie werde ihren Verlobten Julius in Bälde nach Amerika begleiten, wo dieser Expansionsmöglichkeiten für die Kaufhauskette seines Onkels Rudolph Karstadt überprüfen sollte. Sie selbst wolle dort neue Ideen und Partner für ihre Parfümerie finden. Und Annas Schwester, das wusste Hertha ebenfalls, liebäugelte schon eine ganze Weile mit einer längeren Rückkehr nach Frankreich, wo sie schon öfter großartige Inspirationen für ihr Hamburger Geschäft hatte sammeln können.

»Dafür werden wir uns zunehmend aus dem Tagesgeschäft im Laden zurückziehen müssen«, verkündete Marie nun.

»Hertha, Lucie, ihr unterstützt uns schon seit euren Kindertagen«, sagte Anna feierlich. »Ihr seid so viel mehr als nur unsere Patentöchter. Ihr seid zu Säulen der Parfümerie Douglas geworden. Und wir möchten, dass ihr künftig auch in unserer Abwesenheit Entscheidungen treffen könnt. Deshalb wollen wir euch Prokura erteilen. Dir, Hertha, sofort, und dir, Lucie, sobald du volljährig bist. Allerdings machen wir dich schon jetzt zur vollwertigen Verkäuferin.«

Die Harders-Schwestern sahen einander verblüfft an. Hertha konnte es nicht fassen. Gerade erst erwachsen geworden, sollte sie nun zeichnungsberechtigt sein für eine international agierende Parfümerie?

»Selbstverständlich nur, wenn ihr damit einverstanden seid«, meinte Marie, nunmehr lächelnd.

»Natürlich sind wir das«, beeilte sich Hertha zu sagen, und Lucie fügte hinzu: »Aber das ist so eine große Ehre!«

»Wir beobachten es schon länger mit großer Freude«, berichtete Marie. »Du, liebe Hertha, teilst meine Liebe zu Kunst und schönen Formen. Und du, Lucie, bist eine Nase, du kannst Düfte perfekt analysieren. Wir sind uns sicher, dass du eines Tages selbst Parfüms entwickeln wirst.«

Lucie schluckte gerührt. Ihre Patentante hatte in Frankreich berühmte Parfümeure wie Ernest Daltroff kennengelernt. Eine solche Aussage von ihr war ein unfassbares Kompliment.

»Außerdem kannst du mit Zahlen schon fast besser umgehen als ich, auch in der Hinsicht ist unsere Zukunft also gesichert«, scherzte Anna und wandte sich dann an ihre erste Verkäuferin Fräulein Schalt: »Und nun zu dir, liebe Eugenie. Als du uns damals mit sechzehn im größten Weihnachtstrubel vor dem Krieg spontan eine so großartige Hilfe warst, hast du uns überzeugt. Das wird unser neues Lehrmädchen, da waren wir uns einig.«

»Und wir haben unsere Entscheidung nie bereut«, fügte Marie hinzu. »Selbst in den schweren Kriegstagen hast du unseren Kunden bewusst gemacht, dass man das Schöne nie vergessen darf. Trotz deiner Jugend hast du unsere Patentöchter ebenfalls zu guten Verkäuferinnen ausgebildet. Und seit der Wiedereröffnung letztes Jahr wart ihr Tag und Nacht fleißig, damit uns der Neuanfang gelingt. Wir möchten dich deshalb zur Verkaufsleiterin ernennen.«

»Natürlich geht damit für euch alle drei eine Lohnerhöhung um fünfzig Mark einher«, erklärte Finanzexpertin Anna schmunzelnd. »Jetzt gibt es in unserer Parfümerie also eine neue Generation von Douglas-Schwestern.«

Hertha schluckte gerührt und eingeschüchtert zugleich. Was für eine große Herausforderung!

3

Arnold Diestel war ein rundlicher Mittsechziger mit buschigem weißem Schnauzbart. Sein Blick war wesentlich gutmütiger als der seines fahrigen Assistenten. Senator Diestel, der den Liberalen um die Deutsche Demokratische Partei nahestand, ohne jedoch Mitglied darin zu sein, war erst vor drei Monaten zum Ersten Bürgermeister Hamburgs gewählt worden. Kurz zuvor war sein Vorgänger nach nur einem Vierteljahr im Amt in die deutsche Botschaft in London berufen worden.

Diestel war in einer Zeit des Umbruchs ins Amt gekommen: Nachdem jahrhundertelang wohlhabende Männer Hamburgs Politik bestimmt hatten, war es am 16. März letzten Jahres erstmals allen Männern – und auch Frauen – erlaubt gewesen, die Bürgerschaft zu wählen. Nur noch zwölf Abgeordnete waren danach selbstständige Kaufleute, die Mehrheit bestand aus Angestellten, Arbeitern und Hausfrauen. Ihre wichtigste Aufgabe war es, eine neue, demokratische Verfassung für die Hansestadt auszuarbeiten.

Diestel hatte Maria, Anna sowie Douglas-Namensgeberin Berta äußerst freundlich begrüßt; schließlich trat er hinaus vor den Laden, wo die Jubiläumsgäste und einige Schaulustige bereits in der Nachmittagssonne warteten.

In seiner Rede lobte der Bürgermeister die Carstens-Schwestern als mutige Frauen mit dem »richtigen Riecher« für ein gutes und stabiles Geschäft.

»Mit ihrem zehnjährigen Jubiläum zeigen uns diese bewundernswerten Damen, was sie für einen langen Atem haben. Und Leidenschaft, Courage, Durchhaltevermögen, gepaart mit Prinzipientreue, das sind doch exakt jene Eigenschaften, die unsere Republik braucht in diesen Tagen, meine hochverehrten Herren und Damen.«

Eugenie wusste, worauf der alte Politiker anspielte: Deutschland hatte einen verlorenen Krieg mit entwürdigenden und wirtschaftlich verheerenden Folgen hinter sich, eine misslungene Revolution und einen blutigen Putschversuch gegen die junge Weimarer Republik.

»Insofern sage ich den werten Fräulein Carstens: Glück auf für die nächsten zehn Jahre!«, fuhr der Bürgermeister feierlich fort. »Für die Parfümerie Douglas – und für unsere geliebte deutsche Republik!«

Beifall brandete auf. In der Menge der applaudierenden Gäste entdeckte Hertha viele treue Stammkunden: Reederswitwe Marianne Ballin, Gräfin zu Castell-Rüdenhausen, die Reedereierbin Anna Nieland sowie Fabrikantengattin Caroline Mülder, die von der holländischen Grenze stammte und bereits vor ihrem Umzug nach Hamburg regelmäßig bei ihnen eingekauft hatte.

Besonders freute Hertha sich, als sie auch eine schlanke, schwarz gekleidete Frau mit roten Locken unter den Gästen entdeckte. Es handelte sich um Henny Henckel, die einundvierzigjährige Französischlehrerin, zu der die Carstens-Schwestern die drei Douglas-Verkäuferinnen einst geschickt hatten.

Während nun Anna und Marie die Gäste vom Podest aus

begrüßten, näherte sich Hertha ihrer Sprachlehrerin. Diese hatte den Laden lange nicht mehr besuchen können, da sie im März beim sogenannten Harburger Blutmontag ihren verwitweten Bruder verloren hatte. Seither kümmerte Henny Henckel sich um dessen minderjährigen Sohn, der nunmehr Vollwaise war. Hertha war gerade bei der Lehrerin angekommen, um ihr die Hand zu schütteln und ihr zuzuraunen, wie sehr sie sich über ihr Kommen freue, als sie hörte, wie Anna Carstens vom Podest aus ihren Namen sagte.

Sie und Marie hatten soeben verkündet, dass Hertha ab heute zeichnungsberechtigt zur Geschäftsführung gehörte. Alle Augen waren auf die Neunzehnjährige gerichtet, Applaus brandete auf. Ihre Eltern, Kunstmaler Johannes und Salonière Helene Harders, winkten ihr strahlend vor Stolz zu. Aber ein gut aussehender, jedoch arrogant wirkender Mann um die dreißig spottete: »Was dem Backfisch an Lebenserfahrung fehlt, macht sie eben mit hübschem Aussehen wett.«

Eugenie warf dem dunkelhaarigen Herrn im Anzug, der direkt neben ihr stand, einen wütenden Blick zu. Sie hatte ihn schon einmal gesehen, er hieß Dr. Gotthard Brandis, hatte sich kürzlich nur fünfhundert Meter von der Parfümerie entfernt als Rechtsanwalt niedergelassen und war einst mit seiner Frau bei ihnen auf Duftsuche gewesen.

»Ich bin sehr stolz auf Sie«, sagte Fräulein Henckel, als nach dem Ende der Begrüßungsreden auch Lucie und Eugenie zu ihr geeilt waren.

»Wie schön, dass Sie es geschafft haben, zu kommen«, betonte Eugenie. Sie hatte einen besonderen Bezug zur Familie ihrer Sprachlehrerin, da deren Bruder auch der Vermieter ihrer Wohnung gewesen war. Eines Tages nach dem Französischunterricht hatte Eugenie ihr berichtet, sie suche eine

Wohnung. »Na, da haben Sie Glück. Die Mieterin meines Bruders zieht demnächst aus«, hatte Henny verkündet, und so war eins zum anderen gekommen. Seit dem Tod Dieter Henckels gingen die Mietzahlungen an seine Schwester.

»Ja, wenn man sich zu lange wegsperrt, wird man verrückt«, erklärte die Lehrerin. »Ich habe auch wieder mit dem Unterrichten begonnen.«

»Wie schön für Ihre Schüler«, freute sich Hertha. »Ich habe *la langue française* heute schon brauchen können.«

»Ah, Sie sind die Lehrerin, die den lieben Damen hier meine Sprache beigebracht hat«, mischte sich die alte Madame Lambert auf Französisch ins Gespräch. »Ich bin Ihnen zu tiefstem Dank verpflichtet, Sie tragen wirklich zur Völkerverständigung bei.«

Erfreut bedankte sich Henny Henckel, ihrerseits in Pauline Lamberts Muttersprache. »Und die Völkerverständigung ist wichtiger denn je, da haben Sie völlig recht.« Dann fügte sie mit Bitterkeit in der Stimme hinzu: »Gerade in einer Zeit, in der es viele gar nicht erwarten können, wieder Krieg zu führen.«

»Sie meinen die Putschisten, die hier im Frühjahr ihr Unwesen getrieben haben?«, vergewisserte sich die Parfümeurin aus Grasse. »Mein Neffe hat mir berichtet, dass Ihr Land im März am Rande eines Bürgerkriegs stand.«

»Genau die meine ich …«, murmelte die Lehrerin stockend.

»Fräulein Henckel hat durch den Putschversuch ihren Bruder verloren«, erläuterte Eugenie mit gesenkter Stimme.

Zum Glück sprachen sie Französisch, und kaum einer der fröhlichen Jubiläumsgäste, die mit ihren Sektgläsern und Häppchen plaudernd um sie herumstanden, würde sie verstehen.

»Oh, verzeihen Sie«, sagte Pauline Lambert betroffen. »Ich wollte keine Wunden aufreißen. Mein Beileid.«

»Ach, man muss doch darüber sprechen«, meinte Henny Henckel abwinkend. »Die Welt sollte erfahren, wie gefährlich diese Kriegshunde sind.«

Aus ihrer Stimme sprach eine Verbitterung, die Eugenie nur zu gut verstand. Sie selbst hatte bei der Nachricht vom Tode Dieter Henckels ebenfalls unter Schock gestanden. Als Vermieter war der Gewerkschafter stets sehr freundlich zu ihr gewesen.

»Was ist denn genau geschehen?«, fragte Pauline zögerlich. »Ich habe nur gehört, dass ein gewisser Herr Kapp an diesem Putsch beteiligt war.«

»Genau, Generallandschaftsdirektor Wolfgang Kapp von der Nationalen Vereinigung«, stieß Henny Henckel hasserfüllt hervor.

»Die Nationalisten mal wieder«, kommentierte Pauline grimmig.

»Deren Vereinigungen wachsen hier wie Pilze aus dem Boden«, meinte Lucie. »Im Februar hat sich die bisherige Deutsche Arbeiterpartei in NSDAP umbenannt. Das wurde im Münchner Hofbräuhaus bekannt gegeben. Dabei präsentierte so ein österreichischer Gefreiter abstruse Pläne, ein 25-Punkte-Programm. Da liest sich einer schlimmer als der andere. Dieser Kerl heißt Adolf Hitler. Er will ein großdeutsches Reich erschaffen, die Presse zensieren – und Juden aus der Gesellschaft ausschließen.«

Paulines Miene wurde noch ernster. »Furchtbar.«

Hertha nickte seufzend. »Dabei dachten wir schon im November vor zwei Jahren, es würde endlich Ruhe in unserem Land einkehren – damals wurde die Revolution beendet und die Weimarer Republik ausgerufen.«

»Am 10. Januar ist dann ja der Versailler Vertrag in Kraft getreten«, erinnerte sich Lucie. »Er besagt unter anderem, dass die Reichswehr auf hunderttausend Mann reduziert wird, die Marine auf fünfzehntausend. Die Alliierten wollen eben aus gutem Grund kein militärisch starkes Deutschland. Das passte einigen von unseren Generälen aber nicht in den Kram – und der Deutschnationalen Volkspartei auch nicht. Eine besonders aufrührerische Marinebrigade hat sich dann in der Nacht auf den 13. März nach Berlin in Marsch gesetzt.«

»Die Regierung musste von dort nach Stuttgart fliehen. Viele Militärs hassen natürlich eine Staatsmacht, die nicht länger Krieg spielen will – und einen Großteil von ihnen entlässt«, meinte Lucie, die trotz ihres jugendlichen Alters wie ihre Patentante Anna immer auch finanzielle Aspekte im Blick hatte.

»In Harburg hatten wir Ärger mit einem Fliegerhauptmann namens Rudolf Berthold, erst achtundzwanzig Jahre und schon hochdekoriert«, berichtete die Französischlehrerin mit angewidertem Gesichtsausdruck. »Das war so ein Militarist aus Leidenschaft. Hat angeblich vierundvierzig Flugzeuge abgeschossen, damals im Großen Krieg. Auch als der zu Ende war, hatte der Kerl noch nicht genug von der Ballerei, kämpfte mit anderen Freiwilligen weiter – gegen sowjetrussische Truppen im Baltikum. Einer wie der hatte natürlich große Lust auf den Putsch, mit seinem Freikorps kam er aus Richtung Stade auf unserem Unterelbe-Bahnhof an – in einem gekaperten Zug«, erzählte die trauernde Lehrerin. »Er und seine Männer wollten auf dem Weg nach Berlin einen Zwischenhalt in Harburg einlegen. Die haben ihr Nachtlager in einer Schule aufgeschlagen und verlangt, dass sich auch das friedliche, bei uns stationierte Freikorps der Putschisten-Regierung anschließt – oder sich ergibt. Bewaffnete Arbeiter und einige Pioniere haben dann das Gebäude umzingelt, und mein Bruder hat mit den anderen Gewerkschaftern überall Plakate angenagelt: Massenstreik!«

Lucie erinnerte sich: Am Montag, dem 15. März, hatte es in der ganzen Republik keinen Eisenbahnverkehr mehr gegeben, in den Städten keine Straßenbahnen und Busse, keine Post, keine Telefonvermittlung, keine Zeitungen, alle Fabriken und alle Behörden waren geschlossen gewesen.

»Zwölf Millionen Menschen sind dem Aufruf gefolgt. In Berlin gab es nicht einmal mehr Wasser, Gas oder elektrisches Licht, die öffentliche Versorgung war komplett lahmgelegt«, fuhr Fräulein Henckel fort. »Auch bei uns in Harburg stand alles still, Freikorps-Soldaten mit Maschinengewehren haben sich an allen wichtigen Kreuzungen postiert – und den Verkehr rund um die Schule abgeriegelt. Dieser Hauptmann Berthold hat behauptet, dass er sich mit der Einwohnerwehr nicht anlegen will. Aber auf einmal sind Schüsse gefallen. Und dann ist das MG- und Gewehrfeuer immer schlimmer geworden … Da wurde mein Bruder von einer Kugel in die Brust getroffen. Nicht in das Herz, aber die Sanitätskolonne kam gar nicht mehr nach. Als sie endlich Zeit für ihn hatten, war es zu spät. Vierundzwanzig Tote gab es.« Ihre Stimme versagte. Sie strich sich eine rote Locke und Tränen aus den Augen.

»Das tut mir sehr leid«, sagte Madame Lambert bestürzt und drückte tröstend die Hand der Sprachlehrerin.

»Es ist nur gerecht, dass die Bürger diesen Berthold dann gelyncht haben«, brachte Fräulein Henckel bitter hervor. »Für die Nationalen ist der jetzt so etwas wie ein Märtyrer.«

Lucie hatte seinerzeit gelesen, dass Rudolf Berthold vom wütenden Mob durch zwei Kopf- und vier Brustschüsse getötet worden war.

»Der Generalstreik und das Lahmlegen der öffentlichen Versorgung – das hat den verdammten Putschisten das Regieren zum Glück unmöglich gemacht«, berichtete die Lehrerin.

»Ja, die haben nur fünf Tage durchgehalten«, bestätigte Lucie. »Als die Berliner Ministerialverwaltung sich geweigert hat, den Kerlen ihren Sold auszuzahlen, war der Putsch zum Glück beendet. Und der feine Herr Kapp ist nach Schweden geflohen.«

»Herrscht denn nun endlich Frieden in Ihrem Land?«, erkundigte sich Madame Lambert.

»Na ja, zurzeit haben wir eine gemäßigte Regierung, aber Anfang nächsten Monats stehen Wahlen an«, erklärte die politisch interessierte Lucie. »Und die Extremen haben in schwierigen Zeiten oft ein leichteres Spiel.«

»Das war schon immer so«, seufzte Pauline.

»Als wahrer Demokrat sind Sie gezwungen, die Menschen einzuweihen, ihnen zu sagen: Politik ist kompliziert, wir müssen unsere Kriegsschulden begleichen, es wird uns noch eine ganze Weile finanziell schlecht gehen, und viele solche unbequemen Wahrheiten«, antwortete Lucie. »Die Kommunisten aber können sagen: Es ist ganz einfach – die Reichen sind an allem schuld, wenn man die angreift, wird alles gut. Und die Nationalen stellen's sogar noch einfacher hin: Wir Deutschen sind von Geburts wegen die Besten. Andere Nationen und vor allem die Juden sind an allem schuld – wenn man die angreift, wird alles gut.«

»Und wieso haben wir nach deren Logik dann den Großen Krieg verloren – wenn wir doch angeblich die Besten sind?«, fragte Henny Henckel, und ihr war wieder deutlich der Hass darüber anzumerken, dass die Nationalisten ihren Bruder getötet hatten.

»Auch dafür haben die ihre ganz eigene Legende«, meinte Lucie spöttisch. »Schuld waren auch in dem Fall Juden und Kommunisten, die sind unserem tapferen Militär eben von Deutschland aus heimtückisch in den Rücken gefallen.«

»Die Dolchstoßlegende.« Eugenie fiel der Begriff für diese unsinnige Behauptung der Nationalisten wieder ein.

»Und deshalb traue ich dem Frieden nicht und mache mir immer noch Sorgen um die Zukunft unseres Landes«, erläuterte Lucie. »Gesagt zu bekommen, dass man automatisch der Beste ist, einfach nur, weil man eben deutsch ist, das ist schon sehr verlockend nach all der Schmach. Simple Lösungen und klare Feindbilder. Damit gewinnt man vielleicht gerade in mageren Krisenzeiten Wählerstimmen. Die Nationalisten wittern das und werden keine Ruhe geben. Leider läuft ihre simple Erzählung ganz klar auf das Ausmerzen von Vielfalt hinaus, von allem Jüdischen, von allem Modernen – und in letzter Konsequenz zwingend auf einen Revanche-Krieg. Das Moderne wollen sie nur bei den Waffen, die Herren Übermenschen.«

Hertha, Eugenie, die alte Künstlerin Pauline und Lehrerin Henny schwiegen betreten. Die Worte der stets logisch denkenden Lucie klangen erschreckend plausibel. Besorgt sahen sich diese so unterschiedlichen Frauen, die aber nicht nur die Liebe zu schönen Parfüms einte, sondern auch der Wunsch nach dauerhaftem Frieden, auf der Jubiläumsfeier um. All diese Menschen, die hier so scheinbar unbeschwert mit ihnen den Zauber der Düfte feierten – war ihre Zukunft wirklich in Gefahr?

***

Müde kamen Hertha und Lucie Harders eine Stunde vor Mitternacht in ihrem Zuhause, dem Familienwohnsitz am Eppendorfer Baum 21, an. Ihre Eltern hatten die Jubiläumsfeier bereits zum Ende des öffentlichen Teils um sieben Uhr verlassen, die Schwestern waren jedoch noch mit ihren beiden Patentanten und Eugenie geblieben, um die Parfümerie für den morgigen Verkaufstag aufzuräumen.

Während Lucie im Wohnzimmer nach der Tageszeitung suchen wollte – sie hatte wegen der Eröffnung heute noch keine freie Minute zum Lesen gehabt –, entschied sich Hertha, nach ihrem Vater zu sehen, da in dessen Atelier noch Licht brannte.

Sie betrat den Wintergarten und musste lächeln, als sie den vertrauten Duft von Farben wahrnahm. Kein Wohlgeruch im eigentlichen Sinne war das, wie das bei den Fläschchen der Fall war, die sie Tag für Tag verkauften. Und doch war es für Hertha einer der herrlichsten Düfte, die sie sich vorstellen konnte. Dieser Geruch hatte sie ihr Leben lang begleitet. Hier duftete es nach Kindheit. Nach Glück und Geborgenheit. In dem kleinen Atelier hatte bisweilen ihre Wiege gestanden, hier hatte sie als kleines Mädchen in der beruhigenden Gegenwart ihres Vaters gespielt oder selbst gezeichnet und gemalt.

Auf der Suche nach ihm sah sie sich zwischen den Staffeleien, den Leinwänden in verschiedenen Größen, den Gemälden in unterschiedlichen Stadien ihrer Fertigstellung um. Da waren sanfte Vorzeichnungen mit Bleistift, aber auch komplett vollendete Aquarelle und Werke in Öl. Johannes Harders hatte sich der schönen Landschaft als Motiv verschrieben. Es gab Heideansichten, Sonnenuntergänge über sanften Ostseewellen, Skizzen von Dampfern im Hamburger Hafen, aber auch Bilder, die von seinen Reisen nach Italien und zu den Fjorden Norwegens zeugten. Hertha hatte sich als Kind oft in diese Landschaften hineingeträumt. Eine persönliche Note oder bewusste Reduzierung wie bei Madame Lamberts Gemälden war bei den Werken ihres Vaters nicht zu finden. Sie hatte gehört, dass man Künstler, die Landschaften erkennbar und einigermaßen realistisch darstellten, Vedutenmaler nannte, und jener Kategorie gehörte Johannes Harders wohl auch an. Er selbst hatte sich einmal »Gebrauchskünstler fürs Pittoreske« genannt, aber er schien mit seiner Kunst durchaus glücklich zu sein.

»Herthalein, dich erkenne ich am Schritt«, hörte sie seine vertraute Stimme, und dann trat Johannes Harders lächelnd hinter einem großen Bild hervor. Der blonde Bart des Achtundvierzigjährigen wies nicht nur wie so oft bunte Farbspritzer auf, sondern seit etwa zwei Jahren auch erste weiße Anteile.

Er küsste die ältere seiner beiden Töchter auf die Wange und bekräftigte erneut sein Lob: »Ich muss dir einfach noch mal sagen, wie stolz ich auf dich bin. Noch keine zwanzig und schon Prokura.«

Hertha seufzte. »Ob wir die Erwartungen erfüllen können? Die deutsche Wirtschaft steht auf so wackligen Füßen, alles wird immer teurer. Und Lucie befürchtet, dass die Nationalisten an die Macht kommen.«

»Mag sein. Da werden sie aber nie bleiben.« Johannes lächelte zuversichtlich.

Seine Tochter sah ihn zweifelnd an. »Wieso bist du da so sicher?«

»Weil die Welt immer bunt und abwechslungsreich sein wird«, erklärte er überzeugt. »Auf Dauer lässt sich nichts aufrechterhalten, das die Vielfalt wegleugnen und durch künstliche Ordnung ausmerzen will.«

Nachdenklich blickte Hertha auf ein Gemälde eines akkurat gepflanzten und gepflegten Gartens im französischen Stil. Sie wusste, dass die Bewahrung einer derartigen Ordnung ein anstrengender Kampf war. Sobald man solche Anlagen sich selbst überließ, holte sich die Natur rasch ihr Recht auf Unordnung zurück. »Vielleicht hast du recht.«

»Natürlich hab ich das«, bekräftigte er grinsend, »schließlich bin ich dein Vater.«

Er griff in ein Regal mit Getränken und schenkte zwei Gläschen mit dem Wacholderschnaps ihrer verwitweten Tante Louise voll, die sich zurzeit auf Weltreise befand. »Und nun stoßen wir noch mal in Ruhe an, dafür war ja in dem ganzen Trubel in der Parfümerie gar keine Zeit.«

Er gab ihr das Glas und hob das seine. »Auf meine großartigen Töchter! Ich bin mir sicher, dass ihr die Parfümerie Douglas gemeinsam zu neuem Glanz führen werdet.«

Und nun lächelte auch Hertha etwas zuversichtlicher.

4

»Frau Gräfin!«

Beflissen eilte Lucie Harders beim Anblick der nobel, aber etwas altmodisch gekleideten Dame mit dem überdimensionalen Hut in Richtung Ladentür. Die junge Verkäuferin war an diesem Sonnabend, dem 7. August 1920, allein mit ihrer Mutter Helene im Laden, die immer gern als Ersatz einsprang, wenn es einen personellen Engpass gab. Die Carstens-Schwestern weilten derzeit mit Herrn Karstadt junior in Dresden, und Hertha war mit Eugenie zu Berta Kolbes Fabrik gefahren. Sie wollten dort Nachschub der legendären Douglas Himmelsseife besorgen, von der sie am Morgen das letzte Stück verkauft hatten.

Clara Luise Marie Emma Sophie Claudine Mathilde Gräfin zu Castell-Rüdenhausen – die Verkäuferinnen hier in der Parfümerie kannten inzwischen tatsächlich all ihre Namen auswendig – war eine schwierige Kundin. Wann immer sie aus der Gegend um Hannover hierher in die Hansestadt kam, stattete sie der Duftoase am Neuen Wall einen Besuch ab. Manchmal kaufte sie gar nicht viel, umso größer waren jedoch ihre Anspruchshaltung, zuvorkommender als »gewöhnliche« Kunden bedient zu werden, und ihr Wortschwall. Die adelige Dame war nämlich äußerst mitteilungsbedürftig. Das Zuhören gelang ihr hingegen nicht so gut.

»Gräfin Castell-Rüdenhausen, wie schön, Sie wieder einmal hier begrüßen zu dürfen«, sprang Helene Harders ihrer Tochter zur Seite. »Eine kleine Erfrischung gefällig bei der Hitze? Wenn ich mich recht entsinne, favorisieren Sie Zitronenwasser mit Eis?«

Die Gräfin nickte und wedelte hektisch mit einem Fächer, den sie gezückt hatte. Lucie war ihrer Mutter dankbar für die Unterstützung. Da diese als Salonière bei ihren Kulturveranstaltungen oft »hohe Tiere« zu Gast hatte, war sie äußerst souverän im korrekten Umgang mit dem Adel.

Lucie selbst fand, dass man eine einfache Hausfrau und eine Hochwohlgeborene beim Parfümkauf nicht unterschiedlich behandeln sollte. Und mit dieser Meinung stand sie nicht allein da: Ende Juni, so wusste die stets bestens informierte junge Frau, waren mit dem Preußischen Gesetz über die Aufhebung der Standesvorrechte des Adels und die Auflösung des Hausvermögens die gravierendsten Adelsprivilegien abgeschafft worden. Erstgeburtstitel waren aufgehoben, und Adelstitel galten seither nur noch als Namensbestandteile. Das Gesetz sollte in ähnlicher Form auch von den anderen Ländern des Deutschen Reichs übernommen werden. Darüber hatte die Gräfin von Castell-Rüdenhausen sich bei ihrem letzten Besuch in der Parfümerie bereits bitterlich beklagt. Aber auch heute fand sie einen Grund zum Jammern: »Meine Sommerfrische an der geliebten Flensburger Förde wird nie mehr so sein wie zuvor.«

»Sie meinen wegen der Volksabstimmung?«, hakte Lucie nach. Sie wusste, dass die Bevölkerung Nordschleswigs im Februar mehrheitlich dafür gestimmt hatte, ab dem 15. Juni dänisch zu sein. Der nördliche Teil des Fjords, dem erklärten

Lieblingsurlaubsort der Gräfin, gehörte inzwischen also zum Königreich der Dänen. Die Nordgrenze Deutschlands verlief demnach viel südlicher als zu Beginn des Großen Krieges. Das hatten die Kriegstreiber nun davon!

Die Gräfin nickte missgelaunt. »Alles geht den Bach hinunter. Der neue Reichskanzler Fehrenbach von der Zentrumspartei ist so ein Hasenfuß. Seine Regierung hat gestern ein Entwaffnungsgesetz beschlossen. Schon bei der Reduzierung unserer Streitkräfte im Frühjahr gab es einen Aufstand – völlig gerechtfertigt! Und jetzt sollen wir *alle* Waffen abgeben? Obwohl die Kommunisten im Land und die Polacken an der Grenze immer wieder Ärger machen?«

»Die Regierung befolgt mit der Entwaffnung eine Verpflichtung aus dem Versailler Vertrag, Artikel 177«, wagte Lucie die Kundin aufzuklären. Die Weimarer Republik war durch jenen Vertrag von 1919 verpflichtet, Reparationen an die Siegermächte des Großen Kriegs zu leisten. Vor allem der französische Ministerpräsident Poincaré bestand auf einer kompromisslosen Erfüllung der Bestimmungen. Wegen ihres barschen Tonfalls warf Helene ihrer Tochter einen warnenden Blick zu.

»Ach, Versailles, Versailles«, echauffierte sich die Gräfin. »Ausbluten wird unser geliebtes Deutschland wegen Versailles, denken Sie an meine Worte.«

In diesem Augenblick betrat ein asiatisch aussehender Mann in einem perfekt sitzenden Anzug die Parfümerie. Die Gräfin trat trotz seiner gepflegten Erscheinung mit pikiertem Gesichtsausdruck einen Schritt zurück. Der Fremde mit dem korrekt gescheitelten schwarzen Haar und der muskulösen Brust hatte einen Koffer dabei.

»Guten Tag, edle Damen«, grüßte er mit sonorer Stimme und verneigte sich leicht.

Lucie ließ ihre Mutter und die Gräfin stehen und eilte in Richtung Eingang zu dem Fremden, der sie auf Anhieb faszinierte. Sie hatte so große Sehnsucht nach der weiten Welt, dass sie stets froh war, zumindest in Hamburg Menschen aus fernen Ländern kennenzulernen.

»Womit kann ich Ihnen dienen, mein Herr?«, fragte sie ihn freundlich.

Er erwiderte ihr offenes Lächeln. »Mein Name ist Anjing Wang. Vielleicht kann ich Ihnen helfen – mit handgearbeitetem Porzellan für Kunden von schönen Düften?«

Sein Deutsch war mit Ausnahme von kleinen Satzbaufehlern erstaunlich gut, fiel Lucie auf.

Er öffnete seinen Koffer. Dieser war voll winziger Porzellantässchen. Darin gab es auch Prospekte mit Abbildungen von größeren Artikeln. Er war also ein Vertreter, kein Tourist. Lucie wusste von ihrem Vater, dass gegen den Willen der Behörden im Hafenviertel St. Pauli eine chinesische Meile entstanden war. Deshalb ging sie davon aus, dass auch dieser Porzellanverkäufer, der nur wenig älter als sie sein konnte, aus dem fernen China stammte, aber in Hamburg lebte.

»Leider verkaufen wir hier kein Geschirr«, erklärte sie bedauernd und betrachtete seine Exponate. »Ihre Tässchen sind wirklich ganz zauberhaft verarbeitet. Aber wir bieten bei uns nur Parfüm, Seife und Kosmetik an.«

»Und für die schöne junge Dame selbst?«, schlug Anjing vor.

Sie schüttelte seufzend den Kopf. »Wissen Sie, wir haben zu Hause so viel Geschirr – natürlich nicht annähernd so schön wie das Ihre. Aber ich glaube, meine Eltern wären nicht begeistert, wenn ich mal wieder etwas kaufe, nur weil es mir so gefällt.« Sie sah ihn entschuldigend an. »Es tut mir wirklich sehr leid.«

Der Verkäufer erwiderte ihren Blick voller Zuneigung. »Keine Sorge um mich«, sagte er und reichte ihr eines der Tässchen mit Untertasse. »Das ist ein Geschenk.«

»Aber … wieso?«, stammelte sie verblüfft.

»Nur weil es Ihnen so gefällt«, zitierte er ihre eigenen Worte. »Wenn Sie erschöpft sind oder traurig, trinken Sie einen Tee und denken Sie an unsere Begegnung. Ein Geschenk von Herzen bringt Glück.«

Er schloss seinen Präsentationskoffer, verließ den Laden wieder mit einer höflichen Verneigung – und unmittelbar danach ärgerte sich Lucie über sich selbst. Warum hatte sie sich nicht mit einem Pröbchen eines schönen Herrendufts revanchiert? Am liebsten wäre sie ihm hinterhergelaufen, um ihm ein solches anzubieten. Doch dann fiel ihr ein, dass Herr Wang ja bereits ein Parfüm getragen hatte. Etwas unglaublich Wohlduftendes, das sie nie zuvor gerochen hatte. Wieso war ihr das anfangs entgangen? Sonst bemerkte sie doch jedes Parfüm mit sämtlichen Bestandteilen sofort. Es musste daran liegen, dass Anjing Wangs Duft einfach perfekt zu ihm passte. Und vielleicht war auch genau diese Note mit ein Grund dafür, dass sein Gesicht mit den geheimnisvollen schwarzen Augen die geruchsempfindsame Lucie derart in seinen Bann gezogen hatte. Die ihr unbekannte Basisnote seines Parfüms hatte holzig, trocken und balsamisch gerochen. Ein wenig wie Tabak – aber weitaus anregender. Hätte sie ihn doch nur auf seinen Duft angesprochen – vielleicht kannte er ja sogar die Bestandteile des Parfüms.

»Kofferchinesen! Diese gelben Kerle aus den Kellergeschossen von St. Pauli! Die sind zu einer regelrechten Plage geworden«, hörte sie die Gräfin lästern. »Ich habe von Opiumhöhlen und Spielhöllen gelesen. Diese Fremden aus Fernost sind hinterhältig, verschlagen und kriminell. Man sagt, chinesische Schmuggler haben Geheimtunnel angelegt, und in der Schmuckstraße wimmelt es nur so von unaufgeklärten Morden. Die nennt man nicht umsonst die ›gelbe Gefahr‹! Bald fällt der Stadtteil komplett in die Hände von diesen chinesischen Verbrecherbanden. Denken Sie an meine Worte!«

Lucie kochte vor Wut über die unverschämten Behauptungen der Gräfin.

»Ich glaube, das sind nur Vorurteile und Gerüchte«, wagte nun Helene Harders – höflich, aber bestimmt – zu widersprechen, und Lucie war sehr stolz auf ihre Mutter. »Die Hamburger und auch viele Touristen flanieren doch liebend gern im Chinesenviertel. Mein Mann war mit seiner älteren Schwester vor ihrer Weltreise im Restaurant Chop Shuy in der Schmuckstraße 18 zu Gast. Beide haben sehr von den exotischen Speisen dort geschwärmt. Die sollen wunderbar schmackhaft sein – und man wird äußerst zuvorkommend bedient.«

Lucie horchte auf. Ihr Vater war mit Tante Louise im chinesischen Viertel essen gewesen – ohne sie?

»Ich will auch in diesem Chop Shuy dinieren«, bekam Helene Harders von ihrer Tochter mitgeteilt, nachdem die Gräfin endlich gegangen war. »Vati schuldet mir noch ein Geburtstagsgeschenk.«

»St. Pauli ist nichts für eine anständige junge Frau«, erinnerte sie ihre Mutter, »das haben wir dir doch schon oft genug erklärt.«

»Weil es dort Chinesen gibt?«, hakte Lucie empört nach. »Du hast doch selbst zur Gräfin gesagt, dass es nur Vorurteile …«

»Es ist ja auch nicht wegen der Chinesen!«, unterbrach Helene sie.

»Wegen der Prostituierten?«, mutmaßte ihre Tochter.

»Eher wegen der Kerle, die Vergnügen mit ihnen suchen – und den Luden, die den armen Frauen ihr hart verdientes Geld wieder abnehmen. Du wirst deinen Vater nicht überreden, mit dir dorthin zu gehen. Also versuch erst gar nicht, ihn zu bearbeiten!«

Düfte von exotischen Gewürzen, asiatische Schriftzeichen an den Eingängen und mit Kisten beladene Karren. Voller Abenteuerlust und ohne jede Angst lief Lucie neben ihrem Vater Johannes Harders in der Abenddämmerung durch die quirlige Schmuckstraße, welche hier in Hamburgs Hafenviertel St. Pauli die Große Freiheit mit der Talstraße verband. Natürlich war es der eigensinnigen jungen Frau doch gelungen, den gutmütigen Maler zu überreden, mit ihr das angeblich so zwielichtige Pflaster zu besuchen. Es hieß, in den oberen Etagen der Häuser wohnten Dirnen, Arbeiterfamilien und Witwen. Die billigen Souterrains hingegen, davon konnte Lucie sich nun überzeugen, waren in der Tat vornehmlich an Chinesen vermietet. Deren Tabakläden, Wäschereien, Gemüsegeschäfte und Kneipen in den Kellergeschossen der Häuser reihten sich aneinander. Die Fenster waren oft dicht verhängt, über schmale Lichtritzen huschten Schatten, kein Laut drang nach außen. Alles trug den Schleier eines großen Geheimnisses.

Schließlich waren sie am Haus Nummer 18 angekommen, in dessen Untergeschoss sich das Chop Shuy befand. Johannes hatte telefonisch einen Tisch vorbestellt. Als sie ihrem Vater die Treppen hinunter folgte, ärgerte Lucie sich ein wenig über sich selbst. Wieso kam ihr denn jetzt dieses idiotische Wort »Opiumhöhle« in den Sinn, das die Gräfin heute Morgen verwendet hatte? Dass die Chinesen alle dem Drogenrausch frönten oder der zweiten angeblichen Nationalleidenschaft, dem Glücksspiel, nachgingen, solche Unterstellungen fußten ja meist nur auf Vorurteilen! Doch kaum hatten sie das von roten Papierlaternen beleuchtete Restaurant betreten, in dem ein Grammofon exotische Melodien spielte, waren die Gedanken an Opium und Glücksspiel vergessen. Es roch zwar auch nach Zigaretten, Zigarren und Pfeifen, doch hauptsächlich nach fremdartigem, aber verlockendem Essen.

Johannes Harders wurde vom Wirt Chong Jip, einem Herrn mittleren Alters in feinem hellbraunem Anzug, mit Handschlag und einem Lächeln begrüßt. Als ihr Vater ihm Lucie vorgestellt hatte, kommentierte der Gastronom bewundernd: »Das Juwel des Himmels ist die Sonne, das Juwel der Familie ist das Kind. Und diese Tochter ist ein besonders schöner Edelstein.«

Dann wurden sie von einer hübschen Chinesin an ihren Platz geführt. Lucie bestellte auf Empfehlung ihres Vaters wie er auch Ente süßsauer und einen Jasmintee.

»Wie ist denn diese kleine chinesische Kolonie eigentlich entstanden?«, fragte Lucie, während sie auf das Essen warteten.

»Na ja, seit Mitte des letzten Jahrhunderts gab es immer mehr Dampfschiffe. Die schweren Tätigkeiten in den Maschinenräumen waren natürlich nicht sonderlich beliebt – schon allein wegen der enormen Hitzentwicklung da unten. Heizer, Trimmer, Kohlenzieher – die waren schwer zu finden für die deutschen Reedereien wie die Hapag oder Lloyd in Bremen«, erklärte Lucies Vater.

»Das kann ich mir vorstellen«, sagte sie. »Was für eine grässliche Vorstellung, in so einem Raum zu arbeiten – ohne

Tageslicht, ewig nur die unerträgliche Hitze und der Gestank nach Ruß und Kohle.«

»Die Reedereien haben deshalb vermehrt fremdländische Arbeitskräfte beschäftigt. Unter anderem eben auch Chinesen, die wurden hauptsächlich in Hongkong und Schanghai angeheuert. Asiaten sind nicht wirklich widerstandsfähiger gegen Hitze, wie immer mal gern behauptet wird. Sie brauchen das Geld nur dringender«, betonte Johannes. »Aber die Arbeit in der Hölle unten im Schiffsrumpf erschöpft sie wie alle anderen auch. Deshalb haben viele von ihnen irgendwann abgemustert und hier ihr Glück in Wäschereien oder mit Kleinhandel versucht.«

»Und jetzt sind viele der Kunden dort wiederum chinesische Seeleute«, stellte Lucie fest. »Die sind bestimmt froh, hier einen Ort zu haben, wo man ihre Sprache spricht.«

»Und wie«, meinte ihr Vater. »Etwa eine Woche liegen die Schiffe jeweils hier im Hamburger Hafen vor Anker – bis die Ladung gelöscht und die neue Ware verstaut ist. In der Zeit ist für die chinesischen Matrosen die Schmuckstraße oft die einzige Anlaufstelle. Hier gibt es die Chinese Seamen's Employment Agency für die Arbeitssuchenden, billige Unterkünfte – und …«

… Frauen, dachte Lucie bei sich. Nicht einmal ihr weltoffener Vater hätte das seiner jungen Tochter gegenüber ausgesprochen. Doch sie war nicht naiv. Auch das suchten Matrosen – egal welcher Herkunft oder Hautfarbe – auf Landgang.

»Außerdem natürlich …«, Johannes Harders machte eine ausladende Geste, »… heimisches Essen.«

Ihr Jasmintee wurde gebracht, und während sie an dem heißen Getränk schnupperte, erwog Lucie, für ihr nächstes Parfüm das Öl dieser Blüten als Basisnote zu verwenden.

Madame Lambert hatte ihr geraten, sich bei der Kreation von Düften von eigenen Erinnerungen und neuen Erlebnissen inspirieren zu lassen.

»Unsere Behörden wollten aber nicht, dass dieses Viertel entsteht«, erinnerte sie sich, in der Zeitung gelesen zu haben.

Ihr Vater nickte, an seinem Tee nippend. »Zur Zeit des Kaisers hat die Hafenbehörde strikt darauf geachtet, dass keine chinesischen Seeleute illegal einwandern. Aber trotzdem sind viele untergetaucht und haben sich heimlich hier in St. Pauli angesiedelt. Nach dem Großen Krieg sind auch noch chinesische Migranten aus London und Liverpool dazugekommen.«

»Hoffentlich weist man sie nicht irgendwann aus«, sagte Lucie und betrachtete fasziniert die goldenen Drachen und Buddhafiguren, die das enge, aber gemütliche Lokal zierten.

»Das glaube ich nicht«, beruhigte sie ihr Vater. »Wir sind doch genug gebeutelt von den Forderungen der Kriegsgewinner, da ist unser Land froh über die guten wirtschaftlichen Beziehungen zur Chinesischen Republik. Es wurde auch neulich erst vereinbart, dass die deutsch-chinesische Kooperation ausgebaut werden soll. Außerdem stehen die Einwanderer hier unter dem Schutz der chinesischen Gesandtschaft – und des Auswärtigen Amts in Berlin.«

Nun wurde das verlockend riechende Essen serviert: im Teigmantel knusprig gebackene Entenbrust, Reis und orangefarbene Soße mit exotischen Früchten darin. Das süßsaure Aroma mundete Lucie ganz wunderbar – es war mit nichts vergleichbar, das sie zuvor gegessen hatte.

»Oh, Vati, das ist so köstlich«, schwärmte sie.

Johannes nickte lächelnd. »Ja, mal was ganz anderes, stimmt's?«

Sie bemerkte, dass es zunehmend voller in dem Lokal wurde. Immer mehr Asiaten, aber auch sehr viele Hamburger drängten sich an den kleinen Tischen. Rufe in chinesischer Sprache in die Küche hinein und aus ihr heraus klangen mal hart und abgehackt, mal auf fremdartige Weise melodisch. Da kam ein rundlicher Asiate in der Arbeitskleidung eines Kochs hereingehetzt. Wirt Chong Jip deutete wütend auf die Wanduhr. Offensichtlich war der Küchenmeister zu spät. Er eilte durch die Schwingtür an seinen Arbeitsplatz, und kurz darauf trat ein jüngerer Kollege verschwitzt und müde aussehend in den Gastraum hinaus. Scheinbar hatte er schon sehnsüchtig auf Ablösung gewartet. Lucie bewunderte den makellosen Oberkörper des muskulösen Kochs, der wie gemeißelt unter seinem ärmellosen Unterhemd zu erkennen war. Erst als er aufsah und sich seiner Kochmütze entledigte, erkannte Lucie ihn – und es fuhr ihr in den Magen. Das war Anjing Wang, »ihr« Porzellanhändler! Wie konnte das sein?

5

Schließlich wurde Anjing auf Lucie aufmerksam, wahrscheinlich hatte sie zu sehr zu ihm hinübergestarrt. Im Nu war die Müdigkeit aus seinem Gesicht verschwunden, er strahlte und kam auf sie zu. Nach der Arbeit in der Küche war sein rabenschwarzes Haar natürlich nicht mehr streng gescheitelt, es fiel ihm in widerspenstigen Strähnen ins Gesicht – und Lucie ertappte sich bei dem Wunsch, darin herumzuwuscheln. Sie spürte, wie ihr Gesicht zu glühen begann.

»Guten Abend!«, grüßte er höflich. »Fräulein … Douglas?«

»Harders, Lucie Harders heiße ich«, haspelte sie. Was war denn nur mit ihr los? Sonst kannte sie doch keinerlei Angst vor Menschen und trat stets selbstbewusst auf – auch Männern gegenüber. Sie bemerkte den amüsiert-verdutzten Blick ihres Vaters und spürte zu ihrer Verärgerung, dass sie dadurch vollends errötete. Da wanderte auch der Blick des Kochs oder Porzellanverkäufers – was war er denn nun? – zu Johannes Harders. Diesem nickte er höflich zu, aber sein Lächeln war in dem Fall etwas weniger strahlend.

»Herr Wang, das ist Johannes Harders, mein Vater«, klärte sie ihn hastig auf. Der Maler sah ja noch ganz passabel aus und sie selbst weitaus älter als fünfzehn – nicht, dass der schöne Chinese noch falsche Schlüsse zog. »Vati, das ist Herr Wang, er verkauft … er hat mir heute Morgen in der Parfümerie eine kleine Porzellantasse geschenkt.«

»Damit kennen Sie sich auch aus? Potzblitz! Dabei sind Sie schon ein so hervorragender Koch«, erwiderte ihr Vater grinsend.

War da etwa Ironie in seiner Stimme? Vati, lass den Jungen bloß in Ruhe mit deinem Sarkasmus, rief es in Lucie.

»Ihr Essen ist großartig«, lobte Johannes ihn dann jedoch zu ihrer Erleichterung.

»Vielen Dank«, sagte Anjing, nun wieder ganz breit lächelnd.

Warum war ihr nur dieses Kompliment nicht selbst eingefallen? Zumal es ja vollkommen der Wahrheit entsprach.

»Mir hat es auch unfassbar gut geschmeckt«, beeilte sie sich zu bestätigen. Und nun? Was sollte sie nur sagen, damit er noch länger bei ihnen stehen blieb und sie ihn weiter ansehen konnte? Ach, warum nicht ehrlich sein? »Darf ich Sie etwas fragen, Herr Wang?«

Er nickte eifrig und antwortete ähnlich hastig wie sie: »Natürlich!«

»Das Parfüm oder Rasierwasser, das Sie heute Morgen getragen haben – kennen Sie seine Bestandteile?«, fragte sie und schickte dann angesichts seines erstaunten Blicks rasch die Erklärung hinterher: »Ich versuche, selbst Parfüms herzustellen, und in Ihrem waren mir unbekannte Duftelemente.«

»Da kann ich Ihnen nicht weiterhelfen, leider«, sagte er mit Bedauern, das aufrichtig wirkte. »Mit Düften kenne ich mich nicht aus. Das Parfüm ist ein Geschenk meiner Tante, die in Paris lebt. Auf dem Fläschchen steht kein Name.«

»Schade«, murmelte Lucie. Nun würde sie nicht herausbekommen, wie sich dieser besondere Wohlgeruch zusammensetzte, und ihr Gesprächsthema schien bereits wieder versiegt.

Doch da hellte sich Anjings zunächst nachdenklicher Blick mit einem Mal wieder auf. »Wir könnten meinen Onkel fragen, er wird es wissen.«

Sie sah ihn hoffnungsvoll an. »Ja?«

»Er ist Buchhändler hier in der Straße«, berichtete er. »Onkel Xu Li kennt sich auch mit Gerüchen und Duftstoffen aus, ein alter Seefahrer, der schon in aller Welt war. Ich kann ihn gleich nachher an meinem Parfüm riechen lassen, wenn Sie wollen. Ich bringe Ihnen die Antwort dann Montag in Ihr Geschäft.«

Es war zwar noch so lange hin, aber jedenfalls würde sie ihn überhaupt wiedersehen. »Das wäre sehr nett«, sagte sie, doch weder Anjing noch ihrem Vater schien ihre Enttäuschung über die Wartezeit verborgen zu bleiben.

»Mein Herr Onkel würde Sie aber gewiss auch gern noch heute persönlich kennenlernen«, sagte er nun mit fragendem Blick zu Johannes Harders. »Er ist meist bis spätnachts in seiner Buchhandlung zugange. Wenn Sie mögen ...«

»Also, ich habe nach dem Essen nichts anderes mehr vor«, sagte der Maler und zwinkerte seiner Tochter zu. »Einen Hort guter Literatur besuchen wir immer gern, stimmt's, Lucie?«

»Dann fahre ich schnell nach Hause, mache mich frisch und hole mein Parfümfläschchen. Soll ich Sie dann in einer halben Stunde hier abholen?«, vergewisserte sich Anjing freudig.

»Wenn Ihr Herr Onkel wirklich zustimmt«, meinte Lucie vorsichtig. »Es ist ja schon sehr spät, und ...«

»Das wird er«, meinte der Porzellanverkäufer und Koch überzeugt. »Ich sage ihm gleich schnell Bescheid.«

»Gut, dann haben wir jetzt noch Zeit für einen Nachtisch. Du probierst die gebackenen Bananen in Honig, Lucie, und danach gehen wir auf Duftstoff- und Bücherexpedition«, fasste Johannes Harders voller Vorfreude zusammen.

Und Lucies Magen kribbelte vor Aufregung.

***

Gegen halb zehn Uhr abends führte Anjing Johannes Harders und Lucie zu seinem Onkel, nachdem er sie wie verabredet im Restaurant abgeholt hatte. Jetzt war er wieder edel gekleidet, ordentlich gescheitelt – und hatte seinen verführerischen Duft aufgelegt. Wie das Speiselokal Chop Shuy befand sich auch die Buchhandlung im Souterrain eines schmalen Hauses in der Schmuckstraße. Anjing hatte die beiden Gäste beruhigen können, wie von ihm vermutet, sei Xu Li Wang ohnehin noch munter und dabei, in seinem Geschäft neue Bücher einzusortieren. Über der schmalen Eingangstür des Lädchens hing eine rote Papierlaterne, wie jene, die das Restaurant zierten. Im engen Verkaufsraum war alles zugestellt mit deckenhohen Regalen voller Bücher in allen möglichen Sprachen, es schien keinerlei Ordnungssystem zu geben. Vielleicht sollte man dadurch angeregt werden, hier einfach zu stöbern und sich treiben lassen, mutmaßte Lucie. Aber anderseits wäre es ja schon hilfreich, zumindest zu wissen, wo Bücher in jenen Sprachen standen, derer man mächtig war. Da tauchte hinter einem Regal der Besitzer dieses bunten Sortiments auf: Anjings Onkel Xu Li Wang, ein knorriger Mann mit weißem Kinnbart, dessen langes Haupthaar zu einem Zopf zusammengebunden war. Als er Vater und Tochter Harders auf das Herzlichste begrüßte, schien sein sonnengegerbtes Gesicht nur aus Lachfalten zu bestehen.

»Ihre Bücher kommen ja aus der ganzen Welt«, stellte Lucie beeindruckt fest, nachdem Anjing sie einander vorgestellt hatte. Sie hatte noch nie zuvor ein Buch gesehen, das komplett mit chinesischen Schriftzeichen bedruckt gewesen war. Hier schien es Dutzende davon zu geben.

Xu Li Wang schmunzelte. »Ja, ein ganzer Globus versteckt in winzigem Raum. Ich habe sieben Kinder, und ich sage allen immer wieder, sie sollen lesen, lesen, lesen. Es spart das Geld für teure Reisen.«

Johannes Harders und seine Tochter lachten.

»Vielleicht liegen Ihre und meine Leidenschaft gar nicht so weit auseinander«, meinte der Alte zu Lucie. »Laut einer alten Geschichte konnte ein seines Augenlichts beraubter feinfühlender Chinese die Bücher an ihrem Geruch erkennen. Als ihm ein Doktor Bücher gab, sagte der blinde Alte: Dies hier ist ein Werk, welches sich mit Kosmetik beschäftigt, denn es duftet nach Pomade, und das hier enthält Schlachtgesänge, denn man riecht das Kriegspulver.«

Lucie schmunzelte.

»Mein Neffe Nummer vier hat mir vorhin erzählt, Sie sind auf der Suche nach einem Duftstoff«, kam der alte Buchhändler auf den Grund ihres Besuchs bei ihm zu sprechen.

»Ja«, erwiderte Lucie, »ich kenne viele Parfümrohstoffe, aber die Basisnote seines Dufts ist mir noch nie untergekommen, glaube ich.«

Der junge Koch hatte bereits seinen Flakon gezückt, der aus pechschwarzem Glas geformt war und keine Aufschrift trug. Sein Onkel nahm das Fläschchen entgegen, entkorkte es und roch daran. Dann lächelte er wissend.

»Sie erkennen es?«, fragte Lucie hoffnungsvoll.

»Ja, dieser Duft heißt Ambra«, bestätigte der Alte.

»Ambra!«, rief sie. »Davon habe ich schon gehört, aber dieser Duft soll wahnsinnig teuer sein.« Madame Lambert hatte Ambra mit dem Vermerk auf die hohen Kosten in ihrem Büchlein erwähnt.

»Richtig, das liegt an seiner Herkunft«, erklärte Xu Li Wang. »Bei uns in China bezeichnete man Ambra bis vor etwa tausend Jahren als ›lung sien hiang‹, das heißt ›Speichelparfüm der Drachen‹. In Wirklichkeit haben Drachen natürlich nichts mit ihrer Entstehung zu tun.«

»Sondern?«, hakte Lucie nach.

Der Alte stieg auf eine kleine Leiter, um im obersten Fach eines Regals nach einem Titel zu suchen. »Nun, das fragen sich die Menschen schon sehr, sehr lange. Der Reisende Al-Masudi hat berichtet, dass an einer Stelle der arabischen Küste die Bewohner ihre Kamele abgerichtet hätten – für die Suche nach Ambra.«

Mit einem dicken Buch kam Xu Li Wang die Leiter wieder heruntergeklettert.

»*Tausendundeine Nacht*«, erkannte Anjing.

»In Arabien stellte man sich nämlich vor, dass Ambra aus Quellen nahe der Meeresküste fließt«, erläuterte Herr Wang und blätterte das Buch auf. »In dieser Märchenerzählung strandet Sindbad, der Seefahrer, nach einem Schiffbruch auf einer Wüsteninsel. Dort entdeckt er eine Quelle mit stinkender roher Ambra. Die Substanz fließt wie Wachs in das Meer – im Wasser wird sie von riesigen Fischen verschluckt und dann wieder erbrochen: in Gestalt von wohlriechenden Klumpen, die an den Strand treiben. Damit liegt das alte

Märchenbuch nicht einmal ganz falsch. Tatsächlich stammt Ambra nämlich aus dem Verdauungstrakt von Pottwalen.«

»Oh … wirklich?« Lucie wechselte einen ungläubigen Blick mit ihrem Vater.

Der nickte. »Ein Walfänger hat mir davon erzählt. Die unverdaulichen Teile wie Schnäbel oder Hornkiefer von Tintenfischen und Kraken werden in Ambra eingebettet. Im Darm von Pottwalen können gelegentlich bis zu vierhundert Kilogramm davon enthalten sein. Solche Mengen führen bei den Tieren aber häufig zu Darmverschluss und schließlich zum Tod.«

Lucie konnte es immer noch nicht fassen.

Anjing schien es ebenso zu gehen. »Dann entsteht Ambra … wegen einer Verdauungskrankheit eines Pottwals?«, fragte er.

»Vielleicht«, sagte Xu Li Wang vage. »Andere vermuten, der Stoff dient dem Wundverschluss – bei Verletzungen seiner Darmwand.«

Er holte ein weiteres Buch aus einem Regal, diesmal aus einem Fach fast am Boden: *Moby Dick,* der berühmte Walfängerroman von Herman Melville. Der alte Buchhändler blätterte darin und hatte nach kürzester Zeit die gesuchte Stelle gefunden. Er las vor: »Wer würde wohl denken, dass die feinsten Damen und Herren sich an einem Wohlgeruch laben, den man aus den ruhmlosen Gedärmen eines kranken Pottwals holt! Und doch ist es so. Der graue Amber wird von manchen für die Ursache, von anderen für die Folge mangelhafter Verdauung gehalten, an der Wale mitunter leiden.«

Lucie kannte das Buch, doch diese Stelle musste sie seinerzeit achtlos überlesen haben. Xu Li Wang blätterte ein paar Seiten weiter und zitierte dann: »Ich behaupte: Wenn der Pottwal seine Schwanzflosse hochschleudert, verströmt er ebenso viel Wohlgeruch wie eine moschusparfümierte Dame, die in einem warmen Salon ihre Röcke rascheln lässt.«

Lucie und ihr Vater lachten.

»Und wie gelangt die Ambra aus dem Wal ins Meer?«, erkundigte sich der Kunstmaler neugierig.

»Durch Erbrechen, als Steine im Kot – oder durch den natürlichen Tod der Tiere«, zählte der Alte auf, und Lucie ekelte sich ein wenig. »Man findet Ambra, wenn sie in Klumpen auf dem Meer treibt. Die wiegen bis zu zehn Kilogramm, es gibt aber auch Legenden von über hundert Kilo schweren Brocken. Diese Ambraklumpen können jahrzehntelang durch die Meere treiben. Als Strandgut an Küsten sind sie eher selten.«

Nun brachte Lucie ihre Bedenken vor. »Ich kann mir gar nicht vorstellen, dass so etwas gut duften kann.«

»Anfangs tut sie das wohl auch nicht, da hat der Autor von *Moby Dick* sich getäuscht«, räumte Xu Li Wang ein. »Frische Ambra direkt aus dem Darm des Pottwals ist weiß, weich und riecht ekelerregend – für die Parfümherstellung unbrauchbar. Sie muss erst viele Jahre oder sogar Jahrzehnte der frischen Luft, Licht und Salzwasser ausgesetzt sein. So wird sie ganz allmählich fest – und erhält dabei auch ihren angenehmen Duft.«

»Und das Zeug findet wirklich Abnehmer?«, zeigte sich Johannes Harders weiterhin skeptisch.

»Der Handel damit begann früh«, erläuterte der Buchhändler. »Schon Marco Polo wusste, dass Ambra aus dem Magen von Walen stammt. Er erzählte von der Insel Sokotra, die liegt nahe dem Horn von Afrika. Laut seinem Bericht zogen die Bewohner dort Kadaver von verendeten Walen an Land. Dann haben sie Ambra aus dem Magen geholt und eine Art Öl aus dem Kopf gewonnen. Mit beidem machten sie wohl gute Geschäfte. Vielleicht weckt Ambra im Menschen unbewusst die Sehnsucht nach dem Meer, aus dem ursprünglich alles Leben hervorgegangen ist.«

Lucie war sehr fasziniert von diesen Geschichten. Was gäbe sie darum, einmal mit diesem Duftstoff experimentieren zu dürfen.

»Ich würde gern einmal Ihr Parfümlabor besichtigen«, meinte der Alte.

»Das dürfen Sie natürlich gern«, entgegnete Lucie, »es ist aber ganz winzig.«

Xu Li Wang lächelte verschmitzt. »Wer denkt, Größe ist wichtig, soll einmal zu schlafen versuchen, wenn ein kleiner Moskito im Zimmer ist.«

***

Gleich am Sonntagmorgen hatte sich Lucie von den Carstens-Schwestern telefonisch die Erlaubnis geben lassen, dem alten chinesischen Buchhändler am Spätnachmittag das Duftlabor zu zeigen. Zu ihrer großen Freude hatte Anjing Wang gebeten, seinen Onkel begleiten zu dürfen.

Und so standen die beiden Chinesen bei Lucie in dem hinter einem Regal verborgenen gekachelten Bereich mit Waschbecken.

Sie hatte ihnen allen eine Tasse von dem Tee aufgebrüht, den der Alte als Gastgeschenk mitgebracht hatte.

»Ein gutes Parfüm verwöhnt unsere Sinne und erhöht unser Wohlbefinden«, zitierte sie das, was sie von ihrer Patentante Marie gelernt hatte. »Düfte sind aber mehr als nur ein Kosmetikprodukt. Sobald die Nase einen Geruch wahrnimmt, wird dieser über die Riechkaskade sofort an das

Gehirn weitergeleitet. Sie werden in dem Bereich verarbeitet, der unter anderem für unsere Gefühle zuständig ist.«

»Das erklärt einiges«, meinte Anjing Wang lächelnd.

Lucie griff in das Regal mit frischen Blüten, Fläschchen und Phiolen mit verschiedenfarbigen Flüssigkeiten und ließ die beiden an einer Essenz riechen.

»Apfel«, erkannte Anjing.

Lucie nickte. »Fruchtige Düfte sind besonders bei jüngeren Menschen beliebt. Ich habe hier noch die Noten Zitrone und Orange. Aber auch Apfel, Himbeere und Pfirsich werden sehr gerne verwendet.«

»Vielleicht wäre Kokos noch eine gute Idee?«, schlug Xu Li Wang vor.

Lucie schrieb es sich auf. Sie hatte erst einmal eine Kokosnuss gekostet, aber das Aroma war in der Tat einzigartig. »Stimmt, gleichzeitig exotisch und heimelig.«

Sie ließ die beiden an einer weiteren Essenz schnuppern. »Das ist Jasmin«, meinte der Alte verträumt. »Da denke ich gleich an unseren Garten zu Hause.«

»Ja, Düfte können viele Erinnerungen wecken«, wusste Lucie aus eigener Erfahrung. »Blüten spielen in der Parfümherstellung schon seit langer Zeit eine wichtige Rolle. Außer Jasmin habe ich Essenzen von Lavendel, Maiglöckchen, Veilchen und Mimose.«

»Kennen Sie auch das Parfümöl der Tuberose?«, erkundigte sich Xu Li.

Lucie schüttelte den Kopf. »Nein, davon hat mir meine Patentante bisher nichts erzählt.«

»Es heißt, das ist einer der teuersten und kostbarsten Duftstoffe überhaupt«, berichtete der Buchhändler. »Diese weißen Blüten stammen ursprünglich wohl aus Mexiko.«

»Ah, ich glaube, dann hat Marie sie doch einmal erwähnt«,

fiel Lucie nun wieder ein, »allerdings unter dem Namen Vara de San José – Josefstab.«

Anjing deutete auf die Gräser und Blätter, die in kleinen Schalen im Regal lagen. »Kann man die auch für Parfüms verwenden?«

»Ja, im Grunde alles, was einen Geruch hat«, meinte Lucie. »Es kommt nur auf die Konzentration an.«

»Deshalb liegen dort auch Tabakblätter«, bemerkte Anjings Onkel schmunzelnd.

»Oh, und das da drin kenne ich natürlich«, kam es nun von seinem Neffen, der auf grüne Blätter in einer anderen Schale deutete. »Den Lorbeer nehmen wir für Suppen, Fleisch und Fisch.«

»Ja, vieles, was in der Küche verwendet wird, kann auch als Duftbaustein dienen«, erklärte Lucie dem jungen Teilzeitkoch. »Kräuter wie Salbei zum Beispiel. Oder Gewürze wie Nelke, Ingwer, Koriander, Kardamom und Rosmarin. Viele süßliche Duftnoten enthalten auch Vanille.«

Sie entkorkte eine Phiole und reichte sie ihm, um ihn daran riechen zu lassen. Dabei streiften kurz ihre Finger aneinander, und von der Stelle der Berührung aus ging ein angenehmes Schaudern durch Lucies ganzen Körper.

»Vielleicht erkennen Sie das auch«, meinte sie heiser.

»Anis«, sagte Anjing.

»Tierische Duftstoffe verwende ich nicht so gern«, erläuterte Lucie nun und hoffte, dass sie damit von ihrem gewiss hochroten Kopf ablenken konnte. »Es sind schon viel zu viele Moschusochsen wegen ihres Dufts getötet worden. Deshalb bin ich froh, dass die frische Ambra aus ermordeten Walen unbrauchbar ist, so muss kein Tier für den Duftstoff sterben.«

»Genau, ohne die Jahre im Meer geht es nicht«, bestätigte

Xu Li. »Deshalb ist das Endprodukt ja so schwer zu bekommen.«

»Ja, das ist wiederum schade. Ich würde die fertige Ambra zu gern einmal pur riechen – und als Verlängerung der Basisnote für einen neuen Duft verwenden.«

»Geben Sie die Hoffnung nicht zu früh auf«, riet der alte Herr Wang und lächelte ihr aufmunternd zu. »Ich habe viele Kunden und alte Freunde unter den Seeleuten – wer weiß, vielleicht schuldet mir ja jemand von denen einen Gefallen.«

Lucie sah ihn hoffnungsvoll an. Deutete er etwa an, er könnte ihr bezahlbare Ambra besorgen?

6

Am Montag, den 9. August 1920, war es nicht nur die große Auswahl von schönen Düften, welche die Kunden in die Parfümerie Douglas lockte, sondern auch die Neigung zu heftigen Regenschauern. Viele Damen, die morgens am Neuen Wall entlangflaniert waren, betraten das Geschäft zunächst nur, um ins Trockene zu gelangen. Aber dann ließen sie sich doch von Hertha, Lucie und Eugenie mit auf die Reise in die Welt der Wohlgerüche nehmen. Natürlich boten sie den Kunden nicht nur fachkundige Beratung bezüglich der Parfüms und Seifen, sondern auch die Möglichkeit, ein wenig zu plaudern – und es sich bei längerem Aufenthalt bei einer Tasse Tee oder Kaffee gut gehen zu lassen. Als Lucie gerade drei neugierigen Stammkundinnen von ihren Erlebnissen im chinesischen Viertel erzählte und auch die Geschichte der Ambra wiedergab, betrat Französischlehrerin Henny Henckel das Geschäft. Erfreut eilte Eugenie der Schwester ihres verstorbenen Vermieters entgegen. Sie bemerkte an deren Gesichtsausdruck jedoch sogleich, dass die Harburgerin von neuerlichen Sorgen geplagt wurde.

»Guten Morgen, Fräulein Henckel«, grüßte sie und fügte vorsichtig hinzu: »Alles in Ordnung bei Ihnen?«

Die Lehrerin schüttelte den Kopf. »Leider nein. Ich müsste Sie dringend unter vier Augen sprechen, Fräulein Schalt. Könnten wir vielleicht in Ihr Büro gehen?«

Eugenie wurde von Sorge ergriffen. »Natürlich«, sagte sie und führte die Lehrerin ins Hinterzimmer.

Dort atmete Henny Henckel tief durch und kam dann direkt zur Sache: »Fräulein Schalt, es tut mir furchtbar leid, aber ich muss Ihnen zum 1. Oktober Ihre Wohnung kündigen.«

Eugenie sah sie erschrocken an.

»Ich habe nach Dieters Tod ja versucht, die Dinge weiterhin laufen zu lassen wie bisher. Aber es geht einfach nicht mehr. Alles wird immer teurer, die Waisenrente des Kleinen reicht hinten und vorne nicht, und seit ich mich um ihn kümmere, kann ich nicht mehr so viel arbeiten. Viele können sich sowieso keinen Sprachunterricht mehr leisten. Ich war gezwungen, einen Käufer für das Haus zu suchen. Jetzt habe ich einen Rechtsanwalt gefunden, der es haben will – trotz der Inflation. Allerdings möchte er aus den unteren Wohnungen Büros machen.«

»Ich verstehe«, murmelte Eugenie benommen. Sie fühlte sich wie in einem Albtraum.

Man merkte Henny ihr schlechtes Gewissen deutlich an, als sie sich beeilte hinzuzufügen: »Natürlich werde ich Ihnen bei der Wohnungssuche helfen. Und der Anwalt hat versprochen, sich auch umzuhören.«

Die weiteren tröstenden und entschuldigenden Worte der Vermieterin nahm Eugenie gar nicht mehr recht wahr, ihre Gedanken rasten, eine bodenlose Zukunftsangst hatte sich ihrer bemächtigt. Als Henny Henckel und auch die drei übrigen Kundinnen gegangen waren, konnte die Verkaufsleiterin ihre Tränen nicht mehr zurückhalten.

Sofort eilten besorgt die Harders-Schwestern zu ihr.

»Eugenie«, rief Hertha und reichte ihr ein Taschentuch. »Was ist mit dir?«

»Fräulein Henckel hat mir zum 1. Oktober die Wohnung gekündigt«, brachte die Ausbilderin mit brechender Stimme hervor. »Sie verkauft ihr Haus. Sie und der Käufer wollen mir zwar bei der Suche nach einem Ersatz helfen, aber die Mieten bei einem neuen Vertrag sind für mich doch unbezahlbar. Natürlich könnte ich zurück zu meinen Eltern nach Danzig. Aber da finde ich bestimmt keine Arbeit. Außerdem würde ich ohne euch und Fräulein Carstens doch eingehen wie eine Primel.«

»Nun mal langsam«, sagte Lucie und drückte die Hand der Freundin. »Wenn du bis Oktober wirklich nichts Bezahlbares findest, wohnst du erst mal bei uns.«

»Genau«, stimmte Hertha zu. »Unser Haus ist zwar klein, aber notfalls kannst du in Vatis Atelier schlafen. Da gibt es eine gemütliche Liege, auf der habe ich als Kind richtig gern übernachtet.«

Das Angebot fand Eugenie zwar rührend, aber wo sollte sie in dem Fall mit ihren Möbeln hin? Es war wirklich zum Verzweifeln.

***

Am Abend waren die drei Parfümverkäuferinnen mit den Carstens-Schwestern und Julius Karstadt zum Abschiedfeiern in Berta Kolbes Villa an der Elbchaussee eingeladen. Auch in dieser schönen Umgebung konnte Eugenie an nichts anderes als die Kündigung der Wohnung und ihre unsichere Zukunft denken. Vor dem Abendessen gab es ein Glas Sekt für jeden. Dabei konnten Bertas Gäste die atemberaubende Aussicht auf die Elbe und das gegenüberliegende Ufer von Finkenwärder bewundern.

»Tja, diesen schönen Anblick tauschen wir nun wieder gegen den Zürisee ein«, meinte Berta lächelnd.

»Und ich sehe stattdessen die Blumenwiesen rund um Grasse wieder«, ergänzte die alte Pauline verschmitzt lächelnd auf Französisch.

»Dass *der* Anblick wunderschön ist, kann ich nur bestätigen«, schwärmte Marie Carstens.

»Nun, über den schönen Ausblick hier wird sich ab nächstem Frühjahr jemand anderes freuen«, berichtete Berta nun. »Ich habe die Villa Otto Bröger zum Verkauf angeboten, der war früher ein Geschäftspartner meines Mannes. Er sucht schon länger etwas mit Elbblick. Im Frühjahr will er mit seiner Familie hier einziehen.«

»Gebt ihr dann Hamburg als Standort ganz auf?«, fragte Marie ihre einstige Mentorin erschrocken.

Doch Berta schüttelte den Kopf. »Wir ziehen in das kleinere Haus meiner verstorbenen Schwiegereltern im Hofweg 80 in Uhlenhorst«, informierte sie. »Für die Zeiten, in denen ich nach unserer Seifenfabrik am Kleinen Schäferkamp schaue, reicht uns das allemal. Wir haben uns in dem großen Haus hier immer etwas verloren gefühlt.«

»Nehmt ihr euren Flügel eigentlich mit?«, erkundigte sich Pauline Lambert mit Blick auf das große, schwarz glänzende Tasteninstrument.

»Nein, den übernimmt der Käufer zum Glück«, erwiderte Marcel. »So viel Platz wie hier haben wir im Hofweg ja nicht.«

»Hoffentlich behandelt er das Instrument gut«, entgegnete Pauline, und Hertha fiel eine seltsame Trauer im Gesicht der alten Parfümeurin und Malerin auf.

»Das wird er bestimmt«, meinte Berta zuversichtlich. »Möchtest du nicht etwas spielen, bis das Essen aufgetragen wird, Tante Pauline?«

Diese zögerte. »Ach …«

Marie war jedoch sofort Feuer und Flamme. »O ja, bitte! Sie haben damals in Grasse so wunderschön für mich improvisiert.«

Schließlich ließ Pauline sich breitschlagen und nahm auf dem Klavierhocker Platz. »Nun, dann ein Stück für die verlorenen schönen Aussichten, egal, ob auf Landschaften – oder auf Menschen.«

Sie begann, eine melancholische Melodie zu spielen. Etwas Anrührenderes hatte Hertha noch nie gehört. Verträumt schloss sie die Augen. Als sie diese nach einer Weile wieder öffnete, bemerkte sie, dass Eugenie Tränen über die Wangen rannen. Schließlich beendete die Greisin ihr Spiel und erntete dafür den begeisterten Applaus der Anwesenden.

Hertha erkundigte sich: »Wo haben Sie eigentlich Klavier spielen gelernt, Madame Lambert?«

»Oh, das hat mir vor vielen, vielen Jahren ein wahrer Virtuose beigebracht. Er hieß Jakob Silberstein«, antwortete die Parfümeurin und schien sehr wehmütig.

»Weißt du, was aus ihm geworden ist?«, hakte Hertha vorsichtig nach.

Merkwürdigerweise sah die alte Dame etwas ängstlich zu ihrem Neffen Marcel Lambert und sagte dann ausweichend: »Das ist eine lange Geschichte …«

Ehe Hertha weiterbohren konnte, klingelte ein Glöckchen, und das Essen wurde gebracht. Berta hatte angesichts der morgigen Abreise etwas Einfaches bestellt: Kartoffelsalat, wahlweise mit Sülze oder Würstchen. Eugenie war allerdings aufgrund ihrer Sorgen der Appetit vergangen. Auch den Gesprächen folgte sie nur mit einem Ohr, lächelte lediglich manchmal pflichtbewusst, wenn jemand am Tisch etwas Heiteres erzählte.

Der aufmerksamen Lucie war jedoch nicht entgangen, dass die Freundin noch immer von ihren Sorgen geplagt wurde. Daher offenbarte sie nun: »Unsere arme Eugenie muss auch ausziehen, aber unfreiwillig.«

Dann erzählte sie von der Wohnungskündigung durch Fräulein Henckel. Und schließlich geschah das, was die schlaue Lucie sich wohl erhofft hatte. Nach kurzem Überlegen sagte Berta Kolbe: »Nun, vielleicht hätte ich eine Lösung für Sie, Fräulein Schalt.«

»Ja?« Eugenie sah die Seifenfabrikantin fragend an.

»Wenn Sie möchten, können Sie bis zum Frühjahr hier in der Villa wohnen«, bot Berta an. »Uns wäre es recht, wenn jemand auf das Gebäude aufpasst. Unser Gärtner lässt in verschiedenen Räumen das Licht brennen, um Einbrecher abzuschrecken. Aber es wäre natürlich besser, wenn hier wirklich jemand lebt. Im Keller und auf dem Dachboden wäre auch genug Platz, Ihre eigenen Möbel zu lagern.«

Und Marcel ergänzte: »Sollten Sie bis März noch keine bezahlbare Mietwohnung gefunden haben, können Sie gern in unserer neuen Bleibe unterkommen und auch dort nach dem Rechten sehen, wenn wir in der Schweiz sind.«

Eugenie konnte ihr Glück kaum fassen. Sollte sich etwa wirklich eine solch wunderbare Lösung gefunden haben? Eine, bei der sie sogar viel schöner leben würde als zuvor? Sie als Villabewohnerin – das musste sie den Eltern in Danzig schreiben, die würden glatt vom Stuhl fallen!

Ihr war zwar auch etwas mulmig zumute bei dem Gedanken, allein und schutzlos in dem großen Haus mit all den edlen Teppichen, wertvollen Büchern, Gemälden und Möbeln zu wohnen, aber die Freude über das neue Dach über dem Kopf war größer. Und dann die Aussicht, diese wunderschöne Aussicht!

Hertha freute sich, ihre Ausbilderin und gute Freundin Eugenie wieder so quirlig und fröhlich wie eh und je zu sehen, nachdem die mit Berta die Einzelheiten ihres Umzugs in die Villa besprochen hatte. Sie hatte von Marcel sofort dessen Zweitschlüssel überreicht bekommen, der Gärtner würde gleich nach dem Essen über die neue Hausbewohnerin informiert werden. Schlafen könne sie im Gästezimmer, dieses wollte Berta ihrem neuen Dauergast nachher noch zeigen. Julius Karstadt hatte zudem angeboten, dass einige kräftige Lagerarbeiter aus dem Kaufhaus seines Onkels Eugenie bei Abbau und Transport ihrer Möbel in den Keller des Hauses helfen könnten.

Zunächst hatte Berta sich geweigert, von Eugenie Geld anzunehmen, doch schließlich schien ihr klar geworden zu sein, dass man der jungen Frau ihren Stolz lassen musste, und sie hatte zumindest die Zahlung einer Pauschale für Heizung und Strom akzeptiert.

Nun bemerkte Hertha, dass Julius Karstadt breit darüber grinste, wie begeistert sich Marcel Lambert über sein zweites Stück Sülze hermachte. Auch dem Bankier blieb der amüsierte Blick seines Nebenmannes nicht verborgen.

»Was ist los, Julius?«, fragte er und verharrte mit der Gabel auf halbem Weg zum Mund.

»Ach, ich frage mich nur, ob du das Zeug noch so freudig essen würdest, wenn du die eklige Geschichte kennen würdest, die sich hier vor einem Jahr mit Sülze abgespielt hat.«

»Wieso, was war da?«

»Ich glaube, das erzählt er Ihnen besser erst nach dem Essen«, mischte sich Hertha, die genau wusste, worauf Karstadt junior anspielte, entschieden ins Gespräch.

»Ich bin nicht empfindlich«, widersprach Marcel und schob sich demonstrativ die Gabel mit der Sülze in den Mund. »Leg los, Julius!«

Und so begann der Karstadt-Erbe zu erzählen: »Vor knapp einem Jahr ist vor einer Hamburger Fleischwarenfirma ein Fass mit verfaulten Kadavern zerbrochen. Dadurch kam heraus, dass in der Fabrik daraus Sülze hergestellt wurde. Die Stimmung der Hamburger Arbeiter war zu der Zeit sowieso recht angespannt. Ihre Forderungen nach mehr Gerechtigkeit hatte die herrschende Klasse ja mit Waffengewalt beantwortet. Die Arbeiter trauerten um die Errungenschaften der Novemberrevolution, Bürgertum und Handel wiederum hatten Angst um die öffentliche Sicherheit – da waren die Fronten ziemlich verhärtet. Das mit den fauligen Kadavern hat sich schnell rumgesprochen, ein Haufen Leute ist zusammengelaufen und hat dann wütend das Gelände gestürmt. Da fanden die noch mehr, was nicht in Sülze gehört: Ratten, Hunde und Katzen.«

Einige der Frauen am Tisch seufzten angeekelt auf, und Anna Carstens rügte ihren Liebsten: »Julius, bitte!«

Doch Marcels Appetit schien durch den Bericht tatsächlich nicht in Mitleidenschaft gezogen worden zu sein, er schob sich munter das nächste Stück Sülze in den Mund.

»Und wie haben die Leute dann reagiert?«, fragte er kauend.

»Erst mal wurde der Fabrikbesitzer in die Kleine Alster geworfen, der wäre fast ertrunken«, fuhr Julius fort. »In den folgenden Tagen haben die Arbeiter dann noch verschiedene andere Fleischfabriken durchsucht – auch da gab es Anzeichen für Panschereien. Die einfachen Leute haben getobt: ›Mit uns kann man's ja machen.‹ Nicht nur die Besitzer, auch staatliche Stellen wurden angegriffen. Die hat man der Komplizenschaft beschuldigt.«

Hertha erinnerte sich noch gut daran, wie dieser Sülze-Aufstand dann ausgeartet war. »Am Ende hat die wütende Menge das Hamburger Rathaus belagert – da ist sogar eine Handgranate explodiert.«

»Und das haben die Machthaber sich gefallen lassen?«, vergewisserte sich Marcel.

Lucie schüttelte den Kopf. »Kurz darauf hat der Reichswehrminister einen Generalmajor beauftragt, der sollte die Unruhen niederschlagen. Am 1. Juli sind dann Reichswehr- und Freikorps-Truppen einmarschiert. Sie haben die Arbeiterwohnviertel besetzt und die schwarz-weiß-rote Flagge vom ollen Kaiser gehisst. Viele Arbeiter und Funktionäre wurden verhaftet und misshandelt – oft wegen willkürlicher Anschuldigungen. Die Freikorps haben immer wieder ihre Schusswaffen benutzt. Angeblich, um Plünderer und Heckenschützen niederzustrecken. Aber wie das eben so ist mit diesen Militaristen, die dem Kaiser und dem Krieg hinterhertrauern – die schießen nur zu gern mal wieder.«

»Und diejenigen, die so denken wie sie, sitzen teilweise auch in unserer Republik noch in mächtigen Positionen«, wandte Anna Carstens ein. »Deshalb wurde letzte Woche für die Beteiligten am Kapp-Putsch auch eine Amnestie verabschiedet. Bis auf ganz wenige Führer werden die wohl alle straffrei ausgehen.«

Hertha nutzte das Gespräch über die Politik im Reich, um Madame Lambert noch einmal ohne die Aufmerksamkeit ihres Neffen zu ihrem Klavierlehrer zu befragen.

»Diesen Jakob Silberstein, wie haben Sie ihn damals kennengelernt?«, raunte sie der alten Dame in deren Muttersprache zu.

Pauline zuckte bei der Erwähnung des Namens zusammen, erzählte ihr, nach einem neuerlichen Blick zu Marcel, dann aber flüsternd die Geschichte. Wie ihr kleiner Sohn Philippe seinerzeit vom Lied *Les temps des cerises* in die leer geräumte Instrumentenhandlung gelockt wurde und sie ihm mit ihren drei kleinen Geschwistern gefolgt war. »Im Geschäft von Jakobs Onkel fühlte ich mich sofort wohl. Ich habe gespürt: Wenn ich irgendwann mal eine eigene Parfümerie eröffne, dann dort. Ob es aber wirklich die Räume waren, die mich auf Anhieb so fasziniert haben, oder Jakobs Klavierspiel und Gesang – und unsere erste Begegnung dort …« Sie zuckte mit einem nonchalanten Schmunzeln die Schultern.

»Haben Sie ihn denn dann gleich angerufen, um Unterricht bei ihm zu bekommen?«, fragte Hertha.

»Damals gab es kein Telefonnetz«, erinnerte sie die Parfümeurin lächelnd. »Man schickte sich Telegramme, Briefe oder besuchte sich. Aber mein Mann hätte mir ja niemals das Geld für Klavierstunden gegeben.«

»Wie schade«, sagte Hertha mit aufrichtigem Bedauern. Aufgrund Paulines liebevoller Beschreibung des blutjungen, dunkel gelockten Musikers wünschte sie der Freundin, dass ihr sehr viele glückliche Stunden mit ihm vergönnt gewesen waren.

»Ich habe aber öfter vom Markt aus einen kleinen Umweg zum Geschäft seines Onkels gemacht«, erzählte Pauline, »und auch zu Jakobs eigener Adresse – die kannte ich ja aus der Zeitungsannonce. So habe ich dem Zufall ein bisschen auf die Sprünge geholfen. Als wir uns endlich wiederbegegnet sind, sahen wir beide verdächtig glücklich aus.«

Es rührte Hertha, wie wehmütig die alte Dame bei der Erinnerung an jenes Wiedersehen lächelte.

»Jakob hat mir angeboten, mich ohne Bezahlung zu unterrichten. Ich habe erst dagegen protestiert – aber nicht sehr überzeugend.«

»Von diesen Klavierstunden durfte Ihr Mann sicher nichts erfahren«, mutmaßte Hertha, die Paulines und Jakobs Geschichte äußerst spannend fand.

Pauline nickte. »Anfangs hatte Alexandre zum Glück keine Ahnung davon. Sie können sich nicht vorstellen, wie aufregend Klavierunterricht sein kann, wenn Lehrer und Schülerin sich nichts sehnlicher wünschen als ... einander verboten nahezukommen.«

Hertha ahnte, warum Pauline wiederholt einen vorsichtigen Blick in Richtung ihres Neffen geworfen hatte: Wahrscheinlich hatte Marcel keine Ahnung, dass sie seinen Onkel Alexandre mit Jakob Silberstein betrogen hatte. Deshalb beugte sie sich für ihre nächste Frage zu Pauline hinüber, um auch diese wieder sehr leise stellen zu können. »Und haben Sie sich auf Dauer zurückhalten können?« Sie wusste, es ging sie eigentlich nichts an, doch sie war einfach zu neugierig.

Pauline schüttelte den Kopf. »Irgendwann hat mich Alexandre so schrecklich behandelt, dass ich dachte, Gott wird mir bestimmt verzeihen, wenn ich mich nicht mehr an den Treueschwur halte. Auch wenn es verboten war – für Jakob und mich fühlte es sich unfassbar schön an, uns unsere Liebe endlich auch körperlich zu zeigen. Es war vor unserem letzten Abend im leeren Flügelraum. Am nächsten Morgen sollte der neue Besitzer einziehen, ein Herrenausstatter, der das Instrument zur Dekoration behalten wollte. An dem Abend lag so ein Gefühl von Abschied in der Luft, da wollten wir den Augenblick endlich ganz auskosten.«

»Wie schön«, sagte Hertha gerührt.

Sie konnte sich gar nicht erklären, warum ihr diese Erzählung so naheging. Sie selbst hatte eine solch große Liebe noch nie erlebt, und dennoch fühlte sie derart mit den beiden mit, wünschte ihnen von Herzen das gemeinsame Glück – obwohl sie wusste, dass es kein gutes Ende für Pauline Lambert und Jakob Silberstein hatte geben können.

»Ja, es war wunderschön. Trotzdem versuchten wir, vernünftig zu sein, uns nicht mehr zu sehen, aber das haben wir beide nicht ausgehalten«, erzählte Pauline. »Irgendwann konnten wir dann aber auch die Heimlichtuerei und die Lügen nicht mehr ertragen. Jakob hatte das Angebot bekommen, Mitglied der Hofkapelle der Königlichen Oper in Berlin zu werden. Ich sollte ihn begleiten, meinen kleinen Philippe wollte ich mitnehmen. Dass Alexandre mir kurz vor dem Angebot in einem weiteren Wutanfall einen Finger gebrochen hatte, machte mir die Entscheidung leichter.«

»He, Tantchen, was tuschelt ihr zwei denn da?«, wurden sie nun, ebenfalls auf Französisch, von Paulines stets etwas zynischem Neffen, Bankier Marcel Lambert, unterbrochen.

Die alte Dame bemerkte wohl die Enttäuschung in Herthas Blick, denn sie flüsterte ihr zu: »Ich werde Ihnen schreiben, wie die Geschichte ausging – sobald ich zurück in Grasse bin, versprochen.«

Hertha hoffte, dass Pauline Wort halten würde.

7

Ich fahre zu Karstadt und besorge Aktenordner und Schreibmaschinenpapier«, kündigte Lucie Harders ihrer Schwester und Eugenie kurz vor der Mittagspause an, nachdem sie den Donnerstagmorgen damit verbracht hatte, im Hinterzimmer der Parfümerie über den Geschäftsbüchern zu brüten.

Das Kaufhaus Karstadt befand sich in der Mönckebergstraße unweit des Rathauses, und dank Patentante Anna Carstens' Verlobung mit dem Neffen des Besitzers bekamen sie dort Büroartikel zum Einkaufspreis.

In der Ladentür stieß Lucie um ein Haar mit dem Briefträger zusammen, der heute recht spät dran war.

»Guten Morgen, Herr Höggrist«, rief sie fröhlich und wollte sich gerade in Richtung der Bahn aufmachen, als sie Anjing Wang auf den Laden zukommen sah – diesmal ohne den Porzellankoffer. Er lächelte sie erfreut an.

»Mein Onkel hat eine Überraschung für Sie«, verkündete der junge Chinese, nachdem sie sich begrüßt hatten. »Er möchte sie Ihnen persönlich überreichen.«

Allein mit Anjing ins chinesische Viertel? Das würden weder ihre Eltern noch Hertha erlauben. Er hielt Lucie sicher für wesentlich älter, wie die meisten. Aber sie wurde nun mal erst sechzehn – im nächsten Januar. Angst hatte sie trotzdem nicht, sich unter Anjings Schutz in die Schmuckstraße zu begeben. Sie sah in die Parfümerie, wo Hertha sich mit dem Postboten unterhielt und Eugenie eine Kundin beriet. Sie würde sich später mit den Ordnern und dem Papier bei Karstadt einfach beeilen, dann mussten die beiden nicht einmal etwas von ihrem kleinen Ausflug erfahren.

Nach einem kurzen Plausch mit Briefträger Höggrist ging Hertha die Post durch, die er ihr überreicht hatte. Zwischen den Lieferantenrechnungen entdeckte sie einen Briefumschlag mit geschwungenen Lettern, der an sie persönlich adressiert war. Schon als sie die französische Briefmarke sah, gab sie einen erfreuten Schrei von sich, und als sie auf der Rückseite den Namen P. Lambert las, konnte sie es gar nicht mehr erwarten, den Umschlag zu öffnen.

»Erfreuliche Nachrichten?«, mutmaßte Postbote Höggrist.

Hertha nickte eifrig. »Ich erfahre jetzt wohl das Ende einer sehr aufregenden Liebesgeschichte.«

Als sie den Briefträger verabschiedet hatte, sah sie kurz zu ihrer Kollegin Eugenie hinüber, diese befand sich in einem angeregten Beratungsgespräch mit einer rundlichen älteren Dame. Da ansonsten keine Kunden in der Parfümerie waren, eilte Hertha ins Hinterzimmer. Obwohl sie schrecklich neugierig darauf war, endlich zu erfahren, wie Paulines Affäre mit dem Pianisten Jakob Silberstein ausgegangen war, wollte sie den Umschlag fein säuberlich mit dem Brieföffner aufmachen. Ihn einfach aufzureißen, dafür war ihr das Schreiben zu wertvoll.

Sie schnupperte kurz an dem Brief, der nach Maiblumen und Vanille duftete, und begann dann zu lesen.

Grasse, den 9. August 1920

Meine liebe Hertha Harders,
wie Sie sehen, habe ich das Versprechen nicht vergessen, das ich Ihnen beim Abschied in Hamburg gab, und schicke Ihnen diese Zeilen. Ich bin heil und am Stück in Grasse angekommen. Meine sieben Geschwister freuen sich sehr, dass ich wieder da bin. Die Heimat ist jetzt im Hochsommer so schön wie eh und je, aber ich muss zugeben, dass mir Ihre Hansestadt auch sehr gut gefallen hat. Ich denke oft an die Elbe, die Alster, Ihre schöne Parfümerie – und unsere Gespräche. Mir ist nicht entgangen, wie sehr Sie mir und meinem Jakob alles Glück der Erde wünschten. Daher fällt es mir nicht leicht, unsere Geschichte zu Ende zu erzählen. Aber versprochen ist versprochen, und in gewisser Weise fühlt es sich auch sehr befreiend an, die schönen Erinnerungen nicht länger totschweigen zu müssen.

Ich hatte Ihnen bei unserem Essen in Berta Kolbes Villa ja bereits erzählt, dass Jakob und ich unsere gemeinsame Flucht mit meinem Kind nach Berlin vorbereitet hatten. Leider ist Alexandre unserem Plan auf die Schliche gekommen. Er hat gedroht, mir meinen Sohn Philippe wegzunehmen, wenn ich ihn verlasse. Deshalb haben Jakob und ich schweren Herzens beschlossen, dass er nach Berlin vorfahren würde, um seine Arbeit an der Oper anzutreten. Ich wollte mit dem Kleinen nachkommen, sobald Alexandre sich in Sicherheit wähnen und unachtsam werden würde. Leicht war das nicht, denn seine tödlich verunglückte Mutter, die zufällig auch Pauline hieß, vererbte ihm ein Haus samt Dienstmädchen ein paar Straßen weiter – und natürlich mussten mein kleiner Philippe und ich mit ihm ziehen. Was das Geld betraf,

ging es uns seit dem Erbe bestens, doch ich fühlte mich wie im goldenen Käfig. Meiner Mutter konnte ich nur noch mit der Familie helfen, wenn Alexandre in der Redaktion war. Ansonsten verlangte er, dass ich zu Hause bleibe. Ich kam auch kaum zum Postamt, zum Glück war unser Dienstmädchen aber auf meiner Seite. Sie wurde meine Verbindung zur Außenwelt. Ich habe Jakob sehr häufig geschrieben, doch es kam nur einmal ganz zu Anfang eine Antwort an das Postschließfach, das ich eigens für ihn angemietet hatte.
Und nach einem Jahr hat mir Alexandre nach einer Dienstreise nach Deutschland etwas Schreckliches erzählt: Er habe in Berlin erfahren, dass Jakob Silberstein dort am 3. Mai 1878 beim Brand einer Brotfabrik ums Leben gekommen sei. Ich wollte es zunächst nicht glauben, doch dann gab er mir zum Beweis den Zeitungsartikel. Tatsächlich hatte es bei dem Feuer drei Todesopfer gegeben. Diese Genugtuung in Alexandres Augen werde ich nie vergessen!
Nur meinem Sohn zuliebe ertrug ich weiter das Leben an der Seite meines brutalen und grausamen Mannes – in der quälenden Gewissheit, meinen lieben Jakob nie mehr wiederzusehen.
Und es kam noch schlimmer: Am 1. September 1880, dem zehnten Todestag meines Vaters, beging meine Mutter Selbstmord. Ihr Schwermut hatte die arme Frau besiegt. Nun brach für mich die Hölle los: Meine jüngsten Geschwister waren zu jener Zeit ja erst neun, ich konnte sie doch nicht im Stich lassen. Aber Alexandre sagte: »Nimm den Tod deiner Mutter nicht als Ausrede, deinem Ehemann nicht mehr angemessen zu dienen! Ich habe mich damals auch nicht so angestellt.«

Das konnte man jedoch kaum mit meinem Schmerz beim Verlust meiner geliebten Maman vergleichen. Alexandre hatte zuvor oft gesagt, dass er seine Mutter hasse, daher hatte ihn die Nachricht, dass ein Pferdefuhrwerk Pauline Lambert senior erfasst hatte, damals denkbar kaltgelassen.
Ich musste ihm verheimlichen, dass ich mich weiterhin um meine verwaisten Geschwister kümmerte, zum Glück wohnten sie ja nur ein paar Straßen weiter.
Mein Martyrium endete am 1. August 1887, da ging mein inzwischen fünfzehnjähriger Philippe nach Straßburg, um eine Lehre als Buchbinder zu beginnen. Noch am selben Tag habe ich meinen Mann endlich verlassen. Dass ich dazu in der Lage war, ohne dass er mich umbringen konnte, das verdanke ich meinem Sohn. Alexandre hatte sich durch einige anonyme Artikel mächtige und nicht gerade zimperliche Feinde unter Politikern und Militärangehörigen gemacht. Philippe hatte dazu Beweismaterial gesammelt und drohte seinem Vater, er würde dieses an die betroffenen Personen schicken und Alexandres Verfasserschaft offenbaren, sollte der mich noch einmal anrühren oder mir etwas passieren. Und vier meiner inzwischen erwachsenen und kräftigen Brüder drohten Alexandre, für diesen Fall selbst Hand anzulegen. »Also bete lieber dafür, dass Maman bei bester Gesundheit bleibt«, waren die Abschiedsworte Philippes an seinen verhassten Vater.
Der zog dann rasch aus dem Haus aus in einen anderen Stadtteil. Er hatte mich seit Jahren betrogen, und eine dieser Affären wollte er nun heiraten, daher willigte er auch endlich in eine Scheidung ein.
Für mich begann mit vierunddreißig also ein freies

Leben. Zwei Jahre später erfuhr ich, dass die Ladenräume von Jakob Silbersteins Onkel wieder zum Verkauf standen – mit dessen Flügel darin. Zwei meiner Brüder waren recht erfolgreiche Geschäftsmänner geworden, und sie versprachen, die Räume für mich erwerben zu wollen. Ich protestierte anfangs, doch sie sagten, ich habe sie unter widrigen Umständen und erheblichen Opfern großgezogen, und dies sei nun eine kleine Wiedergutmachung. Am 1. Juli 1889 ging also mein Traum in Erfüllung: Ich konnte meine eigene Parfümerie eröffnen, in jenen Räumen, in denen ich die Liebe meines Lebens kennengelernt hatte. Mochte Jakob auch tot sein, so fühlte ich mich ihm immer nah, besonders, wenn ich auf dem geliebten Flügel seines Onkels spielte.

Liebe Hertha, Sie waren auf so zauberhafte Weise mitfühlend, was mein Schicksal betrifft – ich hoffe, ich mache Ihnen damit eine Freude, dass Sie nun wissen: Ich bin seit über drei Jahrzehnten eine Frau, die ihre Freiheit genießt. Ich weiß, dies wird auch Ihnen vergönnt sein.

Von Herzen alles Gute für Sie,

Ihre

Pauline Lambert

Erschrocken stellte Hertha fest, dass eine Träne auf die geschwungenen Zeilen fiel und dort, wo sie das Papier getroffen hatte, die Tinte verschwimmen ließ. Rasch riss sie den Brief außer Reichweite. Dass der Parfümkünstlerin und dem jungen Pianisten kein gemeinsames Leben vergönnt gewesen war, löste in Hertha, trotz der versöhnlichen Worte Paulines, Trauer und ein Gefühl der Ungerechtigkeit aus. Sie hoffte, dass sie, wenn die Liebe in ihr eigenes Leben träte, mehr Glück haben würde als die bedauernswerte Pauline Lambert.

***

»Weshalb können Sie eigentlich so gut Deutsch?«, erkundigte sich Lucie bei Anjing, während sie mit ihm durch Hamburgs »Chinatown« ging.

»Das liegt daran, dass ich es schon als Knabe gelernt habe. Es gab bei uns zu Hause in China einen deutschen Matrosen, der hat eine Landsmännin von mir geheiratet. Er hat sich mit ihr in unserer Nachbarschaft niedergelassen – als Händler von westlichem Alkohol. Ich durfte schon früh als Laufbursche bei ihm arbeiten, und er hat mir dafür seine Sprache beigebracht. So konnte ich seinen Mitarbeitern bald auch als Dolmetscher dienen.«

»Wie heißt denn Ihr Heimatort?«, fragte Lucie.

»Ich komme aus Guangzhou in der Provinz Guangdong. Das ist eine Hafenstadt im Süden von China«, antwortete Anjing. »Sehr viele von den chinesischen Seeleuten bei den deutschen Reedereien stammen von dort. Irgendwann hat mich mein Onkel überredet, zu ihm nach Hamburg zu kommen. Er sagte, ich würde dort mit meinen Deutschkenntnissen viel mehr verdienen als in China. Dann könnte ich sogar meiner Familie etwas Geld schicken. Und die Hapag hat mich dann wirklich als Übersetzer genommen.«

Diese Aussage erstaunte Lucie. »Oh, ich dachte, Sie sind Porzellanverkäufer – oder Koch.«

Er schüttelte lächelnd den Kopf. »Koch bin ich nur nebenbei. Chong Jip zahlt sehr gut, und meine Familie zu Hause in Guangzhou ist groß. Das mit dem Porzellanverkauf mache ich nur als Vertretung für einen Freund, der hat sich das Bein verletzt.«

»Das ist aber nett von Ihnen.«

Anjing reagierte mit einer abwinkenden Handbewegung. »Ach, Han hat mir auch schon geholfen. Unter anderem lerne ich von ihm seinen Dialekt. Er kommt wie die meisten Porzellanhändler aus der Gegend von Qingtian. Da spricht man nicht Kantonesisch wie in meiner Heimatstadt, sondern im Wu-Dialekt. Den kann ich dank Han inzwischen auch – neben Mandarin und Englisch. Da bin ich als Übersetzer noch beliebter.«

Lucie betrachtete sein anziehendes Gesicht bewundernd von der Seite. Dass Anjing so sprachbegabt war, machte diesen Mann in ihren Augen noch anziehender. Sie waren fast beim Buchladen seines Onkels angekommen, da sah sie sich zwischen den diversen Geschäften in den Untergeschossen der Schmuckstraße um.

»Ich würde ihm gern ein kleines Geschenk mitbringen«, offenbarte sie. »Ich war auf den Besuch ja nicht vorbereitet und konnte deshalb nichts besorgen. Meinen Sie, es gibt hier in einem der Läden etwas, das ihm gefallen könnte?«

»Er erwartet nicht wirklich ein Präsent«, stellte Anjing klar. »Wenn es Ihnen aber wichtig ist: Im Zigarrenladen von Ah Wan drüben gibt es seinen Lieblingspfeifentabak.«

»Eine wunderbare Idee«, fand Lucie. »Haben wir noch Zeit, dass ich ihm dort ein Päckchen kaufe?«

»Gewiss«, meinte ihr Begleiter.

Ah Wan, der Besitzer der Zigarrenhandlung im Erdgeschoss der Schmuckstraße 7, war der erste Chinese, den Lucie traf, der sie nicht freundlich anlächelte. Er wirkte schlecht gelaunt und geistesabwesend.

»Ist er immer so?«, fragte Lucie, als sie den gewünschten

Tabak bei ihm erstanden und sie den Laden wieder verlassen hatten.

»Na ja, ich habe gehört, er hat zurzeit Ärger mit ein paar zwielichtigen Kerlen. Es gibt Gerüchte, dass er bei sich in seinem Keller Glücksspiel zulässt«, verriet Anjing Wang. »Aber ich gebe nichts auf solchen Tratsch, und wenn es so wäre – aus so etwas hält man sich besser heraus.«

Sie betraten Herrn Wangs Buchhandlung, und er freute sich sehr über den Pfeifentabak.

»Nun wird es aber höchste Zeit für mein Geschenk an Sie«, betonte er strahlend und reichte ihr ein kleines hölzernes Kästchen.

Lucie öffnete es vorsichtig, und sogleich strömte ihr der unfassbar anziehende Basisduft von Anjings Parfüm entgegen – allerdings wesentlich stärker und ohne ablenkende weitere Geruchsstoffe. Das walnussgroße Stück Ambra war wachsartig und undurchsichtig. Bei näherer Betrachtung stellte die junge Duftexpertin fest, dass sein dunkles Grau von hellgelben Streifen und Punkten durchsetzt war.

»Es riecht himmlisch, Herr Wang«, schwärmte sie. »Man kann sich gar nicht vorstellen, dass es in einem Wal war und jahrelang auf dem Meer herumgetrieben ist.«

»Bei uns in Asien ist Ambra auch ein beliebter Räucherstoff«, wusste der alte Xu Li Wang zu berichten. »Sie wird schon seit über zweitausend Jahren bei verschiedenen Ritualen und Zeremonien eingesetzt. Im Orient verwendet man Ambra auch als Gewürz für exklusive Speisen und Weine – und als Aphrodisiakum. Deshalb wird die Ambra auch häufig in der Liebeslyrik erwähnt.«

Über solche Themen mit Männern zu sprechen, war die junge Lucie nicht gewöhnt. Schon gar nicht, wenn ein Mann, der sie sehr interessierte, sie dabei beobachtete. Obwohl die

Parfümexpertin sonst sehr selbstbewusst für ihr Alter auftrat, vor allem in der Welt der Finanzen, glühte ihr Kopf nun, bestimmt war er dunkelrot.

»Vielen Dank, dass ich daran riechen durfte, Herr Wang«, sagte Lucie mit belegter Stimme.

»Sie dürfen mehr als nur dran riechen«, stellte der alte Buchhändler klar. »Das Stück gehört jetzt Ihnen. Ich bin neugierig, was für ein Parfüm Sie daraus erschaffen werden.«

»Aber ...«, setzte sie an zu sagen, doch Xu Li Wang unterbrach sie, indem er die Hand hob.

»Die Deutschen haben oft Angst, Geschenke anzunehmen. Sie denken, es verpflichtet sie zu etwas«, meinte der Alte. »Dem ist aber nicht so, Sie können sich einfach darüber freuen.«

Das wollte Lucie versuchen, auch wenn ihr dies beim Gedanken an die hohen Preise, die Ambra erzielen konnte, etwas schwerfiel.

»Ich werde mich bemühen, ein ganz besonderes Parfüm zu kreieren«, versprach sie. »Tausend Dank, Herr Wang.«

Als Lucie sich wenig später vor dem Kaufhaus Karstadt, in dem sie Papier und Ordner kaufen wollte, von Anjing Wang verabschiedete, fragte er zögerlich: »Würden Sie einmal mit mir tanzen gehen? In der Großen Freiheit drüben sind das Tanzlokal Neu-China und das Café und Ballhaus Cheong Shing – dort ist immer sehr gute Stimmung. Ich würde Ihnen diese Welt gern einmal zeigen.«

Lucie seufzte. Wie aufregend das wäre! Aber nun war es wohl an der Zeit, es dem jungen Übersetzer zu gestehen: »Es tut mir sehr leid, Herr Wang, aber ich werde im Januar erst sechzehn. Ich hatte noch keinen Tanzkurs – und dürfte abends auch nicht ohne Aufsicht ausgehen.«

Er sah sie bestürzt an. »Oh, ich dachte, Sie sind mindestens achtzehn wie ich, verzeihen Sie. Ich hoffe, ich habe mich nicht unangemessen verhalten.«

»Aber nein, Sie sind doch immer höflich und zuvorkommend, bei Ihnen fühle ich mich absolut sicher«, beeilte sie sich zu sagen, voller Angst, er werde sich nun von ihr abwenden. »Vielleicht haben meine große Schwester und meine Ausbilderin ja Lust, mich zu begleiten. Dann könnten Sie mir Ihr Lieblingstanzlokal doch einmal zeigen. Ich werde sie nachher gleich fragen.«

»Guten Tag, Lucie«, hörte sie plötzlich eine vertraute Stimme hinter ihnen.

Sie fuhr herum und sah in das fragende Gesicht der jüngeren der beiden Carstens-Schwestern.

»Oh … äh … Tante Anna«, stammelte Lucie ertappt. Sie fing sich wieder und sagte hastig: »Darf ich vorstellen? Herr Wang, das ist meine Patentante Fräulein Carstens. Anna, das ist Herr Wang. Ich war neulich mit meinem Vater bei seinem Onkel zu Besuch. Er hat mir etwas Ambra für ein neues Parfüm geschenkt.«

»Ambra«, wunderte sich Anna. »Donnerwetter, das ist aber ein wertvolles Präsent.«

»Mein Onkel sagt, er ist sehr neugierig, was Fräulein Harders daraus zaubert«, berichtete Anjing lächelnd. Dann wandte er sich an Lucie. »Ich muss nun weiter, es hat mich sehr gefreut.«

»Mich auch«, entgegnete sie. »Ich melde mich über Ihren Onkel, wenn ich etwas wegen des Tanzlokals erreicht habe.«

»Das wäre schön, auf Wiedersehen.«

Als er gegangen war, sah Anna ihre Patentochter fragend an. »Wolltest du auch zu Karstadt?«

Diese bejahte. »Ich muss Aktenordner und Schreibmaschinenpapier besorgen.«

»Dann begleite ich dich«, schlug die Parfümeriebesitzerin vor. »Ich bin mit Julius zum Mittagessen verabredet, habe aber noch ein bisschen Zeit bis zu seiner Pause.«

»Prima«, sagte Lucie, und sie betraten das Kaufhaus.

»Dieser Herr Wang hat dich ja ganz schön verliebt angeschaut«, kam Anna dann wie von Lucie befürchtet auf Anjing zu sprechen. Sie wusste, dass ihre Patentante eine hervorragende Menschenkenntnis besaß. Gewiss waren ihr auch Lucies eigene verwirrende Gefühle für den schönen Übersetzer nicht verborgen geblieben.

»Das hätte doch keine Zukunft«, versuchte sie ihre vernünftige Seite sprechen zu lassen, obwohl gleichzeitig in ihr eine Stimme vehement gegen diese Aussage protestieren wollte. »Ich weiß gar nicht, welcher Religion er angehört, aber selbst wenn er ebenfalls lutherisch wäre, die Gesellschaft würde eine Verbindung nicht akzeptieren.«

»Es ist gut, dass dir das dein Kopf sagt«, fand Anna. »Aber was meint dein Herz dazu?«

Lucie sah sich um, die nächsten Kaufhauskunden waren allerdings außer Hörweite. »Wenn er da ist, fühle ich auf jeden Fall mehr als bei den Jungs aus der Schule. Aber es führt doch zu nichts. In dem Fall wären sicher sogar meine Eltern gegen eine Verlobung, und die sind ja nun wirklich sehr, sehr weltoffen.«

»Sie würden sich eben Sorgen um dich machen«, meinte Anna. »Je öfter man einen Menschen sieht, nach dem man sich sehnt, desto verletzlicher ist man, wenn es dann doch beendet werden muss.«

Lucie nickte beklommen – da hatte ihre Patentante wohl leider recht. Der Gedanke war ihr auch nicht fremd, sie hatte ihn nur verdrängt, um ihr Hochgefühl in Anjings Gegenwart nicht zu stören.

8

Oh«, kam es plötzlich von Anna Carstens.

Patentochter Lucie folgte ihrem Blick in Richtung Herrenausstattung und sah einen imposanten Mittsechziger, der einen grauen Schnauzbart und einen Maßanzug aus feinstem Zwirn trug, auf sie zukommen.

»Na, wenn das nicht die Verlobte meines Lieblingsneffen ist«, rief der Herr, bei dem es sich um Rudolph Karstadt handeln musste, den Gründer der Kaufhausdynastie. Er blieb vor den beiden Frauen stehen und rügte Anna: »Du hast dich aber in letzter Zeit rargemacht, meine Liebe. Ich hoffe, dass ich bald endlich zu eurer Hochzeit einladen darf. Das Trauerjahr um deinen Vater ist ja nun vorbei.«

Lucie bemerkte, dass der Alte eine Autorität ausstrahlte, die keinen Zweifel daran ließ, dass er der König in diesem Palast der schönen Dinge war.

Anna sah ihn etwas verwirrt an. »Ich dachte, du willst, dass die Hochzeit erst im neuen Jahr stattfindet, weil du bis dahin zu viele geschäftliche Veranstaltungen hast.«

»Wer sagt denn so was?«, polterte Karstadt senior los. »Ich habe *immer* zu viele geschäftliche Veranstaltungen. Als ob ich deswegen die Hochzeit meines Neffen verschieben würde! Wenn es nach mir ginge, wäre ich schon lange dein Schwiegeronkel, oder wie man das auch immer nennt. Schließlich wollt ihr ja zusammen für mich nach Amerika, spätestens dann solltet ihr rechtmäßig verheiratet sein, nicht wahr?«

»Aber Julius hat gesagt …«, setzte Anna an, unterbrach sich dann aber selbst. Ihr war etwas klar geworden. »Hat Julius behauptet, ich will die Hochzeit nicht, weil das Trauerjahr um meinen Vater noch nicht vorbei war?«

»Ja, und dafür habe ich ja auch vollstes Verständnis, aber irgendwann darf man doch wohl nach vorne schauen«, brummte Karstadt.

»Ich treffe Julius sowieso gleich. Dann werden wir dir bestimmt rasch sagen können, dass die Hochzeit sehr, sehr bald stattfinden wird«, versprach Anna dem Patriarchen. Zu Lucies Beunruhigung fügte ihre Patentante, als Karstadt senior außer Hörweite war, hinzu: »Oder gar nicht.«

»Was ist denn los?«, hakte Lucie nach.

»Julius hält mich mit der Hochzeit schon seit 1914 hin«, berichtete Anna verstimmt. »Erst begründete er es mit seinem Kriegseinsatz, und dann war er ja in Verdun verschollen. Aber auch seit seiner Rückkehr letztes Jahr vertröstet er mich wieder. Bei mir schiebt er den vollen Terminkalender seines Onkels vor, bei ihm die Trauerzeit wegen meines Vaters. Da ist doch was faul.«

Lucie wusste nicht recht, was sie darauf antworten sollte. Julius Karstadt war ihr eigentlich sehr sympathisch. Er fand es großartig, wenn eine Frau sich beruflich verwirklichte.

Da kam er auch schon strahlend auf sie zu.

»Ich mache mich dann mal auf die Suche nach meinen Schreibutensilien«, kündigte Lucie an, nachdem sie ihn begrüßt hatte. »Guten Appetit euch beiden.«

Sie begab sich in die Schreibwarenabteilung und dachte währenddessen darüber nach, warum Julius wohl versuchte, seit so langer Zeit die Hochzeit mit Anna zu verschieben. Manche Männer bekamen ja »kalte Füße« – aber sechs Jahre lang?

Sie ging gerade mit den zwei neuen Aktenordnern und dem Schreibmaschinenpapier in einer Tasche die Treppe hinunter, da sah sie unten Anna und ihren Dauerverlobten miteinander streiten.

»Jetzt sag mir endlich, weshalb du mich und deinen Onkel angelogen hast! Warum in aller Welt willst du die Hochzeit weiter vor dir herschieben? Wenn du nicht endlich ehrlich bist, gehe ich«, klang Anna ungewohnt barsch.

Julius sah wirklich verzweifelt aus. Schließlich brachte er zu Lucies Entsetzten kleinlaut hervor: »Weil meine Scheidung noch nicht durch ist.«

Er war bereits verheiratet? Das konnte doch nicht wahr sein! Das hieß ja, dass er ihre Patentante seit Jahren angelogen hatte!

»Scheidung?«, rief diese etwas zu laut, sodass sich eine Kundin in einer Mischung aus Neugier und Empörung nach dem jungen Paar umdrehte.

Aber auch Lucie war auf der Treppe über ihnen stehen geblieben und hielt die Luft an. Sie wollte nicht, dass die beiden sie bemerkten und deshalb ihr Gespräch beendeten.

»Seit wann bist du denn verheiratet?«, fragte die kreidebleiche Anna fassungslos und mit zitternder Stimme.

»Es war schon 1903, ich war gerade achtzehn Jahre alt«, begann Julius mit aufgewühltem Gesichtsausdruck zu erzählen. »Ich lernte sie kennen, da stand sie in einem Gewitterregen auf einem Brückengeländer, und ich befürchtete, sie wollte springen. Ich bekam dann heraus, warum ihr Blick so leer war: Sie hieß Christine Dörner und war eine Balletttänzerin. Sie war ungewollt schwanger geworden, verführt von einem Handlungsreisenden, der sie dann hat sitzen lassen. Ich habe sie später geheiratet, um ihre Ehre zu retten. Dann hat sie ihr Kind verloren, das konnte sie nicht verwinden. Sie wurde immer verwirrter. Seit fünfzehn Jahren lebt sie jetzt schon in der Anstalt auf dem Friedrichsberg.«

Von der Irren-, Heil- und Pflegeanstalt Friedrichsberg hatte Lucie bereits gehört. Wann immer sich in der Schule jemand unsinnig verhielt, waren Sätze gefallen wie: »Wenn du dich weiter so verrückt gebärdest, kommst du auf den Friedrichsberg.«

Mit betretener Miene setzte Julius sein Geständnis fort: »Ich habe aufgehört, sie zu besuchen, bevor ich dich kennengelernt habe. Sie hat mich sowieso nicht erkannt und dachte, ich wolle ihr etwas Böses antun. Warum sie noch länger aufregen, dachte ich.«

»Und … und warum hast du mir das nie erzählt?«, brachte Anna schließlich mit versagender Stimme hervor.

»Ich wollte dir gleich eine Lösung präsentieren«, gestand er. »Eine Annullierung der Ehe wurde abgelehnt, aber die Scheidung hatte ich schon beantragt, bevor du und ich uns nähergekommen sind. Ich hatte gehofft, das sei nur noch eine Formsache.«

»War es aber nicht?«, mutmaßte Anna.

Ihr Dauerverlobter erklärte: »Christines Vormund ist ihr Vater, der müsste für sie einwilligen – aber er ist bisher unauffindbar.«

»Und dein Onkel wusste auch nichts davon, dass du verheiratet bist?«, vergewisserte sich die Parfümeriebesitzerin ungläubig.

Julius schüttelte den Kopf. »Er war damals viel zu viel unterwegs, um das mitzukriegen. Christine kam ja recht schnell in die Anstalt, weil sie sich immer wieder selbst gefährdet hat. Ich werde es Onkel Rudolph aber morgen Abend gestehen, da bin ich für ein Essen mit Lieferanten sowieso bei ihm in der Villa, danach können wir in Ruhe reden. Ich möchte nämlich, dass er seinen Privatdetektiv Marais nach Herrn Dörner suchen lässt.«

Anna nickte und starrte dann wortlos ins Nichts. Da ihre Mundwinkel zuckten, schien Julius wie Lucie selbst auch zu befürchten, dass seine Verlobte jeden Moment anfangen könnte zu weinen. Er versuchte sich mit brüchiger Stimme an einer Erklärung: »Ich hatte erst Angst, du gibst mir keine Chance, wenn ich dir von Christine erzähle, ohne dass die Scheidung vollzogen ist. Und nach dem Krieg hätte ich es einfach nicht ertragen, dich noch einmal zu verlieren. Ich hoffe, du kannst mir irgendwann verzeihen. Vielleicht können wir uns gleich beim Essen genauer unterhalten?«

»Ich möchte für eine Weile allein sein«, bat Anna mit letzter Kraft. »Ich melde mich.«

Mit diesen Worten machte sie auf dem Absatz kehrt und eilte in Richtung Ausgang.

Julius blieb mit hängenden Schultern zurück und sah aus, als würde er seinerseits jeden Augenblick in Tränen ausbrechen.

Voller Sorge rannte Lucie die letzten Stufen der Treppe hinunter und steuerte ebenfalls den Ausgang an.

»Anna!« Auf dem Gehsteig holte sie ihre Patentante ein und sagte aufrichtig: »Ich habe euer Gespräch ungewollt mitbekommen. Es tut mir so leid.«

»Wir haben uns doch sonst immer alles erzählt«, murmelte Anna schniefend. »Wie konnte er mir das all die Jahre verschweigen?«

»Vielleicht weil er es selbst fast vergessen hat«, mutmaßte ihre Patentochter. »Wenn er diese Christine wirklich seit über zehn Jahren nicht mehr besucht hat – und er ihr damals bei jedem Besuch nur Angst eingejagt hat …«

»Ich will sie sehen«, sagte Anna schließlich entschlossen. »Ich muss mich mit eigenen Augen davon überzeugen, dass seine Geschichte wahr ist.«

Lucie war sich nicht sicher, ob dieser Besuch in der Anstalt ihrer Patin wirklich guttun würde, bot aber an: »Wenn du möchtest, begleite ich dich natürlich.«

»Danke«, brachte Anna hervor, und ihre Stimme brach erneut.

Lucie nahm die um Fassung Ringende in den Arm. Welche Ironie des Schicksals: Noch vor wenigen Minuten hatte Anna sie an dieser Stelle gewarnt, sich nicht das Herz brechen zu lassen, und nun war ihr ebendies selbst widerfahren.

»Möchtest du mit in die Parfümerie kommen?«, schlug die Patentochter vor. »Von dort aus können wir in der Anstalt anrufen.«

Anna nickte. »Das ist eine gute Idee.«

Sie wollten gerade in Richtung Bahn gehen, da verstellte ihnen ein glatzköpfiger Mann den Weg, der sie mit schlechten Zähnen angrinste. Aufgrund von Annas entsetzter Reaktion wusste Lucie auf Anhieb, um wen es sich handelte: Uwe Hauer, jener Dieb, der ihrer Patentante Rache geschworen hatte, weil sie ihn hinter Gitter gebracht hatte.

»Was für ein schöner Zufall«, wandte sich der hagere Seemann mit bissiger Ironie in der Stimme an die schockierte Parfümeriebesitzerin. »Ihren Hüftpölsterchen nach zu urteilen ist es Ihnen in den letzten Jahren besser ergangen als mir.«

Nun schien bei Anna die Wut über die Angst zu siegen. »Ich habe auch keine Läden ausgeraubt und Menschen bedroht. Und jetzt machen Sie gefälligst den Weg frei!«

»Ansonsten schreien wir um Hilfe«, fauchte Lucie und

deutete auf die vielen Kunden, die das Kaufhaus betraten oder wieder verließen.

»Vielleicht tust du das irgendwann«, sagte Hauer mit kaltem Grinsen und streichelte ihre Wange, woraufhin sie angewidert zurückwich. »Aber nicht heute. Verdammt hübsches Gesichtchen. Bete, dass es so bleibt. Schönheit ist ja so vergänglich.«

Mit diesen Worten ließ er die beiden Frauen stehen.

Als er fort war, drückte Lucie Annas zitternde Hände und lobte: »Gut, dass du dir deine Angst nicht hast anmerken lassen.«

»Wir müssen die Parfümerie schützen«, meinte die Patin. »Hauer macht es wohl nicht selbst, aber der wird irgendwen beauftragen, uns zu überfallen. Schon allein, weil der Kerl sich einbildet, er habe noch eine Rechnung mit mir offen.«

***

Für den Nachmittag berief Anna eine Krisensitzung in der Parfümerie Douglas ein. Sie hatten auch Marie in der Wohnung der Familie Carstens angerufen und hergebeten. Ein Telefonat mit der Polizei hatte ergeben, dass Oberwachtmeister Fedder wegen einer Familienfeier verreist war. Stattdessen war zu Eugenies Freude aber sein jüngerer Kollege Robert Bethge gekommen.

»Rein rechtlich hat sich dieser Hauer beim Gespräch mit Ihnen nichts zuschulden kommen lassen, dafür waren seine Drohungen zu vage. Meine Kollegen werden beim Patrouillieren dennoch ein besonders wachsames Auge auf Ihre Parfümerie richten«, versprach der Polizeiassistent. »Doch ich würde auf Nummer sicher gehen und den Damen raten, zeitweise einen Nachtwächter einzustellen. Es steht zu befürchten, dass der Überfall, so er denn tatsächlich stattfindet, nach Ladenschluss geschehen wird – im Schutz der Dunkelheit.«

»Und wo findet man solches Schutzpersonal?«, fragte Marie Carstens.

»Ich könnte Herrn Wang fragen«, schlug Lucie vor. »Sicher gibt es in Chinatown einen fähigen Wachmann.«

»Aber nicht, dass der Ihnen den Laden selbst ausräumt«, erwiderte Bethge grinsend. »Sie glauben nicht, wie oft die Kollegen in der Schmuckstraße nach dem Rechten sehen müssen.«

Lucie wusste, dass ihre Ausbilderin Eugenie ein wenig für den jungen Gesetzeshüter schwärmte, konnte aber nicht umhin, spitz zu entgegnen: »Fragt sich, was die Kollegen wirklich ins chinesische Viertel führt. Tatsächliche Verbrechen oder eher die Unterstellung von vielen Verbrechen – weil das eben ihr Vorurteil ist über die Menschen aus Asien.«

Eugenie, die einen Streit vermeiden wollte, lenkte rasch ab. »Darf ich Ihnen eine Tasse Kaffee oder einen Tee anbieten, Herr Bethge? Da Sie doch eigens den Weg hierher auf sich genommen haben.«

»Gern einen Kaffee«, freute er sich.

Bald waren die Anwesenden in ein angeregtes Gespräch vertieft – über den Fall Uwe Hauer im Besonderen und die Sicherheit in Hamburg und Deutschland im Allgemeinen.

»Die Bolschewisten werden uns noch lange zu schaffen machen«, war der Polizist überzeugt. »Da wird man hart durchgreifen müssen.«

Anna wandte sich indes flüsternd an Lucie. »Ich würde jetzt in der Irrenanstalt Friedrichsberg anrufen und um einen Besuchstermin bitten. Ich weiß bloß nicht, ob mir das als Fremder gestattet wird.«

»Wahrscheinlich nicht«, fürchtete Lucie und fügte nach kurzem Überlegen hinzu: »Aber ich habe eine Idee, lass mich das Telefonat führen.«

Sie begaben sich ins Hinterzimmer, und die Patentochter sprach kurz darauf mit dem Anstaltspersonal. »Wir sind Cousinen der Patientin«, behauptete sie schließlich. »Christines Vater ist derzeit im Ausland und verhindert, deshalb wollten wir sie morgen gegen fünf Uhr nachmittags besuchen und nach ihr sehen. Wäre das möglich?«

»Gewiss«, erwiderte die Dame am anderen Ende der Leitung. »Ich muss Sie allerdings warnen – es ist eher unwahrscheinlich, dass Frau Karstadt Sie erkennen wird.«

»Das haben wir schon befürchtet«, sagte Lucie. »Aber vielleicht tut es ihr ja doch gut, Besuch zu bekommen. Darf sie Schokolade essen?«

»Ich denke, da spricht nichts dagegen«, erwiderte die Anstaltsangestellte. »Dann erwarten wir morgen um fünf Uhr ein Fräulein Lucie Harders und …?«

»Anna Carstens, mit C. Herzlichen Dank.«

Noch bevor Lucie aufgelegt hatte, wurde die Tür aufgerissen, und Julius Karstadt stand aufgewühlt im Türrahmen. »Liebling, wie geht es dir?«, wandte er sich außer Atem an seine Verlobte. »Marie hat mich im Kaufhaus angerufen und gesagt, dass du diesem Hauer in die Arme gelaufen bist.«

»Der Kerl konnte vor all den Zeugen nichts riskieren«, erwiderte Anna schmallippig. »Wir werden uns künftig mit Wachpersonal schützen. Andere Probleme sind nicht ganz so leicht zu lösen.«

Die frostige Antwort ließ Julius, der bereits die Arme nach ihr ausgestreckt hatte, zurückweichen.

»Lucie und ich werden morgen Nachmittag zur Friedrichsberg-Anstalt fahren«, verkündete sie. »Ich möchte mich mit eigenen Augen von Christine Karstadts Zustand überzeugen.«

Zunächst erschrak er, sagte dann jedoch ernst: »Ich werde euch begleiten. Wer weiß, wie sie reagiert, ich will nicht, dass ihr schutzlos seid.«

Lucie war froh, dass Anna nicht widersprach. Ihr war nämlich durchaus etwas mulmig bei dem Gedanken, eine Irrenanstalt zu betreten.

Als die Diskussionen über die Sicherheitslage in der deutschen Republik zum Erliegen gekommen waren, sah Eugenie, wie Polizeiassistent Bethge mit düsterer Miene an seinem Kaffee nippte. Warum er wohl so schlecht gelaunt war?

Sie versuchte, ihn etwas aufzumuntern, indem sie fragte: »Hat sich Ihre Verlobte über *L'Or* von Coty gefreut?«

Aus seinen dunklen Gedanken gerissen, starrte der Polizist sie dermaßen verständnislos an, dass sie erklärend hinzufügte: »Das Parfüm?«

»Ach so«, kam es von ihm. Er antwortete zögerlich, und man merkte ihm deutlich an, wie unangenehm ihm das Thema war: »Bisher … kam sie noch nicht dazu, es zu öffnen.«

Eugenie fragte sich, ob Streit zwischen ihm und seiner Emma herrschte. Doch sie hatte keine Zeit nachzuhaken, denn sie musste um vier Uhr nachmittags in Berta Kolbes Villa an der Elbchaussee sein. Dort war sie mit dem Gärtner Wilhelm Baumann zur Besprechung ihres Umzugs am Wochenende verabredet, eigens dafür hatte Anna ihr den Rest des Tages freigegeben. Bei all den Sorgen, die Eugenie gerade wegen des diebischen Seemanns Hauer plagten, freute sie sich doch sehr darauf, ihr neues Domizil näher kennenzulernen.

9

Auf dem Weg aus Richtung der Hamburger Innenstadt zu Berta Kolbes Haus an der Elbchaussee kam Eugenie Schalt an dessen imposantem Nachbarhaus vorbei, das sie bereits bei ihrem ersten Besuch bewundert hatte. Laut Berta gehörte das Anwesen der Reedereidynastie Nieland, deren jüngste Tochter Stammkundin in der Parfümerie Douglas war. Das Elbschlösschen war wesentlich größer als die Villa der Kolbes und stand auf einem fast drei Quadratkilometer großen, parkartigen Grundstück. Wie der viel schmalere Garten Bertas reichte es bis ans Elbufer hinunter.

Schließlich war sie am Tor zum vergleichsweise bescheidenen Anwesen der Kolbes angekommen, wo sie ein etwa zwanzigjähriger Mann mit semmelblondem Haar erwartete.

»Moin, ich bin Willi Baumann, der Gärtner«, stellte er sich vor. »Sie sind Fräulein Schalt?«

»Genau«, bejahte sie und drückte seine ausgestreckte Hand.

»Herzlich willkommen in der Villa Kolbe!«, sagte er gut gelaunt. »Sollen wir gleich ins Haus?«

»Ich schaue mir gern erst mal Ihre Pflanzen an«, meinte Eugenie. Sie ging davon aus, dass ein derart junger Mann stolz war, eigenverantwortlich einen Garten in solch nobler Wohngegend bestellen zu dürfen.

Begeistert von ihrem Interesse, zeigte er ihr die Blütenpracht an der Straßen- und der Elbseite der kleinen Villa. Levkojen gab es, mit zarten gut duftenden Blüten in Weiß, Lila und Rosa. Bestens gepflegte Rosen leuchteten in den verschiedensten Variationen und Farben. Gelbe Blüten von Goldruten bildeten hübsche Kontraste mit dunkelblauen und violetten Astern und Rittersporn. Die stachelig-runden Blüten der Kugeldistel mit ihrem besonders intensiven Blau und den über einen Meter hohen Stängeln waren weitere Hingucker. Sie leuchteten über graugrünen, auf der Unterseite filzigen Blättern.

»Das haben Sie wirklich wunderschön angelegt«, lobte Eugenie. »Woher kennen Sie Frau Kolbe denn?«

»Das war eine ganz seltsame Geschichte«, erzählte er mit schiefem Grinsen. »Ich habe meine Lehrzeit in Hamburg verbracht, und Frau Kolbes Seifenfabrik steht ja auch dort. Aber zum ersten Mal begegnet sind wir uns ausgerechnet in der Schweiz, da habe ich bis vor Kurzem für ein Jahr gearbeitet. Ihr Garten hier ist mein erster eigener Auftrag. Nächstes Jahr, wenn sie in das kleinere Haus ihrer verstorbenen Schwiegereltern zieht, will ich mich in Osdorf oben selbstständig machen, da wird ein kleines Gärtnereigelände frei. Frau Kolbe hat mir schon einige Kunden mit Hausgärten und Villen in Osdorf und Altona vermittelt. Dann kann ich auch endlich meiner Irmgard einen Antrag machen. Damit wollte ich warten, bis ich ihr eine gute Zukunft bieten kann.«

Eugenie war erleichtert darüber, dass der Gärtner ein Liebchen hatte. Immerhin wäre sie in der Villa ja bald öfter allein mit dem gleichaltrigen, ledigen Mann.

Sie waren nun am Zaun des Nieland-Grundstücks angelangt. Auf dessen Seite befanden sich mehrere Bienenstöcke, bei denen ein südländisch wirkender Mittzwanziger mit dunklen Haaren stand. Vor ihm lag ein Imkeranzug mit Schutzhut.

»Guten Tag, Herr Nieland, darf ich Ihnen diese hübsche Dame vorstellen?«, rief Willi Baumann ihm zu.

Sie gingen dem Mann entgegen, der seinerseits auf den Zaun zukam. Aus der Nähe bemerkte Eugenie, dass der Südländer kleiner als Willi war, er hatte eher ihre Körpergröße, war jedoch muskelbepackt. Seine großen, ausdrucksstarken Augen waren grün und musterten sie interessiert.

»Herr Nieland, das ist eine Mitarbeiterin der Parfümerie Douglas, Fräulein Schalt. Sie wird bis zum Verkauf des Hauses hier wohnen«, erklärte Gärtner Baumann und wandte sich dann an sie. »Das ist Hinnerk Nieland, der Geschäftsführer der Reederei.«

»Angenehm«, sagte der junge Mann und gab ihr über den Zaun einen galanten Handkuss. »Mein Cousinchen Anna Meseritz ist Stammkundin bei Ihnen.«

»Ich weiß«, erwiderte Eugenie. »Sie ist immer so schön und modern angezogen, dieses wunderbare Schlösschen passt ganz hervorragend zu ihr.«

»Dann sage ich mal: Auf gute Nachbarschaft! Wenn Sie irgendetwas brauchen, ganz gleich, ob Zucker, Mehl, Eier oder von unserem neuen Nieland-Kakao – unsere Köchin Frau Dahlke wird Ihnen gern helfen«, bot der junge Reeder an. »Und sollte es Ihnen an Honig mangeln, dann bin ich die richtige Adresse. Ich übe allerdings noch, habe erst dieses Jahr mit der Imkerei angefangen. Aber meine Bienen liefern exquisiten Honig. Hier bei ihrem Stock ist der einzige Ort, wo man mich sagen hört: Ich bin stolz auf mein Volk.«

Eugenie lachte, und sie war hochzufrieden. Sowohl der

Gärtner als auch der Nachbar waren ihr ungemein sympathisch. Hier würde es sich wohl wunderbar leben lassen.

»Dieses kolossale Grundstück zu pflegen wäre natürlich ein Traum«, schwärmte Willi Baumann auf dem Weg ins Innere von Bertas Haus. »Aber die Nielands haben schon seit Jahren einen Gärtner.«

»Herr Nieland wirkt sehr jung für einen Prokuristen«, meinte Eugenie.

»Früher hat wohl sein Onkel die Reederei geleitet«, berichtete Willi. »Aber der ist in der großen Seeschlacht im Skagerrak gefallen.«

Der Krieg, natürlich! Trotz ihres Reichtums war also auch diese Familie nicht von Verlusten verschont geblieben. Man konnte nur hoffen, dass es den friedenswilligen Kräften im Land gelang, ihre derzeitige Mehrheit zu erhalten. Am 6. Juni hatte bei der ersten regulären Reichstagswahl der Weimarer Republik die Koalition aus SPD, Zentrumspartei und Deutscher Demokratischer Partei ihre Mehrheit verloren. Starke Gewinne waren den Rechtsparteien beschieden gewesen; und die waren ja ganz wild darauf, in Konflikt mit den Siegermächten zu gehen. Zum Glück war letztlich dennoch der gemäßigte Friedrich Ebert vom Zentrum zum Reichskanzler gewählt worden.

***

Am Freitagnachmittag herrschte in Hamburg eine drückende Hitze. Julius Karstadt hatte sein Automobil im Süden des Stadtteils Barmbek abgestellt. Daraufhin war er mit Anna Carstens und deren Patentochter Lucie in das dreistöckige Klinkergebäude gegangen, in dem sich die Irren-, Heil- und Pflegeanstalt Friedrichsberg befand. Nach der Anmeldung an der Rezeption führte sie nun eine hochgewachsene Krankenschwester mit großer Nase durch die Flure der Klinik. Hier war es noch schwüler als draußen, Lucie wischte sich den Schweiß von der Stirn. Als sie Schreie über die Gänge hallen hörte, sah sie beklommen zu Anna.

Schließlich öffnete die Pflegerin die Eisentür zu einem Frauenschlafsaal, in dem sich auf der rechten und linken Seite je drei einfache Gitterbetten gegenüberstanden.

Auf einer der Lagerstätten saß im Nachthemd eine Frau mit zerzaustem, schweißnassem Haar. Lucie hatte errechnet, dass Christine mindestens dreißig Jahre alt sein musste, doch trotz der dunklen Ränder unter ihren großen, wirr umherblickenden Augen sah sie sehr mädchenhaft aus.

Sie schenkte den drei Neuankömmlingen nur kurz Aufmerksamkeit, dann wanderte ihr Blick wieder ziellos umher, und sie summte vor sich hin.

»Warum haben Sie denn schon Ihr Nachthemd an, Frau Karstadt?«, fragte die Schwester streng.

»Ach, ich bin heute sehr müde«, nuschelte die Patientin kaum hörbar.

»Grüß dich, Christine«, sagte Julius mit belegter Stimme. »Erkennst du mich?«

Langsam wandte seine Frau sich zu ihm um. »Sind Sie der neue Arzt?« Sie musterte ihn von oben bis unten, schien ihn jedoch nicht wiederzuerkennen. »Haben die Ihnen den Kittel geklaut?«, erkundigte sie sich flüsternd und blickte ängstlich in Richtung Tür. »Sie sind überall. Die stehlen mir hier mein Essen.«

Julius sah seine beiden Begleiterinnen hilflos an. »Christine, das ist Anna Carstens, ich möchte sie nach unserer Scheidung gern heiraten«, wandte er sich wieder Christine zu.

»Wie fein, Hochzeiten sind schön«, freute sich diese zunächst. Sogleich verdüsterte sich ihr Gesichtsausdruck jedoch wieder, und sie senkte erneut die Stimme. »Aber … ich möchte nicht heiraten.«

Julius senkte den Blick. Lucie bemerkte, wie resigniert er wirkte. Diese bedauernswerte Christine verstand einfach nicht, dass er ihr Ehemann war. Eigentlich hätte er darüber froh sein können, er wollte ja baldmöglichst Anna heiraten, aber der Zustand seiner Frau schien ihn trotzdem so betroffen zu machen, dass er nicht in der Lage war zu antworten.

Daher erkundigte sich Lucie: »Was haben Sie denn gegen das Heiraten?«

»Hochzeitskleider sind teuer«, argumentierte die Patientin. »Die stehlen mir das dann.«

Schließlich atmete Julius tief durch und sah seiner Frau wieder in die Augen. »Christine, ich bin gekommen, um dir Lebewohl zu sagen. Du wirst von mir keine Besuche mehr bekommen.«

Lucie wunderte sich ein wenig über diese Ankündigung, denn er hatte seine Frau ja ohnehin schon lang nicht mehr besucht, und sie schien keine Ahnung zu haben, wer er war. Vielleicht dienten seine Abschiedsworte eher als Abschluss des Kapitels Christine für sich selbst und Anna. Diese, so bemerkte Lucie, wischte sich mit dem Handrücken über die Augen.

»Das macht nichts«, meinte Christine leichthin, »dann kommt eben der Doktor Stern wieder.«

Als sie die Anstalt verlassen hatten, sah Lucie, dass auch Julius feuchte Augen hatte. Dies blieb Anna nicht verborgen. »Es tut mir leid, dass ich dich dem wieder ausgesetzt habe.«

»Du konntest mir eben nicht mehr glauben«, murmelte er, »das verstehe ich.«

Auf dem weiteren Weg zu seinem Automobil schwieg das Paar betreten, und Lucie hatte das Bedürfnis, die Stille zu durchbrechen. »Christine wirkt immer noch sehr kindlich«, sagte sie deshalb.

Julius nickte nachdenklich. »Seit der Fehlgeburt wurde es immer schlimmer.« Dann wandte er sich wieder Anna zu. »Bevor Christines Vater gefunden wird, ist das mit der Scheidung kompliziert.«

Die beiden Frauen sahen ihn fragend an.

»Ich habe ja schon vor längerer Zeit mit den Behörden gesprochen«, erklärte er. »Die haben gesagt, wenn ich meine Frau während der Ehe betrüge, wird mir keine neue Heirat genehmigt – zumindest vonseiten der Kirche nicht.«

Sein Blick verriet Verzweiflung. »Was soll ich nur ohne dich machen?«

»Gar nichts«, sagte Anna schließlich, ergriff seine Hand und lächelte erstmals seit gestern wieder. »Wenn es mit der Hochzeit nicht klappt, dann bleiben wir eben weiterhin ohne Trauschein zusammen. So schlecht war unser Leben ja bisher auch nicht. Und die Leute lassen wir einfach weiter tuscheln.«

Nun begann auch Julius hoffnungsvoll zu lächeln.

Anna meinte: »Ich weiß ja nun, dass es nicht an deinen mangelnden Gefühlen für mich liegt, wenn die Hochzeit weiterhin verschoben wird.«

»Mangelnde Gefühle für dich?«, wiederholte er aufgewühlt. »Im Gegenteil!«

Und dann schienen die beiden die Anwesenheit der jungen Patentochter für einen Augenblick zu vergessen, sie küssten sich sehnsuchtsvoll. Lucie war es zwar ein wenig peinlich, das Paar in einem so innigen Moment zu stören, doch rasch machte sich etwas anderes in ihr breit: Hoffnung. Es gab also Menschen, die entschieden sich füreinander ohne die Chance einer Eheschließung – und ungeachtet des Geredes der Gesellschaft. Wäre eine solche Verbindung eines Tages auch eine mögliche Lösung für sie und Anjing Wang?

»Wie kommst du denn mit den Abrechnungen voran?«, erkundigte sich Anna bei ihr, als Julius das Automobil zum Laufen gebracht hatte.

»Ich werde morgen weitermachen müssen«, befürchtete Lucie.

»Soll ich dir helfen?«, bot ihre Patin an. »Dann werden wir heute Abend noch fertig, und du hast am Wochenende deine Ruhe vor dem Finanzkram.«

»Das wäre lieb«, freute sich Lucie. Sie war sicher, dass dank Annas Erfahrung tatsächlich alles viel schneller gehen würde.

»Ich rufe deine Eltern und Marie an, dass es bei uns etwas später wird«, sagte die.

»Ich kann das Lieferantenessen bei Onkel Rudolph absagen und auf euch warten«, meinte Julius. »Es sieht nach Gewitter aus.«

»Das ist nicht nötig, Schatz«, befand Anna. »Ich bestelle nachher einfach unseren Kutscher zur Parfümerie, der soll erst Lucie, dann mich zu Hause absetzen. Du wolltest doch auch wegen Detektiv Marais mit deinem Onkel sprechen.«

»Wärst du dann so lieb und würdest mich anrufen, wenn ihr heil zu Hause angekommen seid?«, bat Julius.

»Natürlich«, sagte seine Verlobte, die streng genommen nicht seine Verlobte sein durfte, und küsste ihn liebevoll auf die Wange.

Kurz darauf setzte er Anna und deren Patentochter wie gewünscht am Neuen Wall vor der Parfümerie Douglas ab.

Harmoniebedürftig, wie sie war, freute sich Lucie über die Versöhnung des Paars, als die beiden sich zum Abschied erneut küssten. Während Anna nach Julius' Abfahrt die Parfümerie aufschloss, bemerkte sie Wetterleuchten am Horizont über der Binnenalster. »Ich glaube, Julius hatte recht, da braut sich was zusammen.«

»Im Laden sind wir sicher«, meinte Anna.

Kaum hatte sie das Licht in der Parfümerie eingeschaltet, brach draußen tatsächlich die Hölle los: Starker Wind heulte und bog die Bäume am Ufer der Alster bedenklich, das Wasser war wild und aufgewühlt, die Gischt wurde hoch aufgeschleudert. Grelle Blitze zuckten am dunklen Horizont, und der Donner krachte. Lucie hoffte, dass die Segler es alle rechtzeitig in ihren Hafen geschafft hatten.

***

Eugenie Schalt hatte Angst. Starke Gewitter waren ihr ohnehin schon seit Kindertagen unheimlich, aber jetzt an ihrem ersten Abend allein in der Villa Kolbe mit Blick auf die aufgewühlte Elbe – das war eine äußerst beunruhigende Vorstellung. Deshalb rannte sie hinüber zur winzigen Remise, wo der junge Gärtner gerade seine Arbeitsutensilien verstaute.

»Das geht gleich ganz schlimm los«, prophezeite sie aufgeregt. »Möchten Sie nicht im Haus warten, bis es sich gelegt hat? Sie werden ja ganz nass, und die Blitze sind gefährlich.«

»Na ja ...«, sagte Willi zögerlich, dann schien er aber in ihrem Gesicht zu lesen, was sie fühlte. »Sie haben Muffensausen allein bei dem Unwetter«, mutmaßte er.

Sie nickte ertappt. »Also würden Sie?«

»Gern«, erwiderte er. »Frau Kolbe hätte wohl nichts dagegen.«

»Nein, nein«, sagte Eugenie hastig. »Sie hat ausdrücklich gesagt, dass ich alles benutzen darf. Sogar das Wohnzimmer.«

»Ist ja auch sinnvoll«, meinte Willi Baumann, »dann sehen die Räuber jedenfalls, dass hier wirklich jemand wohnt. Aber bei dem Schietwetter bleiben die sicher sowieso brav zu Hause.«

Wenig später hatte Eugenie ihnen je eine Tasse mit dem Kakao zubereitet, den sie von Nachbar Nieland geschenkt bekommen hatte. Damit saßen sie und der Gärtner in bequemen Sesseln im Salon der Villa Kolbe, um sich das Unwetter anzuschauen. Die junge Parfümverkäuferin fand es äußerst behaglich, seit sie Willi zum Schutz an ihrer Seite hatte.

Er munterte sie mit amüsanten Anekdoten über Gewitter auf. »Mein Vater hat unseren Pfarrer mal ziemlich verärgert, indem er ihn auf etwas hingewiesen hat: Ein Blitzableiter auf einem Kirchturm sei das denkbar stärkste Misstrauensvotum gegen den lieben Gott.«

Eugenie kicherte, während draußen der Regen rauschte und der Wind heulte. »Mein erster Abend im neuen Zuhause, und ich fühle mich wie die Herrin von einem Spukschloss. Dieser Kakao ist wirklich lecker, den sollten wir den Kunden im Laden anbieten. Und meiner Kollegin Lucie schlage ich vor, dass er auch ein guter Duftbestandteil für Parfüm sein könnte.«

»Stimmt«, bestätigte Willi.

»Das Pulver verkauft Herrn Nielands Reederei seit Neuestem selbst. Er ist so freundlich«, sagte sie. »Es ist sicher nicht einfach, in so jungen Jahren eine große Firma leiten zu müssen. Aber der Krieg hat eben alles durcheinandergeworfen.«

»Das kann man wohl sagen«, stimmte Willi zu. »Ich bin

heilfroh, dass ich zu jung war und meine Gärtnerlehre weitermachen durfte. Zwei meiner Kollegen, die nur ein bisschen älter waren als ich, haben sie eingezogen. Einer von ihnen ist gefallen, der andere hat zwei Finger verloren und ist jetzt Kriegszitterer.«

Gedankenverloren sahen sie beide wieder auf die nächtliche Elbe, über der das Gewitter schwächer zu werden schien. Eugenie ertappte sich dabei, wie ihr Blick zu Willis Gesicht wanderte und dort verweilte. Sie musste sich eingestehen, dass sie ihn hübsch fand. Als er ihr in die Augen sah, fühlte sie sich ertappt. Sie saßen hier ja wirklich beisammen wie ein wohlhabendes Ehepaar.

»Hat Ihre Irmgard auch Angst vor Gewittern?«, fragte sie deshalb hastig.

»Ich denke nicht. Sie ist auf einem Bauernhof an der Mecklenburger Seenplatte aufgewachsen, da war sie immer nah an der Natur«, meinte Willi. »Haben *Sie* eigentlich auch einen Liebsten?«

Nach kurzem Zögern fiel ihr Polizeiassistent Robert Bethge ein. »Ich interessiere mich für jemand, aber der ist bereits einer anderen versprochen«, gab sie schließlich zu.

Als Willi sie daraufhin mit großen Augen ansah, wurde Eugenie klar, wie missverständlich ihre Worte geklungen hatten. Schließlich war der junge Gärtner ja auch vergeben. Deshalb offenbarte sie – obwohl sie dies ursprünglich keinesfalls vorgehabt hatte: »Es handelt sich um einen Polizisten.«

So, nun war der Irrtum aus der Welt. Bildete sie sich das nur ein, oder sah Willi Baumann etwas enttäuscht drein?

10

Nebelschwaden zogen über die nächtliche Binnenalster. Der Regen hatte aufgehört, das Licht der Gaslaternen spiegelte sich auf den nassen Pflastersteinen. Vor der nunmehr verschlossenen Parfümerie Douglas standen die Inhaberin Anna Carstens und deren Patentochter auf dem Bürgersteig und warteten auf die Droschke, die sie nach Hause bringen sollte. Inzwischen war es halb elf Uhr nachts, und die beiden Frauen hatten sämtliche Abrechnungen erledigt.

»Der Geruch nach einem Gewitter ist einmalig«, meinte Lucie mit geschlossenen Augen.

Anna begann ihrerseits zu schnuppern. »Ja, nasse Steine, Gras …«

»Und das viele Laub, das der Sturm abgerissen hat – das riecht auch sehr intensiv«, ergänzte Lucie. Da fiel ihr etwas ein. »Ich wollte Madame Lamberts Notizbuch übers Wochenende mit nach Hause nehmen. Kann ich noch mal kurz in den Laden zurück und es holen?«

Anna nickte wohlwollend. »Natürlich, ich sage dem Kutscher Bescheid, er soll warten.«

»Ich beeil mich«, versprach Lucie, eilte zur Tür zurück und zückte ihren Schlüsselbund.

Als sie die Geschäftsräume durchschritten und im Labor

das Licht angeschaltet hatte, schrie sie kurz auf. Vor ihr stand plötzlich ein junger Mann mit dunklem Haar. Er nutzte den Schreckmoment und hielt ihr grob den Mund zu. Sie wand sich, bemerkte aber, dass sein eiserner Griff dadurch immer schmerzhafter wurde.

Schließlich saß sie gefesselt und geknebelt auf dem Bürostuhl, während Tränen über ihr Gesicht rannen. Der Fremde öffnete die Tür zum Hinterhof und ließ einen zweiten Mann herein.

»Ich habe Besuch bekommen«, zischte der junge Einbrecher.

»Dreh sie um!«, knurrte der Zweite. »Sie darf mich nicht erkennen.«

Dazu war es jedoch zu spät. Lucie hatte ihn an der Stimme identifiziert: Uwe Hauer! Wenn nur Anna nicht hereinkam, um nach ihr zu sehen – wer konnte wissen, wie der Kerl reagieren würde, wenn sie ihm schutzlos ausgeliefert wäre!

»Weißt du die Zahlenkombination?«, wollte Hauer wissen.

»Logisch«, entgegnete der Jüngere. »Hast mich ja nicht umsonst tagelang immer wieder mit Fernglas auf der Hofmauer hocken lassen. Ich dachte schon, die Mädels hier gehen nie an den Tresor.«

In Lucies Angst mischte sich Empörung. Hauer hatte seinen Komplizen also für längere Zeit das Hinterhoffenster mit Blick auf den Schließschrank ausspionieren lassen. Wie hatte ihnen das nur entgehen können? Nun hörte sie das vertraute Geräusch des Schließrädchens an der Tresortür.

Hauer pfiff anerkennend. »Stattliches Sümmchen, muss mehr sein als die Tageseinnahmen. Wir sind echte Glückspilze.«

»Lucie?«, hörte sie nun zu ihrem Entsetzen Anna rufen.

Sie war erleichtert, dass die beiden Männer in diesem Moment durch die Tür zum Hinterhof hinausschlichen.

Anna kam herein und schrie erschrocken auf, als sie Lucie in ihrer misslichen Lage erblickte.

Wenig später standen außer dem Kutscher der Familie Carstens auch Oberwachtmeister Fedder und Polizeiassistent Bethge in der Parfümerie.

»Der Komplize hat sich nach einem Einkauf hier versteckt und heimlich einschließen lassen, ein alter Trick«, erklärte Fedder, während die befreite Lucie sich die schmerzenden Handgelenke rieb.

»Es ist allerdings sehr merkwürdig, dass Hauer es diesmal riskiert hat, selbst dabei zu sein«, meinte Bethge.

»Und noch merkwürdiger ist, dass er spurlos verschwunden ist«, ergänzte Fedder. »Seine Zimmerwirtin hat gemeint, er sei schon gestern mit all seinem Gepäck abgehauen.«

War das ein gutes Zeichen? Die knapp tausend Mark, die Hauer und sein junger Komplize erbeutet hatten, waren zwar ein schmerzlicher Verlust für ihre Parfümerie – aber kein zu hoher Preis, wenn der Kerl dafür dauerhaft aus der Stadt verschwand.

»Zum Glück hat er Lucie nichts getan«, sagte Anna mit schwacher Stimme. »Das hätte ich mir nie verziehen.«

Lucie bemerkte, wie Robert Bethges Blick traurig auf einer Flasche *L'Or* von Coty im Regal hängen blieb.

»Wenn Sie mich hier nicht mehr brauchen, würde ich mich dann verabschieden, Herr Oberwachtmeister«, bat er schließlich mit ungewohnt leiser Stimme.

»Sicher, Bethge, gönnen Sie sich eine Mütze Schlaf«, erlaubte ihm sein Vorgesetzter. »Den Hauer und seinen Schützling buchten wir heute nicht mehr ein, so viel steht leider fest.«

»Geht es Herrn Bethge nicht gut?«, erkundigte sich Lucie zögerlich beim Oberwachtmeister, nachdem dessen Assistent gegangen war.

»Ach, er ist traurig, weil seine Verlobte verschwunden ist«, berichtete Fedder mit abfälligem Tonfall. »Wenn Sie mich fragen, sollte er froh darüber sein. Das junge Frauenzimmer ist eine Kokotte der schlimmsten Art, ein Barmädchen aus der Halbwelt.«

Über diese Aussage wunderte sich Lucie nicht sonderlich, Eugenie hatte bereits erzählt, dass Robert Bethges junge Verlobte auf der Fotografie etwas lasziv posiert habe. Sie war froh, sich von dem Schrecken ablenken zu können, der ihr noch tief in den Knochen saß: Sie beschloss, ihre Kollegin gleich morgen früh in Bertas Villa anzurufen, um ihr neben den Einzelheiten des Überfalls auch zu berichten, dass Bethges Liebchen verschwunden war.

***

Am Montagmorgen saß Lucie gedankenverloren im Parfümlabor hinter den Verkaufsräumen. Sosehr sie sich auch bemühte, sie wurde die Erinnerung an das Gefühl der Hilflosigkeit nicht los, das sie empfunden hatte, als sie hier gefesselt und geknebelt gesessen hatte.

Da wurde sie durch eine Frauenstimme aufgeschreckt. »Na, Lucie, alles in Ordnung?«

Sie sah in das liebevoll lächelnde Gesicht ihrer älteren Patentante Marie.

»Ich dachte, in meiner Welt der Düfte würde ich mich wieder sicher fühlen. Aber ich kann mich nicht konzentrieren«, gab Lucie resigniert zu. »Mir fällt einfach nicht ein, mit welchen Düften ich die Ambra kombinieren soll.«

»Das hat auch noch Zeit«, meinte Marie und setzte sich auf den Hocker neben ihr. »Die Rohsubstanz wird sowieso erst zu feinem Puder zermahlen – und dann mit Alkohol versetzt. Danach muss die Ambralösung mehrere Monate reifen, bevor sie einem Parfüm beigemischt werden kann.«

»Mehrere Monate?«, wiederholte Lucie ungläubig.

»Ja, aber du wirst merken, dass sich das Warten lohnt«, versprach Marie. »Die Ambra ist danach ein sogenannter Fixateur. Das bedeutet, sie verlangsamt die Verdunstung von leicht flüchtigen ätherischen Pflanzenölen. Die tierische Substanz verbindet und verfeinert besonders gut blumige und süßliche Duftnoten. Oder solche, die nach Wald oder Vanille riechen. Ambra wird den Duft rund, bezaubernd und verführerisch machen, wart's nur ab!«

Nun linste Eugenie ins Labor. »Lucie, da ist Herr Anjing Wang für dich.«

Bei der Erwähnung des Namens fuhr ihr sogleich ein bittersüßer Schmerz in den Magen. Sie sah ihre Patin fragend an, die nickte lächelnd. »Geh nur!«

Lucie eilte in Richtung Ladentür, wo Anjing wartete, gewohnt gepflegt aussehend, jedoch mit ungewohnt düsterem Gesichtsausdruck. Es war ihr peinlich, dass sie sich wegen des Überfalls noch gar nicht bemüht hatte, dafür zu kämpfen, mit ihm ausgehen zu dürfen.

»Herr Wang, es tut mir leid, dass ich mich noch nicht wegen unseres Tanzausflugs melden konnte«, sagte sie daher sogleich entschuldigend. »Aber hier ist einiges passiert.«

Er ging darauf jedoch nicht ein, sondern sagte zu ihrer Beunruhigung: »Ich habe leider schlechte Nachrichten.«

Sie sah ihn fragend an, er atmete durch und fuhr dann

traurig fort: »Mein Vater liegt im Sterben. Onkel Xu Li und ich wollen nach China reisen, um uns zu verabschieden.«

Diese Nachricht traf Lucie wie ein Keulenschlag. »Oh, das tut mir sehr leid«, sagte sie mit brüchiger Stimme. »Wie lange werden Sie fort sein?«

Er zuckte hilflos mit den Schultern. »Das kann ich noch nicht sagen. Aber ich werde in jedem Fall zurückkehren, um an Ihrem Parfüm zu riechen.«

»Dann gebe ich mir besondere Mühe«, wisperte sie.

»Wann soll die Reise denn losgehen?«

»Schon morgen früh«, berichtete er zu ihrem großen Bedauern. »Die Hapag war so freundlich, uns einen Platz auf dem nächsten Schiff nach Schanghai zu vermitteln. Von da aus kommen wir dann weiter nach Guangzhou.«

»Ich werde Sie sehr vermissen«, brachte Lucie schließlich hervor.

»Ich Sie auch«, entgegnete er und sah ihr tief in die Augen.

Zu gern hätte sie ihn geküsst, doch das war hier in der Parfümerie keinesfalls möglich. So blieb ihr nur zu sagen: »Auf Wiedersehen, Herr Wang.«

»Auf Wiedersehen, Fräulein Harders«, erwiderte er und drückte etwas zu lang ihre Hand.

Als er gegangen war, zog sich Lucie rasch ins Büro zurück, um dort ihren Tränen freien Lauf zu lassen. Wenn das die Liebe war, hätte sie nur zu gern darauf verzichtet!

***

An einem Sonnabend Anfang Oktober half Eugenie Schalt dem Gärtner Willi Baumann dabei, Berta Kolbes Grundstück winterfest zu machen. Drei Monate wohnte sie nun bereits in deren Villa, und sie fühlte sich für ihr neues Zuhause verantwortlich. Als sie gerade das bunte Laub vom Trottoir fegte, sah sie Polizeiassistent Robert Bethge aus Richtung Stadt kommen. Er war so in Gedanken versunken, dass er sie zuerst gar nicht zu bemerken schien.

»Herr Bethge«, machte sie ihn auf sich aufmerksam, und er sah sie wie erwachend an.

»Guten Morgen, Fräulein Schalt.« Er reichte ihr die Hand und fragte erstaunt: »Arbeiten Sie hier?«

Sie erwiderte den Händedruck. »Nein, ich wohne vorübergehend in Berta Kolbes Haus, passe darauf auf, bis es verkauft wird. Und was führt Sie in diese Gegend?«

»Ich treffe mich mit dem Prokuristen einer Reederei«, antwortete er.

»Hinnerk Nieland?«, vergewisserte sich Eugenie. »Hat er etwas ausgefressen?«

Eigentlich wusste sie ja, dass die Antwort darauf streng genommen unter das Polizeigeheimnis fiel.

»Nein, aber …«, stammelte Robert Bethke zögerlich. Doch dann fasste er sich ein Herz: »Ach, was soll's? Erzähle ich es Ihnen eben. Meine Verlobte Emma Wenz ist nun schon seit einem Vierteljahr spurlos verschwunden. Und jetzt habe ich gehört, dass sie Ende August auf dem Dampfer *Lucie Woermann* entdeckt wurde – auf der Fahrt nach Chile.«

»Chile?«, wiederholte Eugenie verblüfft.

»Zu den Reparationsleistungen nach dem vermaledeiten Versailler Vertrag gehört auch, dass Deutschland alle größeren Segelschiffe abgibt«, referierte Robert. »Herrn Nielands Firma gehört einem Zusammenschluss von Reedereien an – gemeinsam verhandeln die Besitzer die Verteilungen der Salpetersegler an die Siegermächte. Seit Beginn des Großen Krieges werden in Chile über fünfzig deutsche Schiffe festgehalten. Die werden jetzt nach Europa überführt – und an die

Alliierten ausgeliefert. Die Mannschaften für diese Schiffe hat man aus Deutschland nach Chile gebracht – mit der Viermastbark *Priwall* und dem Dampfer *Lucie Woermann.* Und angeblich hat sich meine Emma an Bord geschlichen, als das Schiff Mitte August in Hamburg abgelegt hat. Inzwischen ist der Dampfer wohl bald auf dem Rückweg, die Mannschaften sind abgeliefert. Der Prokurist der Reederei Nieland ist mit an Bord und in regelmäßigem Kontakt mit Hamburg.«

»Hinnerk Nieland hilft Ihnen bestimmt«, gab sich Eugenie überzeugt. »Er ist sehr nett.«

»Ah, Sie kennen ihn?«, sagte Robert Bethge zögerlich. Der hochgewachsene Mann wirkte äußerst eingeschüchtert von dem Elbschlösschen.

»Soll ich Sie begleiten und Sie vorstellen?«, fragte Eugenie hilfsbereit.

»Er erwartet mich, ich habe telefonisch einen Termin vereinbart«, erklärte der Polizist. »Aber es wäre trotzdem nett, wenn Sie mitkommen.«

Eigentlich hätte sich Eugenie für ihren ersten Besuch im Inneren des Elbschlösschens gern etwas Schöneres angezogen als ihre alte rote Strickjacke, doch nun ging es vor, dem überfordert wirkenden Polizisten beizustehen. So sagte sie einfach nur Willi Baumann Bescheid, dass sie kurz »drüben bei den Nielands sei«, und stand wenig später neben Robert Bethge vor der hohen Eichenholztür an der Straßenseite der Villa.

Es öffnete ihnen Ursel Mankiewicz, das dralle Dienstmädchen der Nielands, mit dem sich Eugenie schon des Öfteren über den Zaun hinweg unterhalten hatte. Die junge Witwe hatte während des Matrosenaufstands am Ende des Krieges ihren Mann verloren, das Lachen aber dennoch nicht verlernt. Sie führte die beiden durch die imposante zweistöckige Halle, die sich vom Haupteingang bis zur Terrasse hinzog und von der auf einer Galerie die oberen Gemächer abgingen. Über den edlen Terrazzoboden ging es in den Salon. Hier bewunderte Eugenie die edlen Empiremöbel, die monumentale Kassettendecke, Ölgemälde von Segelschiffen und wertvolle Gobelins an den Wänden sowie den atemberaubenden Elbblick, der sogar den aus Bertas Salon schlug. Sie bereute es, sich nicht doch noch rasch etwas Besseres angezogen zu haben. In ihrer Gartenarbeitskleidung fühlte sie sich etwas fehl am Platze. Zu ihrer Erleichterung begrüßte Hinnerk Nieland sie ebenfalls in eher legerer Kleidung. Er trug sein Hemd leicht geöffnet und darüber eine Strickjacke aus beiger Wolle. Dank des schwatzhaften Dienstmädchens wusste Eugenie mittlerweile, dass der Reeder Halbportugiese und »nicht an der Damenwelt interessiert« war.

»Sie kennen sich?«, stellte Nieland erstaunt fest, als er sie an der Seite des hochgewachsenen Polizisten erblickte.

»Ja, Herr Bethge und seine Kollegen hatten wegen des Überfalls auf die Parfümerie öfter bei uns zu tun«, berichtete die Verkäuferin. »Und so habe ich eine Ausrede, mir Ihr schönes Haus endlich mal von innen anzusehen.«

Hinnerk lachte auf. »Das dürfen Sie jederzeit. Nehmen Sie doch Platz«, deutete er auf die Sitzgruppe am Kamin, in dem ein Feuer prasselte. »Was darf Ihnen unsere Ursel bringen?«

»Gern etwas von Ihrem eigenen Kakao«, erwiderte Eugenie lächelnd. Sie wusste aus ihren Gesprächen am Gartenzaun, dass Herr Nieland sehr stolz auf dieses erste eigene Produkt der Reederei war.

»Ich nehme dasselbe«, sagte Robert Bethge auf Hinnerks fragenden Blick hin.

Eugenie merkte dem jungen Polizeiassistenten an, wie unwohl er sich fühlte.

»Womit kann ich Ihnen helfen, Herr Bethge?«, wandte sich Hinnerk nun an ihn. »Sie sagten am Telefon, es geht um unseren Zusammenschluss, die Deutsche Segelschiff-Kontor GmbH?«

»Genau.« Robert räusperte sich. »Sie haben im August ja ein Segelschiff und einen Dampfer nach Chile geschickt …«

Hinnerk nickte. »Ja, es ist uns gelungen, mit den Siegermächten etwas auszuhandeln: Wir dürfen die in Chile internierten Segelschiffe dort noch einmal mit chilenischem Salpeterdünger beladen – und den dann hier verkaufen. So machen wir jedenfalls vor der Übergabe in Europa noch ein letztes Mal Geld mit unseren Schiffen. Die *Priwall* und die *Lucie Woermann* haben die nötigen Mannschaften rübergebracht.«

»Haben Sie von Ihrem Prokuristen etwas über eine blinde Passagierin namens Emma Wenz gehört?«, kam Robert Bethge nun zum eigentlichen Thema.

»Die Emma?«, rief Hinnerk Nieland lachend. »O ja, die sorgte an Bord für ganz schön Wirbel. Aber sie hat sich erstaunlicherweise auch als Heldin gezeigt.«

Der Polizist sah den Reeder erstaunt an. »Wie das?«

»Die Schwester unseres Prokuristen ist als Krankenpflegerin mit an Bord«, holte Nieland aus. »Sie wurde von einem miesen Bootsmann namens Hauer belästigt, und Emma hat sie vor ihm gerettet.«

»Hauer?«, vergewisserte sich Eugenie wie elektrisiert. »Uwe Hauer?«

Hinnerk hob erstaunt eine Augenbraue. »Ja, Sie kennen seinen Vornamen?«

»Allerdings«, bestätigte die Verkäuferin. »Der Kerl hat zweimal unsere Parfümerie überfallen.«

»Wir sind seit August auf der Suche nach ihm«, ergänzte der Polizeiassistent.

»Dann hat er sich also nach Chile abgesetzt«, resümierte Eugenie. Hoffentlich blieb er dort!

»Wir konnten uns die Mannschaften leider nicht wirklich aussuchen. Gute Seeleute sind nach dem Krieg rar geworden«, erklärte Hinnerk entschuldigend. »Wir waren gezwungen, allerlei Gesocks anzuheuern – der arme Kapitän Pohlig hatte bei der Überfahrt auch viel Ärger mit Kerlen wie Hauer.«

»Und Emma Wenz hat die Bordkrankenschwester vor ihm gerettet?«, hakte Robert Bethge nach.

Nieland nickte grinsend. »Ja, im letzten Brief meines Prokuristen steht, dass sie dem Hauer für die Belästigung einen Waschzuber übergebraten hat.«

Nun lächelte auch der Polizist erstmals. »Wirklich?«

»Ja, die kleine Wenz hat auf dieser Reise sowieso ihr Glück gemacht – so, wie es wohl von Anfang an ihr Plan gewesen war«, fasste Hinnerk Nieland zusammen. »Sie hat einen Heiratsantrag von einem Chilenen bekommen – mindestens doppelt so alt wie sie, dafür ist er aber ein kolossal reicher Salpeterbaron.«

Voller Mitleid sah Eugenie im Gesicht des jungen Polizisten alle Hoffnung dahinschwinden. Er senkte wortlos den Blick.

Damit keine peinliche Stille eintrat, erkundigte sich Eugenie bei dem Reeder: »Und was wurde aus Uwe Hauer?«

»Er und einige Kameraden sind bei der Einfahrt in den Panamakanal mit Sack und Pack von Bord der *Lucie Woermann* gesprungen. Die Idioten hofften wohl darauf, in Südamerika ihr Glück machen zu können«, berichtete Hinnerk. »Obwohl es dort Alligatoren gab, wurde offenbar niemand von ihnen verletzt. Kapitän Bock meinte zu Herrn Heger: ›Bei den Dreckskerlen beißen nicht mal die Krokodile an.‹ Die anderen wurden von den Behörden eingesammelt und spätestens auf der Rückfahrt wieder auf ihr deutsches Schiff gebracht. Hauer blieb allerdings verschwunden. Na ja, in der Gegend gibt es viele wilde Tiere …«

Als sie wenig später wieder am schmiedeeisernen Tor vor der Villa standen, streichelte Eugenie Schalt tröstend über Robert Bethges Arm. »Es tut mir so leid.«

»Ach, jetzt habe ich jedenfalls Gewissheit«, sagte er tapfer lächelnd. »Ich muss endlich über Emma wegkommen.«

»Wenn ich Ihnen irgendwie helfen kann …«, sagte Eugenie.

Sie war plötzlich ganz nervös, weil der Polizist ihr mit einem Blick in die Augen sah, der völlig anders als bisher war. Hatte er etwa die ganze Zeit gewusst, dass sie für ihn schwärmte? Statt einer Antwort küsste er sie zärtlich. Sie ließ es zu – trotz einer Stimme in ihr, die warnte: Das geht viel zu schnell, du bist für ihn doch jetzt nur der Trostpreis! Aber im Augenblick wollte sie nicht auf diese Warnung hören. Da sie sich nicht wehrte, wurde sein Kuss immer leidenschaftlicher. Obwohl ihr davon fast die Sinne schwanden, ertappte sich Eugenie bei dem Gedanken: »Ich muss ihm dringend ein besseres Rasierwasser schenken.«

TEIL 2

1922/1923

Winter

11

Am Morgen des 8. Dezember 1922 versank Hamburg im Schnee. Über Nacht waren unfassbare Mengen der weißen Pracht vom Himmel gefallen. Eugenie Schalt und die Harders-Schwestern hatten zunächst einmal den Bürgersteig freischippen müssen, um den Kunden überhaupt sicheren Zutritt zur Parfümerie zu ermöglichen. Es ging auf Weihnachten zu, und obwohl die meisten Hamburger zurzeit kaum Geld für Geschenke in den Taschen hatten, blitzte und funkelte es in den Schaufenstern am Neuen Wall auch in dieser Adventszeit.

Die Inflation war in schwindelnde Höhen gestiegen, Lucie Harders wusste, dass die deutsche Wirtschaft im Angesicht der unfassbaren Reparationsforderungen der Siegermächte am Boden zerstört war. Sie befürchtete, dass ihre Arbeitgeberinnen, die Carstens-Schwestern, das Geschäft nicht mehr lange würden halten können. Doch da sie ihren Kolleginnen nicht die Stimmung verderben wollte, behielt Lucie ihre Sorgen für sich.

Sie alle waren bemüht, durch festliches Schmücken der Schaufenster und des Ladeninneren sowie besonders freundliche Beratung Stamm- und Laufkundschaft wieder ein wenig in Genusslaune zu versetzen. Sie hatten ja bereits während des Großen Krieges bemerkt, dass viele Menschen in Zeiten bedrohter Grundbedürfnisse Parfüm als unnötigen Luxus empfanden. An den Zauber der Düfte musste man sie in diesen sorgenvollen Tagen erst wieder erinnern. Zu allem Übel war ihnen die Douglas-Himmelsseife ausgegangen. Berta weilte seit Monaten wieder persönlich in ihrer Fabrik, da ihre Prokuristin schwanger geworden war und sie verlassen hatte. Aber heute hatten sie die Freundin nicht anrufen und um eine rasche Lieferung bitten können – das Telefon war tot. Deshalb hatte Eugenie beschlossen, sich zurück ins Schneegestöber zu begeben, um persönlich in der Seifenfabrik am Kleinen Schäferkamp Warennachschub zu holen.

Als gegen elf Uhr das Glöckchen bimmelte, sahen Lucie und ihre Schwester Hertha hoffnungsvoll zur Ladentür. Endlich Kundschaft? Es war jedoch nur ihre Mutter Helene Harders, die eintrat – eine blonde Mittvierzigerin mit Sommersprossen auf der Nase und einem mädchenhaften Lachen. Wie so oft hatte sie einen Mann im Schlepptau – wahrscheinlich wieder ein junger Künstler, der an einem der Kulturabende der Salonière teilgenommen hatte, mutmaßte Lucie.

»Guten Morgen, meine Hübschen«, begrüßte Helene ihre Töchter gut gelaunt und öffnete ihren eleganten Wintermantel, auf dem noch einige Schneeflocken zu sehen waren. »Darf ich euch Miklós László aus Budapest vorstellen? Als Autor ist er dort ein aufgehender Stern am Theaterhimmel. Niki, das sind meine Töchter Hertha und Lucie.«

»Ah, die Malerin und die Duftkünstlerin«, wusste der dunkelhaarige Mann mit Nickelbrille, der kaum älter als zwanzig sein konnte. Er sprach mit leichtem Akzent, aber in dennoch verblüffend gutem Deutsch. »Freut mich sehr.«

»Er hat seinen Vater auf eine Geschäftsreise hierher begleitet, der ist einer der erfolgreichsten Männer der ungarischen Unterhaltungswelt. Niki war so lieb, gestern einigen Freunden in meinem Salon aus einem seiner Stücke vorzulesen«, erzählte Helene. »Ich möchte ihm zum Abschied einen Herrenduft schenken.«

»Zum Abschied?«, hakte Hertha nach.

»Ja, Hamburg gefällt uns sehr gut, obwohl wir nicht mit einem solch sibirischen Wetter gerechnet hätten«, sagte Niki. »Aber morgen müssen wir leider zurück nach Hause, die Pflicht ruft.«

In diesem Augenblick klingelte das Türglöckchen erneut, und Briefträger Höggrist kam mit einem Schwall kalter Luft und Schneeflocken ins Ladeninnere.

»Puh, wat 'n Schmuddelwetter«, beklagte er sich.

»Wir waren uns nicht sicher, ob Sie es heute schaffen. Darf ich Ihnen eine Tasse Kakao bringen?«, bot Hertha wie üblich an, doch er schüttelte den Kopf.

»Danke, heute reicht die Zeit leider nicht«, erklärte er bedauernd. »Ich bin ohnehin viel zu spät dran. Es hat in ganz Norddeutschland so heftig geschneit in der Nacht. Deshalb sind wohl Tausende Kollegen von der Post unterwegs, um die Störungen im Telefonverkehr zu beseitigen.«

»Ach, dann sind wir nicht die Einzigen, bei denen die Leitung tot ist«, sagte Hertha.

»Nein, es sind viele Masten unter den Schneemassen zusammengebrochen«, berichtete Höggrist. »Das dauert bestimmt noch, bis alle Verbindungen wiederhergestellt sind.«

Er griff in seine Tasche und zückte zwei Umschläge. Einen reichte er Hertha mit den Worten: »Der hier ist an Ihre Chefinnen Maria und Anna Carstens.« Den zweiten Brief drückte er Lucie in die Hand. »Einer von denen, über die Sie sich immer besonders freuen, min Deern.«

In der Tat wurde die Siebzehnjährige sogleich von Glücksgefühlen überschüttet, als sie die chinesischen Briefmarken und Schriftzeichen über der Anschrift der Parfümerie sah.

»Na komm, Mutti, wir suchen mit Herrn László mal seinen Duft«, schlug Hertha schmunzelnd vor, als sie sich vom Postboten verabschiedet hatten. »Unsere kleine Lulu möchte jetzt bestimmt erst mal Herrn Wangs Brief aus China lesen.«

Wie recht sie hatte! Lucie konnte es kaum erwarten. Durch ihre Korrespondenz hatte sie immer mehr Gemeinsamkeiten mit Anjing entdeckt. Wie sie selbst war er an den Themen Wirtschaft und Politik interessiert, wie sie selbst beunruhigten ihn die Nationalisten. Andererseits liebten sie es beide auch, sich die Kleinigkeiten des Alltags zu erzählen und Komplimente zu machen. Und stets hielten sie sich dabei an die Aussage des Schriftstellers Oscar Wilde, dass Komplimente wie Parfüm waren: Sie durften duften, aber nie aufdringlich werden.

Guangzhou, den 19. November 1922

Liebes Fräulein Harders!

Herzlichen Dank für Ihren Brief, über den ich mich wie immer sehr gefreut habe. Wie schön, dass der Schnee unser Hamburg bereits verzaubert hat und Sie mit Ihrer Schwester Schlittschuhlaufen konnten. Hier am Perlflussdelta ist es auch im November meist zwanzig Grad warm, und wir sind froh, dass die regenreiche und schwüle Zeit des Monsuns vorüber ist.

Ein befreundeter Kellner hat mir geschrieben, dass es letzten Monat in St. Pauli eine große Razzia gab. Haben Sie davon gehört? Die Polizei hat die Kellerkneipe von Ko Yen Kow in der Schmuckstraße 7 durchsucht und fast vierzig Opiumdosen sowie verschiedene Schusswaffen

gefunden. Ich selbst war noch nie dort, aber ich habe gehört, dass diese Spelunke aus zwölf verschachtelten Räumen besteht. Angeblich wird dort Opium geraucht und ein Spielsalon betrieben. Solche Meldungen machen mich traurig, denn sie geben den Vorurteilen gegen meine Landsleute neue Nahrung.
Wie ist denn gerade die politische Lage in unserer schönen Stadt an der Elbe? Sind die rechten Parteien weiter auf dem Vormarsch? Die hassen das Fremde und lieben den Krieg, das ist sehr beunruhigend, da stimme ich Ihnen zu.
Wie kommen Sie mit Ihrem Ambraparfüm voran?
Ich würde Ihnen zu gern wieder bei der Arbeit daran über die Schulter schauen.
Bald könnte dieser Wunsch in Erfüllung gehen, denn es geht meinem Vater endlich viel besser. Meine beiden älteren Brüder sind schon nach New York aufgebrochen, und ich habe bei der Hapag nachgefragt, wann ich nach Deutschland übersetzen kann. Ja, mein liebes, verehrtes Fräulein Harders, wir werden uns spätestens Anfang nächsten Jahres wiedersehen.

Lucie stieß spontan einen erfreuten Kiekser aus. Peinlich berührt, sah sie hinüber zu ihrer Schwester Hertha, die dort mit ihrer Mutter den Budapester Bühnenautor Niki mehrere Düfte probieren ließ. Sie schienen nichts von ihrem kleinen Ausbruch mitbekommen zu haben, daher las Lucie den Rest des Briefs.

Darauf freue ich mich wirklich sehr. Zwei Jahre sind eine viel zu lange Zeit der Trennung von Ihnen!
Da ich nicht weiß, wann meine Zeilen Sie erreichen, wünsche ich Ihnen schon einmal ein glückliches Christfest.

Au revoir und alles Gute!
Ihr
Anjing Wang

Ja, nun würde Lucie eine frohe Weihnacht haben – in dem Wissen, dass die Trennung von ihrem Schwarm bald endlich überstanden war! Sie hätte vor Freude tanzen mögen – und bald würde sie wohl auch die Fähigkeiten dafür erlangen, sie hatte Hertha nämlich überredet, sich zu einem Tanzkurs anzumelden. Eugenie hatte abgelehnt, sie befürchtete, dass ihr derzeit in München weilender Verlobter Robert Bethge auf so etwas keinerlei Lust hatte und auch alles andere als begeistert wäre, wenn sie den Kurs mit einem anderen Mann besuchen würde. Daher hatte sie ihren ursprünglich geplanten Tanzpartner an Hertha weitervermittelt: Willi Baumann, Berta Kolbes Gärtner. Sie hatte ihn auf seiner Geburtstagsfeier am 4. Dezember gefragt, und er war einverstanden gewesen, auch mit Eugenies Kollegin zu tanzen. Nun fehlte nur noch ein Partner für Lucie, doch Tanzlehrer Bartel hatte versprochen, dass sich dieser in der ersten Stunde schon finden würde. Wenn sich alles so wunderbar weiterentwickelte, konnte sie wohl bald mit Anjing ausgehen.

Da außer dem Budapester Autor keine Kunden in der Parfümerie waren, verschwand Lucie rasch, um einen Brief an den jungen Chinesen zu schreiben. Wie unfassbar, dass es wahrscheinlich das letzte Mal sein würde, auf diesem Wege mit ihm kommunizieren zu müssen. Anfang nächsten Jahres konnte sie wohl endlich wieder von Angesicht zu Angesicht mit ihm sprechen. Bei dieser Vorstellung wurde ihr ganz warm ums Herz. Mit einem glücklichen Lächeln begann sie zu schreiben:

Hamburg, Freitag, den 8. Dezember 1922

Lieber Herr Wang!

Wie sehr habe ich mich über Ihren Brief gefreut! Zumal es heute Nacht so viel geschneit hat, dass gar nicht sicher war, ob und wann der Postbote zu uns kommt.

Eine Razzia gab es hier in Hamburg schon im August letzten Jahres. In der Hafenstraße und am Pinnasberg – dabei sind angeblich auch Opiumhöhlen aufgeflogen. Sie seien als Wäscherei und Gemüsegeschäft getarnt gewesen, hieß es in der Presse. Und dass fünfzig Personen – Chinesen, Japaner und Deutsche – festgenommen worden sind. Aber Ihr Onkel und die übrigen chinesischen Bewohner der Schmuckstraße genießen inzwischen trotzdem einen gewissen Schutz. Seit letztem Jahr gibt es nämlich einen Handelsvertrag, der die wirtschaftlichen Beziehungen zur Republik China festigt, vielleicht haben Sie ja davon gehört. Der soll nicht durch Vorurteile und Benachteiligungen besudelt werden.

Aber natürlich ist der Vormarsch der rechten Kräfte trotzdem beunruhigend. Ende Juli letzten Jahres ist ein gewisser Adolf Hitler zum Parteivorsitzenden der Nationalsozialistischen Partei gewählt worden. Das ist eigentlich ein Österreicher. Der spielt sich auf wie ein Diktator und setzt seine politischen Ziele manchmal auch mit Gewalt durch. Immer wieder werden Leute von den Nationalisten ermordet: Im August vorigen Jahres der Reichsfinanzminister und diesen Juni Reichsaußenminister Rathenau. In dem Monat wurde Hitler dann wegen seiner aufrührerischen Reden zu einer Gefängnisstrafe verurteilt. Leider kam er nach nur vier Wochen schon wieder raus.

In Zeiten der Not haben die Nationalen mit ihrem Hass auf die Siegermächte natürlich Zulauf. Wirtschaftlich läuft es hier mittlerweile nämlich so schlecht, dass man in Amerika sogar zu Spenden für uns aufruft. Im Herbst gab es eine Weihnachtssammlung der New Yorker Staatszeitung für die Linderung der Not hier in Deutschland. Letzten Sonntag überreichte der Berliner Korrespondent dieser Zeitung unserem Reichspräsidenten die Summe von zwölftausend US-Dollar. Meine Arbeitgeberin Anna Carstens hat errechnet, dass dies zurzeit etwa vierundachtzig Millionen Mark entspricht – da können Sie sich ja ungefähr vorstellen, wie schlimm uns die Geldentwertung inzwischen plagt. Wir sind nicht in der Lage, die Reparationen in den geforderten Raten zu zahlen. Wären wir Frauen in Machtpositionen, hätte es wohl gar keinen Krieg gegeben. Aber auch kein Schröpfen des deutschen Volkes durch irrsinnige Reparationsforderungen. Am Nikolaustag hat der Kongress der Internationalen Frauenliga für Frieden und Freiheit begonnen. Der Vertrag von Versailles wurde von den Teilnehmerinnen scharf verurteilt – auch von der französischen Delegierten. Aber leider werden die männlichen Machthaber nicht auf die Liga hören.

Hier in der Parfümerie versuchen wir, uns nicht entmutigen zu lassen und die Kunden an die Schönheit der Düfte zu erinnern. Bei meinem Ambraduft fehlen mir zusätzlich zu Kokos und Vanille nur noch zwei weitere Zutaten. Im Frühjahr will uns Madame Lambert besuchen. Sie wird bestimmt jede Menge Ideen im Gepäck haben. Oder Sie haben einen Vorschlag, wenn wir uns wiedersehen. Meine Schwester und ich wollen trotz der Krise bald einen Tanzkurs beginnen. Lieber Herr Wang, ich freue mich, dass wir dann zusammen ausgehen können, wenn Sie wieder hier sind. Ich kann es kaum erwarten.

Herzlichst, Ihre Lucie Harders

Sie las ihren Brief noch einmal, parfümierte ihn mit einer Jasmin-, Rosen- und Vanillemischung und steckte ihn dann zufrieden in den Umschlag. Nachdem sie diesen mit Anjing Wangs Anschrift und ihrer Absenderadresse beschriftet hatte, verließ sie das Hinterzimmer, um sich im Verkaufsraum an ihre Schwester zu wenden.

»Ich gehe kurz zum Postamt. Dann kann ich auch gleich darum bitten, dass jemand nach unserem Telefon sieht«, schlug Lucie vor.

»Sehr lieb von dir, dich dafür extra in den Schnee zu wagen«, lobte Hertha schmunzelnd.

Ihre jüngere Schwester verabschiedete sich mit einem Küsschen von ihrer Mutter, schüttelte Herrn László die Hand und verließ die Parfümerie.

»Diese Briefe aus Asien scheinen Ihre Schwester sehr glücklich zu machen«, stellte der ungarische Theaterautor fest.

»Ja, erstaunlich, dass eine solche Freundschaft so viel Glück bereiten kann, obwohl man sich nie sieht«, meinte Hertha.

»Vielleicht erledigt in so einem Fall unsere Fantasie den Teil, den die Wirklichkeit nicht bieten kann«, mutmaßte Helene Harders.

»Das stimmt wohl«, entgegnete Niki László. »Eine Freundin von mir, sie ist Theaterschauspielerin, hat eine Kontaktanzeige aufgegeben. Sie wolle sich mit einem Mann anonym über kulturelle Themen austauschen.«

»Anonym?«, wunderte sich Hertha. »Wie geht das?«

»Nun, sowohl sie als auch ihr Brieffreund haben ein Postfach angemietet«, erklärte Niki. »Und obwohl sie sich nie sehen, bereitet meiner Bekannten der Austausch mit diesem Mann große Freude.«

»Die Frage ist, ob sie sich irgendwann doch begegnen –

und was dann passiert. Hält die Wirklichkeit, was ich mir in der Fantasie zusammengesponnen habe?«, gab Herthas Mutter zu bedenken. »Der chinesische Brieffreund meiner Tochter wird ja vielleicht irgendwann nach Hamburg zurückkehren.«

»Davon geht sie aus«, bestätigte Hertha. »Sie hat mich sogar überredet, dass wir einen Kurs bei der neuen Tanzschule an der Alster machen. Damit sie mit Herrn Wang tanzen kann, wenn er zurück ist. Heute Abend soll der Unterricht losgehen – wenn es der Schnee zulässt. Sie träumt schon seit über zwei Jahren davon, einmal mit ihrem Anjing auszugehen.«

»Spätestens dann muss die arme Lucie sich wieder der Tatsache stellen, dass die Gesellschaft ihnen allenfalls eine platonische Freundschaft zugestehen wird – und selbst dafür würden sie gewiss strenge Blicke und Tratsch ernten«, gab Helene zu bedenken. »Ich hoffe, dass unser Nesthäkchen dann nicht leidet.«

»Ein spannender Konflikt«, meinte Niki und sah sich versonnen in der Parfümerie um.

»Du denkst wohl schon daran, ein Stück daraus zu machen?«, scherzte Helene.

Doch Niki blieb ernst. »Warum nicht?«

Hertha bekam nur am Rande mit, dass die Brieffreundschaft ihrer Schwester möglicherweise Teil eines Theaterstücks werden würde. Sie war ganz in den Gedanken vertieft, sich vielleicht selbst ein Postfach zu leisten und per Zeitungsannonce einen von Kunst und Literatur begeisterten Herren für kultivierte Korrespondenz zu suchen. Durch ihr vorwiegend weibliches Klientel hatte sie kaum Kontakt zu Männern – die wenigen, die ihre Parfümerie aufsuchten, taten dies zuallermeist, um einen Duft für ihr Liebchen zu erstehen. Die Vorstellung, so wie einst Pauline Lambert einem lieben, kulturell interessierten Menschen zu schreiben, gefiel Hertha – natürlich ohne das tragische Ende, das dieser Beziehung widerfahren war.

»Entschuldigung«, hörte sie plötzlich eine Männerstimme hinter sich – derart unerwartet, dass sie vor Schreck beinahe aufgeschrien hätte. Sie fuhr herum und sah in das Gesicht eines Mannes, der wie sie selbst Anfang zwanzig zu sein schien; er hatte dunkle Augen und gewelltes braunes Haar, das er mit Pomade gebändigt hatte. Da das Türglöckchen nur einmal gebimmelt hatte, musste er die Parfümerie betreten haben, als Lucie gegangen war. Wahrscheinlich war ihm von ihr die Tür aufgehalten worden. Hertha hatte in jenem Moment nicht in die Richtung gesehen und den Kunden deshalb wohl nicht bemerkt. Sie fragte sich, warum er so lange damit gewartet hatte, auf sich aufmerksam zu machen. Etwa, um zu lauschen? Nein, dazu wirkte er zu seriös.

»Womit kann ich Ihnen dienen, mein Herr?«, fragte sie.

»Ich suche ein Parfüm für meine Nachbarin«, antwortete er.

Hertha sah fragend zu dem Budapester Bühnenautor und ihrer Mutter. »Bediene ruhig den Herrn«, schlug diese vor, »ich mache Niki und mir so lange im Hinterzimmer einen Kaffee.«

Während Helene den jungen László ins Büro führte, wandte sich Hertha an den zweiten Kunden. »Was für ein Typ Frau ist Ihre Nachbarin denn?«

»Oh, sie ist eher ein Mädchen – mein Patentöchterchen«, stellte der junge Mann im feinen Anzug richtig und lächelte ein wenig verlegen. »Sie ist erst elf, hält sich aber schon für eine Dame von Welt.«

»Ach, ich habe mich vor zehn Jahren auch schon für

Düfte interessiert«, sagte die inzwischen zweiundzwanzigjährige Verkäuferin lächelnd. »Bitte folgen Sie mir, ich hätte da etwas, das vielleicht zu ihr passen könnte.«

Sie nahm die goldene Kappe von einem tropfenförmigen Flakon, der an einen Edelstein erinnerte, und reichte das Fläschchen dann dem Kunden.

Er schnupperte daran und nickte schließlich. »Das könnte ihr gefallen.«

»Der Duft ist recht neu, kam erst voriges Jahr auf den Markt«, berichtete Hertha. »Er heißt *Tosca.*«

Lucie und sie waren von dem Parfüm auf Anhieb gleichermaßen angetan gewesen: In der Basisnote enthielt es neben Patschuli und Vanille nämlich auch Ambra. Die Herznote setzte sich aus Rose, Jasmin, Maiglöckchen, Ylang-Ylang und Narzisse zusammen, die Kopfnote aus Bergamotte, Zitrone, Neroli und Orange. Darüber hinaus enthielt sie Aldehyde, das waren neu entdeckte organische Verbindungen, die durch Oxidation von Alkoholen entstanden.

»Ist es nach Puccinis Oper benannt?«, fragte der Kunde.

»Das nehme ich doch an«, antwortete Hertha.

»Dann passt der Duft umso besser. *Vissi d'arte* ist eine der Lieblingsarien meiner Patentochter«, meinte er lächelnd.

»Mit elf schon Opernfreundin?«, staunte Hertha. »Ich habe diese Liebe erst mit sechzehn für mich entdeckt, vorher war allein die Malerei mein Steckenpferd.«

»Vissi d'arte, vissi d'amore, non feci mai male ad anima viva!«, zitierte er schmunzelnd aus der berühmten *Tosca*-Arie.

Sie übersetzte: »Ich lebte für die Kunst, lebte für die Liebe, tat keinem Lebewesen etwas zuleide!«

»Das glaube ich Ihnen sogar«, erwiderte er und zückte seine Brieftasche, um den Duft zu bezahlen.

Als er sich von Hertha verabschiedet hatte und mit seinem *Tosca*-Flakon gegangen war, fiel ihr Blick wieder auf den Brief an Maria und Anna Carstens. Der Absender war Emil von Seggern, jener Mann, der ihnen die Räumlichkeiten für die Parfümerie vermietete. Er entstammte altem Oldenburger Adel, seine Familie war Anfang des Jahrhunderts nach Ostpreußen ausgewandert. Hertha wusste, dass er trotz seiner Ehe ein berüchtigter Schürzenjäger war, der sich vor über einem Jahrzehnt erst an ihre Patentante Anna herangemacht und dann Marie das Herz gebrochen hatte. Das Hofgut seiner Eltern in Ostpreußen hatte er nach dem Großen Krieg abgestoßen und arbeitete seither in hoher Position für die bekannte Firma Krupp in Essen, von wo der Brief auch abgeschickt worden war. Da Anna Carstens den Jahreswechsel mit Julius Karstadt bei Freunden in New York verbringen würde und Marie bis zum 6. Januar mit ihrer Mutter Odile in Paris bleiben wollte, beschloss Hertha, den Brief zu öffnen. Dazu hatte die junge Prokuristin die ausdrückliche Erlaubnis ihrer Patentanten.

Essen, den 1. Dezember 1922

Sehr verehrte Damen Carstens,
ich erlaube mir hiermit mitzuteilen, dass ich Ihnen
die Ladenräumlichkeiten Am Neuen Wall 2 in Hamburg
fristgerecht zum 15. März 1923 kündigen muss.

Mit freundlichem Gruß
Emil von Seggern, Vermieter

Ungläubig und mit zitternden Fingern starrte Hertha auf die Zeilen.

12

»Natürlich ruinieren wir Ihnen das Weihnachtsfest«, gab Lucie resigniert zu. »Aber ich bin mir ganz sicher, dass Marie und Anna von dieser Kündigung wissen wollen. Es stimmt, sie hätten ab Januar immer noch über drei Monate Zeit, neue Räume zu suchen, aber wenn sie sich wehren wollen, zählt vielleicht jeder Tag.«

Sie war von der Post zurück, und Eugenie hatte die Himmelsseifen aus Berta Kolbes Fabrik gebracht. Nachdem sie von Hertha über Emil von Seggerns Brief informiert worden waren, hatten sich die jungen Parfümverkäuferinnen gleich zusammengesetzt, um das weitere Vorgehen zu besprechen.

»Wahrscheinlich hast du recht«, räumte Hertha ein. »Lass uns also wirklich versuchen, Marie in Frankreich zu erreichen. Aber ich stimme auch Eugenie zu – wir sollten uns trotzdem nicht zu sehr beunruhigen. Einen neuen Standort zu suchen bedeutet nicht das Ende der Parfümerie Douglas. Mutti hat mich vorhin schon darauf hingewiesen, dass der Laden neben uns ja leer steht. Sie kennt den Vermieter sogar, ursprünglich wollten Marie und Anna sowieso dort ihre Parfümerie einrichten.«

»Außerdem ist diese Kündigung eine Unverschämtheit, der Hallodri hat ja keinerlei Begründung geliefert«, erboste sich ihre jüngere Schwester. »Bestimmt kann man mit einem Anwalt dagegen vorgehen.«

»Wir haben ja einen direkt hier in der Nachbarschaft«, erinnerte sich Eugenie. »Große Bleichen 64.«

»Doktor Brandis? Das ist aber ein arroganter Pinkel«, meinte Lucie.

»Ich glaube nicht, dass ein guter Anwalt ein angenehmer Mensch sein muss«, meinte ihre einstige Ausbilderin. »Im Gegenteil.«

»Dann sind wir uns also einig, dass wir versuchen, Marie und Anna zu erreichen, und ihnen von der Kündigung berichten?«, fragte Hertha.

Ihre beiden Freundinnen nickten.

»Marie erreichen wir vielleicht sogar telefonisch über Madame Lambert – sobald die Leitung wieder geht. Auf dem Postamt meinten sie aber, es kann noch bis übermorgen dauern«, berichtete Lucie. »Sie haben zurzeit einfach zu viele Einsätze.«

»Mit Anna wird es schon schwieriger«, sagte Eugenie. »Wir sollten notfalls Herrn Karstadt senior fragen, ob er seinen Neffen erreichen kann.«

»Ich denke, wir versuchen es erst mal mit Marie«, schlug Hertha vor.

Im Laufe des Tages hatten die Schneefälle nachgelassen, und es waren doch noch ein paar Kunden in die Parfümerie gekommen. In der Mittagspause hatte Hertha den Kolleginnen von ihrer Idee einer Annonce erzählt. Beide waren von dem Vorhaben angetan gewesen.

»Du wirst sehen, wie sehr man sich über einen Brief freuen kann. So eine Korrespondenz bereichert das Leben wirklich ungemein«, hatte Lucie betont.

Kurz vor Ladenschluss übernahm Eugenie die Aufsicht über die Verkaufsräume allein, denn die Harders-Schwestern wollten sich im Waschraum für den bevorstehenden Kurs in der neuen Tanzschule Bartel umziehen. Hertha war vor Lucie fertig und wartete mit Eugenie in der Sitzecke im hinteren Bereich der nunmehr geschlossenen Parfümerie auf ihre Schwester.

»Würdest du mir vielleicht bei der Formulierung meiner Annonce helfen?«, bat sie ihre einstige Ausbilderin. »Ich habe ja noch nie eine aufgegeben, und du bekommst diese sprachlichen Dinge immer so gut hin.«

Es stimmte: Wann immer in der Parfümerie ein wichtiger Brief zu schreiben war, übernahm in der Tat Eugenie diese Aufgabe. Sie verstand es einfach bestens, mit Worten umzugehen. Die Verkäuferin sah nervös zur Uhr über dem Eingang zum Hinterzimmer und sagte dann: »In Ordnung, komm, wir gehen noch schnell ins Büro an die Schreibmaschine, und du gibst mir ein paar Dinge an, von denen du findest, dass sie unbedingt in der Anzeige stehen sollten.«

Kurz darauf hatte Eugenie einen Text mit der Schreibmaschine getippt:

Lediges Fräulein, 22 Jahre, sucht kultivierten Herrn zum rein schriftlichen Austausch über Malerei, Literatur und Musik. Keine Heiratsabsicht. Bitte nur seriöse Zuschriften an Postfach …

»Da fehlt jetzt noch die Nummer von dem Fach, das du anmieten wirst«, meinte sie.

Hertha nickte zufrieden. »Ja, das werde ich gleich morgen beantragen. So gefällt mir der Text sehr gut. Er klingt Gott sei Dank kein bisschen frivol. Danke, Eugenie.«

Die erhob sich hastig und griff nach ihrem Wintermantel an der Garderobe. »Ich bin schon sehr gespannt, wer dir antwortet.«

»Du hast es heute aber eilig«, stellte Hertha fest.

Eugenie nickte. »Ja, Robert ist doch endlich aus München zurück. Da möchte ich nicht gleich an seinem ersten Abend unpünktlich sein. Er ist ja sowieso nicht begeistert davon, dass ich noch arbeite.«

Hertha machte sich ein wenig Sorgen um die Freundin. Ein Dreivierteljahr nach dem ersten Kuss hatte der Nachwuchspolizist um Eugenies Hand angehalten – seither war sie viel ernster geworden als früher und wirkte häufig auch seltsam geistesabwesend. Robert selbst bemühte sich zwar, nach außen freundlich zu sein, doch Hertha hatte bereits einige zornige Spitzen in Richtung seiner Verlobten bemerkt, die sich diese klaglos gefallen ließ. Ob zwischen den beiden alles in Ordnung war, wenn keine Zeugen dabei waren, ließ sich nicht eindeutig klären, zumal Eugenie in letzter Zeit immer verschwiegener geworden war.

Gerade als Lucie endlich aus dem Waschraum kam – sie sah wirklich bezaubernd aus! –, klopfte jemand von außen an die Ladentür, in deren Schloss auf der Innenseite noch Eugenies Schlüsselbund steckte.

»Das muss Willi sein«, vermutete sie und eilte zum Eingang, um ihm aufzuschließen.

Der Gärtner trug seinen besten Anzug und darüber einen Lodenmantel, er strahlte die drei Frauen an. »Guten Abend zusammen.«

»Jetzt schau nur, wie schnittig dein Tanzpartner aussieht, Schwesterchen«, pries Lucie den inzwischen Fünfundzwanzigjährigen bei Hertha an. »Schade, dass du nicht mitgehst, Eugenie.«

Insgeheim fand Lucie, dass der hübsche Gärtner viel besser zu ihrer Freundin gepasst hätte als der muffelige Polizist Bethge, der ihr nicht geheuer war. Zumal der arme Willi vor einem Dreivierteljahr von seiner Verlobten sitzen gelassen worden war. Doch obwohl Eugenie oft allein war, da Robert jede freie Minute mit seinen rechtsnationalen Parteikumpanen unterwegs war, hielt sie zu ihm.

»Ich hätte mich auch gefreut, wenn du dabei gewesen wärst«, gestand Willi.

Eugenie nickte lediglich. »Ich muss mich jetzt wirklich sputen, ich wünsche euch dreien ganz viel Spaß.«

Als Hertha den Laden abschloss, bemerkte Lucie, wie betrübt der junge Gärtner Eugenie nachsah, die in Richtung Bahn eilte. Sie war in letzter Zeit wirklich seltsam abweisend zu Willi.

Da fiel ihr Blick auf das seit zwei Monaten leer stehende Gebäude. Hinter der Schaufensterscheibe brannte Licht! »Da ist ja jemand drin.«

Sie gingen zu dem Nachbarhaus hinüber und beobachteten einen Mann im Anzug mit einem Plan in der Hand, der mit zwei Bauarbeitern diskutierte.

»Sieht aus wie ein Architekt«, befand Willi.

»Dann können wir diese Räume wohl als neuen Standort vergessen«, wurde Hertha beunruhigt klar. »Wenn die sogar am Freitagabend arbeiten, scheint es jemand ganz eilig zu haben.«

»Wie gesagt: Noch wissen wir nicht, ob von Seggerns Kündigung überhaupt rechtens ist«, betonte Lucie erneut. »Lassen wir uns jetzt also nicht den Abend verderben.«

Sie machten sich auf den Weg zur Tanzschule Bartel, die eigentlich erst im Januar ihre offizielle Eröffnung feiern würde. Es hatte aufgehört zu schneien, und nun herrschte eisiger Frost. Mit knirschenden Schritten gingen die drei adrett gekleideten jungen Menschen Seite an Seite durch den verharschten Schnee an der Alster entlang in Richtung Außenalster. Dort war auf dem Uhlenhorst die neue Tanzschule zu finden.

»Ich hoffe, Herr Bartel hat wirklich einen angenehmen Tanzpartner für mich gefunden«, meinte Lucie etwas nervös, als sie fast angekommen waren.

»Er hat es versprochen«, erinnerte sie Willi. »Und er wirkte sehr verlässlich bei der Anmeldung.«

»Das stimmt.« Lucie deutete auf ein Klinkergebäude, das im ausladenden Erdgeschoss große erleuchtete Fenster aufwies. »Da vorne ist es ja schon, jetzt sind wir über eine halbe Stunde zu früh.«

»Zum Glück brennt schon Licht«, meinte Hertha. »Wenn wir draußen warten müssen, frieren wir ja fest.«

Die Tür war glücklicherweise tatsächlich bereits offen, und von innen strömte ihnen eine angenehme Wärme entgegen. Es roch nach frischer Farbe, für Lucie war das der Duft eines Aufbruchs. Der junge Tanzlehrer Walter Bartel begrüßte seine ersten Gäste aufrichtig erfreut. Er trug einen gepflegten Schnauzbart, zum Anzugshemd eine Fliege, seine dunkel glänzenden Haare waren onduliert.

»Die Damen Harders und der Herr Baumann – wie schön, Sie zu sehen«, sagte der frischgebackene Tanzschulbesitzer herzlich. »Die anderen vier Paare müssten bald eintreffen. Fräulein Lucie, der Partner, der für Sie vorgesehen war, hat kurzfristig abgesagt.«

Sie sah ihn erschrocken an, doch er lächelte beruhigend. »Ich hatte schon befürchtet, Sie müssten mit mir selbst vorliebnehmen, aber nun hat sich heute Nachmittag noch spontan ein sehr charmanter Herr angemeldet.«

»Oh«, kam es von Lucie. »Das war ja richtig knapp.«

»War es, aber er wird Sie vollauf zufriedenstellen, da seien Sie versichert«, versprach Walter Bartel. »Herr Georg Müller ist kaum älter als Sie, aber bereits Buchhalter in der Konservenfabrik seines Vaters. Eine äußerst gepflegte Erscheinung, galant und charmant.«

Wie er da so eifrig für ihren neu angemeldeten Tanzpartner warb, klang der Lehrer wie ein Heiratsvermittler, dachte Lucie schmunzelnd. »Nun bin ich aber gespannt.«

***

Pansen, altes Öl, Gummi, verfaultes Obst, alter Schweiß – der Gestank in der U-Bahn zur Endstation Hellkamp in Eimsbüttel war bisweilen bestialisch. Jenes bevölkerungsreiche Viertel war stark von den zahlreichen dort lebenden Hafenarbeitern geprägt. Deren Dienstkleidung wurde allenfalls wöchentlich gewaschen, was nicht ohne Folgen für die Nasen der anderen Passagiere blieb. Über allem lag dann noch der Geruch der Zigaretten, Pfeifen und Zigarren, die in der Bahn gepafft wurden.

Die mittlerweile fünfundzwanzigjährige Eugenie Schalt war inzwischen abgestumpft gegen den Gestank auf ihrer täglichen Fahrt zur und von der Arbeit. Auch die abschätzigen, neidischen und bisweilen lüsternen Blicke, die sie wegen ihrer schicken Kleidung und der modernen blonden Kurzhaarfrisur erntete, hatte sie gelernt zu ignorieren. Immerhin war das Gedränge an diesem Dezemberabend nicht ganz so schlimm wie des Öfteren bei morgendlichen Fahrten. Die U-Bahn war insbesondere an jenen Tagen völlig überlastet, an denen im Hafen kurzfristig noch Hunderte Arbeitskräfte benötigt wurden – dann war es hier eng wie in einer Sardinenbüchse.

Die Station Hellkamp, an der Eugenie seit anderthalb Jahren wohnte, die Endhaltestelle der Zweiglinie nach Eimsbüttel, war 1914 fertiggestellt worden, zwei Jahre nach Inbetriebnahme der sogenannten Ringlinie der Hamburger U-Bahn. Die junge Verkäuferin fühlte sich in dem überfüllten Arbeiterviertel nicht sonderlich wohl. Aber Berta Kolbe war nach dem Verkauf ihres Hauses an der Elbchaussee im Frühjahr 1921 dauerhaft aus der Schweiz nach Hamburg zurückgekehrt, um die Zügel in ihrer Seifenfabrik wieder selbst in die Hand zu nehmen. Daher hatte in ihrem bescheideneren Domizil im Hofweg 80 am Uhlenhorster Kanal bei der Außenalster kein Bedarf mehr an einer Wachperson bestanden.

Als Eugenies Schwarm Robert Bethge ihr damals angeboten hatte, in dem Miethaus, in dem er lebte, sei eine Dachwohnung frei, als Polizist habe er bei dem Vermieter einen guten Stand und könne sie empfehlen, war sie daher recht dankbar gewesen. Der Unterschied zwischen dem Residieren an der mondänen Elbchaussee und ihrem neuen Leben im Hause Hellkamp 80 hätte größer nicht sein können. Besonders abends hatte die Parfümverkäuferin in dem Viertel Angst, als Frau allein unterwegs zu sein. Aber Robert mochte es ohnehin nicht, dass sie in ihrer Freizeit ohne ihn das Haus verließ – außer zum Einkaufen, damit sie ihn bekochen konnte. Überhaupt kam es ihr jenseits der wertvollen Zeit in der Parfümerie manchmal vor, als habe sie ihr Privatleben als geheime Schlossherrin gegen das einer Dienstmagd getauscht. Natürlich konnten Robert und sie noch nicht gemeinsam in derselben Wohnung schlafen, denn die Hochzeit hatte er auf einen späteren Zeitpunkt – »wenn ich endlich befördert worden bin« – vertagt. Schließlich koste so eine Feier Geld und der Kindersegen erst recht, und da Eugenies Vater in Danzig ja nur Schuhmacher sei, könne man von ihrer Seite wohl keine große Mitgift erwarten. Zu gerne betonte er, was sie für ein Glück habe, dass ein aufstrebender Polizist mit der rechten Gesinnung wie er sich mit der Tochter eines kommunistisch orientierten Schuhmachers wie ihr abgab. Wann die erhoffte Beförderung kommen würde, stand noch in den Sternen, doch mit dem Heiraten hatte Eugenie es auch nicht eilig, ging sie doch mit Sicherheit davon aus, dass Robert ihr dann die geliebte Arbeit in der Parfümerie verbieten würde.

So nächtigte sie also in der Kammer über seiner Wohnung, der Abort befand sich unangenehmerweise im nicht beheizbaren Flur auf halber Treppe. In so mancher Nacht hatte sie wehmütig und bibbernd an die wohltemperierten, nobel gekachelten Badezimmer und Toiletten in Bertas Villa über dem Elbstrand zurückgedacht.

Trotz dieser räumlichen Trennung: Wenn Robert nicht bei seinen Parteikumpanen, sondern zu Hause weilte, verlangte er, bedient und verwöhnt zu werden wie ein Ehegatte. Und obwohl sie dadurch beide ihr Zuhause aufs Spiel setzten, ging dieses »Verwöhnen« weit über das Kochen hinaus. Auch all jene Formen der körperlichen Liebe, die nicht zu einer Schwangerschaft führten, hatten sie auf sein Drängen hin bereits ausprobiert. Eugenie sträubte sich nie, im Gegenteil. Sein in jeder Hinsicht hünenhafter Körper erregte sie stets aufs Neue. Und ihm schien es mit ihrem zierlichen, aber kurvenreichen Leib ähnlich zu gehen. Gerade dieser Teil ihres Zusammenseins funktionierte bestens und war für sie beide auch nach zwei Jahren noch aufregend. Jenseits der Bettlaken war ihr sein forderndes Wesen jedoch oft zu viel, und manchmal ertappte sie sich dabei, dass sie sogar ein wenig Angst vor ihm hatte. Bisher richtete sich seine Gewalt bei den häufigen – und oft durch Kleinigkeiten ausgelösten – Zornesausbrüchen nur gegen Tischplatten, Wände oder Geschirr; aber angebrüllt hatte er sie schon unzählige Male. Wenn das Essen seiner Meinung nach nicht die richtige Temperatur hatte, zu fad oder zu salzig war, wenn sie angeblich nicht gründlich genug putzte. All das könne man ja wohl verlangen nach einem arbeitsreichen Tag. Daran, dass der ihre nicht minder anstrengend gewesen war, schien er nicht zu denken – oder es war ihm schlichtweg egal.

Müde sah Eugenie aus dem Fenster der U-Bahn und dachte an die entspannten und gemütlichen Abende in der Villa zurück, die sie oft auch in Willis Gesellschaft verbracht hatte. Mit dem Gärtner hatte sich damals eine solch schöne Freundschaft entwickelt, sie bedauerte es sehr, keine Zeit mehr mit ihm verbringen zu dürfen. Aber Robert war extrem eifersüchtig. Oft behauptete er bebend vor Wut, sie habe diesem oder jenem Mann nachgeschaut. Sie musste mit Engelszungen beteuern, dass dem nicht so gewesen sei. Sie liebe doch ihn, Robert – und nur ihn! Sie könne schließlich froh sein, dass einer wie er eine wie sie wolle. Dann beruhigte er sich ganz allmählich; und abends nannte er sie »mein kleines Häschen«, woraufhin sie miteinander schliefen, als sei es ein Kampf. Selbstverständlich achteten beide weiterhin darauf, dass dabei nichts geschah, was eine Schwangerschaft hätte auslösen können.

Als Eugenie an der Endstation die U-Bahn verließ, herrschten am Bahnsteig ein grässliches Gedrängel und Geschrei. Es war nämlich ein Ritual, dass hier Ehefrauen mit ihren Kindern die von der Arbeit heimkommenden Männer abholten. Das war vor allem an einem Freitag wie heute wichtig, denn da gab es die Lohntüten. Durch das familiäre Empfangskomitee wollten die Gattinnen verhindern, dass ein Teil des Geldes direkt in angrenzenden Kneipen oder im Schnapsladen am Stellinger Weg verprasst wurde.

Direkt am Ausgang der U-Bahn-Station schlug Eugenie der Geruch der dort stehenden Fischbude von Jürgen-Ulrich Schlüter entgegen. Dahinter lag die Gaststätte Behr, aus der wie jeden Freitagabend lautstarke Musik auf den Gehsteig hinausdrang. Ledige Arbeiter und jene, deren Frauen sie unvorsichtigerweise nicht an der U-Bahn abgeholt hatten, begannen hier bereits, ihren Wochenlohn auf den Kopf zu hauen, um die wirtschaftlichen Sorgen für kurze Zeit zu verdrängen.

Eugenie hastete derart eilig in Richtung Hellkamp 80, dass sie auf der Eisschicht, die sich unter dem verharschten Schnee verbarg, beinahe ausgerutscht wäre. Unterwegs sah sie ein altes Ehepaar am Straßenrand betteln. Es war wirklich zum Verzweifeln: Hatte ein Laib Brot im Januar noch sechs Mark gekostet, so lag der Preis nun bei unfassbaren hundertzwanzig Mark, für eine Dose Vollmilch, die man zu Beginn des Jahres noch für achtzehn Mark hatte bekommen können, musste man nunmehr neunhundert bezahlen. Nach dem rapiden Verfall der Währung konnten die Armen – zu denen ein Großteil der alten Menschen gehörte – die hohen Lebensmittelpreise nicht mehr bezahlen. Eugenie hingegen war gestern unglaubliches Glück beschieden gewesen: Eine Kundin hatte ihr kurz vor Ladenschluss eine Scholle geschenkt. Den Fisch hatte sie heute in der Frühe vorbereitet. Sie freute sich schon, diese nachher an der Seite ihres Verlobten mit Bratkartoffeln als Beilage zu verspeisen. Robert bekam als Polizist nämlich ebenfalls gelegentlich Sachspenden von dankbaren Landwirten und Händlern, daher hatte das junge Paar einige Pfund Kartoffeln zur Verfügung – ebenfalls eine seltene Kostbarkeit, denn der Zentner kostete den

Endverbraucher inzwischen mindestens dreihundertfünfzig Mark. Eigentlich konnten sie sich also sehr glücklich schätzen – blieb nur noch zu hoffen, dass Robert nicht allzu zornig über ihre kleine Verspätung sein würde.

13

»Lernen wir hier auch den Foxtrott?«, erkundigte sich Lucie bei Walter Bartel, als bis auf ihren eigenen Partner und ein weiteres Paar alle Teilnehmer des Kurses in der Tanzschule eingetroffen waren.

Der Lehrer runzelte die Stirn und senkte die Stimme. »Schauen wir mal. Angefangen wird mit dem Walzer.«

Lucie verstand. Vorhin hatte der junge Lehrer berichtet, er habe vor Kurzem bei der Gründung des Allgemeinen Deutschen Tanzverbandes teilgenommen – und dass Tänze von strengen gesellschaftlichen Konventionen geprägt seien. Der neue Verband – kurz ADTV – mache sich unter anderem die Einführung einheitlicher Vorschriften zur Aufgabe. Lucie ahnte aufgrund von Bartels Reaktion auf ihre Frage, dass der nach dem Krieg aus Amerika nach Europa gekommene Foxtrott von den neuen Reglementierungen betroffen war. Auch vom argentinischen Tango hatte sie gehört, dass dieser wegen seiner angeblich anstößigen Bewegungen verpönt war und choreografisch »entschärft« werden musste. Walzer also für den Anfang, der war ja seit mehr als hundert Jahren gesellschaftlich etabliert und recht »artig«.

Als schließlich das letzte Paar eintraf und von ihrem Tanzpartner noch immer nichts zu sehen war, wurde Lucie von

Enttäuschung gepackt. Musste sie nun doch als Einzige mit dem Tanzlehrer selbst üben?

Hertha bekam Mitleid mit ihrer jüngeren Schwester. Lucie hatte die Idee zu diesem Kurs gehabt, und nun sollte ausgerechnet sie das Mauerblümchen ohne Partner sein?

»Tja, liebes Fräulein Harders …«, setzte Walter Bartel bereits resigniert an, da kam außer Atem doch noch ein junger Mann mit einem Schwall kalter Luft zur Tür herein.

»Herr Mülder«, freute sich der Tanzlehrer, »schön, dass Sie es tatsächlich so kurzfristig einrichten konnten. Darf ich Ihnen Ihre Partnerin Fräulein Lucie Harders vorstellen? Sie ist heute mit ihrer zauberhaften großen Schwester und deren Verlobtem hier.«

Während Willi Baumann darüber grinste, unverhofft zu Hertha Harders' Zukünftigem ernannt worden zu sein, starrte die »zauberhafte große Schwester« ungläubig den dunkeläugigen Neuankömmling an, der sein gewelltes braunes Haar mit Pomade gebändigt hatte. Das war doch jener Kunde, der heute Vormittag bei ihr *Tosca* für seine Patentochter gekauft hatte! Der Herr im feinen Anzug bemerkte ihren Blick und stutzte seinerseits. Dann schien auch ihm ein Licht aufzugehen, und er nickte Hertha lächelnd zu.

Die bemerkte, wie begeistert Lucie strahlte. Sie schien mit dem ihr zugeteilten Tanzpartner mehr als zufrieden zu sein.

Walter Bartel führte die sechs Paare auf das nach Bohnerwachs duftende Parkett.

»Herzlich willkommen in der nagelneuen Tanzschule Bartel«, begrüßte er die zwölf jungen Menschen feierlich. »Heute nehmen wir uns den ersten Tanz vor, den langsamen Walzer. Dazu werden wir gemeinsam in drei Stufen arbeiten. Die erste bilden die Schritte des Herrn, danach nehmen wir unsere Dame dazu.«

Hertha warf Herrn Mülder einen Seitenblick zu. Dass der junge Buchhalter sich heute noch spontan auf den letzten freien Platz im Kurs beworben hatte, war doch gewiss kein Zufall. Am Vormittag in der Parfümerie hatte er ja schließlich Herthas Gespräch mit ihrer Mutter und dem ungarischen Theaterautor über den geplanten Tanzkurs mitbekommen und wusste daher, dass er hier beide Harders-Schwestern antreffen würde. Hertha fragte sich, an welcher von ihnen beiden er wohl derart interessiert war – ob an Lucie, die ihm im Gehen noch die Ladentür aufgehalten hatte, oder an ihr selbst. Dumm nur, dass Buchhalter Mülder nach der Vorstellung durch den Tanzlehrer nun den Gärtner Willi Baumann für Herthas Verlobten hielt.

***

Als Eugenie die Wohnung ihres Verlobten aufgeschlossen hatte, hörte sie zu ihrem Erstaunen das Lachen zweier Männer.

Sie betrat die Wohnstube, an deren Tisch dem hochgewachsenen Robert Bethge ein etwas kleinerer, schnauzbärtiger Mann gegenübersaß, der ein wenig unterernährt aussah. Er trug die Kleidung eines Lokomotivführers und schien ebenfalls Mitte zwanzig zu sein.

Zu ihrer Erleichterung zeigte sich Robert nicht zornig über die Verspätung seiner Verlobten, was an den Schnapsgläsern und der Flasche auf dem Tisch liegen mochte.

»Schatz, komm her!«, rief er etwas zu laut und hob auffordernd seinen rechten Arm.

Sie ging zu ihm, er zog sie an sich und küsste sie feucht. Ja, es waren einige Schnäpse gewesen, das konnte sie riechen.

»Fritz, das ist meine zauberhafte Eugenie. Häschen, das

ist Reichsbahn-Lokomotivführer-Anwärter von der Höh, wir haben zu Hause in Wanne zusammen die Schulbank gedrückt.«

»Freut mich«, sagte Fritz und erwiderte schüchtern ihren Händedruck.

»Wie lange können Sie bleiben?«, erkundigte sie sich. Wenn er übernachten wollte, würde sie ihm das Sofa beziehen. Das hatte sie auch schon für einige von Roberts eher unangenehmen Parteikumpanen getan.

»Ich muss in einer Stunde wieder am Bahnhof sein«, erklärte er jedoch. »Wir haben nur zwei Stunden Zwischenaufenthalt in Hamburg.«

»Und den hat er genutzt, um seinen alten Robi wiederzusehen, wirklich ein feiner Zug von dir, Herr Zugführer«, krakeelte Robert und lachte über seinen eigenen Wortwitz. »Stell dir vor, der Kerl und seinesgleichen haben Anfang letzten Jahres mit Streik gedroht.«

Fritz lächelte stolz. »Ja, danach hat die deutsche Reichsregierung die Bezüge für uns Eisenbahner um mehr als fünfzig Prozent erhöht.«

»Außerdem«, ergänzte Robert, »außerdem ist der alte Schwerenöter hier dieses Jahr Vater geworden, stell dir das mal vor, Häschen. Ein hübsches Töchterchen hat er, zeig ihr die Fotografie, Fritz, zeig ihr die Fotografie! Ach Schatz, wir sollten auch endlich heiraten und kleine Bethges in die Welt setzen. Mein Parteifreund Addi sagt, Deutschland braucht Nachwuchs.«

Vom Thema Hochzeit wollte Eugenie lieber rasch ablenken. Keinesfalls wollte sie auf ihre Arbeit im Paradies der Düfte verzichten. »Soll ich euch jetzt das Essen machen? Dauert nur ganz kurz.« Da sie morgens immer früh aufstand, um das warme Abendmahl vorzubereiten, das Robert stets verlangte, war es nach ihrer Rückkehr aus dem Laden in wenigen Minuten warm gemacht und servierfertig. »Dein Schulfreund kann gern meine Portion haben, ich habe mittags in der Parfümerie schon etwas gegessen.«

»Na, was meinst du, Fritz? Ein bisschen was zwischen die Kiemen zu kriegen schadet wohl kaum, oder? Nicht, dass du mir noch zu deinem Zug torkelst.« Erneut lachte Robert allein über seinen bemühten Scherz, was ihn jedoch nicht im Geringsten zu stören schien. »Was zauberst du uns denn, Häschen?«

»Scholle Finkenwärder Art, ist doch Freitag«, erwiderte Eugenie lächelnd.

»Ein solides norddeutsches Gericht, großartig«, meinte ihr Verlobter und wandte sich wieder an seinen Schulfreund. »So kriegst du mal was anderes als graute Bohnen mit Speck!«

Eine knappe halbe Stunde später waren die Mägen der Männer gefüllt. Fritz von der Höh, dem sein Hunger deutlich anzumerken gewesen war, hatte sich vor seinem Aufbruch mehrfach bei Eugenie für die schmackhaft zubereitete Scholle mit Bratkartoffeln bedankt.

Sie unterhielten sich bei seinem Abschied mit gesenkten Stimmen, so wie es nüchterne Menschen oft in Anwesenheit von krakeelenden Betrunkenen taten.

»Es freut mich, wenn Sie mal wieder vorbeischauen«, raunte sie dem Lokomotivführer mit entschuldigendem Seitenblick auf Robert zu, der *Muss i denn zum Städtele hinaus* grölte. »Er ist nicht immer so«, versuchte sie Fritz ohne Worte zu vermitteln, und dieser nickte in stummem Einverständnis.

Zum Ausklang des Abends stand Eugenie schließlich allein in Roberts Küche, spülte das Geschirr und stellte es in den Schrank.

Er hatte zwar noch vorgeschlagen, sie könnten doch jetzt an Ort und Stelle »kleine Bethges« zeugen, zum Glück war jedoch sofort sein Schnarchen ertönt, nachdem sie ihm ins Bett geholfen hatte. Erleichtert hatte sie den Schlafenden ausgezogen und zugedeckt, bei seinem großen und schweren Körper war dies recht anstrengend gewesen. Aber Hauptsache, er war erst einmal ausgeschaltet. Gegen ein Schäferstündchen in Schnapslaune und ohne ihre üblichen Vorsichtsmaßnahmen hätte sie versucht, sich zu wehren. Nach einem unehelichen Kind stand Eugenie nämlich noch weniger der Sinn als nach einer baldigen Heirat. Und wenn Robert wieder nüchtern war, würde er ebenso denken. Müde schloss sie seine Wohnung ab und begab sich in Richtung ihrer Dachkammer. Dort hatte sie immerhin ihre Ruhe, und ihr Leben war in Ordnung – in seinem üblichen Rahmen. Es war Viertel nach zehn, und normalerweise war sie um diese Zeit gern im Bett, sie brauchte nämlich ausreichend Schlaf. Sie würde allenfalls noch ein wenig lesen und dem aufs Dach prasselnden Regen lauschen. Dieser ließ befürchten, dass es eisig glatt auf den verschneiten Straßen werden würde. Hoffentlich waren ihre Freunde schon sicher zu Hause angekommen. Und mit dem schönen Gedanken daran, wie Lucie, Hertha und Willi fröhlich über eine Tanzfläche wirbelten, schlief Eugenie friedlich ein.

***

Als sie eine Woche später erneut zu Herrn Bartels Tanzschule gingen, war es für die Jahreszeit zu lau. Von Schnee und Eis gab es an diesem Freitagabend keine Spur mehr. Zu ihrer eigenen Verwunderung war Hertha diesmal noch nervöser als vor der ersten Tanzstunde. Aber wenn sie ganz ehrlich zu sich selbst war, wusste sie sehr wohl, woran das lag. Es war derselbe Grund, aus dem sie in den letzten fünf Tagen bei jedem Bimmeln des Glöckchens in der Parfümerie erwartungsvoll zur Ladentür geblickt hatte: Ihre Begeisterung für den Buchhalter namens Georg Mülder.

Und sie hatte Grund zur Hoffnung, dass er ihretwegen in den Tanzkurs gekommen war. Als sie sich letzte Woche nach dem Ende der ersten Lektion ihre warmen Wintermäntel angezogen hatten, war er noch ganz begierig gewesen, mit ihr zu plaudern.

»Herzlichen Dank für Ihren Ratschlag, Fräulein Harders. Meine Patentochter war von *Tosca* völlig begeistert«, hatte er betont. »Kommen Sie denn bei dem Eisregen da draußen sicher nach Hause, hat Ihr Verlobter ein Automobil?«

Beim Gedanken an das Gespräch musste Hertha schmunzeln, und sie erinnerte sich noch sehr genau an den Verlauf. Erst mal hatte sie klargestellt, in welch harmlosem Verhältnis sie in Wirklichkeit zu Willi stand.

»Herr Baumann hat einen Lastwagen für seine Gärtnerei, aber den hat er heute nicht dabei. Und wir sind auch nicht verlobt. Er ist der Gärtner unserer Seifenlieferantin und freundlicherweise eingesprungen, da ich keinen Tanzpartner hatte. Wir haben nicht die Absicht, uns zu verloben – zumindest nicht miteinander.«

»Das freut mich. Also nicht, dass Sie keinen Partner hatten, ich meine, es ist schön, dass er so freundlich ist … also, der Gärtner, von der Seife, also, der Lieferantin, meine ich … Ach, jetzt bin ich etwas durcheinander.«

»Das hat man manchmal, kenne ich auch. Ich glaube,

Herr Bartel geht einfach davon aus, dass nur heiratswillige Pärchen Tanzkurse machen.«

»Er weiß aber, dass Ihre Schwester und ich nicht verlobt sind. Auch wir haben nicht die Absicht, uns zu verloben – zumindest nicht miteinander«, hatte Georg Mülder sie grinsend zitiert.

Dann waren sie leider von Lucie unterbrochen worden. »Hertha, kommst du? Es wird immer rutschiger draußen.«

Zwar war sie wegen der Störung etwas verstimmt gewesen, doch ihre Schwester hatte recht behalten. Der Eisregen hatte für gefährliche Glätte gesorgt, es war nahezu unmöglich gewesen, zu Fuß voranzukommen. Da der Weg zur U-Bahn sich zur reinsten Rutschpartie entwickelt hatte, waren sie äußert dankbar gewesen, als Georg Mülder mit seinem Automobil neben ihnen gehalten und angeboten hatte, sie nach Hause zu fahren. Er hatte die Harders-Schwestern – vorsichtig ob der Glätte, aber bestens gelaunt – die sechs Kilometer zu ihrem Zuhause am Eppendorfer Baum gefahren. Weil Willi Baumann Lucies Tanzpartner nicht hatte zumuten wollen, ihn dann auch noch die zwölf Kilometer zu seinem Gärtnereibetrieb in Osdorf zu fahren, hatte er mit Erlaubnis ihrer Eltern auf der Liege in Johannes Harders' Atelier übernachtet.

Und nun sollte Hertha Georg Mülder also wiedersehen. Ihr Herz schlug schneller, als sie ihn zwischen den Paaren im Foyer der Tanzschule erblickte – gewohnt stilsicher gekleidet und mit einem strahlenden Lächeln, als er sie bemerkte.

Nachdem er die beiden Schwestern mit galantem Handkuss begrüßt hatte, fragte er Herthas Tanzpartner nach einem beherzten Händedruck: »Sind Sie denn am Samstag noch rechtzeitig in Ihre Gärtnerei gekommen, Herr Baumann?«

»Ja, der Spuk hat zum Glück noch in der Nacht geendet«, erzählte Willi. »Es war kaum noch rutschig, ich habe es morgens gut zur U-Bahn geschafft.«

Dann endlich wandte Mülder sich Hertha zu. »Es ist wirklich besonders schön, Sie wiederzusehen«, sagte er, und es klang für sie, als käme es von Herzen. »Darf ich Sie dieser Tage noch einmal in Ihrer Parfümerie aufsuchen? Ich möchte mal einen neuen Duft für mich selbst ausprobieren.«

Natürlich hatte Hertha längst von ihrer Schwester erfahren, welches Herrenparfüm Georg Mülder letzten Freitag getragen hatte – das herrlich zitronig-würzige *Spiced Limes* aus England.

»Das sagt zwei Dinge über meinen Tanzpartner aus«, hatte Lucie betont. »Erstens hat er mit Nationalismus nichts am Hut, sonst würde er keinen Duft aus dem Land der einstigen Kriegsgegner tragen, und zweitens ist er auf dem neuesten Stand – *Spiced Limes* gibt es ja erst seit letztem Jahr.«

Ja, so schätzte Hertha den Buchhalter ebenfalls ein – weltoffen und auf der Höhe der Zeit.

»Kommen Sie gern bei uns vorbei, wir finden bestimmt etwas Passendes«, sagte sie lächelnd.

Wie gut es tat, dass auch er das Bedürfnis zu haben schien, ein Wiedersehen jenseits der Tanzstunden zu arrangieren. Und gemeinsam einen Duft auszuwählen konnte eine sinnliche und durchaus auch sehr persönliche Erfahrung werden.

Während Tanzlehrer Bartel mit ihnen die vor einer Woche erlernten Walzerschritte erneut durchging, warfen Hertha und Georg sich immer mal wieder ein Lächeln zu. Es störte sie nicht, dass er dabei ihre Schwester im Arm hielt. Obwohl dieser ihr Tanzpartner durchaus sympathisch war, hatte Lucie die ganze Woche nur von Anjing Wangs möglicher Rückkehr geschwärmt. Wann immer Hertha beim Tanzen einen Blick von Georg Mülder erhaschte, wuchs ihre Hoffnung, dass er ihre Gefühle erwiderte.

***

»Das darf ja wohl nicht wahr sein!«

Fassungslos starrten Eugenie Schalt, Lucie und Hertha Harders am wolkenverhangenen Morgen des 19. Dezember 1922 auf die Fassade des Nachbarhauses der Parfümerie Douglas.

Da prangte am Baugerüst, das bereits seit Mitte der vorangegangenen Woche das Gebäude umgab, ein großes weißes Schild, auf dem in schwarzen Lettern zu lesen war:

HIER ENTSTEHT JUSTUS G. MÜLDER UND SOHN – PARFÜMERIEN UND KOSMETIK.
ERÖFFNUNG: 15. MÄRZ 1922

»Das ist doch kein Zufall«, empörte sich Lucie.

»Von wegen Parfüm für seine Patentochter, pah!«, stieß Hertha hervor. »Der hat uns doch ausspioniert. Wenn ich bloß daran denke, dass der jetzt sogar weiß, wo wir wohnen!«

Sie war zutiefst verletzt. Georg hatte sich also aus reiner Berechnung an sie herangemacht!

»Vielleicht ist das hier ja ein anderer Mülder«, kam es wenig überzeugt von Lucie, die einfach nicht wahrhaben wollte, dass ihr Tanzpartner möglicherweise nur in den Kurs gekommen war, um sie auszuhorchen. »Es gibt ja noch mehr Mülders in Hamburg. Da kommt doch öfter diese Dame in den Laden, die von der holländischen Grenze stammt – die heißt auch so.«

»Ach, Unfug!« Ihre Schwester schüttelte energisch und

mit feuchten Augen den Kopf, während sie die Parfümerie Douglas aufschloss. »Du bist doch sonst die Logischere von uns. Das *kann* einfach kein Zufall sein.«

»Dann frage ich mich aber, welchen Vorteil sich Mülder junior von einem Tanzkurs mit uns verspricht«, gab Lucie zu bedenken. »Spätestens mit Anbringen des Schilds musste er doch davon ausgehen, dass wir ihm als Mitbewerber keinerlei geschäftlichen Geheimnisse verraten würden.«

Dem konnte Hertha nicht widersprechen. Das Ganze ergab keinen Sinn. Noch nicht. Aber sie würde herausfinden, was dahintersteckte.

14

»Was sollen wir denn jetzt bloß tun?«, fragte Eugenie verzweifelt, nachdem sie das Geschäft betreten hatten. »In letzter Zeit kommen ja sowieso schon viel zu wenig Kunden. Und dann Konkurrenz direkt nebenan. Die haben den Reiz des Neuen auf ihrer Seite. Selbst wenn von Seggern die Kündigung zurückzieht, sind wir bald noch mehr in Bedrängnis.«

»Für zwei Parfümerien unmittelbar nebeneinander wird die Kundschaft in der Tat nicht ausreichen«, räumte Lucie mutlos ein. »Bei der wirtschaftlichen Lage … Die Situation wird immer brenzliger. Die Morgan-Bank in den USA hat gestern eine versprochene Anleihe fürs Deutsche Reich doch noch abgelehnt. Sie sagen, wegen unserer derzeitigen Wirtschaftspolitik seien keine Sicherheiten vorhanden.«

»Aber die Engländer und die Amerikaner haben sich doch bei der Londoner Konferenz neulich widersetzt – als Frankreich einen internationalen Kredit für Deutschland ablehnen wollte«, erinnerte sich Eugenie. Diese Nachricht hatte ihr endlich ein wenig Hoffnung gegeben in dieser Zeit der so beängstigenden Teuerung.

»Das ist zehn Tage her. Inzwischen schätzen uns eben auch die US-Banken als Fass ohne Boden ein, nicht gerade beruhigend«, murmelte Hertha beklommen.

Lucie nickte ernst. »Am Freitag hat die deutsche Ärzteschaft in Berlin getagt. Es ging auch um die große Not, die bei uns herrscht. Die haben auf die psychischen und physischen Folgen für die Bevölkerung hingewiesen. Unsere Regierung scheint wirklich keinen Plan zu haben, wie man die Lage verbessern könnte. Da kriegen die nationalistischen Streithähne natürlich immer mehr Zulauf.«

Eugenie seufzte. »Allerdings. Robert war übers Wochenende auch schon wieder in München. Vorgestern hat dieser Adolf Hitler dort einen Generalappell an die nationalsozialistischen Truppen veranstaltet.«

Da bimmelte das Ladenglöckchen, und alle drei sahen hoffnungsvoll zur Tür. Es betrat jedoch nur Postbote Höggrist die Parfümerie. Der trank heute zwar gut gelaunt den ihm angebotenen Kakao, seine Stimmung konnte die jungen Verkäuferinnen jedoch nicht darüber hinwegtäuschen, dass er nur Rechnungen und nichts Erfreuliches für sie mitgebracht hatte.

»Eigentlich hätten doch längst ein paar Zuschriften für deine Annonce kommen können«, fiel Eugenie da ein.

»Ach Gott, stimmt«, rief Hertha. »Die gehen doch an das neue Postfach. Ich habe ganz vergessen nachzuschauen.«

»Dann holst du das jetzt sofort nach«, bestimmte ihre jüngere Schwester. »Hier herrscht ja nicht gerade großes Gedränge, das können Eugenie und ich also allein bewältigen.«

Hertha nickte und zog sich ihren Mantel wieder an. Dass sie gar nicht mehr an ihr Postfach gedacht hatte, lag natürlich daran, dass ständig Georg Mülder in ihrem Kopf herumgeisterte. Wie niederträchtig dieser Mädchenfänger ihre Gefühle ausgenutzt hatte! Sie konnte nur hoffen, dass unter den Absendern der Zuschriften auf ihre Annonce ein ehrlicher Herr war, der aufrichtig an Kunst und gepflegter Konversation interessiert war – so es denn überhaupt Antworten auf die Anzeige gab!

Als Hertha und der Briefträger die Parfümerie verlassen hatten, wirkte diese erschreckend leer und leblos auf Lucie. Für das bevorstehende Jahr 1923 türmten sich wirklich immer mehr düstere Wolken vor ihnen auf. Wie um sie aus ihren trüben Gedanken zu reißen, schien plötzlich erstmals seit vielen Tagen von draußen die Sonne in den Verkaufsraum.

»Ich glaube, wir sollten dringend die Scheiben putzen«, stellte Eugenie mit kritischem Blick auf das schlierige Glas fest. »Sonst haben wir die Schaufenster gestern ganz umsonst so schön geschmückt.«

Kurz darauf standen die beiden jungen Frauen auf dem Gehsteig und reinigten die Scheiben von außen.

»Hoffentlich ist all das, was wir hier tun, am Ende nicht vergeblich«, meinte Eugenie.

Lucie nickte seufzend, während sie ein besonders hartnäckiges Stück getrockneten Matsch von der Scheibe wischte. Kaum zu glauben, dass ihnen diese Verschmutzung ohne Sonnenlicht entgangen war. »Kündigung und Konkurrenz direkt nebenan – ich frage mich, was Anna und Marie zu alledem sagen werden.«

»Nun, Marie würde sagen: Die Frauen der Parfümerie Douglas haben noch nie aufgegeben, und sie fangen jetzt gewiss nicht damit an«, ertönte plötzlich eine vertraute Stimme hinter ihnen.

Lucie und Eugenie fuhren begeistert herum. Und da stand sie tatsächlich: in einem hochmodischen königsblauen Samtmantel, der im Sonnenlicht schimmerte und den die Parfümeriebesitzerin wahrscheinlich in Frankreich erstanden hatte.

»Marie!«, rief ihre Patentochter und fiel ihr um den Hals. Auch Eugenie umarmte ihre Arbeitgeberin.

»Wann bist du angekommen?«, erkundigte sich Lucie aufgeregt.

»Gestern Abend schon. Euer Telegramm habe ich erhalten. Ich dachte, Emil von Seggern muss wirklich den Verstand verloren haben, uns einfach so zu kündigen«, berichtete Marie. »Ich habe keine Telefonnummer von ihm. Und als Antwort auf mein Telegramm meinte er nur knapp, ihm seien wirklich die Hände gebunden.«

»Und jetzt?«, fragte Lucie.

»Ich werde gleich Anfang Januar nach Essen fahren und ihn persönlich zur Rede stellen«, verkündete sie.

»Essen? Aber ist das nicht gefährlich?«, fragte Lucie besorgt. »Der französische Präsident hat doch gedroht, das Ruhrgebiet zu besetzen, wenn die Deutschen sich weiterhin weigern, die vollen Reparationen zu bezahlen. Und das können wir ja zurzeit schlichtweg nicht.«

»Ach, das wagt Poincaré nicht, dann bekommt er Ärger mit England und Amerika«, gab sich Marie überzeugt. »Und ich muss Emil einfach persönlich treffen. Wenn er mir Auge in Auge gegenübersteht, wagt er es nicht, mir auszuweichen. Er schuldet mir noch etwas, und ich werde nicht gehen, bevor er die Kündigung zurückgezogen hat.«

In Eugenie stieg neuer Mut empor. So kannte man Marie, sie war nicht der Typ Frau, der rasch aufgab. Wenn sie zu Emil von Seggern fuhr, durften die Schwestern ihren geliebten Standort an der Binnenalster bestimmt behalten.

»Hoffentlich haben wir dir jetzt nicht das Weihnachtsfest verdorben«, sagte Lucie schuldbewusst. »Du könntest ja noch ganz ahnungslos in Frankreich feiern.«

Marie schüttelte den Kopf. »Wir wollten Weihnachten ohnehin hier in Hamburg mit Berta und Marcel verbringen. Außerdem müssen wir noch mal nach unserer zweiten Wohnung sehen, da ziehen Anfang Januar ja die neuen Mieter ein. Dann hätten wir ohnehin von der ganzen Misere erfahren.«

Lucie wusste, dass sich die Carstens-Schwestern angesichts der desolaten wirtschaftlichen Lage entschieden hatten, eine der beiden Wohnungen der Familie am Isebekkanal zu kündigen. Seit dem Tod ihres Vaters vor vier Jahren waren die zwei Appartements laut Anna im Grunde ohnehin zu geräumig für sie und ihre Stiefmutter. Bis auf die treue Haushälterin Ingeline Witt hatten sie schweren Herzens auch das gesamte Personal entlassen.

»Hast du das Schild hier am Nachbarhaus gesehen?«, vergewisserte sich Eugenie.

Marie nickte. »Ja, das finde ich äußerst merkwürdig. Wer würde eine Parfümerie direkt neben einer bereits bestens etablierten eröffnen?«, gab sie zu bedenken. »Es wirkt fast so, als wüssten diese Mülders, dass uns gekündigt wurde. Ansonsten würde der Standort für sie doch gar keinen Sinn ergeben. Und noch etwas ist seltsam.«

Eugenie und Lucie sahen sie fragend an. »Was denn?«

»Nun, ich habe vorhin Berta Kolbes früheren Nachbarn Hinnerk Nieland gebeten, etwas nachzuforschen. Der hat ja beste Kontakte zur Stadtverwaltung und vielen Kirchengemeinden. Es hat dann auch nur eine Stunde gebraucht, bis er etwas erfahren hat«, betonte Marie. »Justus Georg Mülder ist am 27. März diesen Jahres im Alter von nur vierundfünfzig Jahren in Lage an der Lippe gestorben.«

Lucie sah ihre Patentante ebenso ungläubig an, wie Eugenie es tat. Weshalb sollte im Namen eines Verstorbenen ein Jahr nach dessen Tod eine Parfümerie direkt neben einer bereits vorhandenen eröffnet werden? Das alles ergab immer weniger Sinn.

***

Mit einem Gefühl kribbelnder Neugier im Bauch betrat Hertha Harders den Raum, in dem sich die Postschließfächer befanden. Sie hatte gelesen, dass es solche Fächer in Deutschland erst seit zwei Jahrzehnten gab, ermöglicht worden waren sie durch das Gesetz über das Posttaxwesen von 1901. In den USA existierten sie jedoch bereits seit Mitte des 19. Jahrhunderts – das hatte ihr zumindest der Postbeamte erzählt, bei dem sie vor einer Woche ihr Schließfach angemietet hatte.

Sie nahm den kleinen Schlüssel aus ihrer Handtasche und öffnete das Türchen des Fachs mit der Nummer 42.

Zu ihrem Erstaunen befand sich ein ganzer Stapel Briefe darin. Herthas Neugier ließ sie zunächst mit dem Gedanken spielen, die Umschläge gleich hier an Ort und Stelle aufzureißen und die Schreiben zu lesen. Da sie jedoch befürchtete, es könnten andere Postfachinhaber kommen, verwarf sie diese anfängliche Idee wieder und beschloss, sich den Zuschriften erst im Schutz des Büros ihrer Parfümerie zu widmen – in aller Ruhe. Sie zählte die Briefe, während sie diese in ihre Handtasche steckte. Es waren fünfzehn – und das nicht einmal eine Woche nach Erscheinen der Annonce am vorigen Mittwoch! Es schien, als hätten in diesen schwierigen Zeiten doch auch einige Herren der Schöpfung Sehnsucht nach gepflegter Konversation über die schönen und inspirierenden Dinge des Lebens.

Auf dem Rückweg zur Parfümerie sah die Verkäuferin zwei kleine Mädchen, die sich an der Schaufensterscheibe eines Spielzeuggeschäfts ihre Näschen platt drückten. Sie mochten um die sechs Jahre alt sein, und mit einem wehmütigen Lächeln dachte Hertha an die Zeit zurück, als ihre Schwester Lucie und sie so klein gewesen waren. Weihnachten als geheimnisvolles Fest voll wunderbarer Überraschungen – eine Ewigkeit schien das nun her. Hertha wurde von einer Welle des Mitleids für die beiden Kinder erfasst. Die Spielsachen, die hinter der Schaufensterscheibe lockten, waren für den Großteil der Bevölkerung derzeit absolut unerschwinglich. Eine der Spielwarenverkäuferinnen war früher Stammkundin bei ihnen gewesen, inzwischen musste jedoch auch sie auf den Luxus von Parfüms und Kosmetik verzichten. Allerdings kam sie bisweilen auf einen Plausch in die Parfümerie, und deshalb wusste Hertha, dass eine Puppe im Augenblick tausend Mark kostete, ein Teddybär zehntausend, eine Spielzeuglokomotive über vierzigtausend und ein Modellbaukasten gar bis zu unfassbaren neunzigtausend Mark. Wie seinerzeit in den mageren Kriegsjahren stand deshalb selbst gemachtes Spielzeug bei den zunehmend verarmten Familien hoch im Kurs. Ein Nachbar und Freund ihres Vaters, der Schreiner Max Timmlein, hatte begonnen, aus seinen Holzresten Figuren in großer Menge zu schnitzen. Nicht um damit Geld zu verdienen, sondern um möglichst vielen bedürftigen Kindern zumindest eine kleine Freude zu bereiten.

Hertha war davon derart gerührt gewesen, dass sie ihm deshalb spontan ein neues Herrenparfüm geschenkt hatte – und ein weiteres für Damen, das der Schreiner am Heiligabend seiner Frau Sofie schenken konnte.

In ihrer Tasche fand Hertha noch zwei Hustenbonbons. Etwas anderes für Kinder Geeignetes hatte sie nicht dabei. Doch die beiden Schulmädchen freuten sich wie über einen wertvollen Schatz, als sie jeder von ihnen eines gab.

Was waren das nur für Zeiten? Nun war der Krieg seit vier Jahren vorbei, aber seine Folgen quälten die Bevölkerung noch immer. Wie lange das wohl noch so weitergehen würde? Ein wenig Trost gab es jedenfalls von Lucie und Eugenie, die

Hertha bei ihrer Ankunft in der Parfümerie von Marie Carstens' Heimkehr erzählten – und ihrem Plan, Emil von Seggern bei einem persönlichen Treffen zur Rücknahme der Kündigung zu zwingen.

»Sie findet es auch seltsam, dass jemand das Risiko eingeht, direkt neben der Konkurrenz eine Parfümerie zu eröffnen«, berichtete Lucie. »Tante Marie geht davon aus, dass die Mülders von unserer Kündigung wussten. Und was besonders seltsam ist: Georgs Vater, dessen Namen der neue Laden bekommen soll, ist seit März tot.«

Hertha war irritiert über sich selbst, als sie – allen Enthüllungen zum Trotz – bei dieser Nachricht doch tatsächlich einen Anflug von Mitleid für Georg Mülder spürte. Den Vater zu verlieren musste furchtbar sein. Sie hatte ja mitbekommen, wie sehr ihre Patentanten unter Heinrich Carstens' Tod vor drei Jahren gelitten hatten.

»Na ja, spätestens beim Tanzkurs am Freitag werde ich Antworten von Georg Mülder verlangen«, erklärte Hertha entschlossen.

»Wenn er sich überhaupt traut zu kommen«, gab Lucie zu bedenken. »Nach dem Anbringen von diesem Schild kann er sich ja wohl zusammenreimen, dass wir sehr wütend auf ihn sind.«

Diese Möglichkeit empörte Hertha. Er würde ihre Schwester doch wohl nicht feige ohne Tanzpartner sitzen lassen. Da der Kurs laut Herrn Bartel am Freitag letztmalig in diesem Jahr stattfand und erst nach der Weihnachtspause am 5. Januar 1923 fortgesetzt werden sollte, hätte sie in dem Fall keine Gelegenheit, Georg zeitnah zur Rede zu stellen.

»Hast du eigentlich eine Zuschrift auf deine Annonce bekommen?«, brachte sie Eugenie nun auf angenehmere Gedanken.

Ein wenig stolz lächelnd schüttelte Hertha den Kopf. »Nicht eine. Fünfzehn.«

Ihre Schwester und Eugenie kieksten vor Begeisterung.

»Sollen wir die gleich in der Mittagspause zusammen lesen?«, fragte Lucie voller Vorfreude.

Zur Begeisterung ihrer beiden Kolleginnen nickte Hertha strahlend.

***

Gegen halb ein Uhr mittags lagen drei Stapel mit geöffneten Briefumschlägen auf dem Schreibtisch im Hinterzimmer der Parfümerie. Lucie hatte sie mit je einem beschrifteten Zettel versehen: »Unmöglich«, »Eventuell« und »Engere Auswahl«.

Leider war der Stapel neben dem Zettel »Unmöglich« mit neun Briefen am höchsten.

»Einer, der so gut wie kein einziges Wort ohne Rechtschreibfehler und keinen Satz ohne Grammatikfehler hinbekommt – wieso bildet sich so jemand ein, er könne ein ›kultivierter Herr‹ sein, mit dem man sich über Literatur austauschen möchte?«, erboste sich Eugenie.

»Ach, selbst jemand, der eine Rechtschreibschwäche hat, könnte ja vielleicht Kunst lieben«, räumte Hertha ein. »Aber inhaltlich passt das meiste dann ja auch nicht zu meiner Anzeige. Themen wie der Alltag im Schlachthof sind vielleicht doch nicht ganz das, was ich angefragt hatte.«

»Wenn du mir schreiben tust, griegst du fon mir ein Spahn-Verkel«, zitierte Eugenie kichernd den obersten Brief des Stapels der »Unmöglichen«. »Die beste Bestechung der Welt.«

»Apropos Ferkel«, rief Lucie angewidert, »ein Brief voller Schlüpfrigkeiten und eindeutigen Beschreibungen darüber, was der Saukerl mit dir und deinen … Körperteilen anstellen will mit seinem … Wie kommt so jemand auf die Idee, das könnte unter die Kategorie ›seriöse Zuschrift‹ fallen?«

Die Flucht in den Humor war eine Verzweiflungstat für die drei jungen Frauen, doch im Grunde waren einige dieser Briefe durchaus deprimierend. Zwei der Herren auf dem »unmöglichen« Stapel gaben offen zu, dass sie sich die Rettung aus eigener Not durch eine »wohlhabende Dame« erhofften und den Wohlstand jener Dame zur Bedingung für weitere Korrespondenz machten. Ein anderer Briefschreiber bezeichnete sich selbst als »Kriegszitterer« und erhoffte sich nach eigenen Angaben durch eine kultivierte Frau eine Rettung *»vor dem großen, trüben, endlosen Grau, das mich beständig geradezu magnetisch in den Abgrund der Selbsttötung zerren will«*.

Vier Briefe lagen auf dem Stapel mit dem Zettel »Eventuell«, in die »engere Auswahl« waren nur zwei Schreiben gekommen.

»Lass uns die zwei guten noch mal lesen«, schlug Lucie ihrer Schwester vor.

Hertha breitete also die beiden Briefe aus. Eugenie las das linke der konkurrierenden Schreiben vor:

Hamburg, im Dezember 1922

Sehr geehrtes Fräulein!
Ihre Zeilen erschienen mir wie ein Leuchtfeuer in stürmischer Nacht. Ich befinde mich zwar in gesicherten Verhältnissen, das ist richtig, ich kann Sicherheit bieten in unsicherer Zeit; aber es geht ja um gepflegte Konversation – und, oh, wie schön das Thema, das Sie gewählt, mein hochverehrtes Fräulein. Ja, Kunst, Kultur, Musik – es sind Inseln im Allotria unseres ewig gleichen Alltags.

Dreißig Lenze zähle ich und warte doch noch geduldig auf die Richt'ge. Wenn allerdings das Herz nicht jubiliert, warum dann Zeit mit halb garen Versuchen verschwenden? Warum sich vom Animalus steuern lassen? Wo doch nur der Geist das wahre Glück, die wahre Erfüllung schenken kann? Namen lassen Sie uns erst nennen, wenn der Austausch uns gleichermaßen erfreut. Bis dahin sind Sie mein »A« für Annonce, lassen Sie mich Ihr »B« wie Briefschreiber sein? Wenn aus dem A ein A wie Antwort wird, so steht das B meinerseits für begeistert. In freudiger Erwartung hochachtungsvoll
Ihr ergebener
B

Nun las Lucie den rechten der beiden Briefe in der engeren Auswahl vor:

Liebes, verehrtes Fräulein, 22 Jahre,
hier schreibt Ihnen jemand, der – selbst bereits ein Vierteljahrhundert alt – aufgrund Ihrer ansprechenden Annonce hofft, als der dort gesuchte »kultivierte« Herr gelten zu dürfen. Sollte ich mich selbst mit einem Adjektiv versehen, so würde ich mich allerdings wohl weniger als der Kultivierte bezeichnen, sondern als der Wissbegierige. Auch ich bin auf der Suche. Und ich suche Wahrheiten, auch in Menschen. Mark Twain hat einmal gesagt: »Man muss die Tatsachen kennen, bevor man sie verdrehen kann.« Daher hier einige noch unverdrehte Fakten über mich: Ich bin nicht arm, auch wenn diese Zeit sich stark bemüht, ganz Deutschland arm zu machen. Ich bin kein unwissender Trottel, auch wenn der Weise ja weiß, dass er nichts weiß. Ich bin unverheiratet, auch wenn

mich der Anblick von verliebten Paaren immer seltsam sehnsüchtig stimmt. Ich liebe es zu lesen, auch wenn ich dazu kaum Zeit habe. Ich habe nun, ohne es zu merken, lauter Widersprüche aufgelistet, auch wenn ich mir ganz unwidersprüchlich und eindeutig wünsche, dass Sie mir antworten, liebes verehrtes Fräulein, 22 Jahre. »Verschiebe nichts auf morgen, was genauso gut auf übermorgen verschoben werden kann«, lautet eine ironische Weisheit von Mark Twain. Aber auch wenn ich seine Werke und Worte sehr bewundere, hoffe ich in unserem Falle doch, dass Sie das Verfassen einer Antwort an mich nicht auf übermorgen verschieben.
Darf ich hoffen?
Ihr hoffnungsvoller
W.

»Schwierige Entscheidung«, fand Eugenie.

»Und wenn du einfach beiden schreibst?«, stellte Lucie zur Disposition.

Doch ihre Schwester schüttelte den Kopf. »Nein, für zwei Briefwechsel habe ich doch gar nicht die Zeit. Und das fände ich auch nicht anständig den beiden gegenüber, wenn ich zwei Herren schreibe – und sie nur einer Dame. Im Grunde habe ich mich ehrlich gesagt auch schon entschieden.«

»Und wie?« Lucie und Eugenie sahen sie neugierig an.

»Der erste Brief liest sich zwar recht hübsch, ich finde ihn aber auch ein bisschen gekünstelt und schwülstig«, sagte Hertha. »Der andere wirkt auf mich wahrhaftiger und ehrlicher. Ich glaube, diesem W. werde ich antworten.«

15

Am Freitagabend sollte in der Tanzschule Bartel also der letzte Kurs vor der Weihnachtspause stattfinden. Kurz vor Ladenschluss begaben sich die Harders-Schwestern abwechselnd ins Hinterzimmer der Parfümerie, um sich dort umzuziehen. Hertha war als Zweite an der Reihe. Ihr Herz schlug schneller bei dem Gedanken daran, dem hinterhältigen Mülder in weniger als einer Stunde endlich die Meinung sagen zu können. Als sie fertig war und ihr Aussehen im Spiegel überprüft hatte, fiel ihr Blick auf das leere weiße Briefpapier auf dem Schreibtisch und ihre zerknüllten Versuche im Abfall. Die ganze Woche über hatte sie vergeblich versucht, einen Brief an den unbekannten W. zu beginnen, aber es war ihr sehr schwergefallen. Und diesmal konnte sie ja schlecht Eugenie bitten, es für sie zu übernehmen. Da fiel ihr der Rat der Freundin ein: »Schreib ihm doch einfach das, was dir in den Sinn kommt. Wenn du dich verstellst, kannst du dieser Fantasiefigur irgendwann sowieso nicht mehr gerecht werden.«

Hertha beschloss spontan, es nun genau mit dieser Taktik zu versuchen. Sie setzte sich an den Schreibtisch und begann zu schreiben.

Hamburg, Freitag, den 22. Dezember 1922

Sehr geehrter Herr W.!

Ihr Brief hat sich gegen vierzehn andere Schreiben durchgesetzt. Ob das ein Sieg ist, den Sie feiern sollten? Das muss sich wohl erst noch zeigen. War es ein gerechter Kampf? Sagen wir einmal so, die fünfzehn Wortarmeen waren sehr unterschiedlich gerüstet, in dieser Hinsicht hatten Sie von vornherein einen Vorteil. Hoffen dürfen Sie also. Meine Hoffnung, so rechtzeitig zu antworten, dass ich Ihnen noch frohe Weihnachten wünschen kann, wird sich vielleicht nicht mehr erfüllen lassen. Und es ist ganz allein meine Schuld. Ich arbeite im Einzelhandel, und normalerweise ist dort in der Woche vor dem Heiligabend das Gedränge zu groß, um sich irgendetwas anderem zu widmen als Kunden im Kaufrausch – nicht so in diesem Jahr. Bei den mehr als hundertfach erhöhten Preisen kann sich kaum jemand Geschenke leisten. Diese Ausrede für mein Zögern gilt also nicht. Ich merke gerade, es fällt mir gar nicht schwer, Ihnen zu schreiben, aber es fiel mir sehr schwer, damit anzufangen. Meine beste Freundin hat mir geraten, nicht zu viel nachzudenken, sondern einfach draufloszuschreiben. Vielleicht denke ich immer zu viel nach? Gerade jetzt denke ich beispielsweise an eine liebe alte Dame, die ihren Brieffreund im Mai 1878 beim Brand einer Brotfabrik in Berlin verloren hat. Sie haben es ja vielleicht mitbekommen, im Januar unseres zu Ende gehenden Jahres 1922 hat es in Berlin ja nun wieder ein verheerendes Feuer gegeben: Das Sarotti-Werk in Berlin-Tempelhof ist drei Tage lang fast vollständig ausgebrannt. Ob dabei wohl wieder jemand seinen Brieffreund verloren hat? Ich würde mir ja eine Tafel Schokolade kaufen, um die arme Firma zu unterstützen, aber kann ich mir

das zurzeit wirklich leisten? Ja, mein sehr geehrter Herr W., solche Dinge gehen mir durch den Kopf.
Nun wollte ich mich doch eigentlich über Malerei, Literatur und Musik austauschen. Immerhin werde ich wohl sehr zeitnah Musik hören, aber ein Buch habe ich seit Längerem nicht mehr begonnen (das letzte war Kafkas Verwandlung, und es war verwirrend). Mit dem Lesen geht es mir häufig wie mit dem Schreiben. Wenn man erst einmal damit angefangen hat, ist alles wunderbar. Und so ist es wohl auch mit dem Malen. Meine Leinwand steht seit Monaten im Atelier – in vorwurfsvollem Weiß. Nun ist es an mir zu hoffen. Schreiben Sie zurück, obwohl ich im Grunde das Thema verfehlt habe? Soeben hat meine Schwester nach mir gerufen, wir wollen zu einer Veranstaltung mit Musik. Mir fällt gerade auf, dass ich den Brief nun doch noch vorm Fest einwerfen kann. Aber ob Sie vor Sonntag noch zu Ihrem Postfach kommen? Für den Fall, dass wider Erwarten dieses Weihnachtswunder geschehen sollte, wünsche ich Ihnen von Herzen ein frohes Fest! Ansonsten hoffe ich, Sie hatten ein ebensolches, und entschuldige mich für meine Schreibblockade.
Meiden Sie die Brotfabriken!
Ihre kulturbegeisterte
K.

Am letzten Freitagabend vor Weihnachten war es für die Jahreszeit zu warm, und der Regen fiel in Strömen vom schwarzen Himmel. Deshalb teilten sich die Harders-Schwestern in Willis Lastkraftwagen den Beifahrersitz in dem engen Führerhäuschen. Das Automobil mit der großen Ladefläche und der Aufschrift »Wilh. Baumann, Gärtnerei« war der ganze

Stolz des Fünfundzwanzigjährigen. Er hatte das zwei Jahre alte Fahrzeug, das nach einem Unfall eigentlich hätte verschrottet werden sollen, selbst repariert und neu lackiert.

»Zum Glück haben wir unsere Regenschirme, heute reicht schon der Weg vom Automobil zur Tanzschule, um sich Kleid und Frisur zu ruinieren«, meinte Lucie, nachdem Willi das Fahrzeug zum Stehen gebracht hatte.

Sie spannten ihre Schirme auf und rannten, so schnell es ihre Abendgarderobe zuließ, auf den Backsteinbau zu, in dem sich Walter Bartels Tanzschule befand.

Herthas Magen kribbelte vor Aufregung. Sie konnte es kaum erwarten, Georg Mülder endlich die Meinung zu sagen. Beherzt riss sie mit der freien Hand die Eingangstür auf und sah hinein.

Da stand er inmitten der fröhlich plaudernden Tanzpaare und strahlte sie so erfreut an, als wäre nichts gewesen.

»Guten Abend, die Damen, Sie sehen alle beide zauberhaft aus, wenn ich das sagen darf«, meinte der junge Buchhalter, nachdem er Willi die Hand gedrückt hatte. Die Schwestern hatten ihm alles erzählt, und man merkte dem harmoniebedürftigen Gärtner an, wie unangenehm ihm der schwelende Zorn war.

»Guten Abend, Herr Mülder«, erwiderte Hertha ungewohnt kühl. »Unsere Laune ist aber alles andere als zauberhaft. Können Sie sich denken, warum?«

Er sah sie überrascht und etwas ratlos an. »Ähm … nein. Das Wetter?«

»Neben unserer Parfümerie eröffnet Mitte März eine neue«, fauchte Hertha. Und auf dem Schild am Gebäude steht ›Justus Mülder und Söhne‹.«

Er starrte sie entsetzt an. »Die haben das Schild schon aufgehängt?«, rief er außer sich, und seine Überraschung schien nicht gespielt zu sein. »Das sollte doch frühestens im Februar dran. Diese Narren …«

»Die Närrinnen sind wohl eher wir«, entgegnete Hertha frostig. »Weil wir dachten, Sie seien zufällig in diesem Kurs und fahren uns aus bloßer Freundlichkeit nach Hause.«

Er blickte sie verständnislos an. »Aber warum hätte ich das sonst tun sollen?«

»Aus demselben Grund, weshalb Sie bei mir das *Tosca*-Parfüm gekauft haben«, erwiderte sie verletzt. »Um uns auszuspionieren!«

»Was?« Zunächst lachte Georg in einer Mischung aus Verwunderung und Empörung auf, doch dann schien ihm ein Gedanke zu kommen. Mit ernster Miene fragte er: »Hat Ihr Vermieter denn nicht mit Ihnen gesprochen?«

Hertha setzte gerade zu einer Antwort an, da machte Tanzlehrer Walter Bartel mit einem Händeklatschen auf sich aufmerksam. »Meine Damen und Herren, wenn ich Sie dann aufs Parkett bitten dürfte!«

»Ich erkläre Ihnen alles nach der Stunde«, raunte Georg Mülder ihnen zu.

»Na, da sind wir gespannt wie ein Flitzebogen«, erwiderte Hertha zynisch.

Heute kam es ihr vor, als dauere die Tanzstunde eine Ewigkeit. Sie war unkonzentriert, und die Füße des armen Willi mussten böse leiden unter ihrer Ungeschicktheit. Wann immer sich ihre düsteren Blicke trafen, lächelten Georg und sie sich nicht wie letzte Woche an, sondern schauten betreten in die andere Richtung.

Es war eine Erlösung, als Walter Bartel die Tanzstunde beendete und ihnen allen noch ein frohes Weihnachtsfest wünschte. Zum Glück hatte der Regen endlich aufgehört, sonst hätten sie mit ihren Fragen an Georg Mülder wohl noch bis ins nächste Jahr warten müssen. Es wirkte ein wenig wie ein Tribunal, als Hertha und ihre Schwester dem Buchhalter vor der Tanzschule gegenüberstanden. Willi war bereits im Führerhäuschen seines Lastwagens in Deckung gegangen.

»Also?«, fragte Lucie, der die Situation auch nicht sonderlich angenehm war.

Er atmete tief durch und begann zu erzählen: »Meine Mutter ist seit Jahren Kundin bei den Carstens-Schwestern. Schon als sie noch von Schüttorf aus zu Besuch in Hamburg war, und als wir dann hierhergezogen sind, natürlich erst recht.«

»Ihre Mutter ist Frau Caroline Mülder?«, hakte Lucie erstaunt nach. Dann hatte Georg also doch mit jener Kundin zu tun, die öfter von der holländischen Grenze aus zu ihnen gekommen war!

»Genau«, bestätigte er. »Sie war völlig begeistert von Ihrer Parfümerie und wollte meinen Vater immer überreden, auch eine zu eröffnen.«

»Direkt neben unserer!«, kam es voller Bitterkeit von Hertha.

»Natürlich nicht«, widersprach Georg. »Wir dachten zuerst an einen Standort in Bremen. Aber vor etwa einem Jahr war Herr Bidlingmaier bei uns zu Besuch, das ist ein Geschäftsfreund meines Vaters.«

»Der Vermieter des Nachbarhauses«, fiel Lucie wieder ein. »Er hat damals die Geschäftsräume an Julius Karstadt verpachtet.«

»So ist es. Und er hat uns erzählt, was er von Ihrem Vermieter Emil von Seggern wusste. Dass der hoch verschuldet ist und das Haus abstoßen muss. Meine Mutter war entsetzt, weil sie die Carstens-Schwestern doch so mag. Von Seggern hat ihr dann erklärt, dass die ohnehin bankrott seien und bald dichtmachen würden.«

»Was?«, rief Lucie aufgebracht. »Das stimmt aber nicht.« Angesichts der miserablen Einnahmen im Dezember fügte sie jedoch im Geiste hinzu: »Zumindest noch nicht.«

»Wir haben uns auf Herrn von Seggerns Wort verlassen«, erklärte Georg. »Meine Mutter wollte dann, dass wir nach Ende von Douglas unsere eigene Parfümerie hier in Hamburg eröffnen – und möglichst vielen der Douglas-Angestellten neue Arbeit anbieten. Die Wand sollte durchbrochen und so die Verkaufsfläche verdoppelt werden.«

Hertha konnte nicht fassen, was sie hörte. »Sie wollten uns Arbeit anbieten?«

»Ja, deshalb habe ich Sie aufgesucht«, beteuerte er. »Nicht um zu spionieren, sondern um zu sehen, wer alles zur Belegschaft gehört – und wie Sie arbeiten.«

»Die Carstens-Schwestern sind aber nicht bankrott«, betonte Lucie erneut. »Sie wollen Emil von Seggern zwingen, die Kündigung zurückzunehmen.«

Georg Mülder starrte sie entsetzt an. »Das geht nicht, wir können doch nicht zwei Parfümerien nebeneinander betreiben. Der Markt bringt zurzeit ja ohnehin kaum Absatz für das Luxussegment.«

»Das hätten Sie sich vorher überlegen müssen«, fauchte Hertha aufgewühlt. »Wir werden nicht weichen, Sie können Ihr Schild wieder abhängen. Wenn Sie dort unbedingt etwas eröffnen wollen, versuchen Sie es doch mit einer Metzgerei!«

Nun verlor auch Georg Mülder die Fassung. »Das kann ich nicht«, rief er so laut, dass sich eines der Tanzpaare auf dem Weg zur U-Bahn neugierig umdrehte. Etwas leiser, aber nicht weniger eindringlich fuhr er daraufhin fort: »Mein Vater ist in diesem Frühjahr von uns gegangen, und ich musste ihm auf dem Sterbebett versprechen, dass ich meiner Mutter den Wunsch von der Parfümerie erfülle.«

Auf diese anrührende Aussage hin ließ sogar Herthas Zorn etwas nach, zumal Marie ihnen ja bereits offenbart hatte, dass Justus Mülder tatsächlich im März gestorben war.

Etwas kleinlauter gab sie zu bedenken: »Aber er kannte doch offenbar gar nicht alle Fakten.«

»Das entbindet mich nicht von meinem Versprechen«, beharrte Georg mit entschlossenem Gesichtsausdruck.

»Und wir haben unseren Patentanten versprochen, ihre Parfümerie erfolgreich weiterzuführen«, erwiderte Hertha trotzig.

»Dann möge der Bessere gewinnen«, stieß Mülder gereizt hervor. Als er die erschrockenen Gesichter der Harders-Schwestern bemerkte, fügte er etwas versöhnlicher hinzu: »Ich muss jetzt nach Hause, ich habe meiner Patentochter versprochen, noch heute den Christbaum zu bringen. Wir sprechen uns im neuen Jahr wieder. Dann hatten alle Zeit, in Ruhe nachzudenken. Frohe Feiertage Ihnen.«

Während er zu seinem Automobil ging, blickten die beiden Verkäuferinnen ihm betreten und stumm hinterher. Erst als er davongefahren war, brach Lucie das Schweigen: »Dieser von Seggern muss die Mülders ja mächtig angelogen haben.«

»Es ist wirklich wichtig, dass Marie ihn persönlich zur Rede stellt«, meinte Hertha aufgewühlt. »Am liebsten würde ich sie nach Essen begleiten.«

***

Zum Leidwesen der Geschäftsleute fiel der letzte verkaufsoffene Sonntag im Jahr 1922 ausgerechnet auf Heiligabend.

Viele Hamburger waren bereits zu Hause bei ihren Lieben und genossen die friedliche Festtagsstimmung. So bekam das Weihnachtsgeschäft auch für die Parfümerie Douglas einen noch schlechteren Ausklang. Selbst die wenigen Kurzentschlossenen, die sich noch in den Laden verirrten, schreckten größtenteils vor den stark gestiegenen Preisen zurück. Die drei jungen Verkäuferinnen standen resigniert im leeren Verkaufsraum, der sonst so kurz vor dem Fest einem Bienenstock geglichen hatte.

»Wenn das so weitergeht, bekommt Emil von Seggern im Nachhinein doch noch recht«, meinte Lucie ernüchtert, »dann sind wir Anfang des neuen Jahres wirklich pleite.«

Hertha nickte ernst. »Eigentlich gab es für viele Leute doch schon seit 1914 kein richtiges Weihnachten mehr. Das schreibt Reichskanzler Cuno heute auch in der Zeitung, dass die Welt vom Frieden immer noch weit entfernt ist.«

»Sogar die deutschen Wissenschaftler haben eine Notgemeinschaft gegründet«, wandte Lucie ein. »Die haben gerade beim Reichstag um Gelder gebettelt – mit unserer Forschung geht es nämlich auch bergab.«

»Nicht mal einen Weihnachtsbaum kann man sich in diesem Jahr leisten«, beklagte sich Eugenie. »Selbst ein kleiner Tannenzweig kostet fünfzig Mark. Die Bäume gehen bis zu vierhundert weg.«

»Wir haben unseren von Willi bekommen«, berichtete Lucie. »Als Gärtner hat er natürlich Beziehungen.«

Eugenie seufzte. »Das hat er mir auch angeboten, aber eigentlich wollten wir die Feiertage dieses Jahr bei meiner Familie in Danzig verbringen. Am Ende war Robert dann die Fahrt aber doch zu teuer, gestern haben wir meinen Eltern abgesagt. Und jetzt kommt nicht einmal mehr Willi an einen Baum heran.«

»Möchtet ihr zwei dann vielleicht bei uns feiern?«, bot Hertha an. »Meine Eltern haben bestimmt nichts dagegen.«

»Das ist lieb, aber Robert möchte am Fest mit mir allein sein«, entgegnete sie, und in diesem Augenblick kam der uniformierte Hüne wie aufs Stichwort durch die Ladentür herein.

Er nickte den Harders-Schwestern lächelnd zu und gab seiner zierlichen Verlobten nicht nur einen Kuss, sondern auch einen Tannenzweig.

»Wo hast du denn den her?«, rief Eugenie begeistert. »Der muss ja ein Vermögen gekostet haben.«

Er schüttelte den Kopf. »Gar nichts. Der Klassiker: Einer alten Frau die Katze aus dem Baum gerettet, Geschenk bekommen.«

Nachdem sich Eugenie mit herzlichen Umarmungen und besten Wünschen für die Feiertage von Lucie und Hertha verabschiedet hatte, machte sie sich am Arm ihres Verlobten auf den Weg zur U-Bahn.

Unterwegs fiel ihr Blick voller Wehmut auf den Verkaufsstand eines Händlers, der seine letzten Christbäume feilbot.

»Guck nicht hin, Häschen«, riet Robert. »Das macht dich nur traurig.«

»Oh, ich werde unseren Zweig so schmücken, dass der schönste Weihnachtsbaum vor Neid erblasst«, versprach Eugenie zuversichtlich.

Dann sahen sie aber doch beide zurück zu dem Stand, weil es dort zu einem lautstarken Streit zwischen zwei Männern, einer Frau und dem Händler gekommen war. Als das Gezänk in eine Rangelei ausartete, griff Robert nach seiner Trillerpfeife und blies kräftig hinein.

»He da!«, brüllte er, doch die drei Kunden und der Händler waren so in ihren Streit vertieft, dass sie den Polizisten gar nicht wahrnahmen. Beherzt sprintete er los. Aufgrund seiner Körpergröße und seiner Muskeln war es ihm ein Leichtes, die Streitenden zu trennen.

»Was ist hier los?«, forderte er zu wissen, während sich Eugenie vorsichtig ebenfalls dem Stand näherte.

»Dieser Kerl hier hat meinem Mann eine Fichte für vierhundert Mark versprochen«, kam es außer Atem von der Frau, deren Haare von der Rangelei ganz zerzaust waren. »Das ist ja sowieso schon Wucher, aber jetzt verlangt er plötzlich siebenhundert.«

Mit vorwurfsvollem Blick wandte sich Robert an den Verkäufer: »Ist das wahr?«

»Es ist mein Stand, und ich kann verlangen, wie viel ich will«, knurrte der Händler, dessen Fellmütze ihm während des Handgemenges so tief ins Gesicht gezogen worden war, dass er kaum sehen konnte.

»Das ist nicht ganz richtig, mein Herr«, entgegnete Robert spitz.

»So ein Verhalten am Fest der Liebe!«, fauchte die Frau den Standbesitzer an. »Sie sind die Sorte Mensch, die Maria und Josef die Herberge verwehrt hätte.«

»Die hätten eben reservieren sollen«, blaffte der Verkäufer schulterzuckend zurück.

Die Frau quiekte ob des blasphemischen Kommentars empört auf.

»Was ist denn hier los, Bethge?«, meldete sich da ein schnurrbärtiger Mann mittleren Alters zu Wort, der mit einigen anderen Neugierigen von Pfiff und Streit angelockt worden war. Eugenie erkannte in ihm Oberwachtmeister Fedder. Dieser war im Gegensatz zu Robert bereits in Zivil gekleidet, er trug seinen vermutlich schönsten Sonntagsanzug.

»Der Herr hier verlangt statt der zugesagten vierhundert

für eine Fichte nun siebenhundert«, unterrichtete Robert seinen Vorgesetzten.

»Was?«, rief der empört.

»Das ist ja wohl mein gutes Recht«, knurrte der Christbaumhändler gereizt.

Fedder schien den Händler zu kennen, denn er wandte sich mit den Worten an ihn: »Sehen Sie, und da irren Sie sich, mein lieber Michaelsen. Aber es ist unser gutes Recht, Ihren Stand zu konfiszieren und den Verkauf der Bäume selbst zu übernehmen.«

Er sah zu Robert auf. »Was meinen Sie, Bethge, sollen wir wieder auf die vereinbarten vierhundert Mark zurückgehen?«

»Das sollte meine Verlobte entscheiden«, entgegnete er grinsend. »Die kennt sich mit dem Verkaufen besser aus.«

Oberwachtmeister Fedder sah Eugenie fragend an. »Nun, was meinen Sie, mein liebes Fräulein Schalt?«

»Ich würde die Bäume mit Weihnachtsrabatt verkaufen«, antwortete sie mit verschmitztem Lächeln. »Das Stück für dreihundertdreiundsiebzig.«

Die Umstehenden murmelten zustimmend, nur der Händler brummte wie zu erwarten verstimmt.

Und so kam es, dass Eugenie an diesem Weihnachtstag zusammen mit ihrem Verlobten und dessen Vorgesetztem Christbäume verkaufte. Dabei genoss sie den Geruch von Fichtennadeln und Harz – insbesondere, da sie ja befürchtet hatte, dieses Jahr darauf verzichten zu müssen.

Als das letzte Paar zufrieden mit seinem Bäumchen davonging und sie dem Standbesitzer die Einnahmen übergeben hatten, legte Oberwachtmeister Fedder tröstend den Arm um ihn. »Sehen Sie, Michaelsen«, sagte er und deutete auf das glückliche Paar, »das ist Weihnachten.«

Bei dem Anblick küsste auch Robert seine Verlobte. Ja,

das war Weihnachten, dachte Eugenie. Sie hoffte, dass ihre Freundinnen aus dem Paradies der Düfte für die Dauer des Festes ebenfalls ihre Sorgen vergessen konnten.

16

»Kopfnote Zitrone oder … Bergamotte?«

Hertha öffnete die Augen wieder. Sie saß vor der stattlichen, festlich geschmückten Fichte und schnupperte an einem selbst gemachten Parfüm, das Lucie ihr bei der Bescherung als Weihnachtsgeschenk überreicht hatte.

Hertha sah sie fragend an.

»Richtig, Bergamotte«, freute sich Lucie über die Fortschritte ihrer vier Jahre älteren Schwester beim Erkennen von Duftbestandteilen. Sie hatte in den letzten Monaten des Kundenmangels viel mit ihr geübt, und das schien Früchte zu tragen.

»Die Herznote ist schon schwieriger«, meinte Hertha. »Ist das Jasmin?«

Lucie schüttelte den Kopf. »Tuberose. Auf den Duft hat mich Anjings Onkel gebracht.«

»Wie schön. Die Basisnote enthält in jedem Fall Vanille, hm, wunderbar. Aber da ist auch noch etwas anderes. Etwas … ist das etwa …? Hast du etwas von deiner wertvollen Ambra verwendet?«, vergewisserte sich Hertha gerührt.

Die Jüngere nickte strahlend. »Wertvolle Ambra für die wertvollste Schwester.«

»Du bist gemein«, wisperte Hertha mit kippender Stimme.

»Bringst mich zum …« Schließlich schluchzte sie auf und umarmte das geliebte Nesthäkchen. »Danke.«

»Dann pack ich mal meins aus«, sagte Lucie schließlich, sich ebenfalls die Augen wischend.

Auch Willi Baumann sowie die Gastgeber Helene und Johannes Harders sahen neugierig zu, als die jüngere Tochter den einen halben auf einen halben Meter großen flachen Gegenstand von dem roten Geschenkpapier befreite, mit dem er verpackt worden war. Willi war bei ihnen eingeladen, da er sich keine Reise zu seiner eigenen Familie leisten konnte, worüber vor allem seine kleine Nichte traurig sein würde, die laut seiner Aussage einen Narren an ihm gefressen hatte.

»Ein Bild«, erriet Lucie, bereits bevor sie das Geschenk vollständig freigelegt hatte.

Als die bemalte quadratische Leinwand schließlich unverhüllt auf ihrem Schoß lag, starrte sie vollkommen überwältigt darauf.

Das Ölgemälde zeigte von hinten ein junges Paar, das auf ein Haus zuging, über dessen Kellergeschoss chinesische Schriftzeichen hingen. Die strahlenden Farben halfen, die Stimmung während der Abenddämmerung wiederzugeben. Auch die Spiegelungen der Leuchtreklamen auf der regennassen Schmuckstraße hatte Hertha äußerst wirklichkeitsgetreu eingefangen.

»Das ist Xu Li Wangs Buchladen«, erklärte Lucie den anderen mit versagender Stimme. »Und ich gehe darauf zu – mit seinem Neffen Anjing.«

Nun verlor auch sie die Fassung, fiel ihrer Schwester gerührt um den Hals. »Danke«, schniefte sie in deren Armen.

»Donnerlüttchen«, kommentierte Johannes Harders anerkennend. »Wann hast du denn das gemalt, Herthalein?«

Die schmunzelte. »Ich habe meinem Brieffreund geschrieben, wie sehr mich die weiße Leinwand einschüchtert, dass mit einem Kunstwerk anzufangen das Schwierigste ist – und plötzlich wusste ich, was ich malen wollte. Herr Wang hat sich in der Schmuckstraße netterweise als Begleitschutz neben meine Staffelei gesetzt – und mich mit warmem Tee und chinesischem Gebäck versorgt. Du hast nicht zu viel versprochen, Lucie, er ist wirklich ein herzensguter Mann.«

Die Eltern hatten ihr Geschenk von den Harders-Schwestern schon zu Beginn der Bescherung ausgepackt – eine neue, gerahmte Fotografie ihrer Töchter, über die das Ehepaar sich sehr gefreut hatte. Helene und Johannes hatten den beiden jeweils hochmodische neue Wintermäntel überreicht, die sie von David Rosenberg, einem bekannten Hamburger Modeschöpfer, hatten erstellen lassen. Letztes Jahr hatten Lucie und Hertha einen Gutschein fürs Kaufhaus Karstadt bekommen, aber zurzeit wusste man ja nicht mehr, wie viel die darauf vermerkte Geldsumme nach Weihnachten überhaupt noch wert sein würde.

Nun blieb nur noch eine Person übrig, die es zu beschenken galt.

»Mein lieber Willi, dir verdanken wir diesen wunderschönen Weihnachtsbaum, ein unfassbar wertvolles Präsent für uns alle«, sagte Helene Harders schließlich feierlich. »Das Geschenk, das wir nun für dich haben, ist bescheiden im Vergleich zu deinem, aber es soll zeigen, wie viel Glück und Erfolg wir dir wünschen.«

Etwas geniert über die ihm zuteilgewordene Zuneigung öffnete der Gärtner das von Helene überreichte Geschenk, welches dieselbe Form aufwies wie das Gemälde für Lucie, nur dass seines mit waldgrünem Papier verpackt war.

Tatsächlich handelte es sich auch hierbei um eine Leinwand, auch diese war ungefähr fünfzig mal fünfzig Zentimeter groß. Allerdings befand sich darauf kein Gemälde, vielmehr war auf den weißen Grund lediglich etwas mit Schwarz gepinselt worden: In der Mitte des Bildes prangte eine stilisiert dargestellte Gartenschaufel, die in einem in Beete aufgeteilten Boden steckte. Ein Busch war hinter der Schaufel angedeutet, und links von ihr stand ein großes W, rechts ein großes B.

»Wilhelm Baumann – ein Symbolbild für meine Firma«, erkannte der junge Gärtner ergriffen.

»Ist eine Gemeinschaftsarbeit. Papa und Hertha haben getuscht, Mutti und ich haben alles besser gewusst«, scherzte Lucie.

»Zu dem Geschenk gehören auf Wunsch auch Briefpapier mit dem Symbol und ein Anbringen auf deinem Automobil«, verkündete Johannes Harders. »Zumindest, wenn es dir gefällt.«

»Und wie es mir gefällt!«, rief Willi wie aus der Pistole geschossen. »Ich glaube, das ist das schönste Geschenk, das ich jemals bekommen habe.«

In diesem Moment klingelte es unten an der Haustür.

Alle sahen sich verwundert an.

»Wer kann das sein?«, fragte Helene. »Am Heiligabend …«

»Vielleicht hat Eugenie es sich ja doch anders überlegt?« Lucie eilte zum Fenster der Beletage und sah hinunter auf die Straße.

»Da steht jemand in einem Nikolauskostüm mit Geschenkesack«, meinte sie amüsiert.

»Ich mache auf«, sagte Johannes und erhob sich aus seinem Ohrensessel.

»Sei bloß vorsichtig!«, warnte seine Frau. »Es gibt zurzeit sehr viele verzweifelte Menschen.«

Wie gewohnt kannte Lucie keine Angst und ging ihrem Vater neugierig ins Erdgeschoss hinterher, gefolgt von Willi, der sich wie gewohnt verantwortlich für die Harders-Schwestern fühlte.

Als Johannes die Tür geöffnet hatte, bimmelte der kostümierte Mann mit einem Glöckchen und fragte daraufhin mit gespielt tiefer Stimme: »Waren in diesem Hause denn alle artig?«

Unter dem angeklebten weißen Bart und der roten Mütze ließ sich ein Gesicht erahnen, das zu jung für so einen betagten Heiligen war. An den Augen erkannte Lucie ihn schließlich – und schrie vor Freude auf, sodass ihr Vater und Willi erschrocken zusammenzuckten.

»Anjing«, rief sie. »Du bist zurück!«

Es war ihr in diesem Augenblick völlig egal, dass die beiden zuschauten, sie fiel »St. Nikolaus« überglücklich um den Hals.

Der nahm den Bart und die Mütze ab und strahlte sie an.

»Wir sind gestern Abend angekommen«, erklärte der bald zweiundzwanzigjährige Chinese, und sie bemerkte seine bewundernden Blicke, die er auf ihren noch fraulicher gewordenen Körper mit diesen wirklich recht langen Beinen gerichtet hatte. Sie war in den letzten zwei Jahren noch gewachsen und inzwischen fast gleich groß wie er. »Wir sind in schlimme Herbststürme geraten mit dem Hapag-Schiff und waren alle froh, wieder Land unter den Füßen zu haben. Natürlich wollte ich euer Weihnachtsfest nicht ohne Geschenk verstreichen lassen.«

Er wandte sich entschuldigend an Johannes. »Ich hoffe, ich störe nicht allzu sehr, ich gehe auch gleich nach der Übergabe.«

»Das kommt überhaupt nicht infrage«, entgegnete der

Kunstmaler, während seine Frau und Tochter Hertha, alarmiert durch Lucies Schrei, ebenfalls die Treppe heruntergeeilt kamen. »Wir sind viel zu neugierig auf Ihren Reisebericht, immerhin waren Sie ja über zwei Jahre fort.«

Als Anjing nach der Ankunft im Wohnzimmer im ersten Stock von Helene Harders mit Jasmintee und Weihnachtsgebäck versorgt worden war, zog er seine Verkleidung aus, die, wie er berichtete, von einem Kostümverleih in der Schmuckstraße stammte. Darunter kam ein edler Anzug zutage, der maßgeschneidert zu sein schien; jedenfalls fand Lucie, dass er perfekt an Anjings sportlichem Körper saß. Wenig später teilten die beiden sich das Sofa am Kamin und leerten gemeinsam den Inhalt seines Sacks. Er enthielt allerlei Südfrüchte, unter anderem Limetten und Bergamotte, Orangen, Pampelmusen. Außerdem verteilte er an alle Anwesenden köstliches chinesisches Konfekt. »Es ist aus den jungen Fruchtböden des Lotos, Zucker und Jasminblüten bereitet«, erklärte Lucies Schwarm.

In einer verschließbaren Blechdose gab es für sie sogar weitere Ambra. Außerdem ein Buch mit kunstvollen Zeichnungen und chinesischen Texten zur Parfümherstellung. »Ich werde dir irgendwann alles übersetzen, ich glaube nämlich, da ist einiges an Wissen in Mandarin enthalten, das du vielleicht noch nicht kennst«, erläuterte Anjing.

»Vielen, vielen Dank, das ist kolossal spannend«, sagte Lucie ehrfürchtig und blätterte fasziniert in dem Buch. »Nun habe ich aber gar kein Geschenk für dich.«

»Ist so ein Ausgleich bei eurem Weihnachtsfest nötig?«, wunderte sich der junge Dolmetscher. »Du wusstest doch nicht, dass ich komme, deshalb kann ich nicht enttäuscht sein.«

»Das stimmt natürlich«, entgegnete Lucie lächelnd.

Da fiel Anjings Blick auf das Gemälde, das sie von ihrer Schwester bekommen hatte.

»Oh, das ist ja ein richtiges Meisterwerk geworden«, stellte er anerkennend fest. »Und ich fühle mich sehr geehrt, dass ich auch Gegenstand Ihres Werks geworden bin. Zumindest dort waren Lucie und ich auch in meiner Abwesenheit vereint.«

»Meine Schwester hat so oft von Ihnen gesprochen, ich wollte ihr damit eine Freude machen«, entgegnete Hertha, und Lucie errötete.

»Bei mir zu Hause in Guangzhou können die Leute nun auch einige Geschichten von der schönen, rotblond gelockten Hamburgerin namens Lucie Harders auswendig«, gestand Anjing mit einem Lächeln in Richtung seiner Angebeteten. Dann betrachtete er das Bild fasziniert genauer. »Mein Onkel hat mir schon erzählt, dass Sie das Licht in unserer Schmuckstraße so zauberhaft eingefangen haben, Fräulein Hertha.«

»Er war sehr gastfreundlich«, erzählte die Malerin. »Nicht zu fassen, wie viele Bücher in seinen kleinen Laden passen.«

»Apropos Bücher«, sagte Lucie nun. »Stört es euch, wenn Anjing uns ein paar Auszüge über chinesische Duftkultur vorliest?«

»Also mich nicht im Geringsten«, sagte Hertha rasch. »Ich will das doch alles noch viel genauer lernen.«

»Auf den Bildern sind einige Pflanzen, die ich nicht kenne«, stellte Willi fest. »Ich höre also auch gern zu.«

»Und mich interessieren die Zeichnungen«, fügte Johannes hinzu.

»Könnten Sie sich vorstellen, dieses Wissen einmal bei einem meiner Salons zu präsentieren?«, fragte Helene.

Als Anjing sie kurz überfordert ansah, erklärte Lucie: »Salon bedeutet in dem Fall einen Kulturabend bei uns zu Hause. Dazu werden nette wissbegierige Menschen eingeladen.«

»Ach so, ja, wenn es wirklich für Ihre Gäste interessant ist, mache ich das gern«, sagte der junge Chinese zu Helenes Freude.

Während er nun begann, einige Auszüge vorzulesen, dachte Hertha daran, wie bunt dieser Erdenball doch war. In den anderen Häusern Hamburgs wurden im Augenblick gewiss wieder einmal Weihnachtsgedichte vorgelesen – und die traditionelle Vorgeschichte von Jesu Geburt, beginnend mit der von Kaiser Augustus angeordneten Schätzung »zu der Zeit, da Cyrenius Landpfleger von Syrien war«. In der Wohnstube der Familie Harders jedoch war heute durch Anjings Lektüre zu erfahren, dass die Verwendung von Duftstoffen in China eine jahrtausendealte Tradition hatte. Verwendet wurden laut dem Buch unter anderem Zedernfrucht, Sandelbaumholz, das wertvolle Öl des Kampferbaums und der Kassiapflanze – oder die *Cha-wa Mo-Lu-Hwa,* lateinisch Camellia sesanyna, von der eine einzige Blüte genügte, um ein ganzes Zimmer mit Wohlgeruch zu durchfluten.

»Laut Konfuzius sind Orchideen der Wohlgeruch der Könige, der Hibiskus, der sich des Morgens öffnet und nachts den Kopf hängen lässt, gilt bei uns als das Symbol für die Glorie des kurzen Lebens. Der chinesische Dichterphilosoph Tao Yuanming unterhielt sich mit wilden Chrysanthemen, und bei seinen Wanderungen unter blühenden Pflaumenbäumen verlor er sich in ihren geheimnisvollen Düften«, erfuhren Willi, die Harders-Schwestern und deren Eltern.

Besonderen Raum in dem Buch nahm natürlich der Lotos ein, der in China in keinem Gartenteich fehlen durfte.

»Bei uns gilt er als Symbol der Reinheit und der Keuschheit«, erzählte Anjing. »Ihr habt ihn ja gerade selbst als Zutat für ein Konfekt gekostet. Jeder Teil der Lotuspflanze hat bei uns seinen Namen und wird vielfach genutzt, nicht nur als Nahrungs- und Genussmittel, auch als Kosmetikum oder Arznei. Es heißt hier in dem Buch, ein Dichter übernachtete einst in einem Boot, um seine Träume mit denen der Lotospflanzen zu vermählen.«

»Verheiratet mit den Träumen von Pflanzen – was für eine romantische Vorstellung«, schwärmte Helene und drückte die Hand ihres Gatten.

»Ja, wenn man der Natur genau zuhört, spricht sie zu einem, das kenne ich auch«, berichtete Gärtner Willi.

»Das haben Sie sehr schön gesagt«, meinte Anjing. »In China gilt derjenige Mensch als tugendhaft, der in Übereinstimmung mit der Natur denkt und danach handelt. Das Menschenwerk muss mit der Schöpfung harmonieren. Im Kosmos wirken Kräfte gegeneinander, es gibt den Gegensatz von Yin und Yang, von weiblich und männlich, von hervorbringend und zeugend, passiv und aktiv – ihre Einheit nennt man Tao.«

»Was bedeutet das auf Deutsch?«, erkundigte sich Lucie.

»Das Wort Tao ist nicht wirklich übersetzbar«, sagte Anjing. »Es kann persönliche Gottheit, Vernunft, Sinn oder Naturgesetz bedeuten – aber auch Weg. Und die Düfte gehören für uns zu den Geschenken der Natur, sie haben sogar heilende Kräfte. Moschusduft, sagt man in China, lindert beispielsweise den Kopfschmerz. Bei uns wird selbst die Tusche für das Schreiben und Malen mit Moschus, Ambra oder Kampfer parfümiert.«

Unweigerlich musste Hertha an ihren unbekannten Briefpartner W. denken. Mit etwas Glück hatte er ihren parfümierten Brief bereits bekommen. Wie *er* heute wohl den Heiligabend verbrachte? Ob sie es je erfahren würde?

17

»O nein, du Armer.«

Eugenie eilte zum Eingang der Parfümerie, um Willi Baumann zu helfen, der einen Gips am rechten Fuß trug, sich auf Krücken stützte und deshalb Schwierigkeiten hatte, durch die Tür zu kommen.

Die Verkaufsleiterin hielt sie ihm auf und sah besorgt an ihm hinunter. »Was ist dir denn passiert?«

»Tja, jetzt habe ich euch den ganzen Winter über gewarnt, mit euren Damenschuhen aufzupassen«, erklärte der Gärtner mit freudlosem Lächeln, »und dann rutsche ich selbst mit meinen Arbeitsstiefeln aus und lande auf der Nase.«

Nun kamen auch die Harders-Schwestern – nicht weniger mitleidsvoll als ihre einstige Ausbilderin dreinblickend – herbeigeeilt. Lucie fragte: »Ist das Bein gebrochen?«

»Nee, nur der Knöchel«, antwortete Willi. »Aber der Arzt meint, es dauert sechs Wochen, bis das verheilt ist.«

»Oje, wer macht denn dann deine Gartenarbeit?«, fragte Lucie bestürzt. »Du brauchst doch das Geld.«

»Mein Vater hat mir eine kleine Unterstützung geschickt, und Berta Kolbe hat mir leihweise einen Jungen aus ihrer Fabrik zur Verfügung gestellt, der macht das Nötigste – unter meiner Anleitung. Zum Glück ist im Januar sowieso nicht so viel zu tun. Aber weshalb ich gekommen bin: Aus dem Tanzkurs wird erst mal ja auch nichts.«

»Natürlich. Das heißt, ich bin morgen ohne Partner«, wurde Hertha klar.

Die freitägliche Stunde bei Walter Bartel hatte sie völlig vergessen. Zu sehr war sie zum Jahreswechsel in ihren trüben Gedanken versunken gewesen. Zum einen hatte sich ihr W. nicht mehr gemeldet, das Postfach war jeden Morgen enttäuschend leer gewesen, was sie mehr verletzte, als sie sich selbst eingestand. Zum anderen waren da weiterhin die Sorgen um die Zukunft der Parfümerie. Es war Donnerstag, der 4. Januar 1923, vor zwei Tagen hatten es die Douglas-Verkäuferinnen in Absprache mit Geschäftsführerin Marie Carstens vielen anderen Hamburger Händlern gleichgetan und einen Inventurausverkauf begonnen. Die anfänglichen Bedenken einer Mehrheit der Einzelhändler gegen die Durchführung solcher Ausverkäufe waren infolge des äußerst schlechten Weihnachtsgeschäfts rasch zerschlagen worden. Die Aktionen hatten doch noch einige Kunden auf der Suche nach Schnäppchen angelockt und Hertha von ihrer Trauer um W., den Zukunftsängsten sowie dem Zorn auf Georg Müller und Emil von Seggern abgelenkt. Und nun zu allem Übel also auch noch Probleme im Tanzkurs!

»Ich hätte eine Idee«, kam es nach kurzem Nachdenken von ihrer Schwester. »Ich könnte Herrn Anjing Wang fragen, ob er einspringt. Er hatte ohnehin vor, tanzen zu lernen.«

»Kann er sich den Kurs denn leisten?«, wunderte sich Hertha.

»Ihm geht es finanziell gerade besser als den meisten von uns«, berichtete Lucie. »Er hat eine stattliche Summe amerikanischer Dollar aus China mitgebracht. Und die werden hier von Tag zu Tag wertvoller.«

»Aber ob er mit mir tanzen mag? Es würde doch viel besser passen, wenn ihr beide zusammen tanzt«, gab Hertha zu bedenken.

»Dann müssten wir aber tauschen«, erinnerte Lucie sie. »Und ich kann dir wohl kaum zumuten, dass du mir den Mülder abnimmst.«

»Wer weiß, ob der sich überhaupt noch mal in diesen Kurs traut. Wenn ja, opfere ich mich gern für dich«, sagte ihre Schwester. Ja, sollte doch zumindest Lucie wieder einmal glücklich sein, dachte Hertha, und wenn es nur für kurze Zeit war. Mehr als tanzen würde sie mit ihrem Schwarm Anjing wohl auch künftig nicht dürfen, aber es gab ja ohnehin seit einigen Jahren schon keine Garantien mehr auf dauerhaftes Glück. Sie selbst würde mit diesem Mülder schon fertigwerden, auf einen Kampf mehr oder weniger kam es nun auch nicht mehr an. »Vielleicht kann ich ihm bei der Gelegenheit sogar noch ein bisschen auf den Zahn fühlen. Je mehr Wissen Marie und ich haben, wenn wir Dienstag nach Essen fahren, desto besser.«

»Das würdest du tun für mich?« Lucie war überwältigt vor Freude und fiel ihr um den Hals. »Entschuldigt mich kurz, ich werde gleich bei Anjings Onkel anrufen und fragen, ob er weiß, wo er ist.«

Als Lucie im Hinterzimmer verschwunden war, wandte sich Willi mit aufrichtigem Bedauern an Hertha: »Tut mir leid, dass du jetzt meinetwegen mit diesem Mülder tanzen musst. Hast du eigentlich inzwischen was von deinem W. gehört?«

Sie schüttelte betrübt den Kopf. »Bis gestern nicht. Und heute war ich noch nicht beim Postschließfach.«

»Sie zögert das meist bis zum letztmöglichen Zeitpunkt hinaus«, erklärte Eugenie.

»Auf die Weise habe ich zumindest einige Stunden Hoffnung, es könne Post von ihm gekommen sein«, gestand Hertha. »Im Grunde weiß ich ja, dass er mir wohl nie mehr schreiben wird.«

Das Gemeine ist, fügte sie im Geiste hinzu, dass ich mir so ständig überlege, was ich mit meinem letzten Brief vor Weihnachten wohl falsch gemacht habe.

»Gib doch nicht so schnell auf«, schlug Willi vor. »Vielleicht hat ihn dein letzter Brief ja erst nach Weihnachten erreicht. Und womöglich hat ihn auch etwas daran gehindert, gleich nach den Feiertagen zum Postfach zu gehen. Es kann doch immer mal was Unvorhergesehenes passieren.«

Er deutete demonstrativ auf seinen Gips.

In diesem Augenblick kam Lucie aufgeregt aus dem Büro geeilt.

»Stellt euch vor, Anjing war gerade zufällig bei seinem Onkel in der Buchhandlung – und er hat *zugesagt*«, rief sie außer sich vor Freude. »Bist du dir ganz sicher, dass du Herrn Mülder für mich übernehmen magst, Hertha? Dann würde ich jetzt nämlich Herrn Bartel in der Tanzschule anrufen und die Änderungen ankündigen.«

»Natürlich«, sagte ihre Schwester lächelnd.

Willis Worte hatten Hertha wieder etwas Mut gemacht. Wer weiß, dachte sie, vielleicht habe ich bald einen viel lieberen Tanzpartner als diesen Georg Mülder.

Ihre beste Freundin Eugenie schien wie so oft ihre Gedanken zu erraten, denn in diesem Moment sagte sie: »Geh schon zu deinem Postfach, bis zur Pause kommen Lucie und ich hier auch allein zurecht.«

Das ließ Hertha sich nicht zweimal sagen.

Kurz nachdem sie die Parfümerie verlassen hatte, kam Besitzerin Marie Carstens herein.

»Guten Morgen zusammen«, grüßte sie Lucie und Eugenie so gut gelaunt, als gebe es keine Krise. »Ist Hertha auch da?«

»Sie ist kurz zur Post«, antwortete Lucie. »Wolltest du mit ihr eure Reise nach Essen besprechen?«

Marie schüttelte den Kopf. »Das ist alles schon geklärt, unsere Zugverbindung haben wir schon ausgesucht. Ich hatte telegrafischen Kontakt mit Anna in New York. Sie weiß noch nicht, wann Julius und sie zurückkommen, aber sie ist auch der Meinung, dass wir nicht aufgeben sollten. Wir werden neue, nicht so verbreitete Düfte ins Programm aufnehmen – und mehr Kosmetik. Der Zugang zu Schönheits- und Körperbildern hat sich geändert. Die Korsetts sind aus der Mode, und sich zu schminken gilt nicht mehr als unanständig. Außerdem Dinge des täglichen Gebrauchs wie Zahnpasta, Pomade und dergleichen.«

»Aber ist das nicht gerade jetzt sehr riskant?«, gab Eugenie zu bedenken.

»Anna meint, dass es spätestens Mitte des Jahres eine neue Währung geben wird«, berichtete Marie. »Und Marcel ist ebenfalls dieser Meinung. Wir dürfen einfach nicht aufgeben und müssen uns für die Zeit wappnen, in der die Leute wieder Interesse an Produkten haben, die nicht dem reinen Überleben dienen.«

Es erfüllte Lucie mit großer Hoffnung, dass Anna Carstens, der sie ihr gesamtes Wissen über wirtschaftliche Zusammenhänge verdankte, so zuversichtlich war, was die finanzielle Zukunft betraf. Und dann war da auch noch die Freude über ihren neuen Tanzpartner. Heute schien wirklich der Tag der guten Nachrichten zu sein.

***

Viele Hamburger hatten wegen der Inflation nicht mehr genug zu essen. Zwar war die Situation in Deutschland derzeit noch kein Vergleich zur großen Hungersnot, die Russland im Vorjahr heimgesucht hatte und bei der Millionen von Menschen gestorben waren, aber Hertha konnte es deutlich in den Gesichtern sehen, in die sie auf ihrem Weg zum Postschließfach blickte: Armut und Hoffnungslosigkeit machten sich zunehmend breit in der Republik.

Der französische Staatspräsident Millerand hatte beim Neujahrsempfang des Diplomatischen Korps im Élysée-Palast in Paris das Deutsche Reich öffentlich kritisiert, weil es seinen Reparationsverpflichtungen nicht ausreichend nachkomme. Natürlich wusste er nichts vom Leben der deutschen Bürger – oder es interessierte ihn nicht.

In Paris hatte am Dienstag eine Konferenz der Alliierten über die Reparationszahlungen des Deutschen Reichs begonnen, die wegen der Uneinigkeit Großbritanniens und Frankreichs gestern allerdings schon nach nur einem Tag ergebnislos abgebrochen worden war. Hertha war zwar weiterhin überzeugt, dass Poincaré keinen Einmarsch ins Ruhrgebiet wagen würde, aber durch die Zahlungsprobleme Deutschlands stieg der Dollarkurs beständig. Ende letzten Jahres hatte er bei siebentausenddreihundert gelegen, Anfang der Woche bei über siebentausendfünfhundert. Und gerade vorhin erst hatte Bertas Bankier bei Lucie angerufen und ihr mitgeteilt, wegen des Abbruchs der Pariser Konferenz sei der Wert des US-Dollar auf unglaubliche achttausendachthundert Mark geklettert. Wenn das so weiterging, würde bei dem drohenden Wettstreit mit Georg Mülder keine der beiden Parfümerien gewinnen, sondern beide bankrottgehen.

Endlich war Hertha bei ihrem Postschließfach angekommen. Anders als sonst kostete sie den Moment davor nicht aus, sondern öffnete es sofort. Zu ihrer Verblüffung befanden sich gleich zwei Briefe und eine Postkarte darin. Wie war das möglich? Sie drehte die schwarz-weiße Ansichtskarte mit einer hübschen Zeichnung des Hamburger Segelhafens rasch um. Der Text auf der Rückseite war in den schwungvollen Lettern der ihr bereits bekannten Handschrift ihres Briefpartners verfasst; kleiner und enger zwar als in seinem ersten Brief, jedoch deutlich erkennbar. Sie las ihn sogleich durch.

Hamburg, den 28. Dezember 1922

Verehrtes Fräulein K.! Das Weihnachtswunder hat in diesem Jahr leider nicht geklappt. Ihren Brief fand ich erst heute in meinem Postfach vor. Umso mehr habe ich mich über dieses verspätete Geschenk gefreut. Ich befinde mich wohlauf und schreibe rasch diese Zeilen, um Ihnen ein glückliches neues Jahr 1923 in Gesundheit und Wohlstand zu wünschen. Um ganz sicherzugehen, dass dieser Gruß Sie rechtzeitig erreicht, werfe ich ihn gleich nachher ein, längerer Brief folgt, Ihr ergebener W.

Wie lieb von ihm, dachte Hertha gerührt. Aber nun hatte ihm die Post durch die heutige Zustellung doch noch einen Strich durch die Rechnung gemacht. Sie verglich die Poststempel der zwei Briefe, einer war auf den 29. Dezember 1922 datiert, der andere auf den 2. Januar 1923. Ersteren riss sie auf und begann zu lesen.

Hamburg, den 28. Dezember 1922

Meine liebe, verehrte K.!

Nun also im Schutze meines Zuhauses ganz in Ruhe ein ausführlicheres Schreiben. Ich hoffe, Sie hatten ein fried-

liches Weihnachtsfest ohne zu viele Sorgen. Und wahrscheinlich haben Sie auch Silvester bereits hinter sich, wenn Sie diese Zeilen lesen. Denn obwohl ich den Brief gleich morgen früh aufgeben will, habe ich bei der derzeitigen Unzuverlässigkeit unserer Post wenig Hoffnung, dass er Sie noch vor dem Jahreswechsel erreichen wird. Falls doch, so wünsche ich Ihnen eine schöne Feier und einen guten Jahresbeginn.

Ihre Gedanken fand ich keinesfalls befremdlich – im Gegenteil. Es ist dies einfach eine Zeit, in der uns die Alltagssorgen die schönen Künste oft unzugänglich machen. Andererseits darf ich nicht klagen, dank meiner Familie und guter Freunde geht meine Arbeit weiter. Zumindest vorläufig. Ich sitze im Augenblick am warmen Kamin, was ja zum Privileg geworden ist, und hoffe, Sie leiden ebenfalls keine Not.

Ihre Meinung zu Kafkas Verwandlung teile ich. Mich hat der Text ebenso verstört, gleichzeitig aber auch fasziniert. Das letzte Buch, das ich gelesen habe, war allerdings ein angebliches Kinderbuch, das ich jedoch nicht für ein solches halte: Himmelsvolk von Waldemar Bonsels. Letztes Jahr habe ich meiner kleinen Nichte aus seinem Welterfolg Die Biene Maja und ihre Abenteuer vorgelesen, der damals ja auch schon zehn Jahre auf dem Buckel hatte. Die Kleine hatte mit glühenden Wangen gelauscht, aber ich fand, dass da schon einige für Kinder grässliche Stellen in dem Buch waren. Eine Libelle, die eine sympathische Fliege frisst, und der opferreiche Krieg der Bienen mit den Hornissen. Meine Nichte hat zwar ein paar Tränchen verdrückt, aber dennoch wurde es zu ihrem Lieblingsbuch.

Himmelsvolk, mit dem Bonsels 1915 noch einmal Kapital

aus der Tierwelt schlagen wollte, werde ich aber wohl nicht verschenken. Der Elf aus dem ersten Buch taucht hier wieder auf, und alles lässt sich zunächst ganz gut an. Er hat mit der Biene Maja zusammen zwei liebende Menschen gesehen und über diesem schönen Anblick die rechtzeitige Rückkehr ins Elfenreich versäumt. Solange ihm keine größere Liebe als diese begegnet, muss er daher unter den sterblichen Wesen der Erde bleiben. Und was er dort in der Welt der Pflanzen, Tiere und Menschen erlebt, schlägt die schlimmste Gruselgeschichte. Er sieht den Kampf eines Igels mit der Kreuzotter, den eines Fuchses mit dem Marder, das schreckliche Ende des Frosches in der menschlichen Gefangenschaft und den Tod eines Jünglings durch den Bären. Zwar erkennt der Elf am Ende eine größere Liebe als diejenige, die er zwischen den zwei Menschen gesehen hat, und wird erlöst, aber für mich ist diese märchenhafte Reise eher ein sehr wehmütiges und bisweilen blutrünstiges Erwachsenenbuch. Das ewige Kämpfen haben wir doch genug in unserer eigenen Welt. Ich hoffe, Ihnen bleibt es erspart. Und noch mehr hoffe ich, bald von Ihnen zu lesen.
Ihr ergebener
W.

Hertha fiel auf, dass W. zwar von Literatur geschrieben hatte, sie nebenbei aber auch ein paar persönliche Dinge über ihn erfahren hatte: Er war – zumindest zurzeit – finanziell abgesichert, hatte gute Freunde und eine Nichte, die ihn mochte und für deren Wohlbefinden er Verantwortung zeigte. Sie beschloss, ihm auch ein paar kleine Einblicke in ihr Leben zu gewähren, wollte ihm aber zunächst ihrerseits eine Ansichtskarte schreiben. So bestand die Hoffnung, dass er noch vor dem Wochenende etwas von ihr bekam. Seinen zweiten Brief würde sie sich für die Mittagspause aufsparen. Jetzt wollte sie rasch die Karte besorgen und gleich einwerfen.

Sie suchte den Schreibwarenladen von Johanna Boldt auf, die im Großen Krieg ihren Mann verloren hatte und sich bisher mit gutem Erfolg allein durchgeschlagen hatte.

»Guten Morgen, Fräulein Harders«, grüßte sie freundlich.

Sie mochte die Parfümverkäuferin noch mehr, seit ihr diese einmal einen Flakon mit in den Laden gebracht und zum Geburtstag geschenkt hatte. »Womit kann ich Ihnen denn heute dienen?«

»Ich müsste eine Ansichtskarte schreiben«, erklärte Hertha, während sie überlegte, welches Motiv denn am besten zu W. passte – oder ein wenig über sie selbst verriet. Sie fand eine farbige Postkarte mit einem Mädchen im roten Kleid, das sich mit einer überdimensionierten Honigbiene unterhielt, die ein Honigtöpfchen hielt. Hertha konnte nicht umhin zu schmunzeln. Das passte doch ganz hervorragend zu W.'s Lob für die Biene Maja und seine Enttäuschung über das Fortsetzungsbuch. Und es sagte auch etwas über sie selbst aus – nämlich, dass sie sanfte Ironie sehr schätzte.

»Das Kärtchen ist aus England«, verriet ihr die Verkäuferin flüsternd. »Heute darf man das vielleicht fast wieder sagen, da sind es ja die Franzosen, die uns Ärger machen.«

Da hörte Hertha plötzlich eine Männerstimme hinter sich, die sie zusammenzucken ließ. »Guten Morgen, Frau Boldt.«

»Guten Morgen, Herr Mülder«, entgegnete die Ladenbesitzerin, und Hertha drehte sich vorsichtig um. Der hatte ihr gerade noch gefehlt.

18

Was war denn das für eine betörende Duftkombination? Lucie schloss die Augen und wusste sofort, dass eine der drei Kundinnen in ihren Verkaufsräumen ein Parfüm trug, das sie noch nicht kannte. Welche von ihnen war es? Ja, es musste die dunkelhaarige Frau im smaragdgrünen Mantel sein, die sich in dem Regal umsah, das am nächsten zum Schaufenster stand. Sie mochte Mitte zwanzig sein und wirkte trotz der derzeitigen Umstände sehr gepflegt. Lucie ging zu ihr hinüber.

»Entschuldigung, darf ich fragen, was für einen wunderbaren Duft Sie heute tragen?«, sprach sie die Fremde an. »Ich finde, er riecht ganz bezaubernd, kenne ihn aber noch nicht.«

»Gern«, sagte die Fremde lächelnd. »Es ist *Mystikum,* eine Eigenkreation der Parfümerie Scherk in Berlin.«

»Ah, von dieser Firma habe ich einmal gelesen«, fiel Lucie wieder ein. »Haben Sie direkt dort eingekauft?«

»Das musste ich nicht, ich bin Expedientin bei den Scherks«, erklärte sie fröhlich, »mein Name ist Marta Ginschor.«

»Lucie Harders, die Besitzerinnen dieser Parfümerie sind meine Patentanten.« Sie gaben sich die Hand. »Wir sind immer auf der Suche nach neuen Produkten für unser Sortiment, werden wohl sogar trotz der Krise das Kosmetikangebot ausbauen.«

»Oh, dann freut sich Herr Scherk bestimmt, Ihnen alles vorzuführen, wenn Sie einmal bei uns in Berlin sind«, sagte Marta Ginschor. Sie griff in ihre Handtasche und holte ein kleines Gefäß aus königsblauem Glas mit silbern glänzendem Metalldeckel hervor. »Das ist beispielsweise unsere Creme *Trisena,* die wir exklusiv vertreiben. Unsere Kundinnen schwören darauf – und ich selbst auch. Die dürfte eigentlich in keinem Sortiment fehlen, genau wie unser flüssiges Puder *Pronto.*«

»Dann sollten wir wohl wirklich mal nach Berlin kommen«, meinte Lucie, die die Hauptstadt schon immer einmal hatte besichtigen wollen. »Ich werde mit den Besitzerinnen sprechen.«

Marta Ginschor reichte ihr eine Visitenkarte. »Das ist unser Geschäft, wir freuen uns sehr, wenn Sie dort vorbeikommen. Mir fällt gerade auf, dass ich mich wie eine Vertreterin anhöre, dabei bin ich nur zu Besuch bei meiner Cousine in Hamburg. Sie wird morgen dreißig und wünscht sich *Chanel N°5,* das habe ich zum Glück gerade bei Ihnen entdeckt.«

»Den Duft hatten wir als eine der Ersten«, berichtete Lucie nicht ohne Stolz. »Meine Patentante Marie kennt Coco Chanel seit über dreizehn Jahren persönlich. Sie hat ihr das Parfüm schon im Jahr vor seinem Erscheinen angekündigt.«

»Oh, das ist ja aufregend«, sagte Marta Ginschor verblüfft.

»Der Chemiker Ernest Beaux, der es für sie entworfen hat, war ja angeblich früher sogar Parfümeur am russischen Zarenhof.«

Die Expedientin der Scherks kannte sich wirklich hervorragend aus, dachte Lucie und verriet ihr: »Das war er wirklich, meine Patentanten haben auch die Zarenfamilie einmal persönlich getroffen.«

Marta sah sie überrascht an. »Sie müssen unbedingt nach Berlin kommen und mir von alldem erzählen. Ich möchte Sie hier nicht länger aufhalten.«

Sie zeigte mit dem Kinn auf eine ungeduldig wirkende, ältere Kundin im Pelzmantel. Wie aufmerksam diese Marta Ginschor war. Lucie wollte das Gespräch nur ungern beenden und wagte einen Vorstoß: »Ich habe in einer halben Stunde Mittagspause.«

Zu ihrer Freude verstand die Berlinerin das hinter dieser Aussage stehende Angebot sofort. »Haben Sie schon eine Verabredung?«

»Nein.«

»Wenn Sie mögen, haben Sie die jetzt. Meine Cousine erwartet mich nicht vor drei zurück, und ich wollte ohnehin irgendwo etwas essen«, entgegnete Marta.

»Es gibt drüben im Alsterpavillon eine großartige Auswahl an Mittagsmenüs«, schlug Lucie vor.

***

»Gutes neues Jahr, Fräulein Harders«, sagte Georg Mülder ein wenig peinlich berührt. Ihm schien die unerwartete Begegnung mit Hertha im Schreibwarenladen ebenso unangenehm wie ihr selbst zu sein.

»Das wünsche ich Ihnen auch«, erwiderte sie kühl, fragte sich aber im selben Moment, ob ein »gutes Jahr« für ihn bedeutete, dass sie die Parfümerie Douglas schlossen.

»Kommen Sie morgen auch zum Tanzkurs?«

Mülder sah sie misstrauisch an. »Das hatte ich eigentlich schon vor – es sei denn, Ihre Schwester weigert sich, mit einem Mitbewerber zu tanzen.«

»Darum geht es ihr weniger«, erklärte Hertha. »Mein Tanzpartner hat sich den Fuß gebrochen. Zum Glück haben wir Ersatz gefunden. Allerdings ist dieser Herr sehr gut mit meiner Schwester befreundet. Daher wollten wir Sie fragen, ob Sie sich vorstellen könnten, statt Lucie mit mir als Partnerin vorliebzunehmen.«

»Ach so«, sagte er, und es klang fast erleichtert. »Ich fände es in Ordnung – wenn *Sie* es ertragen.«

»Danke, das ist sehr freundlich von Ihnen«, bemühte Hertha sich, höflich und umgänglich zu klingen. Immerhin hatte sie ihm Vortritt gelassen, da er es eiliger zu haben schien als sie. Sie musste jedoch noch etwas ansprechen. »Einen Haken hat die Sache allerdings.«

Er sah sie fragend an. »Ja?«

»Morgen würden wir uns dann zwar sehen, aber Freitag kommender Woche bin ich einmalig verreist, das kann ich leider nicht verschieben«, offenbarte sie. Dass sie mit ihrer Arbeitgeberin nach Essen fahren würde, um die Rücknahme der Ladenkündigung zu erwirken, verschwieg sie Mülder natürlich. »Danach würde ich selbstverständlich immer da sein.«

»Ach, dann besuche ich an dem Wochenende eben meine Verwandtschaft an der holländischen Grenze, die haben sowieso schon mehrfach gefragt, wann ich mal wiederkomme«, sagte er zu ihrer Erleichterung. »Wir bleiben also für morgen verabredet, wenn es Ihnen recht ist.«

Hertha nickte. »Gern.«

Inzwischen hatte Frau Boldt sein Schreibmaschinenpapier abkassiert, und Georg Mülder verabschiedete sich. »Wiedersehen, Frau Boldt. Bis morgen, Frau Harders. Einen schönen Tag noch.«

»Sie machen einen Tanzkurs mit dem Herrn Mülder?«, hakte die Schreibwarenverkäuferin nach, als er gegangen war. »Kannten Sie sich schon vorher?«

»Seine Mutter war bei uns Kundin«, erklärte Hertha knapp. Obwohl sie Johanna Boldt sehr schätzte und auch dafür bewunderte, wie sie sich nach dem Tod ihres Mannes allein um die Familie und das Geschäft kümmerte, so wollte sie ihr doch nicht alle Einzelheiten des Streits mit Georg Mülder offenbaren. Sie kannte ja auch die Version des Vermieters von Seggern noch nicht.

»Der Herr Mülder kann einem wirklich leidtun«, fand die Verkäuferin. »Im März ist ja sein Vater gestorben, er hing wohl sehr an ihm.«

»Ja, ich weiß, dessen letzter Wunsch ist dem Junior auch sehr wichtig«, entgegnete Hertha und fragte dann: »Würden Sie mir einen Schreiber leihen, ich möchte die Karte gleich einwerfen.«

Und so begann sie noch in Johanna Boldts Laden zu schreiben.

Hamburg, am Donnerstag, den 4. Januar 1923

Lieber W., Ihre Postkarte und zwei Briefe kamen erst heute an, dafür haben Sie mir in einer ansonsten wenig erbaulichen Woche gleich dreifache Freude bereitet. Danke dafür. Auf der Vorderseite einstweilen ein honigsüßer Bienengruß – völlig ohne jeden Kampf. Brief folgt, mit dieser Karte wünsche ich Ihnen ein schönes Wochenende. Herzlichst, Ihre K.

Als sie die Karte wenig später in den Postkasten geworfen hatte und in die Parfümerie zurückkehrte, war Lucie bereits in die Pause entschwunden, sie sei mit einer Berliner Parfümexpedientin essen, berichtete Eugenie. »Und? War was im Postfach?«, fragte sie dann neugierig, und als Hertha strahlend lächelte, war der Kollegin die Freude deutlich anzumerken. »Na, siehst du. Wer kann zu dir schon Nein sagen?«

»Es waren sogar eine Postkarte und zwei Briefe. Einen davon habe ich mir aufgehoben, um ihn ganz in Ruhe hier zu lesen«, erzählte Hertha.

»Dann geh doch ins Büro und mach es dir gemütlich. Die paar Minuten bis zur Mittagspause bewältige ich die Schnäppchenjäger auch allein.«

»Danke«, entgegnete sie und verschwand im Hinterzimmer. Sie wollte das Öffnen und Lesen des zweiten Briefs zelebrieren, daher bereitete sie sich einen Nieland-Kakao zu und ließ sich im bequemen Ledersessel am Schreibtisch nieder.

Hamburg, den 29. Dezember 1922

Meine liebe K.!
Nun melde ich mich noch ein drittes Mal bei Ihnen, danach lasse ich Sie aber in Ruhe und warte geduldig ab, bis – oder ob – Sie mir erneut antworten, versprochen. Ich hatte nur einfach das Gefühl, dass ich Ihnen noch etwas schreiben sollte im alten Jahr. Oder besser: Ich wollte Ihnen eine Frage stellen, zu der mich Ihre Meinung sehr interessiert. Das Elend, das wir zurzeit in Deutschland erleben, ist ja die Folge eines über vier Jahre andauernden Krieges. Und im Grunde wird er doch durch kleinere, regional begrenzte bewaffnete Konflikte weitergeführt. Auch Frankreichs zorniges Einfordern von nicht leistbaren Reparationen hat mit all dem Schaden

für die deutsche Bevölkerung im Grunde ja eine durchaus kriegerische Anmutung.
Vor drei Jahren habe ich eine Zeit lang im schönen Zürich gelebt. Als ich mich im Mai 1919 im Zug dorthin befand, lernte ich in meinem Abteil eine Französin kennen. Obwohl ich Deutscher war, hat sie sich ganz vorbehaltlos mit mir unterhalten. Sie hieß Jeanne Mélin und war auf dem Weg zu einem internationalen Frauenfriedenskongress.
Die Dame war Pazifistin, so erzählte sie mir, und zunächst habe sie von ihrer Regierung keine Ausreisegenehmigung bekommen. Sie schien sehr erleichtert, dass es doch noch geklappt hat, sodass sie zumindest am letzten Tag den Kongress in Zürich besuchen konnte. Sie hoffte, die deutschen Frauen könnten den französischen auf der Versammlung die Hand reichen, um nach dem Krieg eine Brücke zwischen den verfeindeten Ländern zu bauen.
Madame Mélin gestand mir, unmittelbar nach der Katastrophe sehe sie mit Beklemmung, wie die Staatsmänner neue Kriege in die Wege leiteten. Es sei daher an den Frauen, sich gegen einen neuerlichen Militarismus zu wehren und sich für einen dauerhaften Frieden einzusetzen. Sie betonte, dass Kriege wohl etwas eher Männliches seien und dass sie auf eine weibliche Friedensordnung für die Welt hoffe.
Auch wenn die Teilnehmerinnen der Zürcher Konferenz noch keinen großen Einfluss auf Institutionen und Friedensverträge nehmen konnten, so halte ich ihre internationale Ausrichtung und ihre Ziele für zukunftsweisend: Nationalismus überwinden und konsequent eine globale Sichtweise einnehmen. Ich habe die Dame nie wiedergesehen, aber an ihre These denke ich auch heute

noch oft. Gäbe es mit Frauen in Machtpositionen weniger Kriege?
Das war es, was ich Sie fragen wollte, liebe K.: Glauben Sie das auch?
Ich freue mich auf Ihre Antwort und wünsche Ihnen nochmals ein glückliches 1923 – und den Frieden, der dafür notwendig ist.
Ihr
W.

Hertha legte den Brief nieder. Sie fand es nicht einfach, dazu eine eindeutige Meinung zu entwickeln. Einerseits glaubte sie auch nicht, dass die Frauen, die ihre Ehemänner, Väter und Söhne verloren hatten, einen Krieg vom Zaun brechen würden, wenn sie die Entscheidungsgewalt hätten. Andererseits wusste sie nicht, wie aggressiv man sein musste, um überhaupt erst in eine Machtposition zu kommen. Wie würde man auf Drohungen aus dem Ausland reagieren?

Die Frauen aus der Parfümerie Douglas wollten die Übernahmedrohung der Mülders nicht kampflos hinnehmen. Eigens dafür würden Marie und sie ja nach Essen reisen.

***

Lucie lief nervös vor der Tanzschule Bartel auf und ab. Eigentlich waren es noch gut zehn Minuten bis zum Beginn des Tanzkurses, doch heute hatte sie ihre Schwester besonders gedrängelt, um pünktlich zu sein. Und nun wartete sie statt drinnen im warmen Foyer lieber auf dem Gehsteig – so, als könne sie Anjing Wangs Ankunft mit sehnsüchtigen Blicken auf die Straße herbeibeschwören. Hertha stand trotz der Kälte an diesem eisigen Freitagabend aus Solidarität an ihrer Seite. Ein wenig unruhig war sie selbst ebenfalls, das musste sie sich eingestehen; sie bangte, dass Georg Mülder im letzten Augenblick doch noch einen Rückzieher machen könnte. Es war ja schon seltsam, ausgerechnet mit dem Mann einen Tanzkurs zu machen, der mit ihrer Parfümerie konkurrieren wollte.

»Guten Abend, die Damen«, hörten sie plötzlich Anjings vertraute Stimme aus Richtung des Eingangs. Sie fuhren verwirrt herum.

Tatsächlich hielt der junge Dolmetscher, der noch eleganter gekleidet als üblich war und glänzende schwarze Schuhe trug, von innen die Tür auf.

»Herr Wang, wie sind Sie denn an uns vorbeigekommen?«, fragte Hertha, nachdem er die Harders-Schwestern mit galanten, der Etikette entsprechend nur hingehauchten Handküssen begrüßt hatte. Lucie nahm seine unverwechselbare Duftmischung von Ambraparfüm und Minzzahnpasta wahr, die sie so lieb gewonnen hatte.

»Ich glaube, ich war schon vor Ihnen da«, meinte er.

»Wir haben aber vorhin im Foyer nach Ihnen gesehen«, wunderte sich Lucie.

»Da war ich wohl in Herrn Bartels Büro, um mich bei ihm noch persönlich vorzustellen«, erklärte Anjing. »Ich wollte keinesfalls zu spät sein, deshalb war ich schon um halb sechs hier.«

Hertha schmunzelte, und Lucie freute sich. Der junge Herr Wang war wegen des gemeinsamen Tanzens offenbar genauso aufgeregt wie sie.

»Guten Abend zusammen«, ertönte in diesem Augenblick eine weitere männliche Stimme neben ihnen.

Von den dreien unbemerkt, war Georg Mülder bei der Tanzschule angekommen.

»Dann sind Sie der Ersatz für Gärtner Baumann?«, erkundigte er sich, nachdem Lucie ihm Anjing Wang vorgestellt hatte.

»Streng genommen, sind *Sie* das ja nun«, stellte dieser richtig. »Und ich bin der Ersatz für Sie.«

»Stimmt«, entgegnete Mülder und erwiderte das Lächeln des jungen Chinesen. »Großartiges Deutsch, Hut ab!«

»Herr Wang ist Dolmetscher für die Hapag«, erklärte Lucie stolz.

»Oh, eine schöne Tätigkeit«, befand Mülder, und Hertha dachte bei sich, dass die beiden jungen Männer in ihren schicken Mänteln und Anzügen nebeneinander aussahen, als seien sie der Reklame eines weltweit agierenden Herrenausstatters entsprungen. »Die Verständigung zwischen Völkern zu ermöglichen ist eine ungemein befriedigende Aufgabe. Bevor ich Buchhalter in der Kosmetikfabrik meines Vaters wurde, habe ich mich auch mal ein wenig als Dolmetscher verdingt – für Holländisch allerdings.«

»Das kann ich nur wenig«, sagte Anjing. »Ein bisschen was hat mir ein Matrose aus Rotterdam beigebracht, aber wenn man die Worte nicht häufig braucht, vergisst man vieles.«

Hertha fröstelte inzwischen derart, dass ihre Zähne zu klappern begannen. »Wollen wir uns nicht drinnen weiter unterhalten?«

Georg Mülder sah ein weiteres Mal an ihr hinab, diesmal allerdings eher besorgt als bewundernd. »Natürlich, wie unachtsam von uns, Sie müssen in Ihrem wunderschönen Kleid ja furchtbar frieren.«

Als sie im Foyer angekommen waren, legte Hertha die Hände auf den großen Heizkörper. Ob das nun damenhaft war oder nicht, war ihr im Augenblick egal.

»Ich hoffe, ich kann Herrn Baumann einigermaßen ersetzen«, wandte sich ihr neuer Tanzpartner an sie.

»Lucie ist Ihnen sehr dankbar, dass Sie es ihr ermöglichen, mit Herrn Wang zu tanzen«, lenkte Hertha von ihrer eigenen Meinung über Mülder ab. Die war nämlich minütlich im Wandel begriffen.

Er sah nachdenklich zu ihrer Schwester und Anjing Wang hinüber, die sich angeregt unterhielten.

»Im Grunde wären sie ein schönes Paar. Zu schade, dass man in Deutschland eine solche Verbindung nicht dulden wird«, murmelte er, und sein Bedauern klang aufrichtig. »Man hatte ja eigentlich gehofft, alles werde endlich etwas weltoffener und der Nationalismus habe ausgespielt. Aber im Augenblick feiert der ja fröhliche Urständ.«

»Leider«, kommentierte Hertha bitter.

Auch wenn er unseren Laden ruinieren will, dachte sie, immerhin scheint seine politische Einstellung recht vernünftig zu sein.

Dann klatschte Herr Bartel in die Hände – ein nicht zu überhörender Appell, sich aufs Parkett zu begeben. Dort bemerkte Hertha zu ihrem Erstaunen, dass die Tanzstunde mit Herrn Mülder genauso viel Spaß machte wie mit Gärtner Willi. Sie lachten ebenfalls gemeinsam über ihre Fehltritte – aber insgesamt machte sie mit Georg weniger davon. Ihre Bewegungen harmonierten nämlich besser miteinander.

Aber auch Lucie genoss den Kurs heute viel mehr als sonst. Anjing schien ein Naturtalent zu sein.

»Das hat große Freude gemacht, Fräulein Harders«, sagte er, nachdem die Tanzstunde zu Lucies Bedauern zu Ende war. Heute war sie ihr viel zu kurz vorgekommen.

»Ging mir ebenso«, sagte sie. »Ich freue mich schon sehr auf nächsten Freitag.«

»Ich auch, aber vielleicht müssen wir gar nicht so lange warten«, sagte Anjing. »Am Donnerstag ist im Café und Ballhaus Cheong Shing ein Tanztee, schon ab vier Uhr nachmittags. Es geht nur bis neun Uhr. Vielleicht haben Sie Lust, mit mir dorthin zu gehen? Ihr Vater kann ja mitkommen.«

Und ob Lucie Lust hatte! Vati würde sie gar keine andere Wahl lassen!

19

Klack, klack, klack, klack. Das beängstigende Klappern der zahllosen Hufe echote von den Häuserwänden und mischte sich mit den Unmutsäußerungen der empörten Bevölkerung. Hertha Harders war mit ihrer Patentante an diesem Donnerstag, den 11. Januar 1923, gerade erst in Essen aus dem Zug gestiegen und auf dem Weg zum kruppschen Privathotel Essener Hof. Dabei wurde ihnen mit Entsetzen klar, dass sich gerade die schrecklichsten Befürchtungen bewahrheiteten: Das Ruhrgebiet wurde besetzt. Ein nicht enden wollender Strom französischer Kavalleriesoldaten, hoch zu Ross, das Gewehr geschultert, zog in die Stadt ein. So konnten die Reparationsforderungen der einstigen Kriegsgegner bei Bedarf mit Gewalt durchgesetzt werden.

Die Essener schrien, pfiffen, spuckten, erhoben die Fäuste.

Marie Carstens und ihre Patentochter mussten sich durch die aufgebrachte Menge quetschen.

»Erst machen sie uns verteidigungsunfähig, und jetzt das«, rief jemand neben ihnen. »Das mit den nicht bezahlten Reparationen ist doch bloß eine Ausrede.«

Hertha beobachtete die Gesichter der Kavalleristen und versuchte darin einen Hinweis zu finden, ob sie ohne Weiteres bereit wären, auf die Einwohner zu schießen. Die meisten

Soldaten richteten ihr Augenmerk streng geradeaus, ignorierten die wütende und schimpfende Bevölkerung völlig. Ein jüngerer sah jedoch zu ihr herunter; und als ihre Blicke sich trafen, nickte er lächelnd. Hertha versuchte sich einzureden, dass er ihr ohne Worte mitteilen wollte: Mach dir keine Sorgen, wir sind nur ein politisches Druckmittel, aber wir werden nicht schießen. Sie unterdrückte den Impuls zurückzulächeln, zu sehr ängstigte sie all die Empörung um sie herum.

Je mehr sich die beiden Hamburgerinnen dem Norden der Stadt näherten, desto weniger konnten sie die Arbeiter, Kumpels und deren Familienmitglieder um sie herum verstehen, da diese Ruhrpottplatt mit Unmengen von Spezialbegriffen sprachen.

Schließlich schafften sie es durch die aufgebrachte Menge zu ihrem Hotel am Ostfeld an der Limbecker Straße, ein zweistöckiges Gebäude mit einem Türmchen auf einer seiner Dachspitzen. Marie hatte Hertha im Zug erzählt, dass es vor fünfzehn Jahren unter dem Bauherrn Friedrich Albert Krupp entstanden war – aufgrund wirtschaftlicher Erwägungen. Der Architekt hatte es insbesondere für Gäste der Industriellenfamilie entworfen, das komfortable Hotel mit seinen vierzig Zimmern sowie Gesellschafts- und Speiseraum war jedoch auch für die Öffentlichkeit buchbar. Vor dem Portalbau stand ein rauchender Portier, dem seine Uniform viel zu groß war und der aussah, als sei er bald hundert Jahre alt. Rasch warf er die Zigarette fort und nahm den beiden Frauen mit mitleidsvollem Blick die Köfferchen ab. »Na, meine Damen, da haben Sie sich einen traurigen Tag für Ihre Anreise ausgesucht«, sagte er mit knarziger Stimme, die sie aber zum Glück gut verstehen konnten.

»Ja, ich wollte einfach nicht glauben, dass die Franzosen

eine Besetzung wagen«, gab Marie zu, und man merkte ihr das schlechte Gewissen deutlich an, als sie hinzufügte: »Und nun habe ich mit dieser Reise meine arme Patentochter in Gefahr gebracht.«

»Das hat keiner glauben wollen, Fräulein … Sind Sie das Fräulein Carstens?«, erkundigte er sich.

Sie nickte. »Genau, und das ist Fräulein Harders.«

Er führte sie zur Rezeption und reichte ihnen zwei Schlüssel. »Zimmer zwölf und dreizehn sind für Sie reserviert hier im ersten Stock. Wenn Sie mögen, schauen wir uns die beiden gleich an.«

»Wunderbar«, entgegnete Marie. »Sagen Sie, darf ich nachher gegen Entgelt Ihr Telefon für ein Ortsgespräch benutzen? Ich wollte eigentlich zum Postamt, aber bei der Lage da draußen möchte ich das Hotel so wenig wie möglich verlassen.«

»Selbstverständlich, unser Fernsprecher funktioniert ganz wunderbar«, sagte der Alte stolz.

Nachdem sie ihre kleinen, aber sauberen Zimmer bezogen hatten, wartete Hertha in einem Sessel im Foyer unruhig auf ihre Patentante. Bei jedem Schrei, der draußen ertönte, zuckte sie zusammen. Noch vor ein paar Tagen war sie in ihrem Antwortbrief an W. zu dem Ergebnis gekommen, dass ihrer Einschätzung nach Frauen an der Macht Kriege wohl in der Tat eher zu verhindern wüssten als die Herren der Schöpfung. Nur leider waren fast nirgendwo Frauen in Entscheiderpositionen. Und auch wenn eine Frau Poincaré vielleicht keine Soldaten ins Ruhrgebiet geschickt hätte – nun waren sie da.

Als Marie vom Fernsprecher zurückkam, sah Hertha sie fragend an.

»Emils Haushälterin meinte, es sei nicht sicher, ob er

heute nach Hause kommt«, erklärte die Parfümeriebesitzerin. »Aber drüben in den Krupp-Werken hatte ich mehr Glück. Laut der Sekretärin wird Herr von Seggern dort morgen früh um zehn Uhr zu einer Besprechung erwartet. Da dürfen wir ihn vorher abfangen. Das ist ohnehin ratsamer, als bei der derzeitigen Lage durch die Stadt zu laufen. Eigentlich wollte ich noch mit dir zu Karstadt rüber, das Kaufhaus ist ja hier gleich um die Ecke, aber …«

»Ich glaube auch, es ist sicherer, wenn wir heute im Hotel bleiben«, stimmte Hertha zu.

»Hoffen wir es«, entgegnete Marie mit gefurchter Stirn. »Der Portier befürchtet schon Zwangseinquartierungen von französischen Offizieren hier im Haus.«

Hertha versuchte noch, in der Parfümerie anzurufen, aber dort war niemand mehr. Wahrscheinlich hatte Lucie ihren Wunsch wahr gemacht und war mit ihrem Vater ins chinesische Tanzlokal auf St. Pauli gegangen. Doch zu Hause erreichte sie auch ihre Mutter nicht. Zu gerne hätte sie ihre Familie beruhigt, ihnen mitgeteilt, dass Marie und sie wohlauf in ihrem Hotel waren; sie wusste ja nicht, ob die Nachricht von der Besetzung Essens bereits zu ihnen durchgedrungen war.

Nach den vergeblichen Anrufversuchen saß Hertha am Tischchen in ihrem Hotelzimmer und wollte einen Brief an W. schreiben, hatte jedoch Schwierigkeiten, sich darauf zu konzentrieren. Ständig hörte sie unten auf der Limbecker Straße Geschrei, gerade fluchten zwei wütende Männer auf Deutsch, woraufhin einige französische Stimmen nicht minder zornig zurückbellten. Sie betete, dass dem Gebrüll nicht irgendwann Schüsse folgten.

***

»Da darf ich nicht fehlen«, war Helene Harders' Kommentar gewesen, als Lucie ihren Vater überredet hatte, sie und den Dolmetscher Anjing Wang am Donnerstagabend zum Tanzcafé ins Ballhaus Cheong Shing zu begleiten.

»Es ist inzwischen weit über Hamburg hinaus bekannt«, hatte die jüngere Tochter geworben, »wegen seiner multikulturellen Atmosphäre.«

Sie liebte die Weltoffenheit ihrer Mutter, die sich als Salonière mit ihren Kulturabenden einen Namen gemacht hatte. Dadurch, dass diese sich nun so begeistert zeigte, konnte Lucies Vater kaum absagen. Spontan hatte sogar noch die Seifenfabrikantin Berta Kolbe zugesagt mitzukommen. Ihr Partner Marcel Lambert weilte derzeit bei seinem kranken Onkel in Grasse, daher war Berta froh, nach dem anstrengenden Tagesgeschäft in der Fabrikverwaltung einmal wieder unter Leute zu kommen. Und so kam es, dass sie alle sich um sechs in der Schmuckstraße mit dem gewohnt nobel gekleideten Dolmetscher trafen.

Anjing Wang strahlte über beide Ohren, war merklich glücklich, Lucie und ihrer Familie endlich diesen Teil seiner Welt zu zeigen.

Schon auf dem Weg die Treppe hinab hörten sie ein Orchester Tanzrhythmen spielen. Das Innere des Lokals wirkte, als befinde es sich nicht in Deutschland. Völlig fasziniert sah sich Lucie um: Die Stimmung war unbeschwert, vergessen schienen hier alle Sorgen um Inflation und die ständigen Drohungen Frankreichs. Menschen aus aller Herren Länder und mit den verschiedensten Hautfarben unterhielten sich ungezwungen in zahlreichen Sprachen, manchmal auch nur durch vielsagende Blicke – oder mit Händen und Füßen. Lucie drangen Hunderte Gerüche in die Nase, exotische Duftnoten der Parfüms und Rasierwasser, außerdem wurden hier nicht nur Zigaretten geraucht, sondern auch Opiate. Zu den modernen Foxtrottrhythmen der kleinen Musikertruppe bewegten sich glücklich lächelnde Frauen und Männer miteinander auf dem Tanzparkett. Cheong Shing, das wusste Lucie von Anjing, bedeutete »Große Mauer«, doch hier schienen alle Barrieren gefallen zu sein. Ihr Freund hatte einen Tisch für sie reserviert, wo man die Tanzenden im Blick hatte, sich aber dennoch einigermaßen unterhalten konnte.

»Eine Flasche Champagner für unseren Tisch«, bestellte Anjing bei der blonden Bedienung.

Lucies Eltern begannen augenblicklich zu protestieren, doch der Chinese winkte ab. »Ich bestehe darauf. Wir feiern stilvoll, in diesen Zeiten muss man den Augenblick genießen. Welchen schöneren Zweck könnten meine Dollars haben?«

»Ja, Geld hat nur dann einen Sinn, wenn es einem eine schöne Zeit ermöglicht«, gab Johannes Harders zu.

»Ich bin sehr dankbar für mein Glück mit den Devisen. Dadurch kann ich meiner Schwester Rulan auch ihren Traum erfüllen«, erzählte Anjing. »Sie arbeitet seit fünf Jahren in Berlin für eine Kosmetikerin als Masseurin und spart jeden Pfennig. Ihr größter Wunsch ist nämlich, zu meinen beiden Brüdern nach New York überzusiedeln. Jetzt konnte ich ihr mit meinen Beziehungen zur Hapag und ein paar Dollars helfen: Im März hat sie endlich ihren Platz auf einem Schiff.«

»Ihre Schwester arbeitet als Masseuse?«, vergewisserte sich Lucies Mutter verdutzt.

»Masseurin«, korrigierte Anjing hastig. »Das Wort Masseuse hat für viele ja etwas eher Anrüchiges.«

»Kein Wunder, so manche Dame, die als ›ärztlich geprüfte Masseuse‹ inseriert, verdeckt mit dem Aushängeschild etwas ganz anderes als Mechanotherapie«, entgegnete Helene Harders mit einem süffisanten Lächeln. »Ein paar von diesen Damen sind ja vielleicht wirklich ärztlich geprüft – bloß nicht in der Massage.«

»Leider wirkt sich das alles auch auf den Ruf der Kosmetik allgemein aus«, erklärte Anjing. »Nicht immer glaubt man es meiner Schwester, dass es ihr und ihrer Chefin bei Elise Bock wirklich nur um Gesundheit und Schönheit der Kunden geht.«

»Deine Schwester arbeitet für Elise Bock?«, rief Lucie verblüfft. »Sie ist die erfolgreichste deutsche Kosmetikerin.«

Elise Bock, so wusste sie, war die erste Frau in Deutschland, die das Geschäft mit der Kosmetik unternehmerisch angegangen war. Mit ihrem »Salon für moderne Toilettenkunst« hatte sie bereits zu Beginn des Jahrhunderts viel, viel Geld verdient.

»Na ja, die eigentliche Firmengründerin Elise Bock ist schon sechsundfünfzig. Sie hat die Firma vor fünfzehn Jahren an einen Rechtsanwalt namens Doktor Walter Nagelschmidt verkauft. Dessen Frau ist zwanzig Jahre jünger als Frau Bock und heißt ebenfalls Elise mit Vornamen. Genauer gesagt Elise Charlotte, sie nennt sich privat Liselotte. Die leitet inzwischen die Geschäfte. Sie war es auch, die meine Schwester als Masseurin angestellt hat«, berichtete Anjing grinsend. »Ich treffe sie Samstag, da fahre ich für drei Tage nach Berlin zu meiner Schwester, um sie vor ihrer Amerikareise noch einmal zu sehen.«

Zu gerne hätte Lucie ihn dorthin begleitet. Zum einen, um seine Schwester Rulan und die Geschäftsführerin der Elise Bock GmbH kennenzulernen, zum anderen aber auch, weil die Berliner Damenwelt den Ruf hatte, bisweilen recht wild zu sein und sie Angst um »ihren« Anjing hatte.

Unauffällig sah sie sich in dem Tanzlokal um und prüfte, ob er die Aufmerksamkeit anderer Frauen erregte. Dabei fiel ihr auf, dass die asiatisch aussehenden Männer in diesem Etablissement mittlerweile wohlhabender wirkten als die meisten der anwesenden Deutschen. Als sie vor zweieinhalb Jahren mit ihrem Vater im Chop Shuy essen gewesen war, hatte die Verteilung noch anders ausgesehen. Aufgrund der Inflation in Deutschland waren Ausländer im Besitz von Devisen vergleichsweise vermögend. Durch seine Dollars war ja auch Anjing zu unerwartetem Wohlstand gekommen. Im Netzwerk chinesischer Seeleute hatten sich die wirtschaftlichen Chancen, die in Hamburg lockten, mittlerweile herumgesprochen.

»Hier gibt es ja viele sehr seriös aussehende deutsche Damen an der Seite chinesischer Herren«, stellte Kunstmaler Johannes, der seinen Blick ebenfalls hatte schweifen lassen, erstaunt fest.

»Ja, da drüben ist die Tochter von Schuldirektor Mielke«, erkannte Lucie erstaunt – die Frau, die kaum älter war als sie selbst, hielt die Hand eines jungen Chinesen. »Sie kauft immer ihr *Chanel N°5* bei uns. Eigentlich ist ihr Vater sehr streng.«

»Es gibt immer mehr deutsche Damen, die in Partnerschaften mit Chinesen leben«, berichtete Anjing.

Lucie horchte auf. Ja, das waren seriöse junge Frauen, deren Aussichten an der Seite eines Ausländers mit Devisen derzeit in der Tat wesentlich besser waren als bei einem von der Geldentwertung gebeutelten Deutschen. Für Lucie selbst waren die finanziellen Perspektiven weniger interessant, aber sie sah in der jetzigen Situation eine Chance auf gesellschaftliche Anerkennung einer Ehe mit Anjing.

Helene Harders hatte die unangenehme Eigenschaft, die

Gedanken ihrer Tochter erraten zu können. Daher wandte sie sich nun mit Seitenblick auf ihr Nesthäkchen, das Freitag nächster Woche seinen achtzehnten Geburtstag feiern würde, an den schmucken Herrn Wang: »Aber heiraten können diese Paare nicht, stimmt's?«

»Das ist zumeist wegen der unterschiedlichen Religionen sehr schwierig«, räumte Anjing ein.

»Da drüben ist mein ehemaliger Nachbar mit seinem Prokuristen«, rief Berta Kolbe in diesem Augenblick begeistert. »Herr Nieland! Herr Heger!«

Lucie sah, wie ein großer, nordisch aussehender Mann Ende zwanzig in einem teuer wirkenden Anzug auf sie zukam, neben ihm lief ein muskulöser Südländer, der im selben Alter und ebenso edel gekleidet war. Letzteren kannte sie bereits als Kunde der Parfümerie und durch Erzählungen aus jener Zeit, als Eugenie Bertas Villa beaufsichtigt hatte, wodurch sie seine Nachbarin gewesen war. Es handelte sich um den jungen Halbportugiesen und Reedereierben Hinnerk Nieland. Sein weltweites Netzwerk war wohl sehr groß, laut Eugenie kannte er überall Menschen in einflussreichen Positionen. Sein norwegischer Prokurist teilte mit ihm Gerüchten zufolge mehr als nur die Firmenleitung. Lucie war solche Verbindungen durch die Kunstsalons ihrer Mutter von Kindesbeinen an gewöhnt, und sie selbst wünschte sich – auch aus ganz eigenem Interesse –, dass in naher Zukunft jede Form von Liebe akzeptiert wurde. Beide Männer lächelten erfreut bei Bertas Anblick und begrüßten sie herzlich mit Wangenküsschen, Lucies Mutter Helene ebenfalls. Sie kannte Reeder Nieland also auch – wie sollte es anders sein? Sie duzte ihn sogar, und ihre mutige Themenwahl bewies, wie sehr sie ihm vertraute: »Weißt du, Hinnerk, wir sprachen gerade darüber, dass chinesische Männer mit Devisen derzeit bei einigen deutschen Frauen zwar recht beliebt sind, außer wilden Ehen aber nichts zwischen ihnen möglich ist.«

»Da kenne ich inzwischen aber mindestens ein Gegenbeispiel«, widersprach der attraktive Portugiese. Und was er nun sagte, gefiel Lucie noch besser als seine großen grünen Augen:

»Die Schwester unseres Schiffsbauers war einige Zeit mit einem jungen Kapitän aus Schanghai liiert. Inzwischen ist er zum evangelischen Glauben konvertiert, und die beiden haben im Dezember geheiratet. Ich denke, Religionswechsel wird es in Zukunft immer häufiger geben, um solche Ehen zu ermöglichen.«

Das war es, was Lucie hatte hören wollen! Ganz gleich, wie gewagt das für eine Frau auch sein mochte – sie würde Anjing noch heute fragen, ob sie über zweieinhalb Jahre nach ihrem Kennenlernen und nach der langen Zwangspause nicht endlich die nächste Stufe ihrer Verbindung wagen sollten. Seit seiner Rückkehr hatten sie sich ja noch nicht einmal geküsst. Sie wusste, dass Anjing der perfekte Gentleman sein wollte, aber es war auch deutlich zu spüren, dass er sich genauso nach ihr sehnte wie sie sich nach ihm. Und heute Abend hatte sie erfahren, dass ein »Mehr« für sie durchaus möglich war. Sie konnte sich ein glückliches Lächeln nicht verkneifen, was auch dem jungen Reeder nicht verborgen blieb.

»Bei Ihnen habe ich einmal einen Herrenduft gekauft«, erinnerte er sich. »Sie haben mich sehr gut beraten.«

»Danke«, entgegnete Lucie geschmeichelt.

»Ist Ihre Schwester heute Abend nicht dabei?«, erkundigte er sich.

»Nein, sie ist gestern mit Marie Carstens geschäftlich nach Essen gereist«, erklärte sie.

»Nach Essen?«, fragte Hinnerk Nieland erschrocken. »Ich habe gegen drei Uhr nachmittags mit einem Mitarbeiter des dortigen Bürgermeisters telefoniert. Da sind heute die französischen Truppen einmarschiert.«

Lucie unterdrückte nur mit Mühe einen entsetzten Schrei, und Helene Harders ließ vor Schreck ihr Glas mit Schaumwein fallen, das klirrend auf dem Boden zerschellte.

***

Der Morgen des 12. Januar 1923 war ausnehmend kalt. Auf ihrem Weg in die Verwaltung des Krupp-Werkes kamen die beiden frierenden Frauen aus der Hamburger Parfümerie an erstaunlich wenig Arbeitern vorbei, dafür begegneten sie umso mehr französischen Soldaten.

»Guck immer nach vorn!«, flüsterte Marie ihrer Patentochter zu. »Wir müssen einfach wirken, als gehören wir hierher.«

Am Tor zur Gussstahlfabrik passierten sie die imposante Statue eines bärtigen Herrn im Frack.

»Das ist Alfred Krupp, der damals unser Hotel hat bauen lassen«, wusste Marie zu berichten. »Das Denkmal hat die Belegschaft gestiftet, an der Marktkirche steht noch eins.«

»Aber hieß der Gründer dieser Fabrik nicht *Friedrich* Krupp?«, glaubte sich Hertha an einen Bericht Lucies zu erinnern.

»Stimmt, das war der Senior, aber erst sein Sohn Alfred hat die Firma zum größten Industrieunternehmen Europas ausgebaut«, erklärte Marie. »Er war Ehrenbürger Essens – und leider auch der emsigste Waffenproduzent in unserem Land.«

»Das habe ich gehört«, sagte ihre Patentochter. »Deshalb nennt man ihn auch Kanonenkönig.«

Marie nickte. »Seine verbesserten Artilleriegeschütze haben sehr zum deutschen Sieg beigetragen – damals im Deutsch-Französischen Krieg 1870.«

Bei dieser Vorgeschichte ist es kein Wunder, dass Frankreich das Ruhrgebiet besetzt hat, dachte Hertha. Sie war froh, dass sie heute früh im Hotel endlich Lucie ans Telefon bekommen hatte. Um ihre jüngere Schwester zu beruhigen, hatte sie sich bemüht, zuversichtlicher zu klingen, als sie war. In Wirklichkeit wussten sie aber nicht einmal, ob es überhaupt noch Züge in den unbesetzten Teil Deutschlands gab. Auch der Ausgang ihres Gesprächs mit von Seggern war ja noch völlig ungewiss – und damit letztlich auch die Zukunft ihrer Parfümerie.

Wie verabredet, kamen sie pünktlich um neun Uhr bei Frau Schulz an, jener Sekretärin, mit der Marie tags zuvor telefoniert hatte.

»Der Herr von Seggern ist heute noch nicht in der Firma erschienen«, meinte die rundliche Frau bedauernd. Sie sprach mit gesenkter Stimme weiter: »Die französischen Behörden haben die Direktoren zu einer gemeinsamen Konferenz einbestellt. Nicht nur die von Krupp, ebenso die der Stinnes- und Thyssen-Werke. Von deutscher Seite wird daran aber niemand teilnehmen. Auch die Arbeiter verweigern sich. Niemand will in die Taschen der Franzosen arbeiten. Es tut mir leid.«

Marie seufzte. »Dann probieren wir es noch mal bei seiner Haushälterin, vielen Dank.«

Dies war jedoch nicht notwendig, denn auf ihrem Weg aus dem Fabrikgelände kam ihnen ein unfassbar gut aussehender, blonder Mittdreißiger in feinem Zwirn entgegen.

»Emil!«, rief Marie in ihrer Freude etwas zu laut, sodass zwei französische Soldaten auf sie aufmerksam wurden.

Der hochgewachsene Herr kam ungläubig auf die beiden Frauen zu.

»Marie?«, fragte er bestürzt. »Was führt dich denn nach Essen?«

»Ich muss dich dringend sprechen«, entgegnete sie ernst.

Hertha bemerkte an den Blicken der beiden, dass es zwischen ihnen auch zehn Jahre nach ihrer glücklosen Affäre noch mächtig knisterte. Marie vergaß sogar, sie einander vorzustellen, und auch von Seggern war völlig auf sein einstiges Techtelmechtel fixiert. Emils Begeisterung für Marie machte deren Patentochter Hoffnung. Vielleicht würde er sich ja tatsächlich breitschlagen lassen, die Kündigung zurückzunehmen.

»In Ordnung«, sagte er, etwas überfordert wirkend. »Wo seid ihr denn untergebracht?«

»Gleich hier in Krupps Hotel«, antwortete Marie.

»Gut, wartet dort im Foyer auf mich«, wies er sie mit gesenkter Stimme an. »Ich muss erst noch versuchen, einige Unterlagen aus der Fabrik zu schmuggeln, bevor die Franzosen alle Büros versiegeln. Die Reichsregierung wird heute die Einstellung weiterer Reparationszahlungen und Sachlieferungen mitteilen. Wir von den Ruhrzechen wurden schon gestern angewiesen, keine Kohle mehr an Frankreich oder Belgien zu liefern.«

Hertha wurde auf diese Aussage hin wieder von Sorge ergriffen. Eine solche Verweigerung würden sich die Franzosen nicht gefallen lassen. Sie sah zu den zwei Soldaten hinüber – und bereute es augenblicklich. Die dachten nun, man spreche über sie – groß, breit und bedrohlich kamen sie zu ihnen herüber.

»Warum Sie stehen ’ier?«, fragte einer der beiden in gebrochenem Deutsch.

Zu Herthas Erstaunen schnauzte von Seggern in gutem Französisch zurück. »Ich arbeite hier. Es ist doch eher die Frage, was *Sie* hier zu suchen haben. Der Einmarsch in das Ruhrgebiet ist ein Akt der Gewalt und Vertragsbruch, Sie haben keinerlei Recht, hier zu sein.«

In dem Augenblick, als Emil einen wütenden Schritt auf die Franzosen zumachte, zogen beide ihre Gewehre. Hertha bekam vor Schreck keine Luft und griff instinktiv nach der Hand ihrer Patentante. Würden sie Emil nun erschießen?

Rasch war, scheinbar aus dem Nichts, ein französischer Offizier hinzugekommen. »Sie sind verhaftet«, bellte er, jedes Wort abfällig betonend, als hasse er die deutsche Sprache abgrundtief.

Als Emil keine Anstalten machte mitzukommen, schlug ihm der Offizier wütend und mit voller Kraft die Faust in den Magen. Emil von Seggern krümmte sich, und dann mussten Marie Carstens und ihre Patentochter hilflos mitansehen, wie er abgeführt wurde. Hertha beschlich das schreckliche Gefühl, dass das Schicksal der Parfümerie Douglas soeben besiegelt worden war.

20

Am Freitagmorgen herrschte Hochbetrieb in der Parfümerie Douglas. Allerdings waren es nicht Kunden, die außer den Verkäuferinnen Eugenie und Lucie schon früh den Laden betreten hatten, sondern vier ihrer Freunde.

Willi Baumann brachte wie so oft seine Schnittblumenreste als Schmuck für den Laden, Berta Kolbe, Anjing Wang und Reeder Hinnerk Nieland waren aus Sorge um Hertha und Marie gekommen. Einzig Französischlehrerin Henny Henckel war zum Einkaufen da – oder besser gesagt, um ein paar Eier gegen Seife einzutauschen. Sie erfuhr erst jetzt, dass ihre alte Freundin Marie Carstens und deren ältere Patentochter in Essen festsaßen.

Alle waren erleichtert, als Lucie ihnen von ihrem Telefonat mit ihrer Schwester berichtete und dass laut deren Aussage beide unversehrt waren. Weniger erfreulich war natürlich die Nachricht von Emils Verhaftung.

»Sie haben sämtliche Gefängnisse angerufen, um von Seggerns Verbleib herauszufinden«, gab die Jüngste im Bunde weiter. »Aber entweder es ging niemand ans Telefon, oder man weigerte sich, ihnen Auskunft zu erteilen.«

»Ich habe durch einen einflussreichen Bekannten erfahren, dass der deutsche Botschafter in Paris und der Gesandte in Brüssel abberufen worden sind – als Protest unserer Regierung«, verriet Hinnerk Nieland. »Die französischen und belgischen Truppen stehen unter dem Befehl eines gewissen Generals Jean-Marie Degoutte. Es sind wohl über sechzigtausend Mann – aufs gesamte Ruhrgebiet verteilt, und es soll noch Nachschub geschickt werden.«

»Sechzigtausend?«, wiederholte Eugenie verängstigt. »Warum riskieren die bloß einen weiteren Krieg?«

Hinnerk erläuterte: »Ziel der Besatzung ist es, die dortige Kohleproduktion zu sichern – wohl als produktives Pfand zur Erfüllung der deutschen Reparationsverpflichtungen.«

»Angeblich hat Deutschland während des Krieges fast die Hälfte der französischen Kohleförderungskapazität zerstört«, wusste Sprachlehrerin Henny Henckel.

Hinnerk nickte. »In Berlin erwägt man einen Streik, die totale Verweigerung der Bevölkerung im Ruhrgebiet gegen die Besatzer.«

»Eine gute Idee, oder?«, hakte Henny unsicher nach. »Ich denke, es wird den Franzosen hier so gehen wie den Putschisten vor zwei Jahren. Wenn alle die Zusammenarbeit verweigern, werden sie am Ende aufgeben müssen.«

»Ich bin mir nicht so sicher, wer da als Erster aufgeben wird«, antwortete Hinnerk jedoch skeptisch. »Die Regierung plant nämlich laut meines Freundes, die Lohnfortzahlung der Streikenden zu übernehmen. Dafür werden sie fleißig neues Geld drucken.«

»Und das wird zu einer gigantischen Hyperinflation führen«, ahnte Lucie, die betriebswirtschaftliche Zusammenhänge immer gut erfassen konnte.

»Ganz genau«, bestätigte der junge Reeder. »Es kann also durchaus sein, dass uns der Widerstand gegen die Ruhrbesetzung in die Staatspleite führt.«

Lucie seufzte resigniert. »Das heißt, selbst wenn uns von Seggern das Geschäft ab März behalten lässt, hätten wir nichts mehr davon.«

Während Lucie und Hinnerk ihre Vermutungen über die Zukunft der deutschen Wirtschaft vertieften, bemerkte Eugenie, dass ihre einstige Französischlehrerin Willi Baumann in ein paralleles Gespräch verwickelte, indem sie auf ein Buch deutete, das aus seiner Tasche ragte.

»Oh, Sie lesen *Huckleberry Finn?*«, vergewisserte sie sich anerkennend.

»Ja, dieser Mark Twain schreibt einfach großartig«, räumte Willi ein. »Ich fand schon *Die Abenteuer des Tom Sawyer* amüsant. Und *Huckleberry Finn* ist richtig spannend. Mir gefällt das auch sehr gut, dass Mark Twain schon vor vierzig Jahren eine Freundschaft zwischen einem weißen und einem schwarzen Jungen erzählt hat.«

»Da haben Sie recht. Das muss ich auch noch lesen«, meinte Henny. »Ich bin bisher nur zu *Tom Sawyer* gekommen.«

Das Glöckchen bimmelte, und ein gepflegter Mittdreißiger im Anzug öffnete die Ladentür, um sie einer etwas molligen Dame aufzuhalten, die überglücklich in die Runde strahlte. »Guten Morgen zusammen!«

»Anna!«, riefen Eugenie, Lucie und Henny wie aus einem Mund.

Marie Carstens' jüngere Schwester und ihr Partner Julius waren endlich aus den USA zurück.

***

Im Foyer des Krupp-Hotels Essener Hof stritt sich das Hotelpersonal mit einigen französischen Soldaten herum.

Man weigerte sich, die Besatzer zu bewirten. Hertha Harders duckte sich besorgt in dem Sessel zusammen, in dem sie auf Marie wartete. Die versuchte weiterhin, telefonisch etwas über den Verbleib ihres Vermieters herauszufinden. Gerade kam sie resigniert aus dem Raum mit dem Fernsprecher zurück, da sah sie verblüfft in Richtung Eingang. Hertha folgte ihrem Blick, und dort stand er, mit für seine Verhältnisse ungewohnt zerzausten Haaren, aber körperlich unversehrt: Emil von Seggern.

Wenig später saß er bei einer Tasse Kaffee, die ihm Marie hatte bringen lassen, mit ihnen in der Sitzgruppe der Lobby.

»War es sehr schlimm im Gefängnis?«, erkundigte sie sich mitleidsvoll.

Emil schüttelte müde den Kopf und berichtete: »Unter den Verhafteten waren auch höhere Beamte und Offiziere, die hatten sich den französischen Befehlen widersetzt. Auf Dauer werden die nicht alle kritischen Stimmen einsperren können – sie brauchen uns ja, damit alles funktioniert.«

»Genau, aber niemand will sich diese Unverschämtheit gefallen lassen«, mischte sich Hertha ins Gespräch.

Emil nickte nur kurz und wandte sich dann wieder an Marie: »Nun aber zum Grund deines Hierseins.« Er senkte die Stimme etwas. »Ich bin dir wohl noch einige Erklärungen schuldig. Können wir uns vielleicht zu mir in mein Haus zurückziehen?«

»Ich habe keine Geheimnisse vor meiner Patentochter«, sagte Marie bestimmt. »Hertha Harders hat bei uns Prokura.«

Emil sah die Patentochter ungläubig an. »Du bist … Sie sind Hertha? Sie waren doch …«, er deutete mit der flachen Hand an, wie klein sie gewesen war, als er sie das letzte Mal gesehen hatte, »so.«

»Das war aber vor vierzehn Jahren, Emil«, erinnerte Marie ihn lächelnd.

Er nickte versonnen und kam dann schließlich zum Thema zurück. »Also gut, wo fange ich an? Nach dem Tod meines Vaters habe ich unser Gut heruntergewirtschaftet. Schließlich hat meine damalige Frau eingegriffen. Sie war ja eine Bürgerliche aus einer Fabrikantenfamilie hier in Essen. Als man die Privilegien des Adels abgeschafft hat, sind wir dann hierhergezogen, in die Villa meiner Schwiegereltern, und ich sollte mich in der Fabrik hocharbeiten. Im Ruhrpott spielt der Adel schon länger keine bedeutende Rolle mehr, aber eine extreme Klassengesellschaft gibt es hier auch. Unten die Malocher, dazwischen die Beamten und das Kleinbürgertum – und ganz oben die reichen Fabrikanten und Kaufhausbesitzer. Unter den Schichten gibt es außerhalb der Arbeit so gut wie keinen Kontakt. Die Stadtteile der ›anderen‹ werden jeweils gemieden. Ich selbst bleibe zum Beispiel in meinem hübschen Bredeney und käme nicht auf die Idee, mich etwa beim Essener Stadthafen herumzutreiben.«

Er schien ein wenig vom Thema abzudriften, daher hakte Marie nach: »Aber in der Firma deines Schwiegervaters bist du nicht geblieben?«

»Nein, dabei hatte ich mich da ganz gut hochgearbeitet«, sagte er, und in seiner Stimme lag Bedauern. »Aber meine Frau wollte plötzlich die Scheidung – und ich wurde aus der Familienvilla geworfen.«

»Lass mich raten, sie hat dich mit einer anderen erwischt«, sagte Marie freundlos lächelnd. »Ich frage mich, warum du eigentlich geheiratet hast. Als ungebundener Verführer wärst du doch wahrscheinlich viel glücklicher geworden.«

Hertha wusste, dass von Seggern seinerzeit auch ihrer Patentante den Hof gemacht hatte, ohne ihr seine Ehe zu offenbaren. Für die arme Marie war eine Welt zusammengebrochen, als die Gattin eines Tages in die Parfümerie gerauscht war.

»Na ja, anfangs war ich wirklich in Ulrike verliebt«, behauptete Emil. »Aber dann haben mich andere Frauen genauso fasziniert.«

»Unter anderem ich«, entgegnete Marie.

»Nein, du nicht. Du hast mich nicht nur fasziniert«, sagte er und sah sie fast ehrfürchtig an, »bei dir waren die Gefühle viel, viel stärker. Deinetwegen hätte ich Ulrike verlassen. Aber bevor ich dir meine Ehe gestehen konnte, ist meine Frau ja bei euch im Laden aufgetaucht – und dann hast du alle privaten Kontaktversuche abgelehnt.«

»Wundert dich das?«

Hertha zweifelte daran, dass Marie in der Tat so etwas Besonderes für Emil war, denn er hatte sie ja erst umworben, nachdem ihre jüngere Schwester Anna ihm damals einen Korb gegeben hatte.

»Jedenfalls musste ich nach dem Rauswurf bei meinen Schwiegereltern rasch Arbeit und Unterkunft finden«, fuhr er in seinem Bericht fort. »Die Pension konnte ich mir nicht lange leisten. Zum Glück bekam ich dann die Arbeit bei Krupp. Und in Essen-Bredeney wurde eine kleine Villa verkauft – zu einem für Inflationszeiten recht günstigen Preis. Deshalb habe ich unser Hamburger Haus am Neuen Wall an einen kolossal reichen Kaufmann veräußert. Das erschien mir sehr passend, weil er an die Familie Mülder verpachten wollte. Und die boten an, alle Mitarbeiter eurer Parfümerie zu übernehmen. Ich dachte, so wäre eure Insolvenz nicht ganz so schlimm für euch.«

»Wie kamst du auf die Idee, dass wir pleite sind?«, wollte Marie wissen.

»Das hat mir der Käufer des Hauses anvertraut«, erzählte Emil. »Ich hatte von vornherein zur Bedingung des Verkaufs gemacht, dass ihr weiterhin den Laden behalten dürft. Da behauptete er, ein alter Freund eurer Familie zu sein, und offenbarte mir eure Schwierigkeiten – unter dem Siegel der Verschwiegenheit, wie er es nannte. Er wolle, dass eure Mitarbeiter trotz der Pleite nicht leiden müssen. Es ist euch alles irrsinnig peinlich, hat er gesagt. Ich solle euch einfach eine formelle Kündigung schicken, ohne jede persönliche Mitleidsbekundung. Die würde euch nur erniedrigen. Er würde sich um den Rest kümmern.«

»Diese Zahlungsunfähigkeit war eine Lüge von ihm!«, betonte Marie aufgebracht. »Wie heißt dieser mysteriöse, kolossal reiche Kaufmann denn?«

»Uwe Hauer.«

Hertha und ihre Patentante sahen sich schockiert an. Das Letzte, was sie von dem Bootsmann und einstigen Einbrecher in ihre Parfümerie gehört hatten, war, dass er vor drei Jahren mit einer Horde weiterer zwielichtiger Matrosen nach Chile aufgebrochen und im Panamakanal von Bord gesprungen war. Wie froh waren sie damals über sein Verschwinden gewesen – hatte er ihrer Anna, die ihn einst ins Gefängnis gebracht hatte, doch Rache geschworen. Wie um alles in der Welt war Hauer in Südamerika zu so viel Geld gekommen, ein ganzes Haus in Hamburg zu kaufen?

***

Anna Carstens und Julius Karstadt saßen bei einer Tasse Nieland-Kakao mit ihren Freunden in der Parfümerie Douglas. Reeder Hinnerk war hoch erfreut, dass den Gästen hier seine Marke angeboten wurde.

»Wie ist es euch ergangen in Amerika?«, erkundigte sich Lucie. Sie fand, man merkte den beiden Rückkehrern an, dass sie aus einem Land kamen, dessen Wohlstand nicht in Gefahr war.

»Das Essen dort ist ungesund und verführerisch«, berichtete Anna. »Ich habe zwei Wochen lang Diät gemacht und fettem Essen und Alkohol abgeschworen«

»Und wie viel hast du dadurch verloren?«

»Vierzehn Tage. Danach habe ich lieber wieder genossen.«

Lucie kicherte, und Eugenie fragte dann etwas ernster: »Weißt du, was wir hier für Probleme haben?«

Anna nickte. »Ja, Marie und ich waren in regelmäßigem Kontakt. Ich habe aber gute Nachrichten für euch.«

Alle Blicke richteten sich gespannt auf sie.

»Ich hatte dank einem Hinweis von Julius vor längerer Zeit günstig einen kleinen Laden in New York angekauft – für eine mögliche Expansion«, erzählte sie. »Den habe ich jetzt mit großem Gewinn wieder veräußert. Und die Summe habe ich natürlich in Dollar bekommen. Wir besitzen also genug Geld, um unser Programm wie gewünscht zu erweitern.«

Ein verblüfftes und erfreutes Raunen ging durch die Ansammlung der Freunde.

Einzig Eugenie blieb zurückhaltend. »Aber wer wird sich die neuen Produkte bei der Inflation leisten können?«

»Ich gehe ja davon aus, dass es noch dieses Jahr eine neue Währung geben wird«, meinte Wirtschaftsexpertin Anna. »Anders geht es gar nicht. Und die Franzosen werden das Ruhrgebiet wieder verlassen. Es glaubt dem französischen Premier Poincaré sowieso keiner, dass es ihm nur um die Erzwingung der deutschen Reparationsleistungen geht. Der will für das Rheinland und das Ruhrgebiet dieselbe Sonderstellung, die das Saarland hat. Dann wäre die Zugehörigkeit zum Deutschen Reich nur noch formal, und stattdessen würde sein Frankreich eine bestimmende Position einnehmen. Deshalb stufen die Engländer die Ruhrbesetzung auch als illegal ein. Man wird uns eine neue, starke Währung gönnen – niemand hat etwas von unserer Zahlungsunfähigkeit. Und ich denke nicht, dass die Mülders dann so gut aufgestellt sein werden wie wir.«

Lucie war ganz euphorisch über die Einschätzung ihrer Patentante. Sie nährte endlich ihre Träume von einer Erweiterung des Sortiments mit neuer Hoffnung.

»Es gäbe zwei spannende Anlaufadressen in Berlin für uns«, berichtete sie. »Ich habe die Expedientin der Parfümeriefamilie Scherk kennengelernt, ihre Düfte sind sehr originell, und Herrn Wangs Schwester arbeitet als Masseurin für die Kosmetikfirma Elise Bock.«

Anna hob verwundert eine Augenbraue. »Sie hat eine Masseuse?«

»Masseurin!«, beeilte sich Lucie zu betonen.

»Ich liebe Elise Bocks Produkte. Kosmetik ist die Kunst, die Geburtsurkunde zu dementieren – und das hat sie bestens begriffen«, sagte Anna. »Für mich ist sie die deutsche Helena Rubinstein. Wir sollten die Geschäftsführerin wirklich kennenlernen.«

»Na, dann lasst euch unbedingt die drei goldenen Medaillen zeigen, die hat die Firma angeblich vor zwölf Jahren bekommen für ihre Präparate«, sagte Julius Karstadt spöttisch. »Zumindest unterstellt sie das in ihren Annoncen. Aber ich weiß von meinem Onkel, was es damit auf sich hat. Die Medaillen existieren in der Tat, aber sie sind gar kein Zeichen der Anerkennung oder Bewertung von Präparaten. Sie waren bloß ein Teilnahmezertifikat für die Aussteller bei der

Hygiene-Ausstellung in Dresden 1911. Das hat fast jeder von denen bekommen.«

»Du hältst wohl nicht viel von der Firma«, entgegnete Anna grinsend.

»Schon die alte Frau Bock hat öfter versucht, meinen Onkel zu überreden, ihre Produkte in seinen Kaufhäusern ins Sortiment zu nehmen«, erwiderte Julius. »Aber eine Frau, die einer anderen verspricht, sie könne ihr das Doppelkinn wegmassieren, ist in seinen Augen eine Freibeuterin. Habt ihr schon von Frau Bocks Apparat Fix-Fix gehört?«

Das hatte Lucie in der Tat. »Dafür habe ich als Kind einmal eine Annonce gesehen, glaube ich. ›Salon für moderne Toilettenkunst‹, stand da. Zwanzig Mark. Was war das für ein Gerät?«

»Hat sie angeblich selbst erfunden. Eine kosmetische Massierrolle aus Aluminium, ein Plätteisen, um Gesichtsfurchen wegzubügeln«, berichtete Julius, der offenbar Mühe hatte, nicht zu lachen.

»Und das funktioniert?«, wunderte sich Lucie.

»Na ja, man benötigte natürlich noch einige Spezialitäten: eine Essenz zum Anfeuchten und Ankleben von Löschpapierblättchen auf der Rolle – und eine Creme, damit die Haut nach der Behandlung schön geschmeidig wird«, zählte Julius in ironischem Tonfall auf.

»Na gut, das klingt wirklich kostspielig«, meinte Lucie. »Offenbar sehr geschäftstüchtig, die Dame.«

»Ja, Frau Bock hat geworben: ›Das einzige Mittel gegen Falten und Runzeln, das auch Ärzte zur Anwendung bringen‹«, spottete Julius. »Im Juni 1903 hatte sie Gebrauchsmusterschutz für diesen Fix-Fix-Falten-weg-Roller angemeldet. Doch nicht mal ein Jahr später verriet sie dann die einzig wahre Nutzungsmöglichkeit für ihren Fix-Fix-Apparat: Man kann damit bestens Textilien bügeln. Im April 1904 hat sie sich das Ding dann deshalb auch noch als Reisebügeleisen schützen lassen.«

Nun mussten alle lachen.

»Von solchen Damen wurden auch schon Unsummen für ein sogenanntes arabisches Schönheitsbad verlangt – und das bestand in Wirklichkeit nur aus Wasser und billiger Kleie«, berichtete Julius. »Wer als Frau dahinterkam, der schwieg besser über die Erkenntnis. Die Konservierung reiner, glatter Haut und eines schönen Teints findet nämlich im Geheimen statt, hinter verschlossenen Türen – meist zu Hause. Damit keine vernünftige männliche Stimme warnend dazwischengehen kann.«

»Wundert dich das?«, hielt Anna ihm nun entgegen. »Die Herren der Schöpfung wollen, dass ihre Ehefrau die Schönste von allen ist, aber auf deren Schminktisch dürfen außer Bürste und Spiegel lediglich Zahnwasser und Parfümflakons stehen. Allenfalls noch Puderschachtel und Quaste. Aber mehr darf der Herr Gatte wirklich nicht sehen, denn mehr wäre dem Herrn Gatten zu kostspielig. Alle anderen Schönheitspflegemittel werden deshalb sorgfältig vor ihm versteckt. So mancher Kammerzofe musste die Herrin viele Unarten durchgehen lassen – damit die bloß ja nichts von ihren sogenannten Toilettengeheimnissen verraten hat.« Sie wandte sich an Lucie. »Die Produkte der echten Helena Rubinstein sind inzwischen für deutsche Händler unbezahlbar. Wir beide sollten wirklich nach Berlin fahren – mit der Elise Bock GmbH über ihre Kosmetik sprechen und mit den Scherks über deren Düfte.«

Lucie war ganz aufgeregt, sie witterte die Chance auf eine wunderbare Reise. »Herr Wang fährt von morgen bis Dienstag nach Berlin, um sich von seiner Schwester zu verabschieden. Die will die Firma Bock nämlich bald verlassen und zu den anderen Brüdern nach Amerika gehen.«

Zur großen Freude ihrer Patentochter sagte Anna Carstens nun: »Na prima, dann haben wir eine männliche Begleitung, mein Julius hier ist nach der langen Abwesenheit bei Karstadt unabkömmlich.«

»Ist es nicht etwas voreilig, schon jetzt solche Kooperationen anzuleiern?«, gab die bisher recht schweigsame Eugenie zu bedenken. »Von Seggern ist ja gerade in Haft.«

»Die Franzosen lassen die meisten ganz schnell wieder frei, die Leute werden ja gebraucht«, erwiderte Anna zuversichtlich. »Und Marie wird dafür sorgen, dass Emil die Kündigung zurückzieht, er war damals ganz verrückt nach ihr. Außerdem machen wir ja mit den Scherks und der Elise Bock GmbH noch keine Verträge, es sind zunächst mal ja bloß Sondierungsgespräche.«

Lucie unterdrückte mit Mühe einen Freudenschrei. Jetzt musste sie nur noch ihre Eltern überzeugen, Anjing und ihre Patentante begleiten zu dürfen.

21

Durch Emil von Seggerns Bericht war Marie und Hertha voller Ernüchterung die Sinnlosigkeit ihrer Reise ins Ruhrgebiet bewusst geworden.

»Das heißt, selbst wenn du wolltest, du könntest die Kündigung gar nicht zurückziehen«, stellte Marie bitter fest.

Emil schüttelte bedauernd den Kopf. »Ich kann Hauer Vorwürfe machen, dass der Kaufvertrag unter Vorspiegelung falscher Tatsachen zustande kam. Dass er bezüglich eurer Pleite gelogen hat. Aber dann stünde sein Wort gegen meins. Außerdem kann ich mir eine Rückabwicklung gar nicht leisten. Das Geld für das Hamburger Haus steckt ja schon in der Villa hier. Und einen neuen Käufer würde ich zurzeit nicht finden. Es tut mir sehr leid, dieser Uwe Hauer hat mich ausgetrickst. Er wusste aber auch alles über euch. Ich bin wohl auf sein Selbstbewusstsein und den feinen Anzug reingefallen.«

»Ich möchte wirklich mal wissen, wie der Kerl in Südamerika an so viel Geld gekommen ist«, erboste sich Hertha.

»Das werde ich ihn selbst fragen. Sobald wir wieder in Hamburg sind, will ich ihn mit Eugenies Polizist aufsuchen«, kündigte Marie kampfeslustig an und wandte sich wieder an Emil: »Seine Adresse hast du doch?«

»Die steht auf dem Vertrag, ja«, antwortete er. »Ich kümmere mich auch darum, dass euch ein Fahrer von Krupp aus der besetzten Zone herausbringt. Die Bahnarbeiter sabotieren den Zugverkehr, um es den Besatzern schwer zu machen. Außerdem werden alle Wagen von den Franzosen kontrolliert, damit keine Kohle in den Rest Deutschlands geschmuggelt wird. Ab Köln könnt ihr dann wieder den Zug nehmen, gegen die britischen Besatzer dort gibt es ja keine Streiks.«

»Das ist sehr lieb von dir«, bedankte sich Marie, und Hertha fiel auf, dass ihr Verhalten Emil gegenüber seit Aufdeckung der Faktenlage viel freundlicher war. Ihre Stimme klang fast zärtlich.

»Es ist wohl hoffnungslos, euch heute Abend zum Essen in meine Villa einzuladen?«, fragte er mit sehnsüchtigem Blick. »Meine Haushälterin kocht hervorragend. Außerdem wäre es mir ehrlich gesagt lieber, ihr verbringt eure letzte Nacht in meinen Gästezimmern. Ihr habt es ja schon mitbekommen – das französische Militär erhebt Anspruch auf die Zimmer hier. Ich würde mir die ganze Nacht Sorgen um euch machen.«

»Ich finde den Vorschlag sehr gut«, erwiderte Marie zum Erstaunen ihrer Patentochter. »Es ist wohl bei Herrn von Seggern wirklich sicherer für uns. Bist du einverstanden, Hertha?«

»Äh, ja«, stammelte diese überrumpelt.

Natürlich übernachtete sie lieber in einem Haus ohne Soldaten, aber sie musste sich erst einmal daran gewöhnen, dass Emil von Seggern, der bis vor einer Stunde noch als der böse Feind der Parfümerie gegolten hatte, plötzlich zum sicheren Hafen geworden war. Außerdem hatte sie nicht erwartet, dass ihre Patentante wieder so deutlich spürbar von diesem Mann angezogen sein würde.

Als die beiden Frauen sich nach dem Packen im ersten Stock auf dem Korridor trafen, während Emil in der Lobby auf sie wartete, wagte Hertha einen kühnen Vorstoß: »Du wirst aber schon im Gästezimmer schlafen?«

Zu ihrem Erstaunen kam von Marie kein empörtes »Ja natürlich«, stattdessen lächelte sie nur.

»Im Grunde wusste ich damals schon, dass Emil ein Hallodri war und zur Ehe überhaupt nicht taugt. Er ist eher ein Mann für gewisse Stunden. Der Zug mit dem Heiraten ist für mich wohl abgefahren, warum sollte ich die Liebe also nicht genießen wie ein flüchtiges Parfüm? Wer weiß, wann das Leben vorbei ist. Meine Großmutter hat einmal gesagt: Ein Ehemann sollte die Brände des Alltags löschen. Männer, die dich im Bett in Brand setzen, sind oft keine geeigneten Kandidaten dafür.«

Hertha gönnte ihrer Patentante natürlich jede Stunde voller Zärtlichkeit und Leidenschaft aus vollstem Herzen, für sich selbst wollte sie die Aussage von Großmutter Carstens jedoch nicht glauben. Sie mochte sich nicht von ihrem Traum trennen, dass es irgendwo dort draußen einen Mann gab, der beides konnte: Sie bei Tag verlässlich unterstützen und sie bei Nacht »in Brand setzen«. Und vielleicht war ja sogar ihr W. jener Mann, der zu dieser Doppelfunktion geeignet und willens war.

***

Berlin war riesengroß, und es pulsierte trotz der Wirtschaftskrise vor Leben. Anjing hatte sich nach ihrer Ankunft zu seiner Schwester aufgemacht, in deren Wohnung er übernachten würde, Lucie und Anna waren im Hotel Adlon am Boulevard Unter den Linden abgestiegen. Dies war freilich nur dank Annas Dollars möglich, denn in diesem Haus des Sehens und Gesehenwerdens mit seinen über vierhundert Betten waren schon gekrönte Häupter sowie Industrielle vom Schlage eines Henry Ford oder John D. Rockefeller zu Gast gewesen – und die Zimmerpreise entsprechend hoch. Aufgrund der Reisenden aus aller Herren Länder hatte Lucie bereits bei ihrer Ankunft in der Lobby Dutzende von Parfüms in der Luft wahrnehmen können. Die meisten davon waren ihr bekannt, einige auch nicht.

»Morgen gegen elf holen wir euch dann in eurem Hotel ab«, hatte Anjing angekündigt. »Die Geschäftsführerin Liselotte Nagelschmidt erwartet euch um ein Uhr, und meine Schwester darf euch in ihrem Salon vorher noch eine kostenlose Ganzkörpermassage verpassen. Ihr werdet es lieben.«

Nachdem sie sich frisch gemacht hatten, trafen sich Lucie und ihre Patentante wie verabredet in der Lobby mit Marta Ginschor. Auch Anna Carstens verstand sich auf Anhieb mit der jungen Expedientin des Parfümhändlers Ludwig Scherk.

Der schmächtige Zweiundvierzigjährige mit dem dunklen Oberlippenbärtchen begrüßte sie kurz darauf herzlich in seiner Parfümerie am Kurfürstendamm, die er eigens für die beiden Besucherinnen am heutigen Sonntag aufgeschlossen hatte.

Stolz präsentierte er sein Sortiment: den durchsichtigen Flakon der Marke *Mystikum* und die Lucie bereits bekannte runde Dose aus königsblauem Glas mit silbern glänzendem Metalldeckel für die *Trisena*-Creme. Hinzu kamen die Düfte *Briza* und *Rot der Renaissance* sowie eine sogenannte *Cold Cream,* Gesichtswasser, der flüssige Puder *Pronto* und noch einige weitere Kosmetika, die für Anna und Lucie völlig neu waren.

»Wir beschränken uns auf wenige, hochqualitative Produkte«, erklärte Ludwig Scherk. »Bei der Auswahl der Verpackungen ist die künstlerische Begabung meiner Frau von enormem Vorteil.«

»Sie sind alle wirklich sehr ästhetisch«, fand Lucie.

Nachdem Anna ihm die Entstehungsgeschichte ihrer Parfümerie erzählt hatte, zeigte sich Ludwig Scherk besonders vom Leitspruch der Großmutter Carstens beeindruckt, die ihren beiden Enkeltöchtern seinerzeit das Einstiegskapital vererbt hatte: »Ich bin Realist, also glaube ich an Wunder.«

»Meine Lebensgeschichte war ebenfalls geprägt von solchen Wundern«, berichtete er. »Ich war zunächst beim Kosmetikunternehmen Albersheim in Frankfurt tätig. 1906 zog ich von dort nach Berlin, wo ich in der Joachimstaler Straße ein Ladengeschäft für Drogerieartikel eröffnete. Dann erhielt ich die Alleinverkaufslizenz für Albersheim-Produkte in Berlin. Bestimmt haben Sie deren Leitspruch schon mal gehört …«

Anna nickte lächelnd und zitierte: »So duftet nichts, was auf der Erde wächst!«

»Genau«, sagte Scherk. »Als junger Angestellter habe ich die Nichte des Firmengründers zum ersten Mal gesehen, damals war sie erst dreizehn. Sie ließ sich zur Sängerin ausbilden, und ihre Stimme verzauberte mich immer mehr. Irgendwann wurde mir klar: Du hast dich in diese Alice Carsch verliebt. Und das war für mich das schönste Wunder: Sie erwiderte meine Liebe. 1911 durfte ich sie dann endlich heiraten. Dass sie als ausgebildete Sängerin so einen ollen Koofmichel wie mich genommen hat …«

»Sie sind schon auch selbst schwer in Ordnung, Herr Scherk«, widersprach ihm seine Expedientin Fräulein Ginschor schmunzelnd. »Ihre Frau hatte ebenfalls Glück.«

»Danke, Marta, aber für mich war es ein Wunder«, beharrte der Parfümhändler. »Und die nächsten ließen nicht lange auf sich warten: Alice hat mir zwei großartige Söhne geschenkt. Walter wird im März zehn, und Fritz hat am 26. Februar seinen fünften Geburtstag. Krise hin oder her – wir möchten beides gern groß feiern.«

»Nun bin ich aber schon sehr gespannt auf Ihre Familie«, sagte Lucie, die allmählich Hunger bekam. Herr Scherk hatte zu Beginn der Führung ein »für unsere mageren Zeiten fulminantes Abendessen« angekündigt. Bei dem Gedanken daran begann ihr Magen zu knurren.

»Ja, meine Frau wartet gewiss schon«, sagte Scherk mit Blick auf seine goldene Taschenuhr. »Dann versorge ich Sie jetzt noch mit Prospekten, und wir gehen rüber.«

Die Wohnung der Scherks befand sich nur zwei Minuten von ihrer Parfümerie am Kurfürstendamm entfernt. Die hohen Räume waren mit Bücherregalen und Gemälden an den Wänden gefüllt. Ob diese künstlerisch wertvoll waren, hätte ihre Schwester Hertha wahrscheinlich besser zu beurteilen vermocht, dachte Lucie, hübsch anzusehen waren sie jedenfalls. Mitten im Wohnzimmer stand ein Bechstein-Flügel. Der gehörte bestimmt der Hausherrin, die ja einst Sängerin gewesen war. Alice Scherk, geborene Carsch, war eine schöne Frau mit großen Augen und dunklen Locken, mit ihren vierunddreißig acht Jahre jünger als ihr Gatte. Sie begrüßte die Gäste ebenfalls auf das Herzlichste.

Das von ihr zubereitete und vom Dienstmädchen servierte Abendessen erwies sich als köstlich. Kurz bevor die Nachspeise aufgetragen wurde, kam die Tischgesellschaft auf die schweren Kriegsjahre und ihre Auswirkungen auf die Parfümerien zu sprechen.

»Als mein Ludwig im Kriegsdienst stand, habe ich den Verkauf selbst übernommen«, erzählte Alice, »zeitweise sogar die Produktion.«

»Keine Selbstverständlichkeit für eine Sängerin«, betonte Ludwig Scherk mit verliebtem Blick.

»Das waren verrückte Zeiten«, meinte seine Frau. »Unser Erstgeborener, Fritz, erblickte da neben meinem Flügel das Licht der Welt – bei kriegsbedingter Kerzenbeleuchtung.«

Im Laufe des Abends wurde Lucie klar, dass die jüdische Familie Scherk sehr weltlich orientiert war und wenig Wert auf religiöse Riten legte, dafür aber viel auf moralische Grundsätze hielt.

»Ludwig führt die Firma streng nach dem Motto: ›Nie Banken – nie Börse – nie Eitelkeiten!‹«, berichtete die Ehefrau.

Der Parfümhändler nickte. »Ein Freund von mir ist Theaterautor, der hat mal gesagt: ›Bankraub ist eine Unternehmung von Dilettanten. Wahre Profis gründen eine Bank.‹ Deshalb nehme ich nie Kredite auf, sondern investiere immer nur den Überschuss.«

Nach dem Dessert gab Alice Scherk auf Wunsch der Gäste ein Lied zum Besten, *O mio babbino caro,* eine Arie aus Giacomo Puccinis Oper *Gianni Schicchi.* Der kaum fünfjährige Fritz konnte seine Mutter zu Lucies und Annas Erstaunen bereits auf der Geige begleiten. Er schien Alices musikalisches Talent geerbt zu haben.

Nach dem begeisterten Applaus der übrigen Anwesenden meinte Lucie: »Fritz hat das Zeug zu einem begnadeten Violinisten.«

Doch Alice war skeptisch. »Er liebt seine Instrumente, aber wenn ich eine Prognose abgeben müsste, würde ich sagen, die Jungs übernehmen irgendwann Ludwigs Geschäft.«

»Ich möchte aber nicht Chef sein«, protestierte der kleine Fritz. »Alle müssen dem Bestimmer gehorchen – das will ich nicht.«

Lucie und Anna schmunzelten.

Alice Scherk erklärte ihrem Sohn: »Dies drückt sehr gut dein Wesen aus, aber dein Bruder und du werdet es hoffentlich so verstehen wie Vati – dass alle ihm gern gehorchen, gerne folgen, gerne mitarbeiten und jeder – wie ihr selbst – ein Teil des Ganzen ist.«

Die Beschreibung eines solchen Arbeitsklimas erinnerte Lucie an ihr eigenes Paradies der Düfte, und sie bekam augenblicklich Heimweh. Sie konnte nur hoffen, dass ihre Schwester und Patentante Marie in Essen die Rücknahme der Kündigung der Ladenräume erreichen würden.

***

In der Villa von Seggern war die Zeit des Abschieds gekommen. Mit gepackten Koffern saßen Marie und Hertha bei Emil im Wohnzimmer und warteten auf den Krupp-Fahrer, der sie mit einem Firmenautomobil nach Köln bringen sollte. Erst von dort aus würde es dann per Eisenbahn weiter nach Hamburg gehen. Im Ruhrgebiet verweigerten die Beamten und Arbeiter der Deutschen Reichsbahn laut von Seggern den Besatzern den Dienst und hatten vielfach bereits ihre Posten verlassen – oft unter Mitnahme aller dienstlichen Unterlagen und Informationen. In vielen Bahnhöfen und Stellwerken wurden die Beschriftungen demontiert, hatte Emil berichtet, Lokomotiven und Wagen in unbesetztes Gebiet abgefahren.

»Ich hoffe, dir wird hier nichts passieren«, murmelte Marie nun besorgt.

Aus ihrem zärtlichen Umgang miteinander schloss Lucie, dass ihre Patentante und Emil von Seggern wohl in der Tat die Nacht im selben Bett verbracht hatten.

»Das werden die Franzosen nicht wagen«, sagte er im Brustton der Überzeugung und streichelte beruhigend ihre feingliedrige Hand. »Die Besetzung hat nicht nur bei uns einen Aufschrei der Empörung ausgelöst. Frankreich und Belgien sind geächtet und bekommen keine Reparationen mehr gezahlt. Industrie, Verwaltung und Verkehr werden mit Generalstreiks lahmgelegt. Auch die Betriebe und Behörden leisten den Anordnungen der Besatzer nicht Folge. Ist nur eine Frage der Zeit, bis die mit eingezogenem Schwanz wieder abziehen.«

In diesem Augenblick klingelte es an der Haustür – das musste der Fahrer sein. Marie und Emil küssten sich zärtlich zum Abschied, und Hertha sah peinlich berührt weg. Diese Intimität war nicht für ihre Augen bestimmt.

Ihr war mulmig zumute. Mit dem Automobil durch das besetzte Ruhrgebiet bis nach Köln – das war gewiss alles andere als ungefährlich.

***

Gut gelaunt sah sich Lucie im Foyer des Hotel Adlon um, wo sie am Montagmorgen mit Anna auf Anjing und dessen Schwester wartete. Sie beobachtete einen Herrn mit glänzenden orangefarbenen Gewändern und einem grünen Turban auf dem Kopf, der gerade seine Zimmerschlüssel bekam. Sein Anblick erfreute die junge Parfümeurin, bei all den Hiobsbotschaften in Deutschland vergaß man allzu oft, wie bunt die Welt da draußen war. Auch der Besuch bei Familie Scherk hatte Anna und Lucie in Hochstimmung versetzt.

Familienoberhaupt Ludwig hatte sich sehr gefreut, als sie ihm versichert hatten, seine Produkte in ihr Sortiment zu nehmen, sobald der Verbleib in den Geschäftsräumen am Neuen Wall gesichert war.

Lucies Herz tat einen Hüpfer, als nun Anjing die Lobby betrat. Bei der zierlichen Frau mit dem dunklen Zopf und den Mandelaugen neben ihm musste es sich um seine Schwester Rulan handeln. Er hatte gestern auf der Zugfahrt erzählt, dass ihr Name »wie eine Orchidee« bedeutete. Und sie war auch so schön wie jene fragilen Blumen.

»Ich freue mich sehr, Sie kennenzulernen«, sagte Rulan in gutem Deutsch. »Mein Bruder Anjing hat so viel erzählt von Ihnen. Ihre Freundschaft ist Quelle von großem Glück für ihn.«

Kurz darauf kamen sie vor der Zentrale der bekannten Kosmetikfirma Elise Bock in der Kantstraße 158 an, direkt am Zoo, für Kunden also recht praktisch in unmittelbarer Nähe von Untergrund- sowie Stadtbahnhof.

»Den Salon hier betreibt die Firma erst seit 1917«, berichtete Rulan Wang, als sie das Gebäude aufschloss. »In den ersten Jahren hat die Gründerin Frau Bock ihr Geschäft von ihrer Privatwohnung aus betrieben.«

Mit dem Fahrstuhl ging es in die erste Etage.

»So ein Aufzug ist schön anonym – und macht auch älteren Kundinnen den Besuch möglich«, erklärte die asiatische Masseurin.

Die Geschäfts- und Behandlungsräume erwiesen sich als äußerst nobel eingerichtet – stuckverzierte, hohe Decken und glänzende Messingverkleidungen allenthalben.

»Das hier ist der Massageraum«, erläuterte Rulan und öffnete die Tür zu einem Raum mit einer lederbezogenen Liege darin.

»Die Massage ist eine wichtige Grundlage der modernen Schönheitspflege. Wir behandeln hier Haare, Kopf, Hände und Nägel. Sie bekommen sogar die Ganzkörpermassage spendiert. Ich werde Sie nacheinander behandeln.«

»Dann lasse ich meiner Patentochter den Vortritt«, bot Anna an. »Viele Ärzte kritisieren ja die Massage durch Nichtmediziner.«

»Natürlich tun sie das. Ein Monat Ausbildungszeit, und schon nach vier Wochen kann man mit Massage richtig viel Geld verdienen«, sagte Rulan mit verschmitztem Lächeln. »Welcher Onkel Doktor soll da nicht neidisch werden, wenn er selbst doch viele Jahre studieren musste.«

Anna lachte auf.

»Massage gab es schon im Altertum, in Indien und bei uns in China wurde sie damals von heilkundigen Priestern und sogenannten Knetweibern ausgeübt«, wusste Anjing.

Seine Schwester ergänzte: »Auch aus dem antiken Rom und Griechenland gibt es Belege, zum Beispiel bei Hippokrates und Asklepiades. Das frühe Christentum hatte allerdings eine Abneigung gegen das Nackte, weil es angeblich sündig war – da wollte man von Massagekuren nichts wissen.«

»Typisch«, kommentierte Anna abfällig.

»Deshalb hat es diese medizinische Behandlungsmethode in Mitteleuropa jahrhundertelang kaum gegeben«, hatte Lucie gelesen, nachdem Anjing ihr die Massage angekündigt hatte.

Anna nickte. »Heute sind die Adressbücher dafür voll von Masseuren und Masseusen.«

»Masseurinnen!«, korrigierten Lucie, Anjing und Rulan wie aus einem Mund.

Anna lachte erneut. »Na, dann entledigen wir uns mal unserer Hüllen, was, Lucie?«

Ihre Patentochter war ein wenig aufgeregt. Die Vorstellung, sich bis auf die Unterwäsche auszuziehen und von einer fremden Person durchkneten zu lassen, wirkte zwar etwas seltsam, doch Lucie war viel zu neugierig, um auf diese neue Erfahrung zu verzichten. Außerdem hatte Anjing gesagt, sie würden es lieben, und sie hatte keinen Grund, seine Worte anzuzweifeln.

22

Der vierundzwanzigjährige Fahrer der Firma Krupp, der sich als Kurt Koschitza vorstellte und Marie und Hertha nach Köln bringen sollte, erwies sich als echte »Berliner Schnauze«.

»Det sind nur achtzig Kilometer, det schaffen wir mit links«, beruhigte er die merklich nervösen Frauen in seinem Heimatdialekt.

»Hamburg war ick noch nie. Soll aber janz schön sein, wa? Aber ick hab Heimweh nach meene Frau Jerlinde und de Kleenen. Der Dietmar wird jetze Ende vom Monat acht Jahre alt und die Margot im März drei. Eijentlich bin ick Milchfahrer in Berlin, aber da jabs jetze keene Arbeit mehr, und so bin ick zu 'n Krupp hin. Wat arbeiten Ihre Jatten denn?«

»Wir haben keine Gatten«, entgegnete Marie. »Wir besitzen eine eigene Parfümerie in Hamburg.«

Noch, fügte Hertha resigniert im Geiste hinzu.

»Haste Töne«, staunte der Fahrer. »Ne eijene Parfümerie, na mit Ihnen würd sich meene Jerlinde jut stellen, die hat Sehnsucht nach 'n juten Duft, aber zurzeit kann man sich ja nischt leisten. Wir … Auweia.« Er unterbrach sich selbst und verlangsamte die Fahrt.

Die beiden Frauen folgten ängstlich seinem Blick: Da standen drei französische Soldaten neben einem Panzer und signalisierten ihnen anzuhalten.

Hertha begann augenblicklich zu zittern.

Koschitza fuhr rechts ran und bremste das Fahrzeug. Einer der Soldaten, das Gewehr im Anschlag, kam auf sie zu.

»Wo'in fahren Sie und wieso?«, fragte der Uniformierte in gebrochenem Deutsch.

»Nach Köln, wa, ick fahr de Damen uffn Bahnhof. Se müssen zurück nach Hamburg. Heimweh hamse«, erläuterte der Fahrer betont heiter.

»Quoi?«, fragte der Franzose verständnislos. »Kohle versteckt?«

»Wir haben keine Kohle an Bord«, antwortete Marie in perfektem Französisch. »Wir sind Parfümeurinnen aus Hamburg. Da zurzeit von Essen kein Zug fährt, bringt uns der Chauffeur unseres Vermieters freundlicherweise zum Kölner Bahnhof.«

»Was haben Sie in Essen gemacht?«, hakte der Soldat in seiner Landessprache nach.

»Wir mussten mit dem Vermieter unseres Hamburger Ladens geschäftliche Dinge besprechen«, erklärte Marie wahrheitsgemäß.

»Und dafür wagen Sie sich in besetztes Gebiet?«, fragte der Franzose argwöhnisch.

Marie lächelte freudlos. »Nun, als wir Mittwoch losgefahren sind, war es noch nicht besetzt.«

»Warum können Sie so gut Französisch?«, wollte er schließlich wissen.

»Meine Stiefmutter kommt aus dem Elsass«, erklärte Marie. »Ich bin zweisprachig aufgewachsen.«

»Wer ist die junge Frau?«

»Meine Patentochter und Prokuristin meiner Parfümerie.«

Er musterte Hertha intensiv, was ihr äußerst unangenehm war. Was würde er nun von ihr verlangen? Würde der Bewaffnete sie zwingen, ihre Koffer zu leeren? Sich auszuziehen? Es war wie eine Erlösung, als er schließlich sagte: »Also gut, fahren Sie weiter!«

Hertha glaubte, man müsse ihr aufgeregt schlagendes Herz hören. Mit jedem Meter, mit dem sie sich von den Soldaten mit dem Panzer entfernten, wurde ihre Hoffnung größer. Warum sollten die jetzt noch schießen? Und schließlich dachte sie in vorsichtiger Erleichterung: Jetzt sind wir außer Reichweite ihrer Waffen.

»Ick globe, wir ham et jeschafft«, meinte Kurt Koschitza. »Jetzt is der Weg bis nach Köln wohl frei.«

Hertha betete, dass er sich nicht irrte.

***

Pünktlich um ein Uhr nachmittags betrat Geschäftsführerin Liselotte Nagelschmidt ihren Salon. Wie Lucies Patentante hatte die Dame mit dem dunklen Haarturm um die Hüften herum – und auch sonst – einige Pölsterchen angesetzt. Aus ihrem Alter von fünfunddreißig Jahren, so hatte Liselotte neulich in einer Befragung in der Zeitung betont, mache sie ganz bewusst keinen Hehl. So könne sie zeigen, dass eine Frau dank Elise-Bock-Produkten jünger aussehen konnte als ihre Altersgenossinnen. Die dralle Kosmetikerin wirkte in der Tat äußerst gepflegt, war dezent geschminkt und modern, aber nicht zu extravagant gekleidet.

Sie hatte eine erstaunlich rauchige Stimme und fragte mit einem kecken Grinsen, ob ihre beiden Gäste die Massage durch ihren »Goldschatz« Rulan Wang genossen hatten.

»O ja, es war ganz wunderbar erholsam«, schwärmte Lucie. Als sie sich nach der Massage durch Anjings Schwester gewaschen und wieder angezogen hatte, war sie noch ganz benommen gewesen. So entspannt wie beim Durchkneten durch Rulans erstaunlich kräftige Hände hatte sie sich noch nie gefühlt, sie war in einen traumähnlichen Zustand verfallen, und Anna war es laut deren Angaben ähnlich gegangen.

»Das freut mich«, meinte die Kosmetikerin. »Bisher hat es auch noch keine meiner Kundinnen bereut, sich massieren zu lassen. Manchmal braucht es allerdings ein wenig Überzeugungsarbeit. Viele schämen sich, weil es eben gerade auch hier in Berlin sehr viele angebliche Massageleistungen gibt, die eher dem Rotlichtmilieu zuzuordnen sind. Schon vor dem Großen Krieg hat der Komponist Otto Reutter die großstädtischen Massage-Institute humorvoll besungen. Es gibt da ein recht amüsantes Couplet von ihm – der *Onkel Fritz aus Neu-Ruppin.* Der besagte Herr steht in dem Liedchen wohl stellvertretend für den braven Kleinstadtbürger. Er bekommt in Berlin wärmstens eine bestimmte Masseuse empfohlen. Als der liebe Onkel vom Besuch bei ihr zurückkommt, stellt er verdutzt fest: ›Bei euch hier in Berlin massier'n se ja ganz anders wie bei uns in Neu-Ruppin.‹«

Anna, Lucie, Anjing und dessen Schwester lachten.

»Möchten Sie dann unser Sortiment besichtigen?«, schlug Liselotte Nagelschmidt vor.

»Ich würde so lange Kaffee zubereiten«, bot Rulan an.

»Das wäre lieb, Schätzchen«, meinte die Geschäftsführerin.

»Ich helfe dir«, sagte Anjing rasch – wohl um der für ihn gewiss weniger interessanten Führung durch die kosmetische Produktsammlung zu entgehen, mutmaßte Lucie amüsiert.

Sie selbst und ihre Patentante waren jedoch sehr gespannt und zeigten sich im Verkaufsraum dann schon wenig später tief beeindruckt über Umfang und Vielseitigkeit des Sortiments von Frau Elise Bock. Die Gattin des Firmeninhabers bot Lucie an, sie mit ihren Produkten zu schminken, dann sähen die beiden Damen die Wirkung am besten.

Da Lucie durch das Waschen nach der Massage nahezu ungeschminkt war, stimmte sie gern zu.

»Schönheitsmittel hat man früher selbst hergestellt oder herstellen lassen, in der Renaissance haben die gut Betuchten sie bei Drogisten und Alchimisten gekauft. Erst Ende des letzten Jahrhunderts haben wir Frauen begonnen, uns mit der Kosmetik ein unabhängiges Leben aufzubauen«, berichtete Liselotte, während sie Puder auf Lucies Gesicht auftrug. »Unsere Gründerin Elise Bock wurde Anfang diesen Jahrhunderts Theoretikerin und Praktikerin der Kosmetik, und schon über zehn Jahre vorher waren Helene Schenke und ihr Gatte mit Produkten am Markt.«

»Stimmt, von ihr ist der Lippenformer Kallodor«, erinnerte sich Anna, der sogar der Reklamespruch noch einfiel: *»Reduziert in wenigen Wochen wulstige oder aufgeworfene Lippen auf ihre anmutige, normale Form.«*

»Richtig, so hat die Schenke geworben«, bestätigte Liselotte und fügte selbstbewusst hinzu: »Aber unsere Produkte für die Lippen der Damen sind besser.«

Sprach's und begann, Lucie den Mund anzupinseln.

Als die Salonbesitzerin schließlich fertig war und ihr einen Spiegel reichte, zeigten sich sowohl Anna als auch deren Patentochter begeistert von Frau Nagelschmidts Werk.

»Kein Wunder, dass Ihnen Ihr Ruf vorauseilt«, sagte Lucie und fand, dass ihr Spiegelbild nun älter, fraulicher und selbstbewusster aussah. Und auch Anjing, der mit seiner Schwester und einer Servierplatte mit Gebäck den Raum betrat, starrte sie beeindruckt an.

»Ich hätte nicht gedacht, dass Fräulein Lucie noch schöner werden könnte«, schmeichelte er. »Sie sind eine wahre Künstlerin, Frau Nagelschmidt.«

Lucie hoffte, dass deren Puder ihr Erröten abdeckte. »Ich nehme an, Sie können sich vor Kundinnen kaum retten.«

»Leer ist es eigentlich nie, das stimmt schon«, entgegnete die Kosmetikerin. »Ich öffne sonst schon morgens um neun und schließe erst um halb acht Uhr abends. Für Stammkundinnen gibt es schon auch mal einen exklusiven Termin noch später am Abend.«

»Was bieten Sie außer der Massage denn für Behandlungen an?«, fragte Lucie, als sie kurz darauf bei Kaffee und Kuchen zusammensaßen.

»Nun, die diskrete Pflege von Haut, Hals, Händen, Büste und Haaren. Unerwünschte Körperbehaarung wird hier elektrolytisch entfernt«, sagte Elise Bocks Nachfolgerin und deutete auf einen entsprechenden Apparat im Behandlungsraum.

»Sieht wirklich hochmodern aus«, befand Anjing.

»Die Kundinnen wissen es zu schätzen, deshalb amortisiert sich die Anschaffung der Technik im Grunde recht schnell«, berichtete die Salonbesitzerin. »Die praktischen Maßnahmen umfassen hier Gesichtsbäder, Modellierung und Gesichtsgymnastik. Außerdem bieten wir Kurse für die gehobene Dame an: Demonstrationen für häusliche Übungen und Schminkkunst.«

»Es ist schon seltsam, dass die Gesellschaft von Frauen endlose Schönheit erwartet, die Maßnahmen dafür aber meistens im Geheimen stattfinden sollen«, gab Anna zu bedenken. »Meine Schwester hat in Paris Helena Rubinstein kennengelernt, die hat für die Kosmetikerinnen und Schönheitsberaterinnen die Arbeit in Instituten ja erst ins Leben gerufen. Ein Ort für Frauen, wo ihre Geheimnisse sicher sind. In seriösen Schönheitssalons haben – wie auch immer interessierte – Herren der Schöpfung deshalb ja auch absolut keinen Zutritt.«

»Ja, als Rubinstein 1902 ihren ersten Schönheitssalon eröffnete und den zweiten fünf Jahre später in London – da war das noch eine Sensation«, erinnerte sich Liselotte Nagelschmidt. »In Wirklichkeit gab es solche Salons aber vereinzelt schon einige Jahrzehnte früher. Angeblich wurden in New York bereits 1890 Frauen systematisch zu sogenannten *beauticians* ausgebildet – das erzählte mir meine Mentorin Frau Bock, als sie mir alles beigebracht hat. Nach Beendigung dieser Schulung gab es für die Teilnehmerinnen ein Zertifikat – eine Ermutigung, ihren eigenen Salon zu führen. Gut zehn Jahre vor Madam Rubinstein.«

»Ich frage mich, warum die Kosmetik in der westlichen Welt plötzlich alle Schichten so interessiert hat«, sagte Anjing.

»Wenn Sie mich fragen, hat die Furcht vor Falten und Runzeln Mitte des letzten Jahrhunderts um sich gegriffen«, mutmaßte Liselotte. »In der Zeit, als immer mehr Frauen aus Mittelstand und Kleinbürgertum eine längerfristige Erwerbstätigkeit gesucht haben. In den zwei Jahrzehnten vor der Jahrhundertwende hat sich die Zahl der Frauen in Handel und Büro verdreifacht. Da erschien der Erhalt jugendlichen Aussehens immer wichtiger.«

»Nicht berufstätige Frauen hatten aber ebenfalls mehr und mehr Angst vor sichtbarem Lebensalter«, gab Anna zu bedenken.

Liselotte nickte. »Diese Furcht hat man ihnen durch die

steigende Anzahl von Schönheitsratgebern eingeredet. Und die wurden anfangs natürlich von Männern geschrieben. Von Ärzten.«

»Wirklich?«, wunderte sich Anjing.

Die Kosmetikerin bejahte. »Die Herren Doctores behaupteten, es gebe eine Pflicht zur weiblichen Schönheit, die sei moralisch verlangt. Die Frau habe dem Mann dauerhaft zu gefallen und sich ihm zu unterwerfen. Männern erscheinen Falten in weiblichen Gesichtern unnatürlich und unheimlich, schließlich soll das weibliche Antlitz den Stempel der Sanftmut tragen.«

Anna sah leidgeprüft an ihrem molligen Körper hinab. »Ja, das sogenannte schwache Geschlecht soll immer allergrößten Wert darauf legen körperliche Vorzüge zu besitzen.«

»Dabei war die Kosmetik in der Männergesellschaft anfangs verpönt«, fuhr Liselotte Nagelschmidt fort. »Schon Mitte des letzten Jahrhunderts hat ein gewisser Sanitätsrat Simon Scherbel neun Regeln zur Bewahrung der Schönheit zusammengefasst: keine Schwarzseherei, Vermeidung von Ansteckungen, Abhärtung des Körpers, reichlich frische Luft, früh und nicht zu lange schlafen, Regelmäßigkeit und Ordnung, maßvoll essen und trinken, Fleiß und Hautpflege. Als könne man allein durch Disziplin das Altern verhindern. Verjüngung durch Kosmetik wurde da nicht erwähnt. Im Grunde ist mir das ganz recht, wenn es ein Geheimnis von uns Frauen bleibt.«

»Dann mischt sich schon kein geiziger Mann in Ihre Geschäfte«, ergänzte Anna schmunzelnd.

»Den größten Profit machen wir sowieso nicht mit dem direkten Dienst an der Kundin hier im Salon – nein, der kommt aus dem Versandgeschäft«, stellte Liselotte klar. »Unsere selbst produzierten kosmetischen Mittel verschicken wir von hier aus nach ganz Deutschland, diskret verpackt versteht sich.«

»Liefern Sie auch ins Ausland?«, erkundigte sich Anna.

»Nur bei Vorkasse für Produkt und Portospesen. Da gehe ich lieber kein Risiko ein«, erwiderte die versierte Geschäftsfrau.

»Ihnen macht wohl niemand etwas vor«, stellte Anna anerkennend fest.

Liselotte Nagelschmidt nickte. »Das Fabrikgeschäft und die sogenannten kosmetischen Laboratorien werden zwar alle von Männern geleitet – die kennen die Bedürfnisse der Damen aber nie so gut wie eine Frau mit jahrzehntelanger Erfahrung.«

»Haben Sie denn auch männliche Kunden?«, erkundigte sich Lucie.

Liselotte Nagelschmidt stellte mit ernstem Gesichtsausdruck ihre Kaffeetasse ab und nickte. »Seit diesem grässlichen Krieg mit seinen chemischen Waffen und schrecklichen Gesichtsverletzungen – ja. Früher waren das zwei getrennte Welten: das Versprechen von Schönheit und Jugend durch Elise Bocks Toilettenkünste – und die Erhaltung oder Wiederherstellung der Gesundheit durch Hautärzte. Nach den schlimmen Gesichtsverletzungen im Krieg sind die Mauern allerdings gefallen. Kosmetik und Ästhetik haben bei Dermatologen und Chirurgen an Bedeutung gewonnen. Ein Arzt operiert das kriegsversehrte Gesicht, bei mir gibt es zusätzliche Hilfe und Ratschläge. Nach den vielen Erfahrungen mit der Behandlung der Kriegsgesichter erweiterten viele Kriegsärzte ihre Tätigkeit auf Schönheitschirurgie für Damen mit Falten und Runzeln. Und Diätetik, Gymnastik und künstlicher Ersatz von Zähnen und Haaren – das interessiert durchaus auch die unversehrten Herren. Den Krieg gegen Alter und Verfall führen wir ja auch in Friedenszeiten. Der Erhalt von Schönheit ist ein menschliches Urbedürfnis, inzwischen auch bei den Herren der Schöpfung. In den Gymnastik-Instituten der Kurorte und größeren Städte wimmelt es heutzutage nur so von ihnen. Und so langsam entdecken sie auch die Schönheitsprodukte für sich.«

»Schade, dass sich nicht alle Menschen Kosmetik leisten können«, meinte Rulan bedauernd. »Sie tut der Seele gut.«

»Ja, viele Präparate waren früher unbezahlbar, vor einigen Jahren kam noch hinzu, dass nur die Wohlhabenden zum Beispiel mit dem Stromanschluss für die Massageapparate ausgestattet waren«, erzählte Liselotte bedauernd. »Aber das ist mein Ziel – manche Kosmetik auch für ärmere Menschen erschwinglich zu machen.«

»Dann sollten wir in der Tat zusammenarbeiten, liebe Frau Bock«, sagte Anna feierlich.

***

»Das heißt, die Zukunft des Ladens hängt von Uwe Hauers Wohlwollen ab?«

Eugenie Schalt sah ihre Kollegin Hertha Harders und Ladenbesitzerin Marie Carstens entsetzt an. Die beiden hatten gleich nach ihrer Ankunft in Hamburg eine Droschke zur Parfümerie genommen und Eugenie alle Einzelheiten ihrer abenteuerlichen Reise ins Ruhrgebiet erzählt.

»Ich glaube nicht, dass man bei dem Kerl etwas erreichen kann«, meinte Hertha. »Er hat ja eigens diese komplizierte Intrige durchgeplant, um euch den Laden wegzunehmen.«

»Trotzdem möchte ich, dass er mir das von Angesicht zu Angesicht sagt«, beharrte Marie.

»Ich lasse dich aber nicht allein gehen«, erklärte Hertha.

»Das ist lieb von dir, doch eine Frau mehr wird ihn nicht beeindrucken. Meine Angst vor ihm hält sich aber in Grenzen. Im Grunde ist er nämlich feige«, meinte Marie. »Ich wollte ihm schon immer mal sagen, wie unangebracht seine Rachsucht gegen Anna ist.«

»Und die Arme weiß gar nichts davon, dass Hauer jetzt das Haus hier gehört«, sagte Eugenie mitleidsvoll. »Sie versucht, mit Lucie neue Ware für unser Sortiment zu akquirieren, aber alles ist vielleicht umsonst, weil wir höchstwahrscheinlich hier rausgeworfen werden.«

»In einer ähnlichen Situation waren wir vor dreizehn Jahren schon mal«, erinnerte sich Marie. »Da habe ich Berta auf die Weltausstellung begleitet, um Parfümlieferanten aufzutun – und hier in Hamburg hat unsere Stiefmutter inzwischen dafür gesorgt, dass der Vertrag mit den Ladenräumen geplatzt ist. Die arme Anna hatte ganz schön zu tun, andere Räumlichkeiten zu besorgen. Ich bin sogar recht froh, dass meine Schwester noch nicht aus Berlin zurück ist. Dann kann sie nicht darauf bestehen, mit zu Hauer zu kommen. Das wäre in ihrem Fall viel zu riskant – sein Hass konzentriert sich ja auf sie.«

»Aber für dich ist es doch genauso gefährlich«, gab Eugenie zu bedenken.

Marie lächelte etwas verlegen. »Deshalb wollten wir auch deinen Robert fragen, ob er mich vielleicht begleitet.«

Eugenie dachte kurz skeptisch nach, nickte dann jedoch. »Ich könnte mir tatsächlich vorstellen, dass er dazu bereit wäre. Immerhin hat seine Ex-Verlobte dem Hauer ja seinerzeit auf dem Dampfschiff nach Chile eins mit dem Waschzuber übergebraten. Den möchte Robert bestimmt gern mal kennenlernen.«

»Holt er dich nachher wieder von der Arbeit ab?«, erkundigte sich Marie.

Eugenie nickte. »Das hat er angekündigt, ja.«

»Gut«, meinte Marie, »vielleicht ist er ja schon gleich heute zu dem Besuch bei Hauer bereit. Je früher wir das hinter uns bringen, desto eher wissen wir, wie es um die Zukunft unseres Ladens steht.«

Hertha machte sich wenig Hoffnung, dass diesbezüglich noch etwas zu retten war. Allerdings sah sie bessere Chancen, wenn sie dabei wäre. Immerhin hatte Hauer ja dafür gesorgt, dass die Mitarbeiterinnen der Parfümerie ihre Arbeit nicht verloren. Die Carstens-Schwestern hasste er und Polizisten ebenfalls, also wäre sie selbst am ehesten geeignet, den Verbrecher umzustimmen. Auch wenn ihr durchaus mulmig bei dem Gedanken war, ihm in seinem eigenen Haus gegenüberzutreten – sie beschloss, ihre Patentante zu überzeugen, sie mitkommen zu lassen.

23

Gegen sieben Uhr abends standen Marie, Hertha und Eugenies Verlobter, der Polizist Robert Bethge, in wildem Schneegestöber vor dem eisernen Zaun einer Villa in Blankenese. Es handelte sich hierbei um jenes Gebäude, dessen Adresse im Verkaufsvertrag zwischen Emil von Seggern und Uwe Hauer unter dessen Namen gestanden hatte. Es brannte Licht, also bestand die Chance, ihn persönlich anzutreffen.

Zu ihrem Erstaunen war das Tor nicht verschlossen, es quietschte jedoch ganz erbärmlich, als sie es öffneten.

Sie gingen über einen Kiesweg, der von einer dünnen Schneedecke überzogen war, auf den Haupteingang der Villa zu. Dort betätigte Marie beherzt die Türglocke, während Hertha bereits ihre eigene Courage zu bereuen begann.

Ein Kleinwüchsiger mit großer Nase und unheimlichem Blick öffnete ihnen. Seine Funktion in diesem Haus wurde aus seinem Auftreten nicht klar, denn er trug nicht die Kleidung eines Hausdieners, sondern einen roten Seefahrermantel.

»Mein Name ist Maria Carstens, ich möchte Herrn Hauer sprechen.«

Statt einer Antwort drehte der Zwerg sich nur um und signalisierte mit einem Winken, sie sollten ihm folgen.

Er führte die drei in einen Salon mit Blick über das Treppenviertel bis hinunter auf die Elbe. Hinter einem großen Sekretär saß Uwe Hauer. Er hatte sich eine Glatze rasiert und trug einen maßgeschneiderten Anzug, der eng an seinem hageren Körper anlag.

Als er Marie erkannte, grinste er triumphierend.

»Fräulein Carstens, ich habe Sie erwartet. Allerdings hatte ich gehofft, Ihre Schwester Anna wäre auch dabei.«

»Sie ist nicht in der Stadt«, erwiderte Marie knapp.

»Die Tatsache, dass Sie hier sind, zeigt mir, dass Sie inzwischen mit Herrn von Seggern gesprochen haben?«, mutmaßte der einstige Bootsmann.

»Ja, wir wissen jetzt, dass Sie ihn angelogen haben«, entgegnete sie. »Wir sind nicht zahlungsunfähig und waren es nie.«

»Das nutzt Ihnen ohne Geschäftsräume allerdings herzlich wenig, was?«, meinte Hauer und kicherte.

Hertha, die vor Wut bebte, bewunderte ihre Patentante dafür, dass sie so ruhig blieb. Ohne erkennbare Gefühlsregung antwortete sie in sachlichem Tonfall: »Das wäre ein vorübergehendes Problem, das ist korrekt.«

»Hm, ich glaube eher, dass es bei der jetzigen Lage nahezu unmöglich ist, neu anzufangen«, widersprach Uwe Hauer siegesgewiss. »Ihr Lebenstraum dürfte also zerstört sein. Anna Carstens wird dank meiner kleinen Rache mindestens so lange leiden, wie ich ihretwegen im Knast saß.«

Nun hielt es Hertha nicht länger aus, und sie platzte zornig hervor: »Sie saßen nicht wegen Anna im Gefängnis, sondern weil Sie eine Reihe von Geschäften ausgeraubt haben.«

Hauer wandte ihr seine Aufmerksamkeit zu, und dass er dabei wohlwollend lächelte, war ihr unheimlicher, als es ein Wutanfall gewesen wäre.

»Mein liebes Fräulein Harders, das stimmt, aber erwischt wurde ich ihretwegen.«

»Und das wurmt Sie, nicht wahr?«, fragte Marie mit zynischem Grinsen. »Dass ausgerechnet eine Frau es war, die den Kampf gegen den am Ende gar nicht so bedrohlichen Einbrecher gewonnen hat – und Sie an die Polizei übergeben konnte. Sie haben Anna unterschätzt, und nur deshalb konnte die Sie in unserem Büro einsperren. Vielleicht sollten Sie endlich beginnen, Frauen auf Augenhöhe zu begegnen. Dann hätten Sie es eventuell auch nicht mehr nötig, einer jungen Bordkrankenschwester Ihren Willen aufzuzwingen. Und sich dafür eins mit dem Waschzuber überbraten zu lassen.«

Zunächst reagierte Hauer überrascht auf ihr Wissen über die Ereignisse der Chilereise, fing sich aber sogleich wieder. »Sie haben ja eine Menge über mich in Erfahrung gebracht. Es schmeichelt mir, dass Sie so viel zu meiner Person recherchiert haben. Ich scheine also einen kleinen Platz in Ihrem Herzen zu haben.«

Sein selbstgefälliges Schmunzeln sorgte dafür, dass nun auch Marie nicht länger mit ihrem Zorn hinter den Berg hielt und ihn anfauchte: »Sie können sich Ihre klebrigen Vermutungen an ganz andere Plätze in Ihrem Körper stecken, Herr Hauer.«

Etwas ruhiger gab sie dann zu: »Aber eins interessiert mich tatsächlich noch. Das Letzte, was man von Ihnen gehört hat, war Ihre Flucht vor drei Jahren. Sie sind zu Beginn der Fahrt durch den Panamakanal mitsamt Gepäck und einigen Kameraden von Bord der *Lucie Woermann* gesprungen«, gab sie das wieder, was Eugenie von Hinnerk Nieland erfahren hatte. »Die Krokodile haben Sie ja leider verschmäht, aber wie sind Sie von da aus zu so viel Reichtum gekommen?«

Mit Blick auf den anwesenden Polizisten blieb Hauer

recht vage: »Nun, ich schaffte es bis in die USA, und dort kam ich an eine erkleckliche Summe von Dollars. Dollars, die hier viel mehr wert sind.«

»Und Ihr Reichtum macht Sie nicht so zufrieden, dass Sie meinen Patentanten ihren Laden überlassen würden?«, fragte Hertha. »Sie könnten einmal Größe zeigen.«

»Ihnen und Ihrem hübschen Fräulein Schwester wollte ich nie etwas Böses«, behauptete der Berufskriminelle. »Ihre Arbeitsstelle bleibt dank Herrn Mülder ja erhalten.«

»Also ist Rache Ihr letztes Wort an Anna und mich?«, schnaubte Marie.

»Oh, mir würden noch viel mehr Wörter einfallen, aber es ist ja eine Dame anwesend«, entgegnete Hauer mit einem provozierenden Grinsen.

»Dann leben Sie wohl, Herr Hauer«, antwortete Marie, und es gelang ihr wieder, nach außen recht gefasst zu wirken. »Mögen Ihre Dollars und die Rache für Ihre eigenen Fehler Sie irgendwann weise machen.«

Als sie das Haus verlassen hatten und durch den Schneesturm den Kiesweg Richtung Tor nahmen, meinte Robert: »Der ist und bleibt ein Krimineller. Würde mich nicht wundern, wenn sein Geld aus einem Bankraub oder dergleichen stammt. Ich werde Herrn Fedder mal bitten, Kontakt zu den Kollegen in New York aufzunehmen.«

»Das ist lieb, Herr Bethge«, sagte Marie und klang ungewohnt energielos. »Aber ich denke, diesen Krieg haben wir verloren. Und ich weiß, ehrlich gesagt, nicht, ob ich die Kraft habe, an einem anderen Ort noch einmal von vorn zu beginnen.«

Hertha sah sie mit ungläubigem Entsetzen an.

***

Zum ersten Mal seit ihrer Rückkehr aus dem Ruhrgebiet stand Hertha Harders am Mittwochmorgen im Raum mit den Postschließfächern. Die Vorfreude auf einen neuen Brief von W. war heute durch die Gedanken an die drohende Schließung der Parfümerie Douglas sehr gedämpft.

In der Mittagspause wollten Marie und Anna, die gestern Abend mit Lucie aus Berlin zurückgekehrt war, zu einer Krisenbesprechung vorbeikommen.

Als nun tatsächlich ein Brief im Fach lag, freute sich Hertha doch. Sie begann sofort zu lesen:

Hamburg, am Montag, den 14. Januar 1923

Meine liebe K.!

Mit Entsetzen habe ich den Poststempel Ihres letzten Briefs gesehen: Essen! Was auch immer der Grund war, dass Sie sich ins Ruhrgebiet gewagt haben – ich hoffe, Sie kommen heil wieder zurück nach Hamburg. Da ich von Ihnen keine Adresse in Essen habe: Wenn Sie diese Zeilen in Händen halten, hat es wohl geklappt. Bitte schreiben Sie mir so schnell wie möglich, damit ich mir keine Sorgen um meine liebe Brieffreundin machen muss.

Hier in der Hansestadt gibt es indes nicht viel Erfreuliches zu berichten. Um mich von all dem Elend mit der stetig wachsenden Inflation abzulenken, habe ich gestern Abend einen Künstler in seinem Atelier in einem Speicherraum am Hamburger Hafen besucht. Arnold Fiedler. Vielleicht haben Sie von ihm gehört? Mit gerade mal zweiundzwanzig Jahren ist er schon recht erfolgreich. Schon seit 1919 nimmt er an Ausstellungen teil und ist seit letztem Jahr eines der jüngsten Mitglieder des Hamburger Künstlervereins von 1832 sowie der Hamburgischen Künstlerschaft. Trotz seiner jungen Jahre hat man ihn im

Großen Krieg zum Militär einberufen, davor besuchte er die Kunstgewerbeschule am Lerchenfeld. Seine Gemälde und Grafiken würde ich dem expressiven Realismus und dem neuen Surrealismus zurechnen, zum Teil sehr abstrakt. So sympathisch ich ihn persönlich finde, so wenig treffen seine Werke mein Herz. Ich habe es ihm gestanden, und er hat zum Glück gelacht. Uff! Sollten Sie einmal eines seiner Bilder sehen, lassen Sie es mich wissen, ich bin gespannt, ob Sie davon emotional erreicht werden. Wie sehr hoffe ich, bald von Ihnen zu lesen.
Herzlichst, Ihr
W.

Von Arnold Fiedler hatte Hertha in der Tat bereits gehört, ihr Vater hatte ihn wohl einmal persönlich kennengelernt. Seine Werke kannte sie bisher noch nicht, daher beschloss sie, nach Ausstellungen des jungen Künstlers Ausschau zu halten. Herrn W. wollte sie gleich nach der Besprechung mit den Patentanten schreiben, um ihn von seinen Sorgen zu erlösen.

Besagte Unterredung im Büro hinter den Verkaufsräumen gestaltete sich äußerst traurig.

»Marie und ich sind zu dem Entschluss gekommen, dass Hauer recht hat«, verkündete Anna mit ernster Miene. »Eine Parfümerie an einem neuen Standort aufzubauen ist bei der jetzigen Lage fast unmöglich.«

Hertha, Lucie und Eugenie kämpften mit den Tränen.

»Ich glaube, es ist wirklich ratsam, wenn ihr drei zunächst tatsächlich Mülders Angebot annehmt und zumindest fürs Erste bei ihm arbeitet«, schlug Marie vor.

Als sie die Tränen in den Augen ihrer Verkäuferinnen sah,

versuchte Anna zu trösten: »Es wird nicht für immer sein, da bin ich mir sicher. Ich gehe weiterhin davon aus, dass es früher oder später eine neue Währung geben muss, dann werden die Karten noch einmal neu gemischt – und eine Rückkehr der Parfümerie Douglas an neuer Stelle wäre möglich.«

»Tja, dann machen wir uns wohl besser darauf gefasst, übermorgen im Tanzkurs bei Mülder zu Kreuze zu kriechen«, murmelte Lucie voller Bitterkeit.

Hertha konnte sich gar nicht erklären, warum, denn im Grunde hatte sich ja nun seine Unschuld an dem Debakel der Parfümerie Douglas gezeigt, aber alles in ihr sträubte sich gegen den Gedanken, Georg Mülder könne zeitnah ihr Vorgesetzter werden.

***

»Sagen wir es Mülder vor dem Tanzen oder danach?«, fragte Lucie ihre Schwester, als sie am Freitagabend mit Anjing Wang auf die Tanzschule Bartel zugingen.

»Ich hoffe, es reicht vorher noch«, meinte Hertha. »Ich würde ungern den ganzen Abend mit ihm tanzen, wenn ich dieses Gespräch noch vor mir habe.«

»Was wollen Sie dem Mülder denn vor dem Tanzen sagen?«, ertönte nun unmittelbar hinter ihnen eine bekannte Stimme. Als sie sich umdrehten, sahen sie in das grinsende Gesicht von Georg Mülder.

Hertha blieb stehen und beschloss, es gleich hinter sich zu bringen. »Wir haben herausgefunden, dass Sie mit der Intrige gegen unsere Parfümerie nichts zu tun haben. Dennoch wissen wir jetzt, dass die Kündigung an die Carstens-Schwestern nicht zurückgenommen werden kann. Die Parfümerie Douglas wird ab 15. März Geschichte sein«, berichtete sie.

»Wenn Ihr Angebot noch steht, würden meine Schwester und ich es gern annehmen. Dasselbe gilt für Fräulein Schalt.«

Georg reagierte sehr verblüfft. »Das ... es würde mich natürlich freuen, auf Ihre Expertise zurückzugreifen. Aber ich dachte, dass die Fräulein Carstens gar nicht zahlungsunfähig sind.«

Hertha überlegte, ob sie Mülder genug vertraute, um ihm von Hauers Intrige zu erzählen, doch Lucie kam ihr zuvor und offenbarte dem künftigen Parfümeriebesitzer alles.

»Was für eine Sauerei«, erboste er sich. »Dann hat dieser Hauer das von langer Hand vorbereitet. Meine Familie wird also als Teil eines Racheplans missbraucht.«

»Na ja, Sie gehören zum netteren Teil des Ganzen«, widersprach Hertha. »Dank Ihnen verlieren zumindest wir drei unsere Arbeit nicht.«

Nach kurzem Nachdenken grinste Georg plötzlich. »Na, ganz wird Hauers Plan nicht aufgehen.«

Die Harders-Schwestern und Anjing sahen ihn fragend an.

»Ich werde Sie zwar mit Kusshand in unserer neuen Parfümerie Mülder und Sohn anstellen, aber wir werden keine Mieter bei Hauer sein.«

»Wie das?«, hakte Hertha verständnislos nach.

»Wir werden unsere Parfümerie im März nur in Herrn Bidlingmaiers Räumen eröffnen«, berichtete Georg. »Meine Mutter und ich haben hin und her gerechnet, aber die Expansion in die einstigen Douglas-Räume können wir uns bei der jetzigen Lage nicht leisten. Den Vertrag mit Hauer haben wir deshalb just heute ohne Unterschrift und mit Absageschreiben an ihn zurückgesandt.«

»Wenn der Mistkerl also bei der Kündigung für die Carstens-Schwestern bleibt, wird er die Räume einige Zeit leer stehen lassen müssen«, erkannte Anjing. »Denn bei der Inflation wird es gewiss dauern, neue Pächter zu finden.«

»Mag sein«, meinte Hertha, »bleiben dürfen wir bestimmt trotzdem nicht. Hauer wird die Räume nämlich lieber leer stehen lassen, als sie Marie und Anna zu vermieten.«

»Das stimmt leider«, befürchtete Lucie.

»Vielleicht fällt uns zusammen etwas ein, wie wir Hauer das Handwerk legen können«, hoffte Georg. »Aber jetzt sollten wir reingehen, Herr Bartel hasst doch Verspätungen.«

Während Hertha mit Mülder tanzte, verlor die Vorstellung, bald unter ihm zu arbeiten, ein wenig ihren Stachel. Er hatte moralisch einwandfrei auf die Information mit Hauers Intrige reagiert. Und er hatte ihre Expertise hervorgehoben, das bedeutete wohl, dass er lieber in sinnvoller Weise auf die Erfahrungen der Verkäuferinnen zugreifen wollte, als sich als Diktator des Düftereichs aufzuspielen.

Als sei er telepathisch begabt, sagte er während einer Pause zwischen den Tanzübungen: »Ich hoffe, Sie werden mich mit Ihren Ideen unterstützen. Sie gehen so wunderbar auf die Kunden ein und sorgen immer dafür, dass auch das ästhetische Ambiente stimmt – ohne die Hilfe von Ihnen dreien hätten wir Mülders wirklich ein schweres Erbe am Standort anzutreten. Ich bin ja außerdem nicht vom Fach.«

Hertha erwiderte sein Lächeln. »Gemeinsam werden wir die Krise schon überstehen.«

Sie merkte ihm an, wie sehr er sich über diese Aussage freute.

»Sagen Sie, Fräulein Harders, wären Sie bereit, nach dem Kurs noch ein halbes Stündchen irgendwo bei einem Getränk über die Zukunft zu sprechen? Wirtschaftlich wird das bis zu einer neuen Währung gewiss nicht einfach mit unserer

Parfümerie. Ich möchte Ihre Schwester nicht um den Heimweg mit ihrem Herrn Wang bringen, man sieht ja, wie gewogen die beiden einander sind. Und mehr als diese Heimwege wird die Gesellschaft ihnen ja leider nicht gönnen. Aber wenn *Sie* ein wenig Zeit für mich fänden … Selbstverständlich würde ich Sie wieder im sicheren Automobil nach Hause fahren.«

»Gern«, hörte sie sich zu ihrem Erstaunen sagen, ehe sie wirklich darüber nachgedacht hatte.

Als Hertha ihr mitteilte, dass sie mit Herrn Mülder noch etwas trinken gehe, um über die Gestaltung der neuen Parfümerie zu sprechen, begann Lucies Magen augenblicklich zu kribbeln. Das hieß, dass sie auf dem Heimweg allein mit Anjing sein würde.

Auf ihrer gemeinsamen Reise nach Berlin war es ihnen ja erstmals vergönnt gewesen, einander den Großteil des Tages über sehen können. Das hatte sich natürlich und beglückend angefühlt, aber es war ihr auch zunehmend schwerer gefallen, sich nicht auf ein Mehr an körperlichem Kontakt einzulassen. Da deutlich zu spüren war, dass es Anjing genauso erging wie ihr, hatte sie seit ihrer Heimkehr am Dienstag insgeheim sehnsüchtig auf Zeit mit ihm allein gehofft. Zunächst einmal herrschte nun betretenes Schweigen zwischen ihnen, während sie durch den knirschenden Schnee in Richtung seines Automobils gingen. Ja, dank seiner Devisen war auch der junge Chinese im Besitz eines eigenen Fahrzeugs. Während sie darauf zusteuerten, berührten sich wie zufällig immer wieder ihre Hände – und schließlich griff sie vorsichtig nach der seinen. Als er die Geste mit sanftem Druck erwiderte, ging eine Welle unfassbaren Wohlgefühls durch ihren ganzen Körper. Händchen haltend, kamen sie bei seinem Wagen an, da ging alles plötzlich ganz schnell. Sie wusste im Nachhinein gar nicht mehr genau, wie es geschehen war, doch sie musste ihn, statt seine Hand loszulassen, forsch an sich gezogen haben, um ihn dann sanft auf die Lippen zu küssen. Ihrer beider Sehnsucht entlud sich daraufhin sofort in einem wesentlich leidenschaftlicheren und nicht enden wollenden Kuss, während sie sich immer fester umarmten. Ihr schwanden die Sinne, sie geriet in einen Trancezustand, der das Wohlbefinden bei der Massage durch seine Schwester noch um Längen übertraf. Ihr gesamter Körper schien über diesen Kuss zu jubilieren.

Plötzlich riss sie eine bellende Männerstimme aus ihrem Taumel: »Jetzt seht euch dieses gelbe Dreckschwein an!«

Voller Entsetzen sah sie ein halbes Dutzend junger Männer mit hasserfüllten Fratzen auf sie zukommen. Sie trugen allesamt Krawatten, Mützen und zum größten Teil Knickerbocker. Bei jedem von ihnen prangte eine Hakenkreuz-Binde am linken Oberarm. Dieses Symbol wies sie als Mitglieder der seit Oktober in Hamburg eigentlich verbotenen Partei NSDAP aus. Solche Kreuze hatten seinerzeit auch einige der Kapp-Putschisten getragen. Diese Nationalisten, so wusste Lucie, hassten Ausländer. Im Nu hatten die sechs Männer sie umzingelt.

»Macht sich diese schlitzäugige Ratte an ein deutsches Mädel ran.« Mit diesen angewiderten Worten näherte sich ihnen der wohl Kräftigste des Haufens, ein Hüne mit Schmiss auf der Wange.

»Lassen Sie ihn in Ruhe!«, schrie Lucie in Panik, als der Riese Anjing grob vor die Brust stieß.

»Wie kommst du Miststück darauf, dass ich auf ein Chinesen-Flittchen wie dich höre?«, fragte der Hüne und griff grob nach ihrem Kinn.

Sofort packte Anjing den Arm des Nationalisten und drehte ihn so geschickt, dass der aufschrie und augenblicklich von Lucie abließ. Daraufhin gingen alle sechs auf den Dolmetscher los. Zunächst verteidigte er sich mit nahezu eleganter Kampfkunst, ließ Schläge durch fast tänzerisches Ausweichen ins Leere gehen, doch irgendwann schlug ihm einer der sechs mit einem großen Ast brutal auf den Hinterkopf. Als ein anderer schließlich ein Messer zückte, schrie Lucie vor Schreck auf. »Anjing, Vorsicht!«

In dem Handgemenge traf sie schließlich selbst eine Faust am Kinn. Sie taumelte zu Boden und kippte in ein benommenes Dahindämmern.

Lucie erinnerte sich im Nachhinein nicht mehr an alle Einzelheiten, doch irgendwann weckte sie der stechende Schmerz im Kinn. Sie schmeckte ihr eigenes Blut, rappelte sich auf, die Männer hörte sie davonrennen. Im Hintergrund ertönte die Pfeife eines Polizisten. Und dann sah sie Anjing verkrümmt am Boden liegen – sie näherte sich wimmernd, und plötzlich schien es nichts mehr Schönes auf der Welt zu geben, so als sei nach diesem Angriff alles zerstört. Sein Gesicht war voller Blut, und auf seinem weißen Hemd vergrößerte sich ein dunkelroter Fleck beständig. Sie hatten ihn offenbar mit dem Messer erwischt.

24

»Das ist Lucie, halten Sie bitte an!«, rief Hertha aufgeregt.

Sie war mit Georg Mülder in dessen Automobil auf dem Weg zum Alsterpavillon gewesen, als sie vom Beifahrersitz aus ihre Schwester mit einem Polizisten auf dem Trottoir stehend erblickt hatte.

»O Gott, und ich glaube, der Mann am Boden – da bei dem zweiten Schutzmann – das ist Anjing«, stellte Georg entsetzt fest, während er mit seinem Fahrzeug rechts heranfuhr.

Hertha sprang aus dem Wagen und eilte, so schnell es der Schnee und die eleganten Tanzschuhe zuließen, in Richtung ihrer Schwester.

»Nein, Herr Wang hat *nicht* angefangen«, rief diese gerade aufgebracht und mit Tränen in den Augen. »Die sechs NSDAP-Männer haben ihn gelbe Ratte und Schlitzauge genannt und angegriffen. Er hat nur versucht, sich zu wehren.«

Als sie Hertha erblickte, fiel Lucie ihr schluchzend um den Hals.

»Am besten, wir bringen den ins Hafenkrankenhaus«, rief nun der beim blutenden Anjing kniende zweite Polizist. »Der macht es sonst nicht mehr lang.«

»Wieso denn ins Hafenkrankenhaus?«, erkundigte sich

Georg Mülder argwöhnisch. »Das städtische drüben in St. Georg ist doch viel näher.«

»Das lassen Sie mal unsere Sorge sein, mein Herr«, knurrte der ältere der beiden Polizisten.

»Darf ich mitkommen?«, fragte Lucie schniefend.

»Sind Sie denn mit dem Verletzten verwandt?«, fragte der jüngere Schutzmann.

»Wir machen zusammen einen Tanzkurs«, rief Lucie.

Der Uniformierte zuckte mit den Schultern. »Tja, das reicht nicht aus, da kann ich Ihnen nicht helfen.«

Während die Polizisten Anjings schlaffen Körper in ihr Fahrzeug hievten, wandte sich Lucie verzweifelt an Georg: »Herr Mülder, könnten Sie mich in die Schmuckstraße fahren? Dort lebt Anjings Onkel. Er sollte wissen, was passiert ist. Und ihn müssen sie auch zu seinem Neffen ins Krankenhaus lassen. Dann erfahren wir, wie es um ihn steht.«

»Natürlich«, sagte Georg sofort. »Kommen Sie!«

Auf dem Weg zu Georgs Automobil sah Lucie noch einmal zu der Stelle, wo Anjing gerade eben noch gelegen hatte. Sie bemerkte die Blutlache auf dem Kopfsteinpflaster – und hatte Mühe, den in ihr aufsteigenden Brechreiz niederzukämpfen.

Als Georg losgefahren war, regte sich Hertha auf: »Wieso bringen die ihn in die Hafenklinik, obwohl sie doch weiter weg ist als das Allgemeine Städtische Krankenhaus in St. Georg?«

»Weil sie Rassisten sind und davon ausgehen, dass ein Chinese bei einer Prügelei mit Deutschen in jedem Fall mitschuldig ist«, mutmaßte Mülder. »Im Hafenkrankenhaus lässt die Polizei nämlich für gewöhnlich Festgenommene behandeln. Da gibt es Abteilungen für die zwangsweise Behandlung von Geschlechtskrankheiten und für die sichere

Verwahrung von verhafteten Betrunkenen und Tobsüchtigen.«

»Eine Frechheit, Anjing dort hinzubringen«, stieß Lucie mit versagender Stimme hervor. »Die Kerle haben ihn völlig grundlos und heimtückisch angegriffen.«

Ihren Kuss verschwieg sie lieber – sie hatte auch so schon ein schlechtes Gewissen. Sollten ihre Zärtlichkeiten und verbotene Leidenschaft Anjing das Leben kosten, so würde sie sich das niemals verzeihen!

***

Eugenie Schalt freute sich sehr, als am Montag nach der Mittagspause Willi mit neuem Blumenschmuck die Parfümerie Douglas betrat. Noch immer ging er auf Krücken.

»Was macht Ihr Fuß, Herr Baumann?«, fragte ihn nach der frohgemuten Begrüßung Anna Carstens, die mit einer Bestandsliste im Laden unterwegs war. Sie sah mitleidsvoll auf den Gips.

»Na ja, ich muss eben geduldig sein«, winkte er ab.

Da bemerkte er Lucie Harders, die vom Waschraum ins Büro lief.

»Moin, Lucie«, rief er ihr fröhlich zu, doch die heute sehr blasse Frau winkte nur mit dem Hauch eines Lächelns, das ihre Augen nicht erreichte.

»Grüß dich, Willi«, sagte sie knapp und verschwand im Büro.

»Was ist denn der für eine Laus über die Leber gelaufen?«, wunderte sich der Gärtner. »Ist es, weil ihr zu Mülder wechseln müsst?«

Eugenie schüttelte den Kopf. »Nach dem Tanzkurs am Freitag haben ihr und Anjing sechs Halbstarke aufgelauert.«

»Sie haben ihn fast totgeschlagen«, ergänzte Anna voller Bitterkeit in der Stimme. »Statt in die Klinik in St. Georg wurde er in das Polizeikrankenhaus am Hafen gebracht. Nicht mal seinen Onkel haben sie zu ihm gelassen. Es macht Lucie zu schaffen, dass sie immer noch nicht weiß, wie es um Anjing steht.«

»Natürlich«, murmelte Willi sichtlich schockiert. »Aber wieso darf denn der Onkel nicht zu ihm?«

»Keine Ahnung«, erwiderte Eugenie und zuckte hilflos mit den Schultern. »Die Polizei hält wahrscheinlich alle Chinesen für kriminell. Ich hatte zu dem Thema auch schon einen Streit mit meinem Robert.«

»Herr Mülders Rechtsanwalt Doktor Brandis will heute durchsetzen, dass zumindest Xu Li Wang eine Besuchserlaubnis bekommt«, berichtete Anna.

Wie aufs Stichwort betrat in diesem Augenblick der chinesische Buchhändler die Parfümerie.

»Herr Wang, was ist mit Ihrem Neffen?«, fragte Eugenie hastig, die hoffte, dass sein Besuch nichts Schlimmes bedeutete.

»Er lebt«, verkündete der Alte dann jedoch zu ihrer Erleichterung. »Ich komme gerade aus dem Krankenhaus an der Seewartenstraße. Anwalt Brandis hat ganz schnell dafür gesorgt, dass ich zu Anjing darf.«

»Lucie!«, rief Eugenie laut in Richtung des Hinterzimmers. »Anjings Onkel ist da.«

Sofort kam die junge Verkäuferin aus dem Büro geschossen.

»Herr Wang, wie geht es ihm?«, haspelte sie bang.

»Er wird überleben«, sagte der Alte, doch es beunruhigte Lucie, dass sein charakteristisches mildes Lächeln verschwunden war. »Der Messerstich war zum Glück nicht so tief, sonst hätte es wohl keine Hoffnung gegeben.«

»Gott sei Dank«, hauchte sie.

Xu Li beruhigte sie: »Er hat eine Gehirnerschütterung, und die Nase ist gebrochen, aber er kann wieder ganz gesund werden.«

»Danke, dass Sie gekommen sind, um mir das mitzuteilen«, sagte Lucie – doch sie spürte, dass dies eventuell nicht die einzige Nachricht war, die er für sie hatte. Und ihre Befürchtungen bewahrheiteten sich, als er nun fortfuhr: »Ich muss Ihnen noch etwas mitteilen. Es tut mir leid, denn ich hasse es, Sie leiden zu sehen. Sie lieben meinen Neffen aufrichtig.«

»Was denn?«, drängte Lucie, die die Anspannung kaum ertragen konnte.

»Ich werde mit Anjing nach New York zu seinen Eltern und seinen Geschwistern übersiedeln«, verkündete der greise Buchhändler, und Lucies Knie drohten nachzugeben. »Wir sind in Deutschland nicht gern gesehen. Zu dem Hass auf das Fremde kommt in diesen Zeiten noch der Neid.«

»Aber die NSDAP wurde doch schon verboten«, warf Lucie hilflos ein.

»Diese Menschen werden dennoch mehr Macht bekommen«, beharrte der Alte, und Anna Carstens nickte mit ernster Miene. Xu Li erzählte: »Ich wollte meinen Neffen nicht beunruhigen, aber es gab letzte Woche einen Brandanschlag auf meinen Buchladen. Ein paar Nachbarn, die zufällig noch wach waren, haben das Feuer rechtzeitig gelöscht. Aber das nächste Mal wird vielleicht keiner da sein.«

Lucie wusste, dass er im Grunde recht hatte. Die Ruhrbesetzung bescherte den Nationalisten weiteren Zulauf. Es war vielleicht in der Tat lebensgefährlich für die beiden Chinesen hierzubleiben. »Wann wollen Sie denn gehen?«, fragte sie resigniert.

»Am 16. Februar«, erklärte Xu Li. »An dem Tag tritt der neue Dampfer *Hessen* seine Jungfernfahrt nach New York an. Anjings Arbeitgeber bei der Hapag hat uns freundlicherweise zwei Plätze besorgt.«

»Das bedeutet nicht, dass du Anjing nie wiedersehen wirst«, sagte Anna und drückte tröstend Lucies Hand. »Wenn wir nächstes Jahr wieder nach New York fahren, nehmen Julius und ich dich mit auf die Reise, versprochen!«

Ein schwacher Trost für Lucie. Statt der erhofften nächsten Stufe ihrer Beziehung würden sie bald wieder monatelang getrennt sein.

***

Das in der Werft AG Vulkan in Vegesack gebaute Dampfschiff *Hessen* sollte wie geplant am Freitag, den 16. Februar 1923, seine Jungfernfahrt nach New York antreten. Anjing und Xu Li Wang hatten von der Hapag zwei der achtzehn Erste-Klasse-Plätze zur Verfügung gestellt bekommen und standen mit großen Koffern an der Gangway. Das Wetter wollte den beiden Auswanderern den Abschied wohl leichter machen, dachte Lucie traurig. Schnee fiel, und es herrschten Minusgrade, sie zitterte erbärmlich, als sie mit ihrer Schwester sowie den Eltern, Patentante Anna, Willi und Georg Mülder am Quai stand. Sie sah an dem imposanten Dampfer hinauf, der über hundertvierzig Meter lang und fast achtzehn Meter breit war. Er besaß einen Schornstein sowie vier Masten und erreichte laut Anjing eine Geschwindigkeit von zwölf Komma fünf Knoten. Lucie kannte sich damit nicht aus, aber es schien recht schnell zu sein.

Die politische Lage war wirklich nicht dazu angetan, die beiden Chinesen zu einem Verbleiben in Deutschland zu verleiten. Reichspräsident Friedrich Ebert war vor ein paar Tagen nach Süddeutschland gereist, um dort vor einem militärischen Eingreifen gegen die Franzosen zu warnen. Die Kriegstreiber und Nationalisten schrien jedoch immer lauter danach. Vor zwei Tagen war laut Emil von Seggern in Essen der Direktor des Rheinisch-Westfälischen Elektrizitätswerks, Karl Buchmann, verhaftet worden, weil am Vorabend das Hotel Kaiserhof, wo die französische Ingenieurskommission untergebracht war, ohne Stromversorgung geblieben war. Und die *Essener Allgemeine Zeitung* hatten die Franzosen wegen Artikeln, welche die Ehre und Würde der Besatzungstruppen verletzt haben sollten, bis zum 2. März verboten. Der Franzosenhass wurde von den Nationalisten im ganzen Land geschürt – wie bereits zu Kriegszeiten wollte man auch sprachlich Druck ausüben. So sollten bis dahin im Deutschen gebräuchliche Lehnwörter durch deutsche Begriffe ersetzt werden, beispielsweise Kasino durch Werksgasthaus, Telefon durch Fernsprecher, Trottoir durch Gehweg oder automatisch durch selbsttätig. In Bayern wurde laut Henny Henckel Englisch statt Französisch als Pflichtfach in den höheren Schulen eingeführt. Die wirtschaftliche Not sorgte für Verzweiflung und Wut, die sich ihr Ventil im Hass auf alles Fremde suchte. Auch in der Schmuckstraße häuften sich die Razzien und Übergriffe gegen die dort lebenden Asiaten.

»Wir sehen uns wieder«, versprach Lucie mit brüchiger Stimme, als das Nebelhorn blies und sie und Anjing sich zum letzten Mal umarmten. Obwohl beide Sehnsucht danach hatten, trauten sie sich in Gegenwart ihrer Eltern nicht, einander zu küssen. »Ich komme nächstes Jahr mit Tante Anna nach New York«, wisperte sie.

»Und wir schreiben uns«, erwiderte Anjing.

»Es tut mir leid, dass ich dein Parfüm nicht vor eurer Abreise fertig bekommen habe«, entschuldigte sich Lucie. Die bevorstehende Trennung hatte ihre Kreativität zerstört. Erst hatte sie sich förmlich in ihr Atelier zwingen müssen, und dann war sie dort mit keiner Mixtur zufrieden gewesen.

»Umso besser«, sagte Anjing und schaffte ein Lächeln. »Dann hast du noch einen Grund mehr, nach New York zu kommen.«

Anjings Onkel raunte ihm in ihrer Muttersprache etwas zu, offenbar eine letzte Warnung, dass sie endlich an Bord gehen mussten. Schließlich liefen die beiden mit ihren Koffern die Gangway hinauf, die daraufhin sofort eingezogen wurde. Das mächtige Schiff setzte sich in Bewegung, und Lucie winkte ihm noch lange mit tränenüberströmtem Gesicht nach. Hertha und ihre Mutter legten von beiden Seiten tröstend die Arme um sie. Hoffentlich geht alles gut, dachte Lucie. Im letzten August waren sowohl ein französisches als auch ein englisches Schiff gesunken, einmal waren drei Menschen ertrunken, beim anderen elf.

***

Einen knappen Monat nach Anjings Abreise hieß es auch Schritt für Schritt Abschied nehmen von der Parfümerie Douglas. Viele Artikel hatte Georg Mülder von den Carstens-Schwestern übernommen, sodass die Verkäuferinnen sie lediglich eine Tür weitertragen mussten. Die Eröffnungsfeier des Geschäfts im Nebenhaus sollte am Sonnabend stattfinden. Am heutigen Mittwoch, den 14. März 1923, fegten und putzten Eugenie und Lucie noch ihre inzwischen leer geräumten Geschäftsräume.

»Für Hauer tue ich es gewiss nicht, der lässt das hier ja sowieso erst mal eine Weile leer stehen«, hatte Eugenie betont.

»Aber ich finde, ich bin es unseren geliebten Räumen schuldig, sie in anständigem Zustand zu verlassen.«

Lucie war derselben Meinung. »Diese ständigen Abschiede gehen an die Substanz«, meinte sie seufzend, als ihr klar wurde, dass sie das Schaufenster zum letzten Mal putzte. »Dabei hätte Anjing vielleicht doch bleiben können. Die Auflösung dieser verfassungsfeindlichen NSDAP bleibt in den norddeutschen Ländern bestehen, wurde vom Staatsgerichtshof in Leipzig heute Nachmittag bestätigt. Das hat mir Herr Nieland erzählt, als er vorhin vorbeigekommen ist, um uns Glück zu wünschen.«

»Die Gefahr ist aber nicht gebannt«, befürchtete Eugenie. »Robert hat gesagt, dass die bayrische Regierung ein Verbot der Partei ablehnt. Und dieser Adolf Hitler agiert ja von dort.«

»Das stimmt natürlich«, räumte Lucie ein. »Aber ganz sicher ist es nirgends. Gestern habe ich mich kurz erschreckt: Da hieß es, dass am Montag ein ungewohnt heftiger Zyklon die USA heimgesucht hat, es gab zwanzig Todesopfer. Im Artikel habe ich dann aber gelesen, dass der Sturm in Tennessee gewütet hat. Anjing und seine Familie dürften in New York also davon nicht betroffen sein, das Land ist ja so riesengroß.«

»Und finanziell geht es ihnen da drüben natürlich auch besser«, erinnerte Eugenie sie.

»Stimmt«, gab Lucie zu. »Immerhin hat der Reichstag in Berlin jetzt den Regierungsantrag genehmigt, US-Dollar-Staatsanleihen auszugeben. Vielleicht hilft diese Maßnahme ja ein wenig gegen die finanzielle Misere des Reichs.«

In diesem Augenblick klingelte unerwartet das Glöckchen an der Tür, worüber beide erschraken.

Es handelte sich um Eugenies Verlobten Robert Bethge.

Sie bemerkte augenblicklich, dass etwas nicht stimmte. Er war fahrig und kreidebleich.

»Robi, was ist passiert?«, fragte sie beunruhigt.

»Erinnerst du dich an meinen Schulkameraden Fritz von der Höh?«, fragte er mit belegter Stimme.

»Natürlich, der nette Lokomotivführer-Anwärter, was ist mit ihm?«

»Ich habe einen Anruf seines Vaters im Polizeirevier bekommen«, berichtete Robert aufgewühlt. »Er wurde heute auf der Lokomotive durch mehrere Schüsse von Franzosen schwer verletzt – zwischen Schalke und Horst-Emscher an der Kanalbrücke. Er kämpft ums Überleben. Diese gottverdammten Froschfresser. Fritz ist erst siebenundzwanzig und seine kleine Tochter anderthalb, er darf nicht sterben.«

»O Gott, das ist ja schrecklich«, brachte Eugenie heiser hervor.

Noch letzten Donnerstag hatte die deutsche Reichsregierung in gleichlautenden Noten an Paris, London und Brüssel schärfsten Protest gegen die Verordnung der Rheinlandkommission von Ende Februar erhoben. Die drohte deutschen Eisenbahnern mit drakonischen Strafen bei Widerstand gegen die Besatzungsbehörden. Nun schienen die Franzosen auf furchtbarste Weise ernst zu machen mit ihren Sühneaktionen.

»Ich werde ins Ruhrgebiet fahren, Fritz und seiner Familie zur Seite stehen«, verkündete Robert nun zu Eugenies Entsetzen.

Sie wussten, wie gefährlich diese Reise zum jetzigen Zeitpunkt war. Das Ruhrgebiet glich einem Pulverfass: Am Sonntag waren in Gelsenkirchen zwei französische Offiziere erschossen worden, woraufhin die Behörden der Besatzer sofort den Ausnahmezustand verhängt hatten. Der dortige

Bürgermeister war verhaftet worden, und die Bevölkerung den Misshandlungen der Franzosen ausgesetzt gewesen. Am 12. März hatte sich dann herausgestellt, dass es französische Soldaten gewesen waren, die die Offiziere getötet hatten.

Lucie hörte aus Roberts entschlossener Stimme heraus, dass kein Widerspruch und kein Flehen von ihrer Seite ihn von seinem Vorhaben abbringen würde. Wieder ein Abschied, der an die Substanz ging. Und diesmal traf es ihre arme Freundin Eugenie.

***

Um neun Uhr abends ging Hertha Harders auf die bereits seit Tagen leer geräumte Parfümerie Douglas zu. Es war wohl ihre letzte Möglichkeit, die lieb gewonnenen Räume noch einmal zu betreten. Sie kam sich albern und sentimental vor, dass sie ihren Schlüssel bis zum letzten Moment hatte behalten wollen, morgen würde sie ihn am Tor von Uwe Hauers Villa in Blankenese in den Briefkasten werfen müssen. Aber jetzt wollte sie in Ruhe Abschied nehmen – von ihrem Paradies der Düfte. Fast dreizehn Jahre – weit über die Hälfte ihres bisherigen Lebens – hatte sie in diesen Räumen zahllose schöne Erinnerungen sammeln dürfen. Zu ihrem Erstaunen sah sie durch die Schaufensterscheibe aus dem offenen Hinterzimmer Licht in den leeren Verkaufsraum dringen. War da einer ihrer Weggefährtinnen auf dieselbe Idee gekommen wie sie?

Die Verkäuferin öffnete die Ladentür, genoss ganz bewusst das vertraute Geräusch ihres sich im Schloss drehenden Schlüssels, das Bimmeln des Glöckchens beim Eintreten.

»Hallo, hier ist Hertha«, rief sie, um niemanden zu erschrecken.

»Ich bin hier hinten«, hörte sie sie Marie Carstens' Stimme aus dem Büro.

Auf dem Weg dorthin stellte Hertha fest, dass im leeren Verkaufsraum nicht nur weiterhin der Duft von einigen Parfüms in der Luft lag, nein, da war auch der Geruch eines vanillelastigen Pfeifentabaks – er kam ganz frisch aus Richtung des leeren Hinterzimmers. Und tatsächlich lehnte dort Marie an der Wand und rauchte. Ihre Augen wirkten gläsern und waren rot geweint.

»Guten Abend, Kleines«, sagte sie mit einem schwachen Lächeln. »Wolltest du auch noch mal mit diesen geliebten Wänden sprechen?«

Hertha nickte und blickte erstaunt auf die Pfeife.

»Die gehörte meinem Vater«, erklärte ihre Patentante. »Ich wollte mit dem Geruch von der Parfümerie Abschied nehmen, mit dem alles begonnen hat. Er selbst ist seit fast vier Jahren fort, aber der Pfeifenduft bringt die Erinnerung zurück. Der Lavendel auf der Fensterbank ist für meine Großmutter – sie hat uns diesen Traum hier ermöglicht.«

»Einen Traum, den Anna und du bald wiederbeleben werdet«, versuchte Hertha, ein wenig Zuversicht zu verbreiten.

»Ich weiß nicht, ob dazu genug Kraft bleibt«, entgegnete Marie mit leiser Stimme. »Oder Zeit.«

»Wieso nicht? Die Zeit ist auf unserer Seite, die neue Währung wird kommen«, gab sich ihre Patentochter überzeugter, als sie war.

»Für euch vielleicht«, sagte Marie, und als sie Hertha direkt in die Augen sah, bemerkte diese, wie bleich sie war.

»Ich wollte nicht alle beunruhigen, aber ich kann es auf Dauer nicht verschweigen. Ich habe kurz nach Neujahr einen Knoten in meiner Brust entdeckt. Sie haben ihn eingeschickt, er ist bösartig.«

Hertha spürte einen sauren Geschmack im Mund, ihre Knie wurden weich. Krebs? Nein, nicht ihre geliebte Patentante Marie, das konnte, das durfte nicht wahr sein.

»Was kann man tun?«, wisperte sie und bemerkte, dass ihre Lippen zitterten.

»Sie haben ihn im Februar bereits rausgeschnitten«, erklärte Marie.

»Als du angeblich zwei Wochen Grippe hattest«, fiel Hertha wieder ein.

»Ja, das war Annas und meine Notlüge, um euch am Ende der Parfümerie nicht noch mehr zu beunruhigen«, gestand ihre Patentante. »Es tut mir leid. Ab April werde ich für ein paar Wochen nach Erlangen gehen. Dort gibt es eine neuartige Nachbehandlung mit Strahlen. Damit wollen sie verhindern, dass die Krankheit zurückkommt.«

Hertha hatte dagegen angekämpft, aber diese Nachricht war einfach zu viel, sie brach in Tränen aus. Ihre Patin legte augenblicklich die Pfeife auf die Fensterbank und war bei ihr, um sie in den Arm zu nehmen.

»Ich sollte dich trösten, nicht umgekehrt«, brachte Hertha schließlich schniefend hervor.

»Du tröstest mich, indem du gekommen bist«, sagte Marie lächelnd. »Ich habe in letzter Zeit zu viel mit den Toten gesprochen und zu wenig mit den Lebenden.«

Doch nun war es an Hertha, sich an die Verstorbenen zu wenden. Sie sah auf die Pfeife und dachte eindringlich: »Onkel Heinrich, sorg dafür, dass deine Erstgeborene wieder gesund wird!« Und mit Blick auf den Lavendel auf der Fensterbank: »Großmutter Grete, du hast immer an Wunder geglaubt, bitte sorg von da oben dafür, dass eines geschieht, und gib Marie ihre Parfümerie der Träume zurück!«

TEIL 3

1923

Oktober/November

25

Knapp ein halbes Jahr nach ihrer Eröffnung ging es der Parfümerie Mülder und Sohn sehr schlecht. Die Düfte kosteten inzwischen Millionen, kaum ein deutscher Kunde war in der Lage, das zu bezahlen. Die Geschäfte verlangten mittlerweile Pfund, Schweizer Franken, Dänische Kronen und andere Fremdwährungen. Nur wer in der glücklichen Lage war, derartige ausländische Devisen zu besitzen oder Geschäftsinhaber Georg Mülder zu einem Tauschgeschäft zu überreden, kam noch an Parfüm. Natürlich waren Duftwässerchen derzeit das kleinste Problem der Bürger. Kürzlich hatte ein spanischer Journalist, der auf dem Rückweg von Berlin bei Mülder noch ein Stück Seife hatte kaufen wollen, die Situation der Deutschen mitleidsvoll zusammengefasst: »Der Preis für Straßenbahnfahrten, Rindfleisch, Theaterkarten und Schuhe, Zeitungen und Haarschnitte, Zucker und Speck steigt jede Woche. Infolgedessen weiß niemand, wie lange sein Geld noch reicht. Die Menschen leben in ständiger Angst und denken an nichts anderes als Essen und Trinken, Kaufen und Verkaufen. In Berlin ist nur ein Thema in aller Munde: der Dollar, die Mark und die Preise.«

Natürlich sah das in Hamburg nicht anders aus. Georg Mülders drei Verkäuferinnen rätselten bereits, welche von ihnen er wohl als Erstes entlassen würde. Seine einstige Tanzpartnerin – der Kurs hatte im Mai geendet –, Hertha Harders, saß an diesem verregneten Montag, den 22. Oktober 1923, in der Mittagspause bei einer Brotsuppe allein im Büro. Sie war für einen Arbeitstag und die derzeitige Lage ungewohnt nobel gekleidet. Unter ihrer weißen Schürze schimmerte ihr schönstes Kleid aus waldgrüner Seide, das ihren braunen Locken schmeichelte. Für Hertha war dies ein ganz besonderer Montag, denn heute Abend wollten sie und ihr geheimnisvoller Briefpartner W. nach zehn Monaten endlich den nächsten Schritt wagen: Um sieben Uhr waren sie im Alsterpavillon erstmals *in persona* verabredet. Sie würde *Die Buddenbrooks* von Thomas Mann als Erkennungszeichen dabeihaben, er *Huckleberry Finn* von Mark Twain. Ein wenig Angst hatte sie davor, dass er äußerlich womöglich ihrer Vorstellung nicht entsprach, aber andererseits würde es mit ihm gewiss nicht langweilig werden, selbst wenn er schauderhaft aussehen sollte. Schließlich hatte es ihre Korrespondenz sogar in den schwierigsten Zeiten geschafft, ihre Laune zu heben. Auch in seinem jüngsten Brief, den Hertha erst heute Morgen aus ihrem Postfach gefischt hatte und in dem er erneut seine Vorfreude auf ihr bevorstehendes Rendezvous bekräftigt hatte, war es W. gelungen, sie zum Schmunzeln zu bringen. Diesmal mit einem Zitat des Schriftstellers Klaus Mann, das zwar voller bitterer Wahrheiten, aber eben auch ironischem Wortwitz war.

> *Der blutige Aufruhr des Krieges ist vorbei: Genießen wir den Karneval der Inflation. Es ist eine Menge Spaß und Papier, bedrucktes Papier, schwaches Zeug – nennen sie es immer noch Geld? Für fünf Milliarden davon kann man einen Dollar bekommen. Was für ein Witz! Die Yankees*

kommen diesmal aber als friedliche Touristen. Sie kaufen einen Rembrandt für ein Sandwich und unsere Seelen für ein Glas Whisky. Krupp und Stinnes werden ihre Schulden los, wir unsere Ersparnisse. Die Profiteure tanzen in den Palasthotels.

Als Ausgleich für seinen verbalen Exkurs in den frustrierenden politischen Alltag hatte W. auch von einem sehr inspirierenden Ausflug nach Weimar berichtet. Noch am letzten Tag hatte er die vom 15. August bis 30. September an drei Standorten dort stattfindende Bauhausausstellung besuchen können. Und diese erste öffentliche Präsentation des 1919 gegründeten »Staatlichen Bauhauses« hatte ihn zutiefst beeindruckt, wie er schrieb. *»Das Musterhaus Am Horn veranschaulicht das neue architektonische Denken sehr schön.«* Auch Hertha beeindruckte das Bauhaus, jene von Walter Gropius in Weimar gegründete Kunstschule. Diese stellte eine neuartige Zusammenführung von Kunst und Handwerk dar, was sich stark auf Malerei, darstellende Kunst und Musik auswirkte. Davon inspiriert, hatte Hertha auch selbst wieder angefangen zu malen.

Die Briefe des kulturinteressierten und geheimnisvollen W. waren aber nicht die einzige Post, die sie aufmunterte. Nach Hause war ihr gestern ein Schreiben ihrer lieben alten Freundin Pauline Lambert aus Grasse geschickt worden. Die greise Parfümeurin und Künstlerin hatte darin betont, wie sehr sie sich um ihre Freundinnen im fernen Hamburg sorge. *»Ich schäme mich, dass es meine Landsleute sind, die Ihr Land besetzen und in den Ruin treiben. Dass es inzwischen Tote gab, ist so furchtbar.«*

Natürlich hatte Pauline recht, die Situation im Ruhrgebiet war infolge des sinnlosen Widerstands täglich mehr eskaliert. Inzwischen hatten dort mehrere Dutzend Menschen ihr Leben lassen müssen. Am 26. Mai war in Düsseldorf als abschreckendes Beispiel der achtundzwanzigjährige Albert Schlageter wegen Spionage und Sabotage von den Besatzern hingerichtet worden.

Dennoch wollte Hertha noch heute Pauline schreiben, um ihr das schlechte Gewissen wegen der Besetzung durch ihre Landsleute zu nehmen. Es waren ja doch eher die deutsche Politik des passiven Widerstands und das Drucken von immer mehr Geld, wodurch die Inflation befeuert wurde. Sie begann, ihre Gedanken auf Französisch zu Papier zu bringen:

Hamburg, den 22. Oktober 1923

Meine liebe Pauline!
Wie schön, von Ihnen zu hören, und wie lieb, dass Sie sich um uns sorgen. Die Situation in dieser verrückten Zeit der Hyperinflation ist wirklich zermürbend. Im August hat der Berliner Journalist Friedrich Kroner sie treffend beschrieben: »Es nervt täglich: der Wahnsinn der Zahlen, die ungewisse Zukunft … Eine Epidemie der Angst und des nackten Bedürfnisses: Reihen von Käufern, längst ein üblicher Anblick, bilden sich wieder vor Geschäften, zuerst vor einem, dann vor allen … Die Linien senden immer das gleiche Signal: Die Stadt, die große Steinstadt, wird wieder leer gekauft. Reis, gestern achtzigtausend Mark pro Pfund, kostet heute hundertsechzigtausend Mark und morgen vielleicht doppelt so viel. Am Tag danach zuckt der Mann hinter der Theke mit den Schultern: ›Kein Reis mehr!‹«
Unsere arme Eugenie macht sich große Sorgen um ihre Eltern. Die haben sich seit Wochen nicht aus Danzig

gemeldet. Das Letzte, was sie geschrieben hatten, war, dass ihr Vater, ein Schuhmacher, kein Leder und keine Nägel mehr bezahlen konnte, und sie befürchteten, sich bald nicht einmal mehr das Nötigste leisten zu können. Aber Sie, liebe Pauline, können rein gar nichts für unsere Misere! Überhaupt hat die Inflation kaum einen direkten Zusammenhang mit den Reparationsforderungen der Siegermächte, wie in Deutschland allenthalben gern behauptet wird. Vielmehr hat die unfassbare Entwertung mit den Kosten des passiven Widerstands gegen die Besatzung und dem extravaganten Einsatz der Druckerpresse zu tun: Wie angekündigt, hat der deutsche Staat nämlich die Löhne von etwa zwei Millionen Arbeitern im Ruhrgebiet übernommen. Laut unseres Freundes, des gut vernetzten Reeders Hinnerk Nieland, kostet dies unser Land rund vierzig Millionen Mark – und zwar täglich! Zu diesem Zweck ließ die Regierung unter Reichskanzler Cuno einfach immer mehr Geld drucken. Die Folgen kennen wir: Wirtschaftskrise, Hyperinflation, Produktions- und Steuerausfälle. Immer schneller vervielfacht sich die Abwertung unserer Mark gegenüber dem US-Dollar.

Am 11. August hat Deutschland die Reparationslieferungen komplett eingestellt, aber nur einen Tag später ist die Regierung Wilhelm Cuno nach einem deutschlandweiten Streik gegen sie glücklicherweise gestürzt worden. Neuer Reichskanzler ist nun Gustav Stresemann von der nationalliberalen Deutschen Volkspartei. Er hat am 26. September aus Angst vor einem Umsturz endlich das Ende des passiven Widerstands gegen die französischen Besatzer im Ruhrgebiet erklärt.

Aber damit ist natürlich leider noch immer keine Ruhe

eingekehrt: Antirepublikanische, reaktionäre Kräfte in Bayern haben das Ende des Ruhrkampfs als einen Vorwand zur Errichtung einer eigenen Diktatur genommen. Gleich am 27. September wurde wegen Bayerns Separationsversuch der Ausnahmezustand erklärt, und am 13. Oktober hat der Reichstag ein Ermächtigungsgesetz verabschiedet, das Stresemann eine legale Diktatur ermöglichen soll. Auch bei uns in Hamburg ist an jenem Tag das Chaos ausgebrochen: Eine Demonstration von mehreren Tausend Arbeitslosen hat die Bannmeile um das Rathaus gestürmt.

Hertha war noch nicht mit ihrem Brief fertig, da hörte sie eine vertraute Männerstimme aus den Verkaufsräumen. Das war doch … Konnte das sein? Hatte Emil von Seggern wirklich das Ruhrgebiet verlassen können? Lucie oder Eugenie mussten ihn hereingelassen haben, denn eigentlich war die Mittagspause noch nicht vorbei und die Parfümerie geschlossen. Hertha hoffte, von Emil brandneues Wissen über die Situation im Ruhrgebiet zu erfahren, das sie Pauline Lambert mitteilen konnte, deshalb begab sie sich in den Verkaufsraum.

»Herr von Seggern braucht *Chanel N°5* als Geschenk für seine Tante«, erklärte Lucie ihrer Schwester, nachdem diese ihren einstigen Vermieter begrüßt hatte.

»Ja, die Gute wird achtzig, deshalb fahre ich meine Mutter nach Elbing in Ostpreußen. Ich habe auch frische Dollars dabei«, entgegnete der Krupp-Mitarbeiter grinsend.

»Da wird sich unser Herr Mülder freuen, wenn er von seiner Bank zurück ist«, meinte Hertha.

»Kein Wunder, für einen US-Dollar gibt es ja fast vier Billionen Mark«, meinte Emil.

»Wissen Sie, was uns die Ruhrbesetzung bisher gekostet hat?«, erkundigte sich Lucie.

»Etwa vier bis fünf Milliarden Goldmark«, schätzte von Seggern. »Die Folgen sind natürlich noch gar nicht absehbar: Unser Bankensystem teilweise zusammengebrochen, die Arbeitslosigkeit hoch wie nie, die Reallöhne sind ins Bodenlose gefallen. Kein Wunder, dass die KPD immer mehr Zulauf bekommt und von einer Revolution nach sowjetischem Vorbild träumt.«

»Puh, ich hatte ja gehofft, das Ende des Widerstands würde endlich eine Währungsreform ermöglichen«, sagte Lucie mutlos.

»Ich hoffe das immer noch«, räumte Emil ein. »Die neue Mark ist ja eine Bedingung für eine Neuverhandlung der Reparationen. Papst Pius hat den Gläubigern in einem offenen Brief empfohlen, unsere Verpflichtungen noch mal zu überdenken.«

»Das wäre zu schön, um wahr zu sein«, sagte Lucie seufzend. Sollte nun wirklich die grässliche Inflationsphase, die im Grunde ja bereits 1914 begonnen hatte, enden?

Eugenie war indes eine Idee gekommen. »Wie fahren Sie denn nach Ostpreußen, Herr von Seggern?«

»Mit dem Automobil«, erklärte dieser. »Wieso? Wollen Sie mitkommen?«

Sie fühlte sich ein wenig ertappt, gestand dann aber: »Meine Eltern wohnen in Danzig, aber ich habe seit vielen Wochen nichts von ihnen gehört. Ich würde da gern mal nach dem Rechten sehen.«

»Na, dann begleiten Sie meine Mutter und mich doch«, bot Emil von Seggern an. »Danzig ist ja nur etwas über fünfzig Kilometer von Elbing entfernt. Wir fahren morgen Mittag los. Wir machen dann auf halber Strecke Zwischenhalt in Stettin und übernachten in einer Pension eines Freundes. Dort gibt es gewiss noch ein freies Zimmer.«

»Das wäre ja großartig, wenn das ginge«, freute sich Eugenie. »Ich muss allerdings Herrn Mülder um Erlaubnis bitten. Hertha fährt morgen mit Anna nach Erlangen, um Marie zu besuchen, dann wäre Lucie bis Freitag allein in der Parfümerie.«

»Ach, ich schaffe das schon«, versicherte die. »So viel ist nun wirklich nicht los, der Chef wird schon zustimmen. Wir hatten ja alle seit April noch nicht einen einzigen Tag Urlaub.«

»Sie besuchen Marie?«, wandte sich Emil an Hertha. »Dann grüßen Sie sie doch bitte ganz lieb von mir.«

»Das mache ich gern«, sagte Hertha. Sie wusste, dass von Seggern selbst auch bereits zweimal nach Erlangen gefahren war, um sie zu sehen und ihr ein wenig beizustehen. Er schien wirklich verliebt in die Todkranke zu sein. Und dank seiner hohen Position bei Krupp konnte er sich solche Reisen gewiss auch in Zukunft noch leisten.

»Prima, dann müsste ich nur noch meinen Mann um Erlaubnis bitten«, wandte sich nun wieder Eugenie an Emil. Das würde bestimmt die größte Hürde werden. »Er hat heute Nachtdienst auf der Polizeistation. Ich werde ihn aber gleich morgen früh fragen und Sie dann vormittags telefonisch über seine Entscheidung unterrichten.«

»Tun Sie das, wir sind drüben im Hotel Atlantic untergebracht und ab sieben Uhr sicher wach.«

Da klopfte es erneut an der Schaufensterscheibe. »Das ist Henny«, erkannte Hertha ihre frühere Französischlehrerin. »Ich mache ihr schnell auf.«

»Entschuldigt, dass ich euch in eurer Pause störe«, sagte Henny Henckel, nachdem sie herzlich in die Runde gegrüßt hatte. Sie hatte ihren einstigen Sprachschülerinnen inzwischen gestattet, sie zu duzen. »Aber ich brauche unbedingt ein Stück Seife. Ich habe meinen ganzen Rucksack voller Geld, aber inzwischen ist das ja mehr wert, wenn man in kalten Nächten den Ofen damit befeuert. Ich dachte, ich könnte euren Herrn Mülder mit ein paar Kartoffeln bezirzen.«

»Er kommt erst heute Nachmittag vom Termin bei seiner Bank zurück«, erklärte Hertha. »Aber über die Kartoffeln wird er sich freuen, ich denke, das geht in Ordnung.«

Dankbar öffnete Henny ihren Rucksack, um zwischen den hineingestopften Geldscheinen nach den wertvollen Erdäpfeln zu suchen. Hertha bemerkte dort auch ein Buch: *Huckleberry Finn.* Was für ein seltsamer Zufall!

»Oh, du liest Mark Twain«, sagte sie anerkennend.

»Ja, ein großartiges Buch«, begeisterte sich Henny. »Willi Baumann hat es mir empfohlen, er liebt diesen Schriftsteller.«

Hertha reagierte schockiert. Willi liebte Twain? Er hatte auch eine Nichte, die er abgöttisch liebte! Und war er nicht erst kürzlich mit Georg Mülder in Richtung Berlin gefahren, um sich in Weimar absetzen zu lassen, wo ein Onkel von ihm lebte? Ja, Willi war in Weimar gewesen – der Stadt der Bauhausausstellung! Willi – W.!

Und an diesem für sie so besonderen Montag im Oktober 1923 fiel es Hertha Harders nach gut zehn Monaten Brieffreundschaft wie Schuppen von den Augen: Der geheimnisvolle W. konnte kein anderer sein als ihr erster Tanzpartner: Berta Kolbes Gärtner Willi Baumann!

26

Osdorf bei Altona war ein von großen Gegensätzen geprägter Vorort Hamburgs: Einerseits war dort vor drei Jahrzehnten die noble Villenkolonie Hochkamp entstanden, in der unter anderem auch zwei Stammkundinnen der Parfümerie residierten, anderseits existierte in der Ortschaft schon seit über fünfzig Jahren das Altonaer Armenhaus. An nassen Tagen waren die Straßen hier teilweise unpassierbar.

Zum Glück befand sich Willi Baumanns erste eigene Gärtnerei auf der Schwelle zwischen den beiden Ortsteilen und war selbst bei schlechtem Wetter ganz gut zu erreichen. Mit ihrem Regenschirm und dramatischer Miene ging Hertha Harders auf Willi zu, der gerade dem Jüngling Anweisungen gab, den ihm Berta Kolbe leihweise aus ihrer Fabrik zur Verfügung gestellt hatte. Er hatte Wilhelm Baumann gebeten, bei ihm bleiben zu dürfen, auch nachdem dessen Fuß wieder einigermaßen geheilt gewesen war.

Willi sah seine einstige Tanzpartnerin verblüfft nahen.

»Hertha, ist was passiert?«, fragte er beunruhigt.

»Ich muss dich dringend sprechen«, sagte sie direkt. Sie hegte ausschließlich geschwisterliche Gefühle für ihn, die Romantik ihrer Briefe musste schnellstens ausgemerzt werden. »Unter vier Augen.«

»Gut, du kommst ja zurecht, Alphons, die Dame und ich gehen kurz ins Gewächshaus«, erklärte Willi dem Lehrjungen, der daraufhin so eifrig nickte, dass sein karottenrotes Haar ihm ins Gesicht fiel.

Zwischen den teils recht exotischen Pflanzen im Glashaus haspelte Hertha sofort los, sobald sie allein waren: »Willi, uns beiden ist da etwas sehr Peinliches passiert.«

Der Gärtner sah sie verwirrt an. »Ja?«

Hertha atmete tief durch und verkündete dramatisch: »Ich bin K., und mir ist heute klar geworden, dass du W. bist.«

Die Reaktion Willis war wider Erwarten nicht fassungslose Überraschung, sondern komplette Verwirrung. »Ähm … Was meinst du damit?«

»Postfach 84. Klingelt jetzt was?«, rief sie ungeduldig. »Ich bin Postfach 42!«

»Hat das was mit deiner Brieffreundschaft zu tun?«, mutmaßte Willi. »Mit deinem geheimnisvollen Herrn X?«

»Nicht X«, widersprach sie hastig. »W Punkt! Ich weiß jetzt, dass du das bist. W Punkt liebt seine Nichte. W Punkt liebt Mark Twain. Und W Punkt war in Weimar auf der Bauhausausstellung.«

»Kann sein, dass dein W Punkt auf dieser Ausstellung war, aber ich nicht«, stellte Willi klar. »Ich war in Weimar bei meiner Familie. Mehr nicht. Und es gibt sicher auch andere Männer, die ihre Nichte lieb haben und Mark Twains Bücher spannend finden. Der wäre ja sonst verhungert. Aber ich kann dir eins sagen, was ich ganz und gar nicht liebe: Briefe schreiben.«

Hertha sah ihn erleichtert an. »Ach so?«

»Ich treffe die Leute lieber persönlich.« Das klang aufrichtig und überzeugend. »Und ganz ehrlich, Hertha: Es mag für deinen W Punkt und dich irrsinnig romantisch sein, jemandem zu schreiben, den man noch nie getroffen hat. Aber für mich wäre das nichts. Was, wenn meine Brieffreundin sich beim Schreiben freundlich gibt, in Wirklichkeit aber arrogant und zickig zu ihren Mitmenschen ist? So was kann ich gar nicht verknusern. Oder wenn sie stinkt? Auf einige von meinen Kundinnen trifft so was zu. Was, wenn ich aus Versehen einer von denen schreibe? In einem Brief bekomme ich davon nichts mit, da kann sie sich selbst in den blumigsten Worten beschreiben.«

»O Gott, du hast recht«, wurde Hertha klar. »Bis heute bin ich nie draufgekommen, dass ich diesen W. vielleicht längst kenne und ihn im wahren Leben schrecklich finde.«

Willi zuckte mit den Schultern. »Na ja, solange ihr euch bloß schreibt, passiert ja nichts.«

»Das ist es ja«, rief sie aufgeregt, »wir treffen uns heute um sieben zum ersten Mal.«

»Donnerwetter«, staunte der Gärtnereibesitzer. »Ich dachte schon, ihr nehmt nie Vernunft an.«

»Ich kann da nicht hin, ohne mich abzusichern«, befand die Parfümverkäuferin. »Willi, du musst jetzt ein wahrer Freund sein und für mich vorher in den Alsterpavillon gucken. Dann kannst du mir sagen, wie dieser W. aussieht – und ob er gut duftet.«

Er sah sie skeptisch an. »Wie soll ich ihm denn bitte so nah kommen, dass ich das rausfinde?«

»Na, sag ihm einfach, wie toll du *Huckleberry Finn* findest, dann seid ihr im Gespräch – und du ihm nah genug«, schlug Hertha vor.

»Aber ich kann nicht«, behauptete Willi, dem es spürbar unangenehm war, in diese Geschichte mit hineingezogen zu werden. »Ich hab heute Abend selbst ein Rendezvous und bin schon ganz aufgeregt deswegen. Ich treffe mich um halb acht mit Henny Henckel.«

»Mit Henny?«, wunderte sich Hertha. »Sie ist doch … neunzehn Jahre älter als du.«

»Das sieht man ihr aber weiß Gott nicht an, und sie ist unverheiratet. Außerdem ist es ungerecht: Ältere Männer dürfen sich jederzeit jüngere Frauen suchen. Ich hätte gerade dich für weltoffener gehalten – du weißt doch auch nicht, ob dein Brieffreund vielleicht jünger ist als du.«

»Es geht doch nicht um mich. Es geht um die Gesellschaft. Und die werden vor allem auf Henny herumhacken, wenn ihr zusammenkommt. Das solltest du bedenken. Wo wollt ihr euch denn um halb acht treffen?«

»Im Rathauscafé.«

»Ach, das kommt zeitlich bestens hin«, meinte Hertha überzeugt, »du brauchst doch kaum fünf Minuten dorthin.«

Er wirkte allerdings weiterhin unschlüssig. »Ich weiß nicht …«

»Bitte, Willi!«, flehte sie. »Weltoffene Tanzpartner müssen doch zusammenhalten.« Und dann fügte sie mit einem verschwörerischen Zwinkern hinzu: »Ich kann auch Henny darauf hinweisen, wie großartig du bist.«

»Bloß nicht, halt dich da man lieber raus!«, winkte Willi ab. »Wenn die Deern das nicht von selbst spitzkriegt, hat das Ganze sowieso keinen Zweck.« Schließlich seufzte er gottergeben. »Also gut, von mir aus. Ich bin dann um kurz vor sieben vor der Parfümerie.«

»Danke, Willi, du bist ein Schatz«, rief Hertha und küsste ihn überschwänglich auf die Wange.

***

Der in das Ufer der Binnenalster gebaute Alsterpavillon am Jungfernstieg lag in unmittelbarer Nähe der Parfümerien Douglas und Mülder, weshalb die drei Verkäuferinnen in dem beliebten Treffpunkt betuchter Hamburger schon oft zu Gast gewesen waren. Hertha wusste von ihrer Mutter, dass an dieser Stelle schon 1799 ein Pavillon gestanden hatte. Der jetzige Bau war bereits der fünfte und kurz vor Ausbruch des Großen Krieges im Juni 1914 fertiggestellt worden.

Am heutigen Abend hatte sie einen Hut mit einem kleinen Schleier gewählt, der ihr Gesicht ein wenig verbarg, zudem hielt sie ihren Regenschirm so, dass man sie weder von innen noch vom Eingang her erkennen konnte. Statt ihrer sah nun Willi Baumann wie versprochen durch die Glasscheibe ins hell erleuchtete Innere des traditionsreichen Cafés.

»Und, siehst du ihn?«, fragte Hertha ungeduldig.

»Ja, ja«, entgegnete Willi und konnte sich ein kleines Schmunzeln nicht verkneifen. »Da ist ein sehr, sehr gut aussehender Herr. Jung, schön – und offenbar gar nicht arm.«

»Wirklich?«, hakte sie aufgeregt nach.

»Ja, aber leider kein *Huckleberry Finn* auf dem Tisch«, sagte er feixend, und sie knuffte ihn in die Seite. Er beruhigte sie: »Mach dir nichts draus, er ist sowieso in Damenbegleitung.«

Hertha zuckte vor Schreck zusammen, als der junge Gärtner plötzlich hervorstieß: »Ha, da ist es. Mark Twain. Habe bloß den Umschlag nicht gleich erkannt, scheint die englische Ausgabe zu sein.«

»Und – wie sieht er aus?«, drängelte Hertha.

»Kann ich nicht sagen, der Kellner steht gerade davor«, berichtete Willi und stellte sich neugierig auf die Zehenspitzen. »Ah, jetzt, jetzt sehe ich ihn.«

Als er nun losprustete, geriet sie in Panik. »Wieso lachst du? Ist er so hässlich?«

»Na ja, sagen wir mal so: Wer Georg Mülder hübsch findet, der wird den Kerl da drin auch hübsch finden«, meinte er schmunzelnd.

»Unseren Chef? Igitt«, entfuhr es Hertha.

»Also – wenn dir Georg Mülder nicht gut genug ist, dann wird dir dein W Punkt auch nicht gut genug sein.«

Sie sah ihn verständnislos an. »Wieso das?«

»Weil er Georg Mülder *ist*«, offenbarte Willi.

»Was?« War das ein schlechter Scherz? Jetzt konnte sie nicht länger umhin, als ebenfalls durch die Scheibe nach drinnen zu schauen.

Und da saß er tatsächlich, etwas nervös, vor ihm eine Originalausgabe von Twains *Huckleberry Finn*. Ihr zweiter Tanzpartner!

»O Gott, ja – natürlich! Er hat ein Parfüm für sein Patenkind gekauft – wahrscheinlich seine Nichte«, rief Hertha erkennend, die die letzten Monate vor ihrem inneren Auge nochmals Revue passieren ließ.

»Und als er mich in Weimar bei meiner Familie herausgelassen hat, wollte er dort noch auf eine Ausstellung«, fiel Willi jetzt wieder ein. »Außerdem war er es, der mir damals nach dem Tanzkurs Mark Twain empfohlen hat. Er hat erzählt, dass er zurzeit sein Lieblingsschriftsteller ist. Mülders Familie hat auch ein Zitat von Mark Twain als Werbung für ihre Kosmetikfabrik verwendet: ›Die Zeit mag Wunden heilen, aber sie ist eine miserable Kosmetikerin.‹« Willi musterte seine einstige Tanzpartnerin fragend. »Was hast du jetzt vor?«

»Rausfinden, ob er es die ganze Zeit wusste«, verkündete die entschlossen.

»Und dann erklärst du ihm den Krieg«, mutmaßte Willi ein wenig beunruhigt.

»Nein, Männer führen Kriege, Frauen lösen Probleme«, widersprach Hertha. »Danke, Willi, und viel Glück nachher mit Henny. Sie ist eine wunderbare Frau. Und du hast recht: Sie sieht viel jünger aus, als sie ist.«

»Das wünsch ich dir auch«, sagte er. »Obwohl ich gerade den Eindruck habe, dass Georg gleich mehr Glück nötig haben wird.«

Hertha nahm ihren Hut ab, marschierte in den Alsterpavillon und schoss schnurstracks auf Georg Mülder zu. Der sah verblüfft von seinem Zweiertisch auf.

»Einen wunderschönen Abend, Herr Mülder«, sagte sie zackig.

»Fräulein Harders, was … für eine Überraschung«, stammelte er. »Was führt Sie her?«

»Ich habe eine Verabredung«, verkündete sie wahrheitsgemäß.

»Oh, was für ein Zufall. Ich auch«, sagte er und sah sich nervös um. »Hören Sie, Fräulein Harders, das soll jetzt nicht unhöflich klingen, aber könnten wir beide uns morgen in der Parfümerie weiterunterhalten? Ich möchte nicht, dass die Dame, auf die ich warte, es missversteht, wenn ich mich mit so einer schönen Frau unterhalte.«

Das Kompliment schmeichelte Hertha, und seine Befürchtung, Brieffreundin K. könne die Situation falsch interpretieren, zeigte ihr, dass er in der Tat keine Ahnung hatte, um wen es sich bei dieser handelte.

»Ich glaube nicht, dass die Dame, auf die Sie warten, noch irgendetwas missversteht«, sagte sie mit bitterer Ironie. »Im Gegenteil: Sie versteht endlich alles ziemlich gut.«

Er zeigte sich verwirrt. »Was … was meinen Sie?«

Hertha setzte sich unaufgefordert auf den Stuhl ihm gegenüber, woraufhin er sich erneut unruhig umsah.

»Ein Mann hätte sein Wissen vielleicht erst mal für sich behalten und noch eine Weile Katz und Maus gespielt«, meinte Hertha. »Aber zum Glück bin ich kein Mann.«

Mülder, allmählich ein wenig ungeduldig, seufzte. »Fräulein Harders, ich kann zwar bestätigen, dass Sie kein Mann sind, aber ich weiß nicht, wovon Sie da reden, und ich muss Sie jetzt wirklich bitten …«

»Ja, geredet wurde wirklich genug«, unterbrach sie ihn, »oder besser geschrieben, jetzt ist es Zeit für nackte Tatsachen.«

Sie öffnete die Handtasche auf ihrem Schoss und zauberte eine Erstausgabe von Thomas Manns *Buddenbrooks* hervor.

Georg starrte fassungslos auf das Buch und dann in ihr Gesicht.

»Postfach 42?«, vergewisserte er sich mit versagender Stimme.

»Jawohl, Herr Postfach 84«, entgegnete Hertha. »Oder besser W Punkt. Wieso eigentlich W Punkt? Sie heißen doch G Punkt, also ich meine Georg.«

»Na, das hatte ich doch in meinem ersten Brief geschrieben. Dass ich der Wissbegierige bin«, erinnerte er sie. »Deshalb W.«

»Ach so, stimmt«, fiel ihr wieder ein. »Na ja, jetzt wissen Sie ja alles, Herr Wissbegieriger.«

Doch sie spürte, dass seine Gedanken rasten und für ihn durchaus noch Fragen offen waren. »Aber wieso K.?«

»Na K Punkt wie die Kunstinteressierte«, wies sie auf ihren ersten Brief hin.

»Ach so«, kam es erkennend von Mülder.

»Was für ein verrückter Zufall«, meinte Hertha kopfschüttelnd.

»Na ja, so groß ist der gar nicht«, widersprach er. »Ich war doch dabei, als dieser ungarische Theaterautor Ihnen eine anonyme Brieffreundschaft vorgeschlagen hat. Ich konnte ja nicht ahnen, dass Sie gleich ein paar Tage später eine Annonce schalten. Und bei K Punkt wäre ich im Leben nicht auf eine Hertha Harders gekommen.«

»Stimmt, das war ja Nikis Idee«, fiel nun auch Hertha wieder ein, und sie fügte ironisch hinzu: »Meine Mutter sollte ihm von unserer Geschichte schreiben, vielleicht macht er ja ein Theaterstück draus.«

Georg lachte kurz freudlos auf, wirkte dann aber wieder ganz ernst und wehmütig. »Ich werde K.'s Briefe vermissen, ich habe mich immer so darauf gefreut.«

»Das habe ich auch«, gab sie mit belegter Stimme zu.

»Was machen wir denn jetzt?«, fragte er ratlos.

Sie wollte ihm nichts vormachen. »Irgendwie ist das hier anders als in den Briefen.«

Nach kurzem Nachdenken kehrte der abenteuerlustige Glanz in seine Augen zurück, und er schlug vor: »Vielleicht ist es leichter, wenn wir uns nicht sehen?«

»Wie meinen Sie das?«, hakte sie erschrocken nach. Wollte er ihr etwa wegen dieser Geschichte kündigen? »Wir sehen uns doch im Laden?«

»Nein, ich meine jetzt«, sagte er und wandte ihr den Rücken zu. Dann forderte er sie mit zärtlicher Stimme auf: »Drehen Sie sich auch um!«

Sie zögerte kurz. Was sollten die anderen Gäste denken? Egal! Schließlich drehte sie sich ihrerseits von ihm fort.

»Meine liebe K.«, hörte sie ihn flüstern – und es funktionierte: Er war nun wieder der vertraute Mann aus den Briefen. Und sein Parfüm hatte sie ja schon immer gemocht. Das zitronig-würzige *Spiced Limes* aus England.

»Mein lieber W.«, sagte sie zögernd. Was würde sie ihm

jetzt schreiben? Im Geiste hielt sie ihren Füllfederhalter in der Hand und sagte: »Was Sie über das Bauhaus geschrieben haben, hat mich sehr gefreut. Ich wünschte, ich hätte die Ausstellung auch gesehen.«

»In Zukunft können wir ja vielleicht *zusammen* eine Ausstellung besuchen«, sagte er hoffnungsvoll. »Und vielleicht gehen wir ja mal von der Parfümerie aus Mittagessen. Nicht als großartige Verkäuferin Fräulein Harders und miserabler Geschäftsführer Mülder, sondern als K. und W.«

»Das wäre schön«, sagte Hertha lächelnd. »Aber vielleicht sollten wir dann auch Rücken an Rücken sitzen. Das funktioniert so nämlich wirklich ganz gut.«

Sie bemerkte, dass er sich zu ihr umdrehte, und tat es ihm gleich. Wie ernst sein Gesicht ist, stellte sie erschrocken fest. Da standen schlechte Nachrichten an, das spürte sie sofort.

»Andererseits werden wir vielleicht gar nicht mehr so oft Gelegenheit haben, als Angestellte und Chef miteinander essen zu gehen«, murmelte er.

»Wieso nicht?«, fragte sie heiser. Er wollte sie in der Tat entlassen! Das konnte doch nicht wahr sein!

»Das Gespräch bei der Bank heute Morgen lief hundsmiserabel«, berichtete er. »Das Weihnachtsgeschäft werden wir in jedem Fall noch mitnehmen, aber wenn dabei kein Wunder geschieht, muss ich den Laden im Januar dichtmachen. Ich habe versagt. Bin eben doch nicht vom Fach.«

Hertha wurde augenblicklich von liebevollem Mitleid erfüllt. Sie selbst und ihre Schwester würden dank ihrer Eltern schon eine Weile über die Runden kommen. »Sie können doch nichts für die Inflation«, tröstete sie ihn, und ihr fiel auf, dass sie heute schon zum zweiten Mal jemand davon überzeugen wollte. Am Morgen war es Pauline Lambert gewesen, der sie die Selbstvorwürfe hatte nehmen wollen.

»Vielleicht wird es mit der neuen Währung besser?«, sagte sie, doch sie fand nicht, dass es sonderlich überzeugend klang.

»Da habe ich leider wenig Hoffnung«, meinte er.

Nun eilte ein Kellner zu ihnen an den Tisch. »Was darf ich den Herrschaften bringen?«

»Zwei Gläser Champagner«, bestellte Hertha. »Wir feiern das Fortbestehen einer Korrespondenz.«

Georg schien peinlich berührt. »Aber, ich habe nicht genug …«

Seine Angestellte machte eine abwinkende Handbewegung. »Meine Patentante Anna hat mir ein paar Dollars mitgegeben.«

»Wie geht es eigentlich Maria Carstens? Sie fahren morgen mit Anna bis Freitag zu ihr, nicht wahr?«, fiel ihm dabei ein.

»Sie war lange Zeit auf Kur in Bayern«, berichtete Hertha. Die Bestrahlung hatte Marie erschöpft, aber inzwischen ging es ihr zum Glück wieder besser. »Anna und ich möchten sie einfach mal wieder sehen, sie hat dort noch einmal eine Besprechung mit ihrem Bestrahlungsarzt. Wir hoffen, dass alles gut ging.«

27

Es würde gleich fünf Uhr schlagen, und die verregneten Straßen waren noch dunkel und leer an diesem frühen Dienstagmorgen. Eugenie Schalt war jedoch bereits seit einer Stunde wach und ging auf das Polizeirevier nahe des imposanten Hamburger Rathauses zu. Vor einem Monat hatten sie und Robert ein kleines Häuschen im Stadtteil Rothenburgsort bezogen. Dabei handelte es sich um ein Geschenk seines Vaters, der dank seiner Dollarvorräte unerwartet zum Inflationsgewinner geworden war. Offiziell wohnte Eugenie dort vorerst nur als Roberts Haushälterin, doch dank des Dollarsegens hielt er eine Heirat im Frühjahr für durchaus möglich. Vom Wasserturm in Rothenburgsort aus fuhr eine Straßenbahn, Roberts Arbeitsstelle war also gut zu erreichen.

Eugenie klingelte an der Tür des Polizeireviers, und glücklicherweise öffnete ihr Oberwachtmeister Fedder, der sie ja gut kannte.

»Fräulein Harders, guten Morgen«, grüßte er sie. »Na, da wird sich Ihr Verlobter aber freuen.«

Er ließ sie herein und führte sie zu einem Schreibtisch, von dem Robert erstaunt aufsah.

»Nun gucken Sie mal, wer da ist, Bethge. Ich lass euch

Turteltäubchen allein«, sagte Fedder grinsend und ging zu einem Kollegen hinüber.

»Ja, Häschen, wieso bist du denn um die Zeit schon munter?«, fragte Robert und küsste sie sanft auf die Wange.

Sie überreichte ihm zwei in Butterbrotpapier gewickelte Stullen. »Ich wollte dir dein Frühstück vorbeibringen und dich etwas fragen.«

Sein Gesichtsausdruck verfinsterte sich augenblicklich. »Was denn?«

»Du erinnerst dich doch noch an Emil von Seggern, unseren Vermieter«, begann sie.

»Ja, der Kerl, der Anna und Maria Carstens vorgegaukelt hat, er sei unverheiratet«, erwiderte Robert, und seine Augen verengten sich zu misstrauischen Schlitzen.

»Gestern war er in der Parfümerie zu Besuch und hat erzählt, dass er heute Nachmittag seine Mutter mit dem Automobil nach Elbing fährt. Er hat angeboten, mich in Danzig abzusetzen«, berichtete Eugenie. »Anna wäre einverstanden, wenn ich zwei Tage pausiere. Dann könnte ich endlich herausfinden, was mit meinen Eltern los ist.«

»Und da bringst du mir scheinheilig ein Wurstbrot, damit ich milde gestimmt bin«, knurrte Robert, vor unterdrückter Wut bebend.

»Nein, ich …«, stammelte sie. Seine eifersüchtigen Vorwürfe waren manchmal so absurd, dass ihr auf Anhieb gar keine Antwort einfiel. Aber in letzter Zeit war er misstrauisch gegen alles und jeden geworden. Sein bester Freund Fritz von der Höh war am 16. April seinen schweren Verletzungen erlegen. Ob dieser tatsächlich niemanden provoziert hatte und von den Franzosen völlig grundlos erschossen worden war, wie die nationalistische Propaganda behauptete, war im Nachhinein kaum noch zu überprüfen. Robert war seither jedenfalls noch reizbarer als früher geworden, einige Male wäre ihm bei seiner Verlobten fast die Hand ausgerutscht. Manchmal hatte Eugenie regelrecht Angst vor ihm.

»Du weißt doch, wie sehr ich mir Sorgen um meine Eltern mache«, erklärte sie eindringlich. »Seit über zwei Monaten kam kein Lebenszeichen mehr von ihnen!«

»Aber es schickt sich ja wohl kaum, wenn ich meine Verlobte mit einem notorischen Schürzenjäger verreisen lasse«, zischte er.

»Seine Mutter ist doch dabei, und ich sitze hinten«, versuchte sie, etwas Realismus in diese Diskussion zu bringen.

»Das macht es noch missverständlicher für die Leute«, befand Robert, und dann sondierte er sie mit argwöhnischem Blick. »Oder lägen die mit ihren Unterstellungen sogar richtig? Gefällt dir dieser von Seggern?«

Natürlich sah Emil gut aus, aber er gehörte ja der Generation ihrer Patentanten an, dieses ganze Verhör war so widersinnig. »Nein, er ist doch viel älter als ich«, erinnerte sie ihren Verlobten, der drehte ihr jedoch das Wort auf perfide Weise im Mund herum: »Aber wenn ein Jüngerer käme, dann würdest du dir schon überlegen, ob er besser ist als ich, oder was?«

»Nein!«, rief sie in ihrer zunehmenden Verzweiflung etwas zu laut. »Natürlich nicht. Ich wollte nur herausfinden, wie es meinen Eltern geht, sonst nichts.«

»Und auf die Idee, mich zu fragen, ob ich dir von meinen Dollars eine Zugfahrkarte kaufe, bist du nicht gekommen?«, fragte er bissig. »Die Reise mit so einem gut betuchten Krupp-Boss ist schon schöner, stimmt's?«

Das war so ungerecht! Mit den Dollars, die sein Vater ihm als eiserne Reserve geschenkt hatte, war Robert doch ohnehin derart geizig, dass es bei ihnen selten etwas Gutes zu essen gab – und wenn, dann auch in erster Linie nur für ihn selbst. Wie hätte sie also darauf kommen sollen, dass er ihr davon eine Reise nach Danzig bezahlen würde?

In diesem Augenblick klingelte es am Eingang des Polizeireviers. Ein junger Arbeiter verkündete, er wolle einen Diebstahl melden. Doch als Fedder ihm die Tür öffnete, brach die Hölle los: Ein halbes Dutzend Männer stieß den überrumpelten Oberwachtmeister zur Seite und stürmte unter lautem Geschrei das Gebäude. Jeder der Eindringlinge hatte Waffen auf die drei anwesenden Polizisten und Eugenie gerichtet. Sie hielt sich instinktiv an Robert fest.

»Ganz ruhig jetzt alle!«, brüllte der Anführer des Mobs. »Wenn keiner seinen Kopf verliert, verliert auch keiner seinen Kopf.«

»Wer sich auch nur eine Sekunde in Richtung einer Waffe bewegt, ist ein toter Mann«, ergänzte ein Hochgewachsener mit Baskenmütze.

»Meine Freunde hier werden jetzt mit zwei Säcken herumgehen, und ihr, Genossen, werdet ihm brav jede Pistole, jedes Gewehr, jeden Schlagstock aushändigen«, befahl der Anführer den Polizisten, die perplex ihre Hände gehoben hatten. »Dabei hat die Mündung immer in eure eigene Richtung zu zeigen, klar?«

»Ihr ruiniert euer Leben, Jungs«, versuchte Oberwachtmeister Fedder, die Männer zur Vernunft zu bringen. »Warum tut ihr das?«

»Weil die Waffen in die Hände der Arbeiter und Bauern gehören und nicht in die einer Polizei, die eine korrupte Regierung unterstützt«, entgegnete der Anführer, während die Polizisten ihre Pistolen in die Säcke warfen.

»Kommunistenschweine«, flüsterte Robert hasserfüllt.

»Die wollen einen bewaffneten Umsturz, die Brut darf man nicht entkommen lassen.«

»Bitte, Schatz, bleib ruhig!«, flehte Eugenie kaum hörbar. »Sonst bringen die dich noch um.«

Sie kannte das hitzige Temperament ihres Verlobten ja nur zu gut und befürchtete daher das Schlimmste.

Doch der ließ sich nicht beruhigen: »Die wollen eine Revolution wie die in Russland vor vier Jahren«, echauffierte er sich.

»He, was flüstert ihr beiden dahinten?«, schnauzte der Hochgewachsene mit der Baskenmütze.

Eugenie nahm voller Panik wahr, wie Roberts Griff zu seiner Waffe ging. Diese lag für die Aufständischen uneinsehbar hinter den Ordnern auf seinem Schreibtisch. Vor ihrem inneren Auge sah sie bereits ihn und die anderen Polizisten von Kugeln durchsiebt am Boden liegen. Doch zum Glück reichte Robert dem Riesen, der auf ihn zukam, die Dienstwaffe mit dem Knauf zuerst.

Die Erleichterung währte nur kurz. Plötzlich und völlig unerwartet richtete der dritte Polizist, ein unscheinbarer Mann um die vierzig mit schmalem Oberlippenbärtchen, eine Pistole auf den Kopf des Anführers. Ehe Eugenie sich's versah, hatte der Hochgewachsene neben ihr sie gepackt und ihr den Lauf von Roberts Schießeisen an die Schläfe gepresst. Sie spürte, wie augenblicklich die Kraft aus ihren Knien wich.

»Martin, lass die Waffe fallen!«, brüllte Robert außer sich.

Auf einmal hallten die Stimmen ganz merkwürdig, und Eugenie wurde schwindelig. Und dann war da gar nichts mehr.

***

»Die Idioten von der KPD-Sektion Wasserkante haben wohl vierundzwanzig Polizeireviere gestürmt – siebzehn in Hamburg und sieben in Schleswig-Holstein. Die haben insgesamt etwa zweihundertfünfzig Gewehre erbeutet«, berichtete Emil von Seggern, der seine Limousine aus Hamburg hinaus und in Richtung Osten lenkte. Die Überlandstraßen waren zum Teil schrecklich holprig, daher hatten die meisten Automobile ein Ersatzrad dabei, und jeder Fahrer brauchte Ingenieurskenntnisse.

Eugenie war noch immer ganz mulmig zumute, wenn sie an den Vorfall auf der Polizeistation dachte. Ihre Ohnmacht hatte Roberts Kollegen zum Glück dazu gebracht, seine Pistole abzugeben. Als sie im Revier schließlich wieder zu sich gekommen war, hatte ihr Oberwachtmeister Fedder offenbart, dass die KPD-Revolutionäre mit sieben Waffen entkommen waren. Robert war merklich erleichtert gewesen, dass seiner Verlobten nichts passiert war. Zu ihrer großen Überraschung und Freude hatte er ihr erlaubt, die von Seggerns nach Ostpreußen zu begleiten. Was für ein ereignisreicher Tag, eine Reise in Richtung ihrer alten Heimat Danzig am Mittag – nach Lebensgefahr durch Revoluzzer am frühen Morgen.

»Was für ein Pack!«, fauchte Emils Mutter, Alwine von Seggern, vom Beifahrersitz aus. Sie war eine zu stark geschminkte Dame im Pelzmantel, deren schwarze Haarfarbe so weit herausgewachsen war, dass die dunklen Locken aufgrund des weißen Ansatzes über dem Kopf zu schweben schienen. Eugenie, die im Fond des Wagens saß, fand die Alte recht unsympathisch. Schon bei der Begrüßung, als sie von Emil vor der Parfümerie Mülder abgeholt worden war, hatte Alwine die junge Verkäuferin abfällig von oben bis unten gemustert.

»In Bad Oldesloe, Ahrensburg und Rahlstedt haben die

KPD-Idioten Eisenbahnschienen und Straßen blockiert«, setzte ihr Sohn seinen Bericht fort.

»Mein Verlobter hat erzählt, dass die Aufständischen in Bargteheide den Gemeindevorsteher festgesetzt haben«, konnte auch Eugenie eine Information beisteuern. »Danach haben die wohl eine Sowjetrepublik Stormarn ausgerufen.«

»Ja, aber außer im stormarnischen Ort Schiffbek sowie in Eimsbüttel und Barmbek sind die Aufstandsversuche schon niedergeschlagen«, ergänzte Emil.

»In Barmbek soll sich angeblich auch die Bevölkerung am Barrikadenbau beteiligen und die Aufständischen mit Lebensmitteln versorgen«, hatte Eugenie von Reeder Hinnerk Nieland erfahren, der sie kurz vor ihrer Abfahrt noch in der Parfümerie Mülder besucht hatte. »Dort können die sich unter dauerndem Gewehrfeuer schon seit Stunden halten.«

»Kein Wunder«, knurrte Emil. »In dem Stadtteil haben bei der vorigen Wahl etwa zwanzig Prozent der Wähler für die KPD gestimmt.«

»Man sollte alle erschießen, die Mitglied in so einer Partei sind«, fühlte sich Alwine von Seggern bemüßigt zu sagen.

Emil verdrehte die Augen und klärte seine Mutter auf: »Die haben vierzehntausend Mitglieder, die wird man schwerlich alle hinrichten können. An dem Aufstand haben nach jetzigem Wissen nur knapp dreihundert aktiv teilgenommen. Ihr Umsturzversuch ist also aus militärischer Sicht aussichtslos.«

Eugenie konnte nur hoffen, dass dem wirklich so war. Nicht auszudenken, wenn Hamburg – mit all ihren Freunden und ihrem Verlobten darin – doch noch zur Sowjetrepublik werden würde.

***

Anna Carstens und Hertha Harders waren am Dienstag schon in aller Herrgottsfrühe in den Zug gestiegen, um nach Erlangen zu reisen. Nach einer Zwischenübernachtung in Kassel kamen sie am Mittwochnachmittag in der fränkischen Stadt an. Nachdem sie ihr Gepäck rasch ins Hotel gebracht hatten, eilten sie in den Park der Klinik, wo sie mit Marie verabredet waren, die dort behandelt wurde. Als sie auf Schwester und Patentochter zukam, schossen den beiden Tränen in die Augen – einerseits ausgelöst durch die Wiedersehensfreude, andererseits durch den Anblick der einstigen Parfümeriebesitzern. Ihr Lächeln war schwach, ihre Augen von dunklen Rändern umgeben und müde. Ihr ehemals so glänzendes braunes Haar war nun matt und spröde. Außerdem war sie äußerst abgemagert.

»Wie ergeht es dir hier?«, fragte Anna nach den langen Umarmungen, die, wie Hertha deutlich merkte, alle Kraft aufwenden musste, um beim Anblick ihrer Schwester nicht loszuweinen.

»Gut, die Ärzte sind zufrieden mit mir«, meinte Marie. »Alles, was sie hier so an mir ausprobiert haben, scheint Erfolg zu haben.«

»Das freut mich«, sagte Hertha, in der neue Hoffnung aufkeimte.

»Sagt mal, was ist denn bei euch in Hamburg los?«, fragte Marie besorgt. »Der Arzt meinte, da spielen die Kommunisten verrückt?«

»Ja, ich habe vorhin im Hotel kurz noch mit Hinnerk Nieland telefoniert«, berichtete Anna. »Barmbek war ja gestern immer noch besetzt. Aber in der Nacht müssen die Aufständischen erkannt haben, wie aussichtslos ihre Lage ist. Die Polizei hat heute einen Großangriff begonnen, aber niemanden mehr vorgefunden. Kein Wunder, dass die aufgegeben haben: Die Reichsmarine hat laut Herrn Nieland einen Kreuzer und zwei Torpedoboote geschickt – zur Unterstützung der Hamburger Ordnungspolizei.«

Hertha hatte im Hotel ebenfalls noch telefoniert – mit Lucie. Dass die ihr erzählt hatte, Eugenie sei bei der Erstürmung des Polizeireviers am Rathaus beinahe ums Leben gekommen, wollte sie Marie lieber verschweigen.

»Gab es denn viele Opfer?«, erkundigte diese sich.

»Hinnerk Nieland meinte, mindestens hundert«, sagte Anna. »Siebzehn davon waren wohl Polizisten, über zwanzig Aufständische – und leider auch mehr als sechzig unbeteiligte Zivilisten. Über eintausend Personen wurden bis jetzt festgenommen.«

Da bemerkten sie einen Mann, der trotz der recht kühlen Temperaturen lediglich einen Morgenmantel trug. Offenbar war er auch Patient in der Klinik. Er war hager und hatte eine Glatze, versuchte an einer Zigarette zu ziehen, hustete dann aber ganz erbärmlich und warf den Glimmstängel schließlich achtlos ins Gras.

»Wahrscheinlich Lungenkrebs«, mutmaßte Marie. »Der Husten … o mein Gott, das kann nicht möglich sein!« Sie hatte sich schockiert selbst unterbrochen.

»Was ist denn?«, fragte Hertha, doch dann erkannte auch sie den ausgemergelten Mann.

Anna war das offenbar ebenfalls gelungen, denn sie flüsterte starr vor Schreck: »Uwe Hauer!«

28

Zu Hause! Sosehr Eugenie Hamburg auch liebte, ein Besuch in der Stadt ihrer Kindheit brachte jedes Mal eine Flut schöner Erinnerungen zurück. Sie hatte sich von Emil von Seggern nach der Ankunft in Danzig am Ostseehafen absetzen lassen. Dort wollte sie vor dem Besuch bei ihren Eltern noch ein wenig an den Schiffen vorbeiflanieren. Nach dem herzlichen Abschied von ihrem einstigen Vermieter – und dem frostigen von seiner Mutter – ging die junge Parfümverkäuferin an den beeindruckenden historischen Gebäuden vorbei, deren Giebeldächer von Schnee bedeckt waren und die im Schein der Nachmittagssonne mit ihrer Pracht an den einstigen Reichtum der Hanse erinnerten. Von jeher hatte Eugenie ganz besonders das direkt am Becken des Mottlaufhafens stehende berühmte Krantor beeindruckt, ein rotes Backsteingebäude, das aus zwei halbrunden Türmen bestand, zwischen denen ein sechsstöckiges Doppelhebewerk in den strahlend blauen Winterhimmel ragte.

Je weiter sie jedoch in das Viertel vordrang, in dem ihre Eltern wohnten, desto elender wirkten viele Gebäude. Und in den Gesichtern der Passanten sah sie, dass die Menschen auch in Danzig unter der Inflation litten.

Mit Inkrafttreten des Friedensvertrags von Versailles war

die am östlichen Rand des Reichs liegende Hafenmetropole mit ihren umliegenden Gebieten vor drei Jahren von Deutschland abgetrennt und zu einem unabhängigen Staat erklärt worden – der Freien Stadt Danzig. Seit Februar 1920 war eine britische Besatzungstruppe vor Ort, die diesen Prozess absichern sollte. Polen hatte eine Übernahme angestrebt, war jedoch damit gescheitert. Immerhin hatte man jenem Land aber durch die von den Siegermächten geschaffene Konstruktion der »Freien Stadt« die uneingeschränkte Nutzung des Danziger Hafens garantiert.

»Vor zwei Jahren hat hier das Deutsche Generalkonsulat eröffnet, mit seiner Hilfe üben deutsche Regierungsstellen eine heimliche Kontrolle über die Danziger Behörden aus«, hatte Eugenie bei ihrer Einfahrt in die Stadt durch Emil von Seggern erfahren. »Die wollen das hier als Kongressstadt für deutsche Vereine und Verbände etablieren, aber Danzig hat in der Hinsicht keinerlei Vorzüge zu bieten, schon gar nicht, was die geografische Lage betrifft. Über verschiedene Kanäle fließen trotz der Krise laufend Gelder hierher. Damit soll der ›deutsche Charakter‹ der Stadt gefördert werden. Inzwischen ist dieses Geld aber dringend nötig, damit Danzig überhaupt noch seinen Haushalt ausgleichen kann. Eigentlich wäre die Stadt längst pleite.«

Wie um diese Aussage zu untermauern, bemerkte Eugenie kurz vor der Ankunft an ihrem Elternhaus eine müde aussehende Frau, die in einer Mülltonne wühlte. Sie sah furchtbar ausgemergelt und klapprig aus! Im nächsten Moment erkannte sie entsetzt, um wen es sich bei der dürren Endvierzigerin handelte. Sie stöhnte entsetzt auf und rief dann: »Mutti?«

Die Frau fuhr herum und starrte sie fassungslos an. »Gott, Kindchen, Kindchen, ist das lange her«, keuchte sie während der Umarmung, bei der Eugenie feststellte, dass ihre Mutter neben dem früher so gepflegten Aussehen auch ihren Wohlgeruch verloren hatte.

»Warum habt ihr mir nicht geschrieben?«, fragte die Tochter mit Tränen in den Augen. »Ich habe mir solche Sorgen gemacht.«

»Du weißt doch, die Briefmarken sind so schrecklich teuer«, entgegnete Emilie Albertine Schalt, geborene Roesler, hilflos.

»Mutti, hast du da drin nach Essen gesucht?«, fragte Eugenie schließlich mit gedämpfter Stimme.

»Ach was«, winkte Albertine mit hochrotem Kopf ab, »unsere Mülltonne war bloß voll, da habe ich heimlich ein bisschen was hier entsorgt.«

Eugenie rang das Bedürfnis nieder, Ehrlichkeit von ihrer Mutter zu fordern. Die kämpfte ja nur um ihr letztes bisschen Stolz.

»Wie geht es Vati?«

»Na, ihm fehlt halt sein Leder«, sagte Albertine nach kurzem Zögern. »Aber freuen wird er sich, dich endlich wiederzusehen.«

Das Schaufenster der geschlossenen Schusterwerkstatt war bis auf wenige Schuhe leer. In der Wohnung dahinter saß Eugenies Vater im Zwielicht und warf ein paar Geldscheine in ein viel zu kleines Feuer im Ofen. Es war bitterkalt.

Als Hermann Schalt seine Tochter erblickte, erhob er sich etwas wackelig und ging auf sie zu. Sie merkte, wie er tapfer gegen die Tränen ankämpfte. Er war ebenso dürr wie ihre Mutter, und spätestens in diesem Moment wurde der entsetzten Eugenie klar: Ihre Eltern hungerten!

Sie holte nach der verzweifelten Umarmung mit ihrem

Vater die Gastgeschenke aus ihrem Köfferchen – und in einer Welt, in der es am Essen fehlte, kamen sie ihr so unsinnig vor: Himmelsseife für die Mutter, Pfeifentabak für den Vater.

Doch sie täuschte sich. Als die Mutter mit verträumtem Lächeln und geschlossenen Augen an der Seife roch, erkannte Eugenie: Der Wohlgeruch gab ihrer Mutter etwas Würde und Lebensfreude zurück. Die Tochter beschloss, dem unterernährten Paar ihr gesamtes Reisegeld hierzulassen – und in Hamburg würde sie eine Möglichkeit finden, ihren Eltern regelmäßig ein wenig Fremdwährung zu schicken. Sie wusste, dass es um nicht weniger ging, als Albertine und Hermann Schalt vor dem Verhungern zu retten.

***

Hertha musterte ihre Patentante Anna. Wie würde sie auf die unerwartete Begegnung reagieren? Uwe Hauers Rache hatte ja ihr gegolten, ihr hatte er die Parfümerie der Träume wegnehmen wollen – und nun begegnete sie ihm ausgerechnet dort, wo Ärzte um das Überleben ihrer Schwester kämpften. Doch in Annas Blick lag keine Wut, nur Mitleid. Als der einstige Bootsmann nun auch sie erkannte, waren in seinem Gesicht nicht wie sonst Zorn, Hass und Spott zu entdecken, sondern Scham und – ja, Angst. Fast wirkte er auf Hertha so, als wolle er am liebsten davonrennen.

Mutig ging Anna auf ihn zu. »Guten Tag, Herr Hauer«, sagte sie ohne jede Bitterkeit in der Stimme.

»Sind Sie auch krank?«, fragte er kleinlaut, ihrem Blick kaum standhaltend.

»Nicht ich«, sagte sie. »Aber meine Schwester. Sie denken wahrscheinlich, das hätten wir verdient. Sie wünschen uns ja bestimmt das Schlechteste.«

Inzwischen waren Marie und Hertha bei ihnen angekommen, und endlich sah Hauer Anna die Augen. »Da draußen hat man viele Wünsche«, murmelte er. »Hier drinnen nur einen.«

Marie nickte ernst. »Da haben Sie recht.«

»Man kommt viel zum Nachdenken«, fuhr er fort. »Irgendwann fliegen die Lebenslügen auf.«

Hertha spürte deutlich, wie sehr Uwe Hauer mit sich rang, bevor er die nächsten Worte hervorbrachte: »Die Geschäftsräume am Neuen Wall stehen immer noch leer. Ich würde Sie ihnen zu einem normalen Preis wieder vermieten – auf Lebenszeit.«

Als er das Wort ausgesprochen hatte, trat große Trauer in sein Gesicht. »Und man findet gewiss auch Vorkehrungen für den Fall …« Das Wort »Sterben« vermied er, indem er schließlich meinte: »Wenn es ganz schlimm wird bei mir.«

»Das ist Ironie des Schicksals«, sagte Anna mit freudlosem Lächeln. »Nun wollen Sie uns die toten Räume zurückgeben, aber wir haben kein Geld mehr, um sie mit Leben zu füllen.«

Doch Marie, die ihr einst den Traum von der eigenen Parfümerie geschenkt hatte, nahm die Hand ihrer Schwester und sagte: »Wir nehmen Ihr Angebot sehr gern an, Herr Hauer.«

Marie Carstens strahlte unfassbare Zuversicht aus, als sie Anna in die Augen sah und ihre selige Großmutter zitierte: »Ich bin Realist, also glaube ich an Wunder.«

***

Als Eugenie Schalt am nächsten Abend die Wohnung ihres Verlobten aufgeschlossen hatte, rief er ihr bereits vom

Wohnzimmer aus entgegen: »Häschen! Wie war es bei den Eltern?«

Er kam in den Flur und bemerkte erschrocken ihren Gesichtsausdruck.

»Ist einer von ihnen gestorben?«, fragte er.

Sie schüttelte den Kopf und fiel ihm schluchzend um den Hals.

»Hat von Seggern dich belästigt?«, fragte Robert gewohnt argwöhnisch.

»Nein«, sagte sie schniefend, und dann erzählte sie ihm verzweifelt, wie bettelarm die Hyperinflation ihre Eltern gemacht hatte.

Als sie geendet hatte, tätschelte er tröstend ihre Schulter. Er schloss das mit Geldscheinen prall gefüllte Medizinschränkchen auf, zu dem nur er den Schlüssel hatte, und reichte ihr vier Eindollarnoten. »Uns wird schon was wegen deinen Eltern einfallen. Jetzt hol erst mal ein, und dann kochst du uns was Gutes. Ich bin am Verhungern.«

Wie geschmacklos diese in seinem Fall völlig unzutreffende Floskel angesichts dessen war, was sie ihm gerade über die Lage ihrer Eltern offenbart hatte, schien ihm selbst bewusst zu werden, denn etwas kleinlauter fügte er nun hinzu: »Wenn du gestern dein ganzes Reisegeld bei Hermann und Albertine gelassen hast, musst du ja auch schrecklichen Kohldampf haben.«

Beim Krämer um die Ecke wurde Eugenie Zeugin einer unschönen Szene: Eine schwangere Frau bettelte mit einer Taschenuhr in der Hand um etwas Milch und Kartoffeln, doch der Verkäufer lehnte es ab. Schließlich musste sie mit hängenden Schultern den Laden wieder verlassen, und Eugenie schämte sich, ihr nichts von ihren Dollars abzugeben. Aber sie konnte unmöglich die ganze Welt retten. Als sie dem Krämer ihre Geldscheine präsentierte, bekam dieser einen gierigen Glanz in den Augen. Er führte sie in ein Hinterzimmer, und hier verbarg er genug Ware, damit sie ein gutes Abendessen für ihren Verlobten und sich würde zaubern können.

Sie presste ihren vollen Beutel eng an sich, während sie sich wieder zu dem Häuschen zurückbegab. Dieser Tage kam es häufiger vor, dass Menschen nach dem Lebensmitteleinkauf überfallen wurden.

Daher zuckte sie auch erschrocken zusammen, als plötzlich eine Männerstimme direkt hinter ihr ihren Namen sagte.

Sie fuhr herum und sah in das lächelnde Gesicht von Willi Baumann.

»Was machst du denn hier?«, wunderte sie sich.

»Ich liefere Blumen für eine Beerdigung«, berichtete der junge Gärtner fröhlich. »Die bezahlen in portugiesischen Escudos – öfter mal was Neues. Ich wollte euch sowieso im Laden besuchen, ich habe nämlich großartige Neuigkeiten.«

Die konnte Eugenie gerade gut gebrauchen. »Was denn?«

»Ich habe Henny Henckel gefragt, ob sie mich heiraten möchte«, sagte er mit einem verliebten Lächeln. »Sie macht sich zwar auch Gedanken wegen des Altersunterschieds, aber sie will es sich ernsthaft überlegen.«

Darüber freute Eugenie sich so sehr, dass sie Willi spontan umarmte. Ihre gutmütige Französischlehrerin und der Mann, der ihr in der Zeit in Berta Kolbes Villa ans Herz gewachsen war wie ein Bruder, waren nun ein Paar – wunderbar!

»In jedem Fall wollen wir bis zum Frühjahr mit der Hochzeit warten«, erklärte Willi, der durch ihre freudige Reaktion vor Rührung feuchte Augen bekommen hatte und ganz verlegen wirkte. »Es soll ja bald die neue Währung kommen, und danach geht es bestimmt wieder bergauf.«

Eugenie wünschte es ihnen allen – besonders ihren Eltern.

Als sie kurz darauf ins Häuschen zurückkam, war ihre Laune so gut wie schon lange nicht mehr. »Uns wird schon was wegen deinen Eltern einfallen«, hatte Robert vorhin gesagt – hieß das, er war vielleicht bereit zu einer kleinen, aber lebensrettenden monatlichen Unterstützung aus seinem Dollarfundus?

»Schatz, ich bin wieder da«, rief sie.

Als keine Antwort kam, betrat sie das Wohnzimmer. Schweigend stand Robert am Fenster und starrte hinaus.

»Was ist mit dir?«, fragte sie.

Er drehte sich um, sein Gesicht war eine hasserfüllte, schmerzverzerrte Fratze. Da wurde ihr mit Entsetzen bewusst, was er von hier gesehen hatte, und sie geriet augenblicklich in Panik.

»Mit dem Gärtnerburschen treibst du es also«, knurrte er und bebte vor Wut.

Sie wollte noch widersprechen, da spürte sie eine Ohrfeige wie eine Explosion auf ihrer Wange. Sie stolperte zur Seite und erkannte schon an der Art, wie ihr Verlobter atmete, dass dieser Schlag erst der Anfang gewesen war.

Im Rahmen seiner Polizistenausbildung hatte Robert Bethge gelernt, den stärksten Gegner zu überwältigen. Seine überdurchschnittliche Größe und Muskelkraft waren dabei gewiss nicht von Nachteil. Daran, dass er seine Kenntnisse und Stärke einmal gegen eine überrumpelte und wehrlose junge Frau anwenden würde, hatten Roberts Ausbilder sicher nicht gedacht. Das Gehirn ist manchmal gnädig, kam Eugenie in den Sinn, als endlich Ruhe eingekehrt war, zu schreckliche Erlebnisse konnten offenbar kurzfristig ausgeblendet werden, und auch der Schmerz drang erst ganz allmählich in ihr Bewusstsein. Als Erstes brannte es in der Nierengegend, und dann quälte sie die Nase. Die war wohl gebrochen, dachte sie, da es immer mehr wehtat. Sie lag auf dem Dielenboden im Flur und beobachtete wie aus weiter Ferne, dass sich dort die vorhin gekaufte Milch aus der zerbrochenen Flasche mit ihrem Blut mischte. Es wunderte sie ein wenig, wie ruhig sie bei dem Gedanken blieb, dass sie vermutlich sterben würde.

TEIL 4

1924

August/September

29

Im Erdgeschoss des Gebäudes am Neuen Wall 2 an der Hamburger Binnenalster befand sich am Mittwoch, den 13. August 1924, wie vor über vierzehn Jahren eine Baustelle. Zum zweiten Mal wollten die Douglas-Schwestern Marie und Anna Carstens ihre Parfümerie der Träume auferstehen lassen. Neun Monate, nachdem ihnen Uwe Hauer wieder ein dauerhaftes Mietrecht eingeräumt hatte, waren sie dazu endlich auch finanziell in der Lage.

Am 15. November letzten Jahres war durch die Ablösung der Papiermark durch die neue Rentenmark das Ende der Inflation eingeläutet worden. Zwei Wochen später hatte die Reparationskommission die Einberufung eines Sachverständigenausschusses unter Vorsitz des amerikanischen Finanzexperten Charles Gates Dawes begonnen. Die Bereitschaft, über Erleichterungen für die deutsche Wirtschaft zu diskutieren, war aber auch überfällig gewesen: Mitte November hatte der Preis für ein Kilogramm Brot rund zweihundertdreißig Milliarden Reichsmark betragen, der Goldpreis war im Dezember auf über sechsundachtzig Billionen Mark pro Feinunze gestiegen.

»Dieser Dawes-Plan wurde vor allem durch Druck aus Amerika und die Politik von Gustav Stresemann möglich«, hatte Anna Carstens ihrer Patentochter Lucie im Frühjahr erklärt. »Einer der ersten außenpolitischen Erfolge Deutschlands seit dem Großen Krieg.«

Die Ausarbeitung des Plans war am 9. April vorgelegt worden. Der bei den Deutschen so verhasste Versailler Vertrag konnte dadurch endlich den beschränkten Möglichkeiten der deutschen Wirtschaft angepasst werden – die Reparationszahlungen an die Siegermächte sollten das Land nicht länger an den Rand des Ruins treiben! Zugleich wurde eine internationale Anleihe aufgelegt, um den Deutschen mit dringend benötigen Krediten finanziell wieder auf die Beine zu helfen. Am 1. September sollte der rettende Vertrag nun in Kraft treten. Und drei Wochen später würde die Parfümerie Douglas endlich wiedereröffnet werden.

»Warum sind die Amerikaner denn so hilfsbereit?«, war Lucie erstaunt gewesen, und Anna hatte schmunzelnd erklärt: »Damit ist Deutschland bis auf Weiteres in der Lage, die Reparationen zu zahlen, die Siegermächte wiederum können ihre Kriegskredite an die USA zurückzahlen. Außerdem bedeutet der Dawes-Plan die außenpolitische Rückkehr der USA nach Europa.«

Während Lucie den Geruch frischer Farbe einatmete, sah sie mit Hertha und Anna zufrieden dem Maler zu, der einen Balken golden anstrich. Die Zeit des Glanzes würde zurückkehren!

Das Ladenglöckchen war auch in den Monaten des Leerstands nicht abgehängt worden, und Lucie freute sich, als nun das vertraute Bimmeln ertönte.

Eine nobel gekleidete Rubens-Dame mit großem Hut betrat das zukünftige Geschäft.

»Frau Nagelschmidt!«, erkannte Lucie verblüfft die Geschäftsführerin der Berliner Elise Bock GmbH, mit der sie sich zurzeit in regen schriftlichen und telefonischen Verhandlungen befanden. »Wie schön, Sie zu sehen.«

»Ich wollte mal schauen, wie sich unser kleines Paradies von Schönheit und Düften macht«, erklärte die Geschäftsfrau nach der freudigen Begrüßung.

»Die Bauarbeiten haben sich sehr lange hingezogen«, berichtete Anna. »Es geht zwar langsam bergauf, Lieferengpässe gibt es aber immer noch.«

Liselotte Nagelschmidt sah sich mit verträumtem Blick um. »Aber ich bin mit einer ausgeprägten Fantasie gesegnet. Ich kann mir ganz großartig vorstellen, wie es hier bald aussehen wird.«

Dann wandte sie sich wieder den drei Parfümhändlerinnen zu. »Ich bin allerdings nicht nur wegen des neuen Geschäfts in eurer schönen Hansestadt. Bei mir steht eine große Reise an, natürlich geschäftlich, aber ich will auch meine neu gewonnene Freiheit feiern.«

Liselotte hatte Lucie bereits bei ihrem Berlinbesuch im vergangenen Jahr anvertraut, dass ihre Ehe mit Rechtsanwalt Nagelschmidt nur noch auf dem Papier bestand. »Dann ist die Scheidung durch?«, fragte sie vorsichtig.

»Ja, am 11. Juli wurde das Urteil des Berliner Landgerichts III rechtskräftig«, verkündete Liselotte und klang dabei nicht ganz so triumphierend, wie sie es wohl geplant hatte. »Wenn Mann und Frau sich nicht mehr riechen können, hilft auch kein Parfüm mehr.«

»Wie läuft das denn mit der Firma?«, erkundigte sich Anna. »Die gehört doch deinem Mann … also ehemaligem Mann.«

»Ach, wir haben uns im Guten getrennt«, behauptete Liselotte mit einem Lächeln, das ihre Augen nicht erreichte. »Es ist sinnlos, sich mit Männern zu streiten. Sie haben ja doch immer unrecht. Soll er mit der jüngeren, aber hässlicheren neuen Freundin glücklich werden. Dafür darf ich die Produkte weiterhin vertreiben und bekomme meinen gerechten Anteil. Ich will spätestens nächstes Jahr nach Wien ziehen und unser Sortiment da ganz groß rausbringen. In diese Stadt habe ich mich schon bei meinem ersten Besuch verliebt. Die Kosmetik spielt dort in der Gesellschaft eine ganz große Rolle, und das ist optimal für mich.«

»Stimmt, Helene Pessl ist dort mit ihren Artikeln und ihrer Kosmetikschule in aller Munde«, fiel Lucie ein. Von dieser Wiener Kosmetikerin hatte sie in einer Frauenzeitschrift gelesen.

»Nicht mehr lange!«, rief Liselotte mit dem ihr eigenen, bestens ausgeprägten Selbstbewusstsein.

Lucie war nicht ganz so zuversichtlich, dass es so leicht werden würde, Helene Pessl den Rang als berühmteste Schönheitsexpertin Wiens abzulaufen. Deren Name war dort nämlich zum geflügelten Wort geworden. Sich mit guter Kosmetik verschönen und dies zu genießen, nannte man in Österreich »pessln«. Und auch bei einigen Kundinnen, die in ihrer Hamburger Parfümerie zu Besuch gewesen waren, hatte Lucie bereits den Satz gehört: »Pessln ist himmlisch!«

»Dann reisen Sie von Hamburg aus nach Wien?«, fragte Hertha.

»Nein, morgen geht es mit der *Albert Ballin* erst mal nach New York«, widersprach Liselotte zu Lucies Erstaunen. »Elise Bock wird dort Helena Rubinstein bald das Fürchten lehren. Der Parfümeur William G. Ungerer ist in New York in aller Munde. Er will unsere Produkte in sein Sortiment aufnehmen. Eigentlich sollte mein Ex-Mann mich begleiten, aber dann hat es seine neue Gespielin wohl verboten. Die war nicht begeistert von der Vorstellung, dass er mit seiner gut aussehenden Ex-Gattin die Welt umrundet. Nun habe ich also eine Fahrkarte übrig. Und bei dem Thema kommen Sie ins Spiel, werte Lucie. Ich wollte Sie fragen, ob Sie mich nicht begleiten möchten?«

Die jüngste der drei Parfümhändlerinnen glaubte ihren Ohren nicht zu trauen, und ihr Puls ging augenblicklich schneller. Vor allem, weil die Kosmetikfabrikantin nun ergänzte: »Rulan Wang hat mir geschrieben, dass ihr Bruder sich sehr nach Ihnen sehnt.«

Anjing! Lucie stammelte überwältigt: »Oh, aber diese Fahrkarte ist doch bestimmt sehr teuer. Und meine Eltern …«

»Sie sind selbstverständlich eingeladen – von der Firma Bock«, winkte Liselotte ab. »Und in Southampton werden zwei alte Freunde zusteigen, die Sie auch kennen: Reeder Hinnerk Nieland mit seinem Prokuristen.«

»Das ist ja schön, was machen die denn in England?«, wunderte sich Hertha.

»Sie waren geschäftlich in London«, antwortete die Schönheitsexpertin. »Seit man mit Salpeterdünger keine Geschäfte mehr machen kann, sind auch sie auf der Suche nach neuen Ideen.«

»Das wird meine Eltern vielleicht beschwichtigen, wenn zwei Herren als Begleitschutz dabei sind«, hoffte Lucie.

»Ich werde mit Johannes und Helene sprechen«, kündigte Anna an. »Ich weiß nämlich zufällig, dass eure Mutter in deinem Alter auch ohne Männerbegleitung verreist ist, zusammen mit eurer mutigen Tante Louise als Anstandsdame. Zwar nicht nach Amerika, aber immerhin nach Florenz.«

Hoffnung keimte in Lucie auf. Schon morgen auf ein Schiff nach New York – das wäre so unfassbar aufregend!

»Na gut, ich befürchte, ich tauge weder als Anstandswauwau noch als alte Jungfer, aber auf Lucie aufpassen werde ich wie ein Kettenhund«, versprach Liselotte Nagelschmidt.

In diesem Augenblick fuhr draußen eine glänzende, modern aussehende Limousine vor.

»Oh, da kommt Marcel Lambert mit Berta Kolbe«, erkannte Anna. »Die wird ebenfalls ein gutes Wort bei deiner Mutter einlegen. Sie hat ja sowohl Marcel als auch ihren Ehemann Gustav auf einer Reise kennengelernt – nach Paris.«

Wenig später stellte Hertha die beiden Geschäftsfrauen einander vor: »Frau Nagelschmidt, das ist Berta Kolbe, ihr gehört die Douglas Seifenfabrik, ihr haben wir unseren guten Namen zu verdanken. Der Herr an ihrer Seite ist ihr Bankier, Monsieur Lambert. Berta, das ist Liselotte Nagelschmidt von der Elise Bock GmbH.«

»Ja, wer kennt Ihre Himmelsseife nicht?«, schwärmte Liselotte. »Freut mich sehr.«

»Ganz meinerseits.«

»Anna, wir müssen unser Finanzierungsgespräch leider auf heute vorziehen«, verkündete Marcel mit dramatischer Miene. »Ich breche morgen Nachmittag nämlich nach Grasse auf. Mein Onkel Alexandre ist gestorben, und ich soll mich mit seinem Notar um den Nachlass kümmern.«

»O nein, das tut mir furchtbar leid«, rief Anna und hielt anteilnehmend seine Hände.

»Danke«, erwiderte Marcel. »Aber für ihn war es eine Erlösung, er war lange sehr krank.«

»Oh, bitte grüßen Sie Ihre Tante Pauline ganz lieb von mir«, bat Hertha, die sich fragte, welche Gefühle der Tod ihres brutalen Ex-Mannes wohl in der Freundin auslösen würde. »Ich habe sie viel zu lange nicht gesehen.«

»Dann begleiten Sie mich doch«, schlug der Bankier unvermittelt vor.

»Grasse wolltest du doch schon immer mal besuchen«, freute sich Lucie für ihre Schwester. »Das wäre ja was: Die nächste Generation der Douglas-Schwestern bereist die Welt. Ich in New York und du in Südfrankreich.«

»Wir werden allerdings nach Grasse auch einige Tage brauchen«, gab Marcel zu bedenken. »Ich habe Kassel, Straßburg und Mailand als Zwischenübernachtungen eingeplant. In Straßburg schließt sich uns dann mein Neffe Philippe an.«

Pauline Lamberts Sohn kennenzulernen, das war für Hertha eine spannende Vorstellung.

»Tja, dann haben wir wohl beide etwas, weswegen wir jetzt bei den Eltern betteln gehen sollten«, wandte sie sich an Lucie.

»Das müsstet ihr allerdings bei uns zu Hause tun«, erklärte Anna. »Helene und Johannes sind bei unserer Stiefmutter zum Mittagessen eingeladen.«

Die Eltern der Harders-Schwestern hatten sich mit Annas verwitweter Stiefmutter angefreundet, als diese sich nach ihrer Therapie zum ersten Mal unter Leute gewagt hatte. Hertha befürchtete, dass die Anwesenheit einer solch ängstlichen Frau bei dem Gespräch mit den Eltern gewiss nicht gerade hilfreich sein würde.

***

»Dass Lucie eine ältere und prominente Kosmetikerin nach New York begleitet, ist durchaus angemessen, zumal in Southampton ja Hinnerk Nieland und Håkon Heger zusteigen«, räumte Helene Harders wenig später ein.

Hertha und Lucie standen mit ihrer Patentante in deren Wohnung an der Isestraße, wo die Eheleute Harders mit

Odile Carstens beim Nachtisch saßen. »Es ist eher unschicklich, dass Hertha allein mit einem unverheirateten Mann nach Grasse fährt.«

Die ältere Tochter wunderte sich. Der modern eingestellten Salonière Helene Harders waren Konventionen doch sonst nicht so wichtig. Das nun folgende Schweigen war bedrückend.

Schließlich wurde es ausgerechnet von Odile Carstens gebrochen: »Dann bin ich eben Herthas Anstandsdame.«

Anna war genauso verblüfft wie Hertha. »Maman? Du traust dich, Hamburg zu verlassen?«

»Ich rede seit vier Jahren davon, meine Heimatstadt Straßburg zu besuchen«, gestand Odile. »Und so bin ich gezwungen, endlich meinen Mut zusammenzunehmen.«

»Ja, damit würdest du Herthas Traum von einer Reise in die Stadt der Düfte retten, meine liebe Odile«, lobte Helene mit einem zufriedenen Lächeln.

Hertha konnte es indes nicht fassen. Nun hatte ausgerechnet Annas ängstliche Stiefmutter ihr das Abenteuer ermöglicht!

»So, der Plan ging ja bestens auf«, meinte Helene zufrieden, als sie ihre Töchter und Anna noch zur Tür der Wohnung der Familie Carstens begleitet hatte.

»Plan?«, hakte Hertha verständnislos nach.

»Du kennst mich doch, ich pfeife eigentlich darauf, was die Gesellschaft für eine Frau angemessen findet oder nicht«, erklärte ihre Mutter. »Bei Marcel bist du sicher, auch wenn er hundertmal unverheiratet ist. Aber mit dieser Geschichte haben wir es geschafft, dass Odile endlich mal Hamburg verlässt. Die hätte sich sonst für immer davor gedrückt. Es wird ihr bestimmt guttun, die Stadt ihrer Kindheit wiederzusehen, da sind ja viele schöne Erinnerungen aus der Zeit, bevor ihr das Schreckliche passiert ist.«

Ja, dachte Hertha, verübeln konnte man Odile ihre Ängste gewiss nicht. Dass sich ihr eigener Onkel an ihr vergangen hatte …

Sie zuckte erschrocken, als die Wohnungsklingel ertönte.

»Das ist bestimmt der Postbote, ich warte auf ein Paar Bücher über Finanzrecht«, mutmaßte Anna, während auch deren Stiefmutter aus dem Wohnzimmer hinzukam.

Sie öffnete die Tür, doch zu ihrem Erstaunen kam ihr einstiges Lehrmädchen durchs Stiegenhaus hinauf.

»Eugenie, wie schön. Was führt dich zu uns?«

Hertha erschrak darüber, wie blass die Freundin aussah. Und warum trug sie einen derart seltsamen Hut mit Schleier? Der sah viel zu altbacken aus für ihren sonst so modernen Kleidungsstil! Sie hatte sich selbst ja auch hässlich gefühlt, als sie so ein Monstrum getragen hatte, um sich seinerzeit bei der Überprüfung von W.'s Identität zu tarnen.

»Ich … ich muss dir leider absagen«, wisperte Eugenie mit brüchiger Stimme. »Ich werde nicht mehr für euch arbeiten können, wenn ihr wiedereröffnet.«

Anna und die Harders-Schwestern sahen sie schockiert an.

»Was? Aber wieso?«, rief Lucie ungläubig. »Du hattest dich doch so darauf gefreut.«

»Ja, du meintest, dir fällt die Decke auf den Kopf, seit Mülder zumachen musste«, ergänzte ihre Schwester.

Eugenie wirkte alles andere erfreut darüber, dass sie sich bei ihrer Kündigung wider Erwarten nicht nur Anna, sondern auch ihren beiden besten Freundinnen gegenübersah.

»Ja, aber jetzt, da Robert endlich befördert wurde, braucht er mich mehr denn je zu Hause«, erklärte sie – für Hertha klang es wie ein fremder Text, den sie auswendig gelernt hatte. »Und nach der Hochzeit im September will er ja sowieso schnell Nachwuchs.«

Sonnenlicht fiel in Wohnung und Treppenhaus, eine der Schäfchenwolken an diesem warmen Sommertag war weitergezogen. Das Licht erhellte Eugenies Gesicht unter dem Schleier – und Hertha sog erschrocken die Luft ein: Unter dem linkem Auge der Freundin befand sich ein riesiger Bluterguss, den sie nur notdürftig überpudert hatte. Darüber war deutlich eine kaum verheilte Wunde zu sehen. Trug sie deshalb den hässlichen Hut?

»Sag mal, was hast du denn mit deinem Auge gemacht?«, stieß Hertha hervor.

Eugenie kicherte, und es wirkte unecht. »Ich bin so ungeschickt. Ich wollte im Keller Einweckgläser holen, da bin ich die Treppe runtergefallen.«

»Oh, du Arme«, rief Lucie voller Mitleid. »Ich kann dir ja etwas Schminke von Elise Bock vorbeibringen. Du wirst es nicht glauben, was ich mit der Besitzerin vorhabe. Liselotte Nagelschmidt nimmt mich mit nach New York, stell dir vor, ich werde Anjing wiedersehen …«

»Das freut mich für dich«, sagte Eugenie ungewohnt desinteressiert. Und da wandte die Freundin sich auch schon wieder zum Gehen: »So, nun muss ich aber leider weiter. Ich will noch Obst zum Einmachen kaufen.«

»Zur Eröffnung im September wirst du aber kommen?«, hakte Anna nach.

»Natürlich«, sagte Eugenie etwas zu hastig.

Als sie fort war, sahen sich Anna, Odile und die Harders-Schwestern besorgt an.

»Da stimmt doch was nicht«, sagte Lucie. »Das denke ich schon die ganze letzte Zeit. Sie ist so anders geworden, seit Georg die Parfümerie schließen musste.«

»Nein, das fing schon früher an«, fiel Hertha ein. »Es hat angefangen, nachdem sie mit Emil von Seggern bei ihren Eltern war. Danach war sie ja fast einen Monat lang krank zu Hause. Seither ist sie nicht mehr dieselbe.«

»Die Arme erinnert mich an die Frauen, die zu uns in die Beratungsstelle kommen«, meinte Annas Stiefmutter.

Seit Odile Carstens dank ihrer Seelentherapie wieder in der Lage war, ohne Panikattacken das Haus zu verlassen, unterstützte sie die Frauenrechtlerin Lida Heymann in deren Beratungsstelle für Frauen. Die beiden waren sich 1920 bei einem Salon von Lucies und Herthas Mutter zum ersten Mal begegnet. 1896 hatte Lida Heymann von ihrem Vater, einem reichen Kaffeehändler, mehrere Millionen geerbt. Davon hatte sie ein Jahr später mit ihrer Arbeits- und Lebensgefährtin Anita Augspurg, der ersten Juristin Deutschlands, eine Einrichtung gegründet, die berufstätigen Frauen einen Mittagstisch anbot sowie einen Kinderhort und eben jene Beratungsstelle, in der Odile seit drei Jahren aushalf. Sie hatte erzählt, dass sie dort auch misshandelten Frauen halfen, diese sich aber dennoch oft gezwungen sahen, zu ihren prügelnden oder sexuell gewalttätigen Männern zurückzukehren.

»Du meinst, Robert schlägt sie?«, fragte Lucie skeptisch. Das wollte sie nicht glauben. »Wenn er sie hier abholt, ist er immer der liebevollste Mann der Welt. Er trägt Eugenie auf Händen.«

»Vielleicht hat es auch mit ihren Eltern zu tun, die waren von der Inflation ja besonders schlimm getroffen«, warf Hertha ein.

Anna schüttelte den Kopf. »Das schon, aber seit letztem Winter zahlt Robert ihnen jeden Monat ein wenig aus seinem Devisenvorrat. Damit kommen sie ganz gut über die Runden, denke ich.«

Hertha war nicht überzeugt. Sie beschloss, noch vor ihrer Reise nach Grasse unter vier Augen mit der Freundin zu sprechen.

30

Am Freitag, den 15. August 1924, erreichten Bankier Marcel Lambert und seine Begleiterinnen Odile und Hertha Straßburg.

»Wir sind mit meinem Neffen in der Patisserie Picard am Münsterplatz verabredet, er wohnt da gleich um die Ecke«, kündigte Marcel auf dem Weg vom Zug zu den Droschken an. »Da gibt es den besten Kuchen der Stadt, den müsst ihr probieren.«

Schon wenige Minuten später hielt die Kutsche an, und sie stiegen am malerischen Münsterplatz aus. Dieser wurde von der gigantischen, über hundertvierzig Meter hohen Kathedrale dominiert. Um sie herum standen zahlreiche, teilweise vier- bis fünfstöckige Fachwerkgebäude. Hertha fielen die steilen Dächer mit bis zu vier Geschossen auf. Und in einem dieser hübschen, dicht an dicht gebauten Häuser befand sich parterre die bekannte Patisserie Picard, vor der die Gäste es sich an kleinen runden Tischen bei bestem Hochsommerwetter und mit Münsterblick gut gehen ließen.

Als die drei Reisenden sich suchend umsahen, stand ein Mann auf. Obwohl er bereits Anfang fünfzig war und sein blondes Haar an den Schläfen schon weiß wurde, gab ihm sein Lächeln, das seine blauen Augen leuchten ließ, etwas Jungenhaftes.

»Onkel Marcel, wie schön, dass wir uns endlich mal wiedersehen«, rief er und umarmte den Bankier.

»Ja, schade, dass es aus einem so traurigen Anlass geschieht«, murmelte der. »Mein Beileid, Junge.«

Hertha bemerkte, dass Philippe besonders darauf gespannt zu sein schien, Odile Carstens vorgestellt zu bekommen. Nachdem Marcel sie selbst als »Fräulein Harders, die Prokuristin der Parfümerie Douglas« präsentiert hatte, war »die hübsche Dame, die auf sie aufpasst: Odile Carstens, die Stiefmutter von Marie und Anna« an der Reihe. Und nach dem Zusatz »sie ist hier aufgewachsen« hatten Philippe und Odile auch ein Gesprächsthema.

»Enchanté, Madame. Erkennen Sie denn alles wieder?«

»O ja, es hat sich kaum etwas verändert«, meinte Odile. »Außer der Nationalität natürlich. Als ich klein war, galt Französisch hier noch als verpönt, und wir haben es meist nur heimlich gesprochen.«

Hertha freute sich für die beiden. Odile hatte seit dem Tod ihres Mannes vor fünf Jahren keinerlei männliche Gesellschaft gehabt, und Philippe Lambert konnte in der Trauer um seinen Vater auch jede Aufheiterung gebrauchen. Als schließlich der Kuchen serviert worden war und sie gekostet hatten, wurde die Stimmung sogar noch besser.

»Hm, das schmeckt ja wirklich himmlisch«, stellte sogar der sonst oft so mürrische Marcel Lambert mit fast kindlicher Begeisterung fest.

»Nicht wahr?«, sagte Philippe und deutete auf einen etwa dreißigjährigen Mann in Bäckerkleidung, der sich mit der hübschen gleichaltrigen Inhaberin unterhielt. »Der Patissier hier heißt übrigens auch Marcel mit Vornamen.

Und seine Frau Ruth nennt man die Kuchenkönigin von Straßburg.«

Das Feinbäckerpaar küsste sich zärtlich.

»Wahrscheinlich schmeckt der Kuchen so gut, weil er mit Liebe gebacken ist«, mutmaßte Odile, und ein Lächeln huschte über ihr Gesicht.

»Die beiden haben sich schon in ihrer Jugend ineinander verliebt«, erzählte Philippe.

»Tja, die Liebe auf den ersten Blick ist die am weitesten verbreitete Augenkrankheit«, entgegnete Marcel spitz.

Sein Neffe schüttelte grinsend den Kopf. »Immer noch der alte Zyniker, Onkelchen. Ein bisschen Romantik schadet nie.«

»Das finde ich auch«, bekräftigte Odile, und ihr Strahlen freute Hertha sehr. Diese Reise entwickelte sich hervorragend.

Sie seufzte zufrieden. »Was für ein schöner Tag. Manchmal ist einfach alles perfekt.«.

»Keine Angst«, entgegnete Bankier Marcel trocken. »Das geht vorüber.«

***

Vor wenigen Stunden hatte die *Albert Ballin* im englischen Hafen Southampton weitere Passagiere aufgenommen, darunter auch Hinnerk Nieland und dessen Partner Håkon Heger. Mit den beiden standen Lucie Harders und Liselotte Nagelschmidt nun an der Reling, während es mit voller Fahrt auf den Atlantik hinausging. Die junge Parfümeurin fühlte sich nach all den Monaten der finanziellen Sorgen auf ihrer ersten größeren Schiffsreise außerordentlich wohl. Die *Albert Ballin* war fast zweihundert Meter lang und fünfundzwanzig

Meter breit. Sie war laut Herrn Nieland das erste nach dem Krieg gebaute Passagierschiff der Hapag. Anfang Juni letzten Jahres war sie zu ihrer Jungfernfahrt aufgebrochen. In der ersten Klasse standen in über hundert Kabinen mehr als zweihundert Betten zur Verfügung, wie Lucie vom Kapitän höchstpersönlich erfahren hatte, als er die Passagiere im Speisesaal begrüßt hatte. In der zweiten Klasse gab es annähernd dieselbe Anzahl von Betten und Kabinen. Lediglich in der im Vorschiff untergebrachten dritten Kategorie wurde es eng: Dort kamen auf nur hundertsechsundachtzig kleine Kammern über sechshundertfünfundvierzig Betten und in Wohndecks über weitere dreihundert Betten. In den sehr unterschiedlichen Kabinen der ersten Klasse gab es sechzehn Luxuskabinen mit eigenem Bad und WC. Für die anderen Passagiere standen nur – nach Klassen sortierte – öffentliche Toiletten und Bäder zur Verfügung. In dieser Hinsicht hatte sich die Firma Elise Bock aber nicht lumpen lassen: Lucie und die Kosmetikerin waren recht luxuriös untergebracht – mit eigenem Bad, verstand sich.

»Hier draußen begreift man erst, dass der Großteil der Erde von Wasser bedeckt ist«, sagte Liselotte Nagelschmidt ungewohnt demütig.

»Ja, und die Gerüche ändern sich mit den Klimazonen, obwohl das Wasser von oben ja immer gleich aussieht«, stellte Lucie fest. »Und wie schnell wir sind!«

»Dank der Getriebeturbinen haben wir eine Geschwindigkeit von sechzehn Knoten«, erklärte Hinnerk.

Lucie seufzte – wieder dieses seltsame Geschwindigkeitsmaß. »Was darf man sich darunter vorstellen?«

Hinnerk schmunzelte. »Das bedeutet, wir legen in der Stunde etwa dreißig Kilometer zurück. Deshalb schaffen wir die Überfahrt ja in nur zehn Tagen.«

Lucie war bereits des Öfteren aufgefallen, dass Herrn Nielands Prokurist sehr schweigsam war. Da sie nicht wollte, dass er sich ausgeschlossen fühlte, versuchte sie nun, ihn ins Gespräch miteinzubeziehen. »Waren Sie schon mal in New York, Herr Heger?«

»Nein, wir beide nicht«, antwortete er lächelnd. »Ich habe es vor vier Jahren immerhin mal nach Südamerika geschafft, aber in die USA hat es nie gereicht. Wir treffen in New York einen befreundeten Salpeterbaron. Er und seine Frau kennen die Stadt wie ihre Westentasche, sie wollen uns alles Sehenswerte zeigen.«

»Uns werden Anjing Wang und seine Schwester herumführen«, berichtete Lucie voller Vorfreude.

»Vielleicht schließen wir uns zusammen, dann verpassen wir nichts«, schlug Liselotte vor.

»Klingt nach einer guten Idee«, entgegnete Hinnerk grinsend.

Lucie sah zum Horizont. Irgendwo dort wartete die Neue Welt auf sie. Und Anjing.

***

Nicht weit von der Riviera klammerten sich in den Ausläufern der Seealpen die Häuser von Grasse an die Hügel und badeten im milden Sonnenlicht der Côte d'Azur. In Cannes hatte Marcel Lambert für den Rest der Strecke ein offenes Automobil für seinen Neffen, Hertha, Odile und sich selbst gemietet. Nach der Fahrt durch die bunten Blumenfelder, die sich wie Teppiche um die Stadt legten, sah Hertha sich fasziniert um. In den Gassen war es an den meisten Stellen schattig, so dicht rückte die Bebauung dem mittelalterlichen Geflecht schmaler Wege zu Leibe. An den steilen Fassaden der hohen, bunt verputzten Häuser hingen Laternen und bisweilen etwas klapprige Läden, in vielen Erdgeschossen gab es kleine Geschäfte. Alles wirkte ein wenig angestaubt, aber ungeheuer charmant. Aus den Gärten wehte der Duft von Lavendel und Jasmin herüber. Hier war also einst der Schauplatz der unglücklichen Liebesgeschichte zwischen ihrer Freundin Pauline Lambert und dem Pianisten Jakob Silberstein gewesen, dachte Hertha.

»Die Côte d'Azur hat sich seit dem Großen Krieg zu einer beliebten Region für zahlreiche Vergnügungen entwickelt«, berichtete Marcel. »An der Küste zwischen Monaco und Cannes lässt sich eine neue Bevölkerungsgruppe nieder. Die besteht aus Künstlern, Musikern, Schriftstellern, Couturiers, Malern und Dandys. Die Amerikaner haben den Jazz mitgebracht. Sie sind ganz verrückt nach dieser traumhaften Gegend, nennen sie ›the French Riviera‹. Der Nachlassverwalter meines Bruders kam auch erst nach dem Krieg her. Ursprünglich hatte er seine Notariatskanzlei in Saint-Chamond, das liegt knapp fünfhundert Kilometer nordwestlich von hier in der Auvergne.«

Wenig später fuhren sie auf einem Kiesweg auf die Villa des verstorbenen Alexandre Lambert zu, wo sie mit Eugène Fuchs verabredet waren.

»Und wir sollen wirklich auch hier übernachten?«, wiederholte Hertha die Frage, die sie unterwegs schön öfter gestellt hatte.

»Mein Bruder hat mich immer hier wohnen lassen, auch wenn ich Freunde mitgebracht habe«, erklärte Marcel. »Bis geklärt ist, wer hier was erbt, hätte er sicher nichts dagegen.«

»Falls Sie es pietätlos finden, in dem Haus zu nächtigen, in dem sein Leben endete«, erriet Buchbinder Philippe, der die Einfühlsamkeit von seiner Mutter Pauline geerbt zu haben schien, Herthas Gedanken und fuhr dann fort: »Mein Vater ist nicht hier gestorben. Das war im Krankenhaus in Cannes. Und dort war er viele, viele Wochen bis zu seinem Tod.«

Sie wurden auf das Herzlichste vom inzwischen zweiundsechzigjährigen Notar Eugène Fuchs begrüßt. Er wies das Personal seines verstorbenen besten Freundes an, das Gepäck der Neuankömmlinge in die Gästezimmer zu bringen. Als der elegant gekleidete Herr mit dem schmalen Gesicht von Marcel erfuhr, dass Hertha eine »gute Freundin von Alexandres ehemaliger Frau« sei und in Hamburg eine Parfümerie betrieb, war er sogleich Feuer und Flamme.

»Ach, das ist ja wunderbar, Mademoiselle«, rief er, während er die Gäste durch das Haus zur Terrassentür führte.

Draußen stand unter bunten Sonnenschirmen ein Tisch mit bequemen Korbsesseln, auf dem gekühlte Getränke auf sie warteten.

»Ich muss Ihnen etwas gestehen. In meinem Herzen bin ich auch Unternehmer. Und seit meiner Ankunft hier in der Welthauptstadt der Düfte hat mich die Magie des Parfüms mehr und mehr überzeugt«, erzählte der Notar. »Jetzt habe ich erfahren, dass hier in Grasse zwei Parfümerien zum Verkauf stehen: Cresp-Martinenq und Muraour. Ich spiele wirklich mit dem Gedanken, da selbst zuzuschlagen.«

»Oh, tun Sie das«, riet ihm Hertha begeistert. »Meine Patentanten haben es auch nie bereut, sich diesen Traum zu erfüllen.«

»Sie bringen mich wirklich in Versuchung, meine Liebe«, entgegnete der duftbegeisterte Notar schmunzelnd. »Aber nun erfrischen wir uns erst einmal.«

Neben der Terrassentür bemerkte Hertha fasziniert ein gerahmtes Ölgemälde, das am Boden stand. Es zeigte eine junge Frau in einem leuchtend gelben Kleid mit weißem Rüschenkragen, die ganz vertieft in ein kleines Büchlein war. Das lesende Mädchen trug die dunklen Haare mit lila Schleifchen darin zu einem Knoten aufgesteckt und hatte ein voluminöses Kissen im Rücken.

»Das ist ja wirklich ein anmutiges Werk«, sagte Hertha und ging näher heran.

»Ja, Alexandre Lambert hat es ausgerechnet mir vermacht«, berichtete der Notar etwas verlegen. »Er wusste, dass Jean-Honoré Fragonard mein Lieblingsmaler ist. Seit ich es zum ersten Mal gesehen habe, frage ich mich, ob das Bild von diesem Künstler stammt. Er war ein bekannter Rokoko-Maler, Zeichner und Radierer aus Grasse.«

»Ich weiß«, sagte Hertha und musterte die Pinselführung genauer, »der Lieblingsmaler von König Ludwig XV. Die flockige und lockere Malweise würde schon zu Fragonard passen. Durch sie wirken seine Figuren weniger porzellanhaft und lebendiger als die seines Lehrers François Boucher.«

Eugène Fuchs sah sie verblüfft an. »Sie kennen sich aber gut aus.«

»Mein Vater ist ebenfalls Maler, und ich selbst versuche mich auch immer mal wieder ein bisschen daran«, erklärte Hertha. »Ich wüsste jemanden hier in Grasse, der besser als ich abschätzen könnte, ob das ein Fragonard ist.«

Marcel sah sie fragend an. »Ja, wen denn?«

»Na, Ihre Tante Pauline«, meinte Hertha.

»Pauline Lambert, Alexandres geschiedene Frau?«, vergewisserte sich der Notar. »Ich weiß nicht, ob die alte Dame dafür herkommen möchte. Ich will ja nicht zu viel verraten, aber ihr früherer Gatte hat sie in keiner Weise in seinem Testament berücksichtigt.«

»Fragen wir sie doch einfach«, schlug Philippe vor. »Ich wollte ohnehin gleich in Mamans Wohnung vorbeischauen.«

***

»O ja, ich würde sagen, das ist eindeutig«, urteilte Pauline Lambert kaum zwei Stunden später beim genauen Betrachten des Gemäldes. »Teilweise nimmt seine grobe Pinselführung bereits den Impressionismus vorweg.«

Nachdem sie zuvor beim Wiedersehen mit Philippe und Hertha in ihrer Wohnung in Freudentränen ausgebrochen war, hatte sie sich sofort bereit erklärt, in das Haus ihres Ex-Mannes mitzukommen, um dem Notar bezüglich des möglichen Fragonards zu beraten. Bei der Begrüßung hatte auch sie ihm zugeraten, sich der Parfümherstellung zu widmen. »Es wird Ihr Leben auf immer bereichern, glauben Sie mir, ich spreche aus Erfahrung.«

»Ich weiß, man erinnert sich in Grasse noch heute an Ihre Parfümerie«, hatte Eugène Fuchs lächelnd erwidert. »Sinnlicher als so eine Notarstätigkeit ist es allemal, und meiner Frau gefällt die Idee auch immer besser.«

Und nun untersuchte die greise Künstlerin also das Bild aus der Erbmasse ihres Ex-Mannes.

»Fragonard hat irgendwann das Fach der historischen Malerei verlassen und sich Darstellungen von Erotik und heiterem Lebensgenuss gewidmet«, erzählte sie.

»Das entsprach damals ja dem herrschenden Geschmack«, wusste Hertha.

»Die Zeit war leider nicht auf seiner Seite«, meinte Pauline traurig. »Eigentlich hatte er durch zahlreiche Staffelei- und Dekorationsmalereien ein stattliches Vermögen angehäuft. Aber in der Französischen Revolution hat er alles verloren.

Der neuen klassizistischen Richtung konnte er sich nicht mit Erfolg anschließen. Er starb in Armut und Vergessenheit.«

»Wie schade«, sagte Hertha betrübt.

»Ich will nicht, dass man Fragonards Namen vergisst«, verkündete Notar Fuchs nun mit Entschlossenheit in der Stimme. »So ein wichtiger Sohn dieser schönen Stadt. Ich werde dafür sorgen, dass man bei seinem Klang auf ewig an Schönes und Sinnliches denkt.«

»Was haben Sie vor?«, fragte Philippe neugierig.

»Ich werde unser neues Geschäft nach ihm benennen«, sagte Eugène feierlich.

»Parfümerie Fragonard …«, murmelte Pauline Lambert verträumt, »das klingt wunderschön.«

»So wird Ihre Parfümerie an die Raffinesse der Kunst des 18. Jahrhunderts erinnern«, gab sich Marcel Lambert überzeugt.

Seine Tante wiederum versicherte dem Nachlassverwalter: »Der Name passt noch besser, als Sie denken. Jean-Honoré Fragonard war nämlich kein Geringerer als der Sohn des berühmtesten Grasser Parfümeurs und Handschuhmachers: François Fragonard.«

»Dann schließt sich ja der Kreis, wunderbar«, rief Eugène begeistert. »Darauf müssen wir unbedingt anstoßen, meine Damen, mein Herr. Ich bitte kurz um Geduld, ich hole uns einen edlen Tropfen.«

»Bist du sehr verletzt, dass dein Ex-Mann dich in seinem Testament nicht bedacht hat?«, erkundigte sich Hertha in diesem unbeobachteten Moment im Flüsterton bei Pauline.

Die schüttelte den Kopf. »Nein, er kann mir schon seit Jahren nicht mehr wehtun. Von ihm möchte ich gar nichts.«

Kein Wunder, dachte Hertha. Wenn man jahrelang von

einem Mann unterdrückt und geschlagen wird … Da fiel ihr Eugenie wieder ein, und das schlechte Gewissen kehrte zurück. Es hatte ihr vor der Abreise zeitlich nicht mehr gereicht, die Freundin wie eigentlich geplant noch einmal unter vier Augen zu sprechen.

»Woran denkst du, Kind?«, fragte Pauline.

»Ach, ich mache mir Sorgen, dass sich unsere Freundin Eugenie in einer ähnlichen Situation befindet wie du damals«, vertraute Hertha ihr an.

Pauline sah sie erschrocken an. »Erzähl mir alle Einzelheiten, bitte!«

31

Zehn Tage nach dem Ablegen in Hamburg war es endlich so weit: Die *Albert Ballin* sollte New York erreichen. Lucie stand ungeduldig mit ihren drei Freunden an der Reling und wartete bei strahlendem Sonnenschein darauf, das Panorama der Hochhäuser New Yorks, die sogenannte Skyline, am Horizont auftauchen zu sehen.

Ihr offizieller Ankunftsort hieß Ellis Island, dabei handelte es sich laut Hinnerk Nieland um eine Insel im vom Hudson River gebildeten Hafengebiet bei New York City. Hier befanden sich der Sitz der Einreisebehörde für den Staat und die Stadt New York sowie die zentrale Sammelstelle für Immigranten in die USA.

»Bei den Indianern hieß die heutige Ellis Island früher ›Kiosk‹, das bedeutet Möweninsel«, erzählte Hinnerk. »Niederländische Einwanderer nannten sie vor dreihundert Jahren Austerninsel, weil es da so viele Muschelbänke gibt.«

»Später wurde sie als Galgeninsel bezeichnet, da man dort viele Piraten hingerichtet hat«, ergänzte sein Partner Håkon Heger.

»Und woher kommt der heutige Name?«, fragte Lucie.

»Ein Samuel Ellis hat das Land 1770 während der amerikanischen Revolution gekauft, danach wurde die Insel so eine

Art öffentlicher Picknickplatz«, wusste Hinnerk. »Nach Ellis' Tod hat der Bundesstaat New York sie übernommen und 1808 an die US-Bundesregierung verkauft. Über fünfzig Jahre war das kleine Eiland dann unter dem Namen Fort Gibson erst Gefängnis und dann Munitionslager der Armee. Seit 1861 lautet der offizielle Name Ellis Island.«

»Dort werden nachher die Einzelheiten über alle Passagiere aufgenommen: Wo die nächsten Verwandten im Heimatland wohnen, wohin man will in den USA, wie viel man an Bargeld dabeihat und so weiter«, berichtete Heger. »Als die Einwanderungszahlen vor dreißig Jahren so enorm angestiegen sind, hat man die zentrale Immigrationseinrichtung vom kleinen Castle Clinton hierher verlegt. Die Fläche hätte für die erforderlichen Gebäude nicht ausgereicht, deshalb wurde sie durch künstliche Landgewinnung erweitert.«

Hinnerk Nieland kannte dank seiner Kontakte in aller Welt auch politische Interna: »Gerade erst wurde der sogenannte Immigration Act beschlossen. Das ist ein Bundesgesetz, das die Anzahl der Immigranten begrenzen soll. Als Datengrundlage dient eine Volkszählung von vor einem Vierteljahrhundert. Die neuen Regelungen schließen insbesondere chinesische Immigranten aus.«

Lucie wollte sich gerade über diese Nachricht echauffieren, da tauchte am Horizont endlich das auf, worauf sie sich schon lange gefreut hatten: die auf Liberty Island stehende Freiheitsstatue.

»Sie ist so riesig«, staunte die junge Parfümeurin, als ihr Schiff sich der kolossalen, inzwischen türkisgrünen Kupferfigur auf deren turmartigem Sockel näherte.

»Ja, die Figur selbst ist sechsundvierzig Meter hoch, mit Sockel sogar über neunzig«, referierte Hinnerk. »Damit ist sie die höchste Statue der Welt.«

Lucie wusste, dass jene in Roben gehüllte Figur Libertas, die römische Göttin der Freiheit, darstellte.

Die reckte mit der rechten Hand eine vergoldete Fackel gen Himmel und hielt in der linken eine Inschriftentafel mit dem Datum der amerikanischen Unabhängigkeitserklärung. Zu ihren Füßen lag eine zerbrochene Kette.

»Das Türkis ist wunderschön.« Lucie fand, dass dieser Farbton in ihrer neuen Parfümerie vorherrschen sollte – als Symbol der Freiheit sozusagen.

»Ja, allerdings ist diese Farbe erst im Lauf der letzten gut drei Jahrzehnte durch Korrosion entstanden«, klärte Hinnerk sie auf. »Zu Beginn war die Riesendame kupferfarben, also rotbraun glänzend.«

»Sie war seinerzeit ein Geschenk der Franzosen an Amerika«, wollte nun auch Liselotte Nagelschmidt ihr Wissen ins Gespräch einbringen.

»Dann hoffen wir mal, dass die Franzosen unserem Ruhrgebiet bald auch endlich die Freiheit schenken«, meinte Lucie bitter.

»Den Abzug ihrer Truppen haben sie leider auf nächstes Jahr verschoben«, klärte Håkon Heger sie auf. »Aber dann müssen sie. Der internationale Druck auf Frankreich wird größer.«

Nach zwei Stunden Befragungen sowie mehrfacher Überprüfung von Papieren und Gepäck durch die strengen Behördenmitarbeiter auf Ellis Island erreichten Hinnerk, Håkon, Lucie und Liselotte endlich den Boden Manhattans. Die weit in den Himmel aufragenden Hochhäuser beeindruckten Lucie zutiefst.

»Hier trennen sich also vorerst unsere Wege«, wandte sich Kosmetikerin Nagelschmidt an ihre beiden Begleiter.

Hinnerk Nieland würde mit seinem Prokuristen bei einem portugiesischen Onkel in dem im Nordwesten gelegenen Stadtteil Astoria in Queens unterkommen, Liselotte und Lucie wollten sich mit einem Taxi ins Chelsea Hotel fahren lassen, welches die Elise Bock GmbH im Voraus für sie gebucht hatte.

Um sieben Uhr abends Ortszeit waren sie in der Hotellobby mit Anjing und seiner Schwester Rulan verabredet, sie wollten sich gemeinsam ins legendäre Nachtleben der Metropole stürzen. Hinnerk und Håkon hatten zugesagt, sich ebenfalls um diese Zeit dort einzufinden. »Wir werden pünktlich sein.«

Fasziniert sah Lucie kurz darauf aus dem Fenster des fahrenden Taxis. Obwohl heute Sonntag war, herrschte da draußen ein Gewimmel von sehr unterschiedlich aussehenden Menschen. Auf den teilweise verblüffend breiten Straßen, den Streets und Avenues zwischen den Wolkenkratzern, fuhren Kutschen, Automobile, Omnibusse und elektrische Straßenbahnen.

Über dem Eingang einer Metzgerei sah Lucie hebräische Schriftzeichen und las das Versprechen »strictly cosher«. An einer anderen Ecke lockten die Leuchtreklamen »Chop Sui – Welcome to good Chinese Food« und »El Siglo – Libros y Perfumes«.

Ihr fiel das Essen im chinesischen Restaurant in der Schmuckstraße in Hamburg wieder ein und ihr erster Besuch in Xu Li Wangs Buchladen. Drei Jahre war das nun schon her. Hätte ihr damals jemand prophezeit, dass Anjing und sie einst in New York miteinander ausgehen würden, sie hätte es wohl nicht geglaubt. Und doch würde es heute Abend so weit sein.

Das Chelsea Hotel in New York City lag in der 222 West 23rd Street. Nachdem Liselotte den Taxifahrer bezahlt hatte, standen die beiden Frauen beeindruckt vor dem zwölfstöckigen, rot angestrichenen Backsteingebäude. Die unteren sieben Obergeschosse wiesen über die gesamte Breite der Fassade schwarz lackierte, mit Blumenornamenten verzierte Balkone aus Gusseisen auf.

»Es gibt hier zweihundertfünfzig Zimmer«, gab die Kosmetikerin an.

»Ich weiß, das hat Herr Nieland erzählt«, sagte Lucie. »Und auch, dass das Haus nach seiner Fertigstellung vor vierzig Jahren erst mal als Apartmentkomplex diente. Hotel ist es wohl erst seit zwei Jahrzehnten.«

»Na, dann schauen wir doch mal, wie es sich als solches macht«, schlug Liselotte unternehmungslustig vor.

***

Eine kleine Tradition ihrer Brieffreundschaft hatten sich Hertha Harders und Georg Mülder erhalten. Wann immer einer von ihnen verreist war, schrieben sie der oder dem jeweils anderen unter dem einstigen Pseudonym K. oder W.

Und so kam es, dass Hertha eine knappe Woche nach ihrer Ankunft in Grasse noch kurz vor Mitternacht am Schreibtisch von Paulines verstorbenem Ex-Mann saß. Sie griff zu Feder und Papier, um einen Brief an ihren einstigen Arbeitgeber zu schreiben. Seit Georg Anfang des Jahres gezwungen gewesen war, die Parfümerie Mülder und Sohn nach nur wenigen Monaten wieder zu schließen, arbeitete er als Buchhalter für den früheren Konkurrenten Emil Dralle. Der Hamburger Seifen- und Parfümhersteller war für sein Birkenhaarwasser bekannt geworden und hatte soeben eine Moschusseife auf den Markt gebracht, die, wie Hertha fand, ganz grässlich roch.

Sie begann zu schreiben:

Grasse, am Sonntag, dem 24. August 1924

Lieber W.!
Die Stadt der Düfte ist noch schöner, als ich sie mir erträumt habe. Das mag an der Gastfreundschaft des Testamentverwalters liegen, an der Tatsache, dass ich täglich meine liebe alte Freundin Pauline Lambert sehen darf – oder einfach an dieser tra…

Weiter kam sie nicht, denn in diesem Augenblick betrat Paulines Sohn Philippe Lambert in Begleitung von Odile Carstens das große Wohnzimmer. Sie war ihm dabei behilflich, die Papiere seines Vaters zu sichten, weshalb auch die beiden noch zu dieser späten Stunde wach waren.

»Fräulein Harders, wir bräuchten Ihre Meinung zu etwas«, sagte Philippe mit gedämpfter Stimme, wohl um seinen Onkel Marcel nicht zu wecken, der sich schon vor über einer Stunde im Gästezimmer nebenan zum Schlafen hingelegt hatte.

Hertha sah, dass der Buchbinder einen ganzen Stapel ungeöffneter Briefe in Händen hielt.

»Philippe wollte deine Einschätzung dazu«, erklärte Odile.

»Ja, Maman hat mir erzählt, die Gespräche mit Ihnen über ihre Zeit mit Jakob Silberstein haben ihr sehr gutgetan«, erzählte Philippe. »Wir beide haben nie viel darüber gesprochen, obwohl ich schon als Kind davon wusste.«

Er überreichte ihr die Umschläge, und Hertha sah sie zunächst verwirrt und dann mit zunehmendem Entsetzen durch. Die Hälfte der gut zwei Dutzend Briefe war von Pauline Lambert an ihre heimliche Affäre Jakob gerichtet, die andere von ihm an sie.

»Die sind ja alle noch zu«, stellte Hertha mit schwacher Stimme fest. Sämtliche Briefmarken auf den ungeöffneten Umschlägen der Schreiben von Jakob an Paulines Postfach waren im Jahr 1877 abgestempelt. So, wie es aussah, waren ihre Briefe nach Berlin zwar frankiert, aber nie abgeschickt worden.

»Pauline dachte, Jakob habe nur einen ihrer Briefe beantwortet. Sie hat so darunter gelitten. Das … das kann nur eines bedeuten«, brachte Hertha mit stockender Stimme hervor.

Philippe Lambert nickte mit Trauer im Blick. »Mein Vater hat Herrn Silbersteins Schreiben offensichtlich abgefangen – und die Versendung der Antworten meiner Mutter verhindert.«

Ein Kloß im Hals machte Hertha das Sprechen schwer. »Aber … wie hat er das bloß geschafft?«

»Ich verstehe das alles erst jetzt im Nachhinein«, sagte Philippe. »Als Kind habe ich mitbekommen, wie Papa unser Dienstmädchen angewiesen hat, alle Briefe meiner Mutter, statt sie zur Post zu bringen, ihm zu geben. Sie dürfe Maman aber nichts von dieser Anweisung erzählen. Sonst werde er sie entlassen. Er war so wütend, dass ich aus Angst um sie und auch mich darüber geschwiegen habe. Und irgendwann habe ich es schlicht vergessen, es kam erst jetzt alles ins Gedächtnis zurück.«

»Aber das Postfach«, rief Hertha erschüttert. »Wie kam Alexandre an Paulines Postfach?«

»Mein Vater war mit dem Postvorsteher bestens bekannt«, entgegnete Philippe. »Er wird wohl einen Brief von Silberstein bei meiner Mutter entdeckt und dann den Kerl von der Post um einen Zweitschlüssel gebeten haben.«

»Das wäre eine Erklärung«, murmelte Hertha benommen.

»Wir wollten nun dich fragen, ob Philippe die Briefe seiner Mutter geben soll«, erklärte Odile. »Oder ob es längst verheilte Wunden wieder aufreißen würde.«

»Ich mochte Jakob Silberstein sehr«, gestand Philippe. »Damals wünschte auch ich mir manchmal, er wäre mein Vater – und nicht dieser brutale Schläger. Ich habe auch nicht protestiert, als meine Mutter ankündigte, wir würden Papa verlassen und mit Jakob fortziehen. Dazu kam es dann ja aber nie.«

Bestürzt sah Hertha, dass eine Träne auf der Wange des Buchbinders glänzte. »Wenn selbst mich diese Geschichte auch heute noch so mitnimmt – ich bin mir einfach nicht sicher, ob man Maman damit noch einmal konfrontieren sollte.«

Hertha schluckte. Sie sollte das entscheiden? Was für eine Verantwortung!

***

»Diese verdammten Locken!«

Um halb sieben Uhr abends saß Lucie verzweifelt in ihrem Hotelzimmer im New Yorker Chelsea Hotel und versuchte, eine Frisur hinzubekommen, die dieser modernen, wilden Stadt gerecht wurde.

In diesem Moment klopfte es an der Tür. »Hoffentlich ist das Liselotte!« Lucie war überzeugt, dass die Kosmetikerin einen Ratschlag oder irgendein pfiffiges Haarprodukt für sie haben würde.

»Dich schickt der Himmel«, rief sie, riss die Tür auf und sah in das strahlende Gesicht von Anjing!

Sie fielen sich um den Hals und küssten sich sehnsüchtig. Ihm schien ihre Frisur völlig egal zu sein, und ihr ging es im Augenblick nicht anders.

»Ich habe es nicht mehr ausgehalten und den anderen so lange in den Ohren gelegen, bis wir früher hergefahren sind«, berichtete er schließlich. »Ich bin dann gleich hier raufgekommen, damit wir uns anständig begrüßen können. Hier sind Mischehen ja verboten, da würden wir mit so einem Kuss erneut einen Aufstand verursachen.«

Trotz der enormen Wiedersehensfreude wurde Lucie von vager Sorge erfasst. Das war, nach Hinnerks Information über das neue Einwanderungsgesetz, nun schon der zweite Hinweis an diesem Tag, dass man in den USA Asiaten nicht sonderlich zu mögen schienen.

»Ich verstehe das nicht«, murmelte sie. »Außer den Indianern sind doch im Grunde alle Amerikaner Einwanderer.«

»So fühlt sich das für viele leider nicht an«, erwiderte Anjing und streichelte zärtlich ihre Wange. »Hier gibt es auch Rassismus und Nationalismus. Ihr in Deutschland habt diesen Adolf Hitler ja zum Glück weggesperrt.«

Lucie erinnerte sich mit Schaudern: Am 8. November letzten Jahres hatten die Nationalsozialisten unter der Führung Hitlers im Münchner Bürgerbräukeller einen Staatsstreich ausgerufen. Nach dem Vorbild der italienischen Faschisten um den dortigen Diktator Mussolini war ein Marsch auf Berlin geplant worden, der dann jedoch im Keim erstickt wurde. Der Putschversuch hatte mit einer Schießerei an der Feldherrenhalle geendet, nach der Hitler glücklicherweise verhaftet worden war.

»Darf ich dir jetzt meinen besten Freund vorstellen?«, fragte Anjing schließlich. »Er steht draußen vor deiner Zimmertür Schmiere.«

»Natürlich«, sagte Lucie, die vorhin vor lauter Freude gar nicht bemerkt hatte, dass sich ein zweiter Mann vor der Tür befand.

Anjing öffnete sie, und ein gut gekleideter Mittvierziger mit Brille, kantigem Gesicht und welligem blondem Haar betrat das Zimmer.

»Karl, das ist meine Lucie.«

Der Mann schmunzelte. »Da hast du nicht übertrieben.«

Anjing wandte sich wieder an sie. »Darf ich dir meinen besten Freund Karl Vollmoeller vorstellen, er ...«

»Ich arbeite als Übersetzer, genau wie Anjing«, unterbrach ihn Karl hastig.

»Ja, aber anders als ich übersetzt er nicht für schnöde Geschäftsverhandlungen«, widersprach Anjing. »Der übersetzt richtige Literatur.«

»Oh, das stelle ich mir schwer vor«, meinte Lucie. »Aus welcher Sprache denn?«

»Aus dem Italienischen und Dänischen, aber zum Beispiel auch Sophokles' *Antigone* und Aischylos' *Orestie* aus dem Griechischen«, antwortete Karl.

»Er ist aber auch schon mal sehr erfolgreich Autorennen gefahren und hat mit seinem Bruder Flugzeuge gebaut«, ergänzte Anjing.

Die politikinteressierte Lucie kannte den Namen Karl Vollmoeller eigentlich aus anderen Zusammenhängen.

»Sind Sie zufällig auch der Karl Vollmoeller, der sich in der Politik so für den Frieden eingesetzt hat?«, fragte sie vorsichtig.

»Ja, der bin ich zufällig auch«, bestätigte er grinsend.

Lucie war baff und augenblicklich fast ehrfürchtig. »Donnerwetter!« Im Krieg war Karl Vollmoeller, wie sie von ihrer Parfümeriekundin Ida Dehmel wusste, als Kriegsberichterstatter und Begleiter des damaligen württembergischen Königs Wilhelm II. beschäftigt gewesen. Gemeinsam mit Ida Dehmels Mann Richard, einem bekannten Lyriker, hatte

Anjings neuer bester Freund mit Unterstützung von Robert Bosch, Auswärtigem Amt und Reichsregierung die »Deutsche Gesellschaft 1914« gegründet. Alle namhaften Unternehmer und Industriellen gehörten jener Vereinigung an, auch Berta Kolbes Bankier Marcel Lambert, mit dem Lucies Schwester gerade in Grasse weilte. Daneben die Inhaber und Chefredakteure aller überregionalen Zeitungen sowie die erste Garde der Schriftsteller, Maler, Schauspieler und sonstigen Künstler. Das Mitgliederverzeichnis war gleichsam ein Prominentenalmanach des Deutschen Reichs. Ida Dehmel hatte Lucie gegenüber behauptet, dass sogar Minister und Staatssekretäre zu dem Verein gehörten. Gemeinsam mit Harry Graf Kessler habe Vollmoeller mitten im Krieg Friedenspläne mit Frankreich und England entwickelt.

»Aber inzwischen habe ich mich aus der Politik weitestgehend zurückgezogen«, sagte er nun zu Lucies Enttäuschung. »Ich entdecke und fördere lieber junge Künstlerinnen – vor allem welche, die wegen ihrer Hautfarbe diskriminiert werden.«

»Er ist ein transatlantischer Vermittler zwischen den Filmzentren in Babelsberg und Hollywood«, erklärte Anjing.

Jetzt, da Europa sich in Nationalstaaten auflöste, setzte Karl sich für den Dialog der Künstler ein – über Landes- und Sprachgrenzen hinweg. Die Vorstellung gefiel Lucie sehr gut.

»Karl hat auch der besten Freundin meiner Schwester Rollen in deutschen Filmen besorgt«, fügte Anjing hinzu. »Die musst du unbedingt kennenlernen. Rulan wartet mit ihr unten in der Lobby und kann es kaum erwarten, dich wiederzusehen.«

»Ich bin nur mit meinen Haaren noch nicht fertig geworden«, gab Lucie zu bedenken.

»Ich kann ja kurz runtergehen und Ihnen die beiden Damen hochschicken«, schlug Karl Vollmoeller vor. »Glauben Sie mir, Anna May macht in puncto Mode und Frisuren so schnell niemand etwas vor.«

»Das stimmt allerdings«, bestätigte Anjing, und sein Strahlen machte Lucie misstrauisch. Wer war diese Anna May, und was empfand er für sie?

32

Der Broadway! Was für eine Lichterflut! Kurt Vollmoeller steuerte seine offene Limousine durch das berühmte Theaterviertel in Midtown Manhattan am Times Square zwischen der 41. und der 53. Straße und zwischen der Sixth und der Ninth Avenue. Er hatte erzählt, dass es hier gut drei Dutzend große Schauspielhäuser gab mit jeweils fünfhundert bis über tausend Plätzen. Auf dem Beifahrersitz saß Anjing Wang, im Fond in der Mitte die sich überwältigt umsehende Lucie, an ihrer rechten Schulter lehnte Rulan, an der linken deren beste Freundin Anna May Wong. Diese hatte sich als Chinesin entpuppt, die – wie Lucie selbst – noch keine zwanzig Jahre alt war. Sie hatte eine knabenhafte Figur, aber ein wunderschönes, geschminktes Gesicht, in das ihre pechschwarzen Ponyfransen hingen. Die junge Schauspielerin mit der eigentümlichen Frisur und den ausdrucksstarken Mandelaugen trug ein eng anliegendes, hochmodisches und interessant gemustertes Seidenkleid in Braun- und Goldtönen. Als Rulan ihr vorhin im Hotelzimmer die exotische junge Schönheit vorgestellt hatte, war Lucie anfangs noch argwöhnisch gewesen, ob Anna May sich womöglich an Anjing interessiert zeigte – oder er sich an ihr. Doch dann hatte die junge Schauspielerin ihr mit der Frisur geholfen und irgendwann auf Englisch zugeflüstert: »Anjing redet nur von dir, und ich kann jetzt verstehen, warum.« Dann hatte sie die erstaunte Lucie liebevoll auf die Wange geküsst – und seither war das Eis gebrochen. Anna May gönnte ihr das Glück mit Anjing. Und wie gut sie roch! Jasmin, Patschuli, Mairosen und ein Hauch von Kokos. Lucie konnte nicht anders, sie küsste den an ihrer Schulter ruhenden Kopf der Chinesin.

Glücklich sah sie die leuchtenden und blinkenden Schriftzüge vorbeifliegen, während ihr der warme Fahrtwind ins Gesicht wehte. »Vaudeville«, »Cotton Club«, »Hollywood Restaurant«, »Cinderella on Broadway – full of pep and Charm« und Reklame für »Camels«-Zigaretten. Auf der riesigen Leuchtwerbung für »Pepsodent Tooth Paste« am Times Square bewegte sich eine Frau, die an einer Schaukel von einer Uhr herabhing.

Aufgrund der großzügigen Beleuchtung der Straße und des Platzes wurde der Broadway, so hatte Theaterautor Karl erzählt, auch »The Great White Way«, genannt.

Als sie eine Werbung mit der Aufschrift »The Miracle« passierten, rief Anjing stolz: »Schau mal, das Stück hat mein bester Freund hier geschrieben! Darin gibt es keinen einzigen Dialog, und der berühmte Max Reinhardt führt Regie. War vor dem Krieg schon ein Riesenerfolg in ganz Europa. Und jetzt läuft es hier ein ganzes Jahr lang – jeden Tag.«

»Na ja, ich hab auch fünfzehn Jahre an dem Ding gearbeitet, bis es im Dezember 1911 endlich Premiere in London hatte«, erklärte Karl.

»Das möchte ich gern sehen«, rief Lucie vom Rücksitz aus. »Dass ein Theaterstück ganz ohne Sprache funktioniert …«

»Dafür gibt es ganz wunderbare Musik darin«, berichtete Anna May und lächelte zu ihr auf.

»Die hat mein Freund Engelbert Humperdinck komponiert, nachdem Richard Strauss einen Rückzieher gemacht hatte«, erzählte Karl. »Aber heute möchten wir euch ein anderes Stück zeigen.«

Sein Grinsen war vielsagend, und Lucie wurde immer gespannter auf diesen Abend.

Schließlich hielt Karl seine Limousine vor der 63rd Street Music Hall. »Shuffle Along« hieß laut der Reklame über den Drehtüren das Stück, das dort gezeigt wurde.

»Ist das etwas Neues von dir?«, fragte Lucie den Bühnenautor. Karl hatte sie gebeten, ihn zu duzen, erstens, weil sie hier in Amerika waren und es im Englischen ja ohnehin kein »Sie« gab, und zweitens, weil er sich sonst so alt fühle. Er erinnerte Lucie allerdings tatsächlich sehr an ihren Vater, doch das verschwieg sie ihm, um ihn nicht zu kränken.

Karl schüttelte den Kopf. »Die Show hat ein Afroamerikaner geschrieben. Sie läuft hier schon seit über drei Jahren.«

Da traf auch die Limousine von Herrn Nielands Cousin Carlos Rocha ein, und Hinnerk, Håkon und Liselotte stiegen aus.

Damit waren sie vollzählig, und sie konnten ins Theater, um inmitten des bunt gemischten Publikums ihre Plätze einzunehmen.

»Hier darf das schwarze Publikum im Parkett sitzen«, erklärte Anjing Lucie, die neben ihm Platz genommen hatte. »Bisher hat man sie auf die Ränge verbannt.«

In dem Stück, das im amerikanischen Süden spielte, ging es um die dunkelhäutigen Lebensmittelhändler Steve Jenkins und Sam Peck, zwei windige Kerle, die zwar zusammen ein Geschäft betrieben, aber Kontrahenten in einem Bürgermeisterschaftswahlkampf waren. Sie versprachen einander, im Falle des Wahlgewinns den jeweils anderen als Polizeichef einzusetzen. Und dann gab es da noch einen dritten – eher aussichtslosen – Bewerber um das Amt: Harry Walton. Es folgten quirlige und mitreißende Tanz- und Gesangsnummern, während es in der Handlung zu Betrug, Herz, Schmerz und einer saftigen Schlägerei kam. Natürlich gab es ein »Happy Ending«, den Triumph der Gerechtigkeit: Harry siegte!

»Mit der schwarzen Liebesgeschichte bricht das Stück ein Tabu«, flüsterte Anjing Lucie zu.

Was für eine gute Idee! Eine gefühlvolle Geschichte konnte das Publikum vielleicht dazu bringen, sich in Menschen hineinzuversetzen, die anders waren als sie und auf die sie sonst hinabsahen, dachte Lucie. Vielleicht war die Kunst auf diese Weise sogar in der Lage, ganz allmählich etwas zum Besseren zu verändern. Die eingängige Musik trug sicher das Ihre zu den positiven Gefühlen bei.

Lucie summte den beschwingten Ohrwurm *I'm mad about Harry* noch vor sich hin, als das Stück längst unter begeistertem Beifall geendet hatte.

»Und nun geht es in eine Speakeasy-Flüsterstube, dort treffen wir dann auch den Salpeterbaron und seine Frau«, kündigte Karl an, als sie sich im Foyer trafen, woraufhin Liselotte, Håkon und Hinnerk begeistert reagierten.

Lucie hatte das Wort noch nie gehört und wandte sich flüsternd an Anjing. »Was ist denn ein Speakeasy?«

»Da sind illegale Mondscheinkneipen oder Clubs, in denen heimlich Bier und Hochprozentiges ausgeschenkt werden.«

Das klang ja aufregend!

»Das ist Josephine«, stellte Karl seiner Entourage nun eines der dunkelhäutigen Showgirls vor, das vorhin auf der

Bühne mitgetanzt hatte und gerade aus der Garderobe gekommen war. Sie hatte kurze schwarze Haare und große, stark geschminkte Augen. »Sie wird uns begleiten.«

Im Speakeasy war es verraucht und voll, eine Jazzband spielte eine schwülstige Melodie. Als sie sich zu ihrer reservierten Sitzecke durchgekämpft und gesetzt hatten, beobachtete Lucie zahlreiche aufgedonnerte junge Damen, die kurze Röcke und kurzes Haar trugen, hochprozentigen Alkohol tranken und rauchten. Zum Teil küssten diese Frauen einander liebevoll, was zu neidischen Blicken einiger Herren führte.

Karl hatte die Neugier in Lucies Gesicht bemerkt und grinste. »Diese jungen Damen setzen sich keck und frech über die Benimmregeln hinweg, man nennt sie Flapper. Die wollen Spaß haben und tanzen gern – auch ohne Männer.«

Wie aufs Stichwort setzte nun schwindelerregend schnelle Jazzmusik ein – von einer Art, die Lucie noch nie gehört hatte. Die jungen Frauen stürmten die Tanzfläche, auch Josephine hielt es nicht länger auf ihrem Platz. Einige Männer taten es ihnen gleich, doch zu dieser mitreißenden neuartigen Musik konnte man offenbar auch gut allein tanzen.

Das Parkett schien unter Storm zu stehen, der Torso der Tanzenden zitterte, dazu gab es Bewegungen der Hüften, Schenkel und Hinterbacken. Auch die Hände waren aktiv, sie berührten alle Teile des Körpers wie in Ekstase. Dazu machten die Menschen auf der Tanzfläche abwechselnd X- und O-Beine, drehten Knie und Füße nach außen und innen. Die Musikliebhaberinnen und -liebhaber beugten ihre Rücken oder gingen gar in Hockstellung.

»Was ist denn das für ein wilder Tanz?«, fragte Lucie fasziniert.

»Er ist nach einer Hafenstadt in South Carolina benannt: Charleston«, erklärte Rulan. »Der Pianist James P. Johnson hat die Jazzmelodie mit diesem Titel komponiert – für das Musical *Running Wild*. Das wurde hier am Broadway letztes Jahr uraufgeführt und war ganz schnell überall bekannt.«

»Mit den ironischen Bewegungen mokieren die Tanzenden sich über die Alkoholprohibition«, wusste Anna May. »Deshalb finden die Spießbürger den Tanz provokativ und unsittlich.«

»Trotzdem kennt man den Charleston inzwischen auch schon in Europa«, betonte Karl, und Lucie fragte sich, ob er vielleicht sogar dazu beigetragen hatte.

»Na, ob den unser Herr Bartel ins Programm nimmt?«, fragte Anjing sie grinsend.

Lucie musste bei der Vorstellung lachen. »Sicher nicht.«

Der gemeinsame Tanzkurs in Hamburg schien so unendlich weit fort.

Josephine beherrschte den Charleston von allen auf dem Parkett am besten. Sie bewegte sich perfekt im Rhythmus der schnellen Musik, ruderte wild mit den Armen, grinste breit mit weit aufgerissenen Augen. Ihre absichtlich übertriebene Gestik erinnerte an einen Zeitungscartoon. Sie kam damit so gut an, dass die anderen Tanzenden innehielten und wie das restliche Publikum klatschten, johlten und pfiffen.

»Josephine tanzt ganz unglaublich gut, das habe ich vorhin schon auf der Bühne bemerkt«, sagte Lucie bewundernd. »Diese Körperbeherrschung, als sei sie eins mit der Musik, als sei alles ganz einfach.«

Karls Miene wurde auf einmal ganz ernst. »Sie hat extrem dafür kämpfen müssen, dass sie heute hier tanzen kann. Sie kam 1906 in St. Louis zur Welt – als uneheliches Kind. Ihre Mutter ist Waschfrau, ihr Vater wohl ein jüdischer Schlagzeuger. Sie hat in extremer Armut gelebt und mit elf Jahren etwas Schreckliches erleben müssen: Bei einer gewaltsamen Ausschreitung haben Weiße fast hundert Afroamerikaner ermordet. Nur zwei Jahre später hat sie ihre Mutter mit einem viel zu alten Mann verheiratet.«

Lucie rechnete entsetzt nach. »Aber dann war sie ja erst dreizehn.«

Karl nickte mit versteinertem Gesichtsausdruck. »Zum Glück hielt das nur ein paar Wochen. Josephine hat es schon kurz darauf als Komparsin an ein Theater in St. Louis geschafft. Vor zwei Jahren, da war sie sechzehn, hat sie einen Zugbegleiter geheiratet, von dem stammt ihr Nachname Baker. In der Zeit fing sie am Standard Theatre in Philadelphia an. Von da aus kam sie dann hierher.«

Schließlich nahm Karl einen großen Schluck von seinem bernsteinfarbenen Bourbon und verkündete wieder besser gelaunt: »Sie ist ein Riesentalent, ich will ihr Engagements in Berlin und Paris beschaffen.«

»Das ist eine wunderbare Idee«, freute sich Lucie. »Alle Welt sollte etwas von dieser Kultur hier mitbekommen.«

»Dir scheint New York zu gefallen«, stellte Karl fest.

»Und wie. Hier ist alles so frei, so weltoffen. In Deutschland geht es so oft um das Abgrenzen, das Nationale. Der Hitler-Prozess im April hat ja quasi mit einem Freispruch geendet.«

»Deshalb bin ich kaum mehr dort«, sagte Karl. »Ich habe zwar noch meine Wohnung in Berlin, aber wenn ich nicht in den USA bin, lebe ich lieber in meinem Palazzo Vendramin am Canal Grande in Venedig.«

»Haben Sie … hast du denn noch schöne Erinnerungen an Deutschland?«

»O ja, damals in Stuttgart waren wir neun Geschwister,

und es war wunderbar«, antwortete Karl lächelnd. »Mein Vater gründete ein großes Textilunternehmen, und bei ihm standen die Interessen der Arbeitnehmer gleichberechtigt neben seinen als Unternehmer. Von meinen Eltern habe ich den Gerechtigkeitssinn und den Wunsch zu helfen. Meine Mutter war von jeher für die Gleichberechtigung der Frauen. Ich glaube, es liegt an ihr, dass mein *Miracle* ein so christliches Stück geworden ist. Und du? Wirst du es nach dieser schönen bunten Welt hier noch aushalten – daheim im grauen Reich?«

So wollte das Lucie nicht sehen. »Unsere Parfümerie ist eine bunte Insel. Meine Mutter veranstaltet Kunstsalons, mein Vater und meine Schwester malen. Das erweitert unsere Welt.«

»Stimmt, das ging mir als Kind ähnlich«, erinnerte sich Karl. »Meine Schwester malt ebenfalls – und ist auch mit einem Künstler verheiratet.«

In diesem Augenblick traf zur Begeisterung von Reeder Nieland und seinem Prokuristen Håkon Heger deren Geschäftspartner ein. Hinnerk stellte den braun gebrannten und etwas korpulenten, etwa sechzig Jahre alten Herrn mit weißem Anzug und Hut als Capitán Javier Esteban Arévalo aus Iquique in Chile vor.

»Als man noch Geld mit Salpeter verdienen konnte, war ich der Hauptlieferant der Herren hier«, erklärte er, und sein Englisch wies einen deutlich spanischen Akzent auf.

»Wo hast du denn Emma gelassen, Javier?« erkundigte sich Håkon und sah sich um.

»Die wollte sich noch eben aufhübschen«, erklärte Arévalo, setzte sich, nahm seinen Hut ab und fächerte sich Luft zu. »Ihr wisst ja, wie die Frauen sind.«

Lucie bekam einen Schwall seines aufdringlichen Rasierwassers ab und verzog das Gesicht – zu viel Moschus, zu viel Tabak.

»Und wir wissen auch, wie die Männer sind«, erwiderte Liselotte angriffslustig. »Die Herren der Schöpfung lassen die Frauen nämlich links liegen, wenn sie nicht ausreichend ›aufgehübscht‹ sind.«

»Wikinger!«, ertönte plötzlich eine schrille Frauenstimme.

Eine zierliche Frau Anfang zwanzig, die zwar teuer gekleidet war, vom Wesen her aber durchaus als Flapper durchgegangen wäre, kam herbeigestakst und fiel Håkon Heger um den Hals, der darauf etwas überfordert reagierte. »Grüß dich, Emma.«

»Und dein schöner Chef ist auch dabei, Donnerwetter, Herr Nieland, Sie kriegen ja immer mehr Muskeln«, sagte Emma Arévalo anerkennend, die nun auf Håkons Schoß saß und Hinnerk den Bizeps streichelte.

Kaum zu fassen, dass dieses junge Ding mit dem alten Chilenen verheiratet war, dachte Lucie.

»Ich würde gern ein bisschen vor die Tür«, raunte ihr Anjing zu. »Frische Luft schnappen. Möchtest du mich begleiten?«

Da Lucie davon ausging, dass er sie in Ruhe küssen wollte, ließ sie sich nicht lange bitten.

Doch als sie draußen in der milden Sommernacht standen, die Jazzmusik immer noch gedämpft wahrnehmend, ergriff Anjing lediglich ihre Hand und sagte sehr ernst: »Lucie, ich habe mir viele Gedanken über uns gemacht.« Er streichelte ihre Finger. »Du hast einen sehr weiten Weg auf dich genommen, um mich wiederzusehen. Aber wir können unser Leben nicht länger mit Warten verbringen. Hier in den USA sind Mischehen verboten, deshalb müsste ich nach

Deutschland zurückkehren und evangelisch werden. Aber durch die Änderung der Gesetze hier könnte ich dann vielleicht nicht mehr nach Amerika zurück.«

Lucie nickte beklommen. Dieser Gedanke war ihr auch bereits gekommen, auch wenn sie ihn immer wieder hartnäckig verdrängt hatte.

»Dann wärst du dauerhaft von deiner ganzen Familie getrennt«, murmelte sie mit schwacher Stimme.

»Aber in Deutschland könnte es vielleicht auch bald noch schwieriger für uns Asiaten werden«, sprach er das aus, was sie ihrerseits befürchtete. »Natürlich könnten wir in Holland oder Dänemark leben. In jedem Fall denke ich, wir sollten eine Entscheidung treffen, während du hier bist.«

Lucie spürte einen Kloß im Hals. Ihr fiel keine Lösung ein, bei der nicht irgendwann einer von ihnen seine Familie und sämtliche Freunde verlieren würde. Und das konnte nur eines bedeuten. Und diese Möglichkeit schnitt so tief in ihr Herz, dass sie diese nicht einmal auszusprechen wagte: ihre endgültige Trennung!

33

Lucie stand verzweifelt und sprachlos vor dem nicht minder betrübten Anjing, da kam seine Schwester Rulan in Begleitung ihrer besten Freundin Anna May Wong aus dem Club.

»Brüderchen, du sollst runterkommen, Karl vermisst dich. Arévalos Frau bringt da unten die Herren der Schöpfung ganz schön in Verlegenheit, das ist recht amüsant«, sagte Rulan.

»Außerdem macht sich Frau Nagelschmidt Sorgen um dich, Lucie, sie sei schließlich die Anstandsdame, sagt sie«, berichtete Anna May. »Die wollte schon selbst rauskommen und sehen, ob ihr schön artig bleibt, aber das haben wir dann für sie übernommen. Sie streitet sich gerade so nett mit diesem Salpeterbaron.«

»Also was ist?«, fragte Rulan. »Kommt ihr mit?«

»Geh du nur!«, sagte Lucie mit brüchiger Stimme zu Anjing, ohne ihm in die Augen sehen zu können. Sie kämpfte weiterhin mit den Tränen. »Ich brauche noch ein wenig Zeit an der frischen Luft.«

Anjing sah hilflos von ihr zu seiner Schwester, die schließlich gereizt sagte: »Nun geh doch, wir passen schon auf deine Lucie auf.«

Kaum war er im Speakeasy verschwunden, legte Rulan tröstend den Arm um Lucie.

»Hat er das überfällige Gespräch mit dir geführt?«, vergewisserte sie sich.

Die Deutsche nickte. »Und ich dachte, hier in Amerika seien Ausländer gleichberechtigt.«

Anna May lachte freudlos auf. »Ich habe mich schon zweimal in weiße Männer verliebt. Die darf ich hier aber nicht heiraten. Und Chinesen wiederum würden meinen Beruf nicht dulden. Mein Vater hat mich mit dem Bambusstock verprügelt, als er mitbekommen hat, dass ich zum Film wollte.«

»Aber du hast für deinen Traum gekämpft«, meinte Lucie und wischte sich eine Träne aus dem Auge.

»Das habe ich«, räumte Anna May ein und zündete sich eine Zigarette an. »Aber die Träume in unserem Kopf sind ganz anders als ihre Umsetzung in der Realität. Wenn es in einem Film wider Erwarten einmal eine sympathische asiatische Rolle gibt, wird die von geschminkten Weißen gespielt, nur die bösen Nebenrollen bleiben für mich. Jetzt habe ich gerade an der Seite von Douglas Fairbanks spielen dürfen in *Der Dieb von Bagdad.* Und was war meine Rolle?«

»Eine mongolische Sklavin«, sagte Rulan verständnisvoll. »Immerhin hat dein bauchfreies Kostüm Eindruck hinterlassen.«

»Warum ist der Leinwandchinese immer der Bösewicht?«, fragte Anna May. »Wir werden als Mörder und Verräter dargestellt, wie eine heimtückische Schlange im Gras. So sind wir aber nicht. Wie könnten wir auch – mit einer Zivilisation, die so viel älter ist als die des Westens?«

In diesem Augenblick kam Emma Arévalo aus dem Club gestolpert. Neidisch blickte sie auf Anna Mays Zigarette.

»Oh, Mädels, hat eine von euch Schönen vielleicht so eine für mich?«, fragte Emma. »Ich habe meine im Hotel vergessen.«

Anna May gab ihr eine und zündete sie ihr auch an.

»Die reden da drin mit der dicken Frau über Geschäfte, stinklangweilig«, meinte Emma und nahm einen Zug.

»Wie hast du deinen Mann eigentlich kennengelernt?«, erkundigte sich Rulan. »Er sieht sehr … reich aus.«

»Ich hab mich vor vier Jahren auf der Flucht vor meinem Ex-Verlobten als blinder Passagier auf die *Lucie Woermann* geschlichen«, erzählte Emma die Geschichte, die Lucie seltsam bekannt vorkam. »Mit der sind Matrosen nach Chile gebracht worden. Und in Iquique hab ich meinen Javier in seiner eigenen Hafenkneipe kennengelernt.«

Da fiel Lucie wieder ein, wo sie diese Geschichte schon einmal gehört hatte. Eugenie hatte sie ihr erzählt, als Polizist Robert so frustriert gewesen war, von seinem Mädel verlassen worden zu sein. »Dein Verlobter war Robert Bethge, oder?«

Emma sah sie erst erstaunt, dann argwöhnisch an. »Kennst du den?«

»Na ja, meine beste Freundin möchte ihn demnächst heiraten«, verriet Lucie.

»Oh, na dann rennt sie aber in ihr Unglück«, behauptete Emma.

Lucie sah sie besorgt an. »Wieso das?«

»Ich bin zwar noch jung, aber ich war schon früh bei meinem Vater in der Kneipe zugange, ich kenne die Männer«, offenbarte Emma. »Und der Robert ist einer von denen, die brutal werden, wenn was nicht nach ihrem Kopf geht. Da kann der gar nicht gegen an. Deshalb hab ich auch die Fliege gemacht. Einer wie der schlägt irgendwann mal eine tot.«

Und plötzlich wusste Lucie Harders, dass sie zu Hause in Hamburg dringend gebraucht wurde!

***

Hertha hatte sich dazu durchgerungen, Pauline die unterschlagene und abgefangene Korrespondenz zwischen ihr und ihrem Geliebten Jakob Silberstein zu geben. Und jetzt plagte sie angesichts der schockierten Reaktion der Freundin ihr schlechtes Gewissen so sehr, dass sie schlimme Bauchschmerzen davon bekam.

Mit zitternden Fingern hatte die greise Parfümeurin die Umschläge geöffnet. Als sie beim letzten angelangt war, schluchzte sie auf, nachdem ihr schon recht früh die Tränen über die Wangen geflossen waren.

»Der Arme war ganz verzweifelt, weil ich mich nicht gemeldet habe«, brachte sie mit Mühe hervor.

Sie reichte Hertha die letzte Seite des letzten Briefs.

Ein Freund aus Grasse war hier. Er hat mir gesagt, dass du wohlauf bist. Das erleichtert mich zwar, aber nun weiß ich, dass du mir nur deshalb nicht schreibst, weil du nichts mehr von mir wissen möchtet. Wahrscheinlich war dir die Angst wegen deines Mannes auf Dauer zu viel. Gerade weil ich dich liebe, werde ich dir deshalb nicht mehr schreiben. Aber vergessen kann ich dich gewiss nie. Unsere Kirschenzeit ist wohl zu Ende. Leb wohl, mein Schatz, dein dich liebender
Jakob

Wie viel Verletzung aus diesem Brief sprach! Nun kämpfte auch Hertha mit den Tränen.

»Und ich dachte, Alexandre kann mir nicht mehr wehtun«, murmelte Pauline niedergeschlagen. »Aber der schafft das sogar noch vom Grab aus.«

Hertha wischte sich die Augen. »Ach, liebe Pauline, hätte ich dir diese Briefe bloß nie gegeben. Jetzt habe ich die alten Wunden wieder aufgerissen.«

»Nein, du kannst gewiss nichts für Alexandres Taten«, widersprach die Künstlerin. »Und im Grunde ist es gut zu wissen, dass Jakob nie aufgehört hat, mich zu lieben. Weißt du, ich bin alt, und vielleicht gibt es ja in einer anderen Welt ein Wiedersehen.«

Das wollte Hertha nun gar nicht hören. »Ich kann unmöglich nächste Woche nach Hamburg zurückfahren und dich in dem Zustand allein lassen.«

»Das wirst du auch nicht müssen«, erwiderte Pauline, »ich komme nämlich mit euch.«

Hertha sah sie überrascht an. »Wirklich?«

»Ja, erstens will ich bei eurer Wiedereröffnung dabei sein«, erläuterte die Mentorin, »und zweitens muss ich mich davon überzeugen, dass sich bei eurer Eugenie nicht gerade Alexandres und meine Geschichte wiederholt. Vielleicht hat uns beide das Schicksal genau deshalb zusammengeführt – damit wir das verhindern.«

In diesem Moment klingelte es an der Tür.

»Nanu, der Postbote ist heute aber früh dran«, wunderte sich Pauline und ging in den Flur hinaus.

»Entschuldigen Sie die frühe Störung, Madame Lambert, man sagte mir, Mademoiselle Harders sei bei Ihnen«, erkannte Hertha erschrocken eine Männerstimme in gebrochenem Französisch. Das war doch …?

»Herr Mülder, was machen Sie denn hier?«, rief sie, als sie ihrerseits zur Wohnungstür gegangen war.

»Ich war gerade in der Gegend, da wollte ich fragen, ob Sie Lust hätten, mit mir heute im Laufe des Tages einen Kaffee trinken zu gehen«, erklärte er. »Ich würde Ihnen gern eine wichtige Frage stellen.«

»Also, ich muss ohnehin die Briefe noch mal lesen, und dann möchte ich schon mit dem Kofferpacken beginnen«, offenbarte Pauline. »Ihr könntet also auch jetzt schon gemeinsam losziehen.«

»Gut«, meinte Hertha überrumpelt, »dann hole ich nur schnell meine Jacke.«

»Ich helfe dir«, bot Pauline an und folgte ihr ins Wohnzimmer.

»Er will mir eine Frage stellen«, zischte die Jüngere der Älteren aufgeregt zu. »Was sage ich denn, wenn er mir *die* Frage stellt?«

»Na ja, immerhin ist er dein W.«, erinnerte Pauline sie. »Und von dem warst du ja schon sehr angetan, oder?«

»Ja natürlich«, gab Hertha zu. »Aber was wird aus dem Laden, wenn ich schwanger werde? Ich liebe ihn doch sehr – also den Laden. Und dann muss ich ihn vielleicht gerade dann im Stich lassen, wenn wir ihn endlich wiedereröffnen. Und ich wollte doch auch endlich mehr Zeit der Malerei widmen. Ich habe hier so viele Inspirationen bekommen.«

Pauline gelang ein verschmitztes Lächeln. »Also, es gab schon Frauen, die haben Kind, Parfümerie und eigene Malerei unter einen Hut gebracht. Außerdem geht es jetzt ja zunächst mal nur um eine gute Tasse Kaffee und nicht gleich um eine finale Antwort. Eine Frau darf sich immer Bedenkzeit auserbeten, und der richtige Mann wird ihr diese gewähren.«

Hertha seufzte. »Also gut, dann gehe ich eben.«

»Na, bereit?«, fragte Georg, als sie in den Flur zurückkam.

Sie wirkte weiterhin unentschieden. »Das wird sich zeigen.«

***

Am Morgen nach ihrem Ausflug über den Broadway war Liselotte Nagelschmidt mit William G. Ungerer verabredet, jenem amerikanischen Parfümeur, der eventuell Elise-Bock-Produkte in sein Sortiment aufnehmen wollte.

»Ich darf seine Arbeitsräume besichtigen«, hatte sie Lucie erklärt. »Willst du mich nicht begleiten?«

Sie hatte sofort zugesagt, jede Ablenkung von ihrem Kummer wegen Anjing kam ihr gerade nur recht. Zwischen der jungen Nase und dem Duftexperten Ungerer war sogleich eine Gesprächsebene vorhanden gewesen. Er hatte ihr sogar, ohne zu zögern, sein Atelier zur Verfügung gestellt, als sie mit dem Geständnis herausgerückt war, gerade ein Parfüm für den Abschied von einer großen Liebe zu kreieren. Da ihr nur noch zwei Essenzen gefehlt hatten, war sie recht schnell fertig geworden. Ungerer, der auch das Magazin *The American Perfumer* herausbrachte, hatte angekündigt, er werde erst am späten Abend von seinem Ausflug mit Liselotte zurückkehren. Deshalb bestellte Lucie ihren Schwarm zur Überreichung des fertigen Dufts direkt ins Duftlabor.

»Du wolltest mich sprechen?«, fragte Anjing etwas verschüchtert und ungewohnt unbeholfen, als ihn Lucie in den Raum mit den vielen Pflanzen und Reagenzien hereingelassen hatte.

»Ich habe dein Geschenk«, sagte sie und reichte ihm den Flakon.

»Es ist … aufregend«, sagte er, nachdem er ihn entkorkt und daran geschnuppert hatte. »Und doch vertraut.«

»Ja, so wie du für mich bist«, murmelte Lucie.

»Ambra? Vanille?«, erriet er, bei den restlichen Bestandteilen des Dufts musste er passen.

»Ambra, Vanille, Kokos, Patschuli und ein Hauch von Tabak«, offenbarte Lucie. »Patschuli und Tabak waren es, die gefehlt haben. Ich habe sie auf dieser Reise gefunden. Es heißt *A Man named A.*«

Anjing streichelte gerührt ihre Wange, doch dann wurde er ganz ernst. »Ist es ein Abschiedsgeschenk?«

Lucie nickte, seinem Blick ausweichend. »Hier ist deine ganze Familie. Und ich weiß jetzt, dass ich zu Hause in Hamburg gebraucht werde.«

»Geht es um Eugenie?«, fragte er.

»Ja, ich befürchte, Robert misshandelt sie«, verriet Lucie.

»Ach, das ist alles so verrückt«, sagte er mit leidendem Gesichtsausdruck. »Ich würde so gern mit dir mitkommen und euch helfen.«

»Und ich möchte deine anderen Geschwister und deine Eltern kennenlernen«, gestand sie stockend. »Aber die Gesellschaft würde uns dafür bestrafen, indem sie unsere Leben ruiniert.«

»Das tut sie jetzt schon«, entgegnete Anjing bitter.

Nun war es an ihr, seine Wange zu streicheln. »Der Duft ist nicht das einzige Abschiedsgeschenk«, sagte sie rau.

Die Erregung, die augenblicklich Besitz von ihm ergriff, war in seinem Gesicht abzulesen. »Aber … dein künftiger Mann …«

»Nach jetzigem Stand der Dinge gibt es den nicht«, wisperte Lucie, die Lippen dicht an den seinen. »Die Zukunft ist ein ferner Planet. Ich möchte noch einmal im Moment leben, so wie gestern, als mir Josephine gezeigt hat, wie man Charleston tanzt.«

»Du sahst so anziehend aus«, sagte er ihr ins Ohr.

Doch dann schien er einen wachen Moment zu haben. »Macht es das nicht schwerer für uns?«

»Vielleicht«, gab Lucie zu. »Aber es schenkt uns eine Erinnerung, die wir nie mehr vergessen. Der 25. August 1924 soll für immer ein schöner Tag bleiben, egal, was die Zukunft bringt.«

»Dann soll es so sein«, sagte Anjing.

Sie schloss die Tür von innen ab. Hier im Duftlabor war es für sie sicherer, als miteinander ein Hotelzimmer zu betreten. Deshalb folgte ihm Lucie widerstandslos, als er sie zu der mit blutrotem Samt überzogenen Chaiselongue führte.

***

»Was heißt eigentlich, Sie waren in der Gegend?«

Hertha Harders und ihr einstiger Vorgesetzter hatten sich entschieden, statt einen Kaffee zu trinken ein wenig in den Blumenfeldern am Stadtrand von Grasse spazieren zu gehen. Falls es tatsächlich ein Antrag sein sollte, dann wäre es mir romantisch und unter Ausschluss der Öffentlichkeit lieber, dachte Hertha. Wobei die Aktentasche in seiner Hand die Romantik etwas schmälerte. Wozu hatte er die überhaupt mitgenommen?

»Paris, ich war in Paris«, gestand er.

Sie hob konsterniert eine Augenbraue. In der Gegend? »Von Paris nach Grasse sind es fast tausend Kilometer.«

»Ja, aber es ist näher als von Hamburg«, verteidigte er sich zögerlich.

»Das stimmt«, räumte sie mit dem Anflug eines Lächelns ein. »Was haben Sie denn in Paris gemacht?«

»Ich sollte dort im Auftrag von meinem Vorgesetzten

Herrn Dralle einen gewissen John Fargginay treffen«, erzählte Georg, »das ist ein Pariser Metzger. Der hat wohl eher zufällig herausgefunden, dass er die Kauflaune seiner Kunden mit einem selbst zusammengestellten Duft drastisch anheben kann.«

»Ein Metzger?«, vergewisserte sich Hertha verwundert.

Georg nickte eifrig. »Ja, für sein spezielles Parfüm hatte er ein Geheimrezept: Er mischte elf beliebte reine ätherische Öle mit der Essenz von … Speck.«

Hertha grinste ungläubig »Speck? Und Dralle meint, das würde sich verkaufen?«

»Ja!«, betonte der Buchhalter. »Angeblich besuchten Filmstars und Staatsoberhäupter Fargginays Laden, um sich dort das magische Elixier zu besorgen. Mit einem Augenzwinkern wurde den Kunden ein diskreter Beutel mit der Formel zugesteckt, die angenehme Erinnerungen auslösen soll.«

Das wiederum ergab sogar einen Sinn für Hertha. »Und hat er sie Ihnen verraten?«

»Konnte er nicht«, knurrte Georg verstimmt. »Es gab da am 4. Juli einen Großbrand, dabei ging das Geschäft verloren – und mit ihm auch die Formel.«

Nun musste Hertha losprusten. »Also kein Räucherschinkenduft für Dralle?«, brachte sie lachend hervor. »Wie schade, ich habe schon immer gefunden, dass es seinem Sortiment an Fleisch fehlt.«

Dann fiel ihr jedoch wieder ein, dass Georg vorhin ja etwas angekündigt hatte. »Was wollten Sie mich eigentlich fragen?«

»Nun, es ist eine große Frage«, erklärte er. »Und ich verlange auch bei Gott nicht, dass Sie sich schon heute entscheiden.«

Jetzt rück schon raus damit, dachte Hertha, die es vor Nervosität fast nicht mehr aushielt. Laut fragte sie allerdings nur: »Ja?«

Er atmete tief durch, bevor er antwortete. »Also, wie Sie wissen, langweile ich mich ohne Sie bei Dralle. Die Zeit mit Ihnen in der Parfümerie war die bisher beste. Deshalb wollte ich Sie fragen, ich meine ...«

»Ja?«

»Könnten Sie sich vorstellen ...? Warten Sie ...«

Er ging auf die Knie, um nach etwas in seiner Aktentasche zu suchen. Herthas Herz schlug immer schneller.

»Könnten Sie sich vorstellen, mich bei Ihnen in der Parfümerie als Buchhalter einzustellen?«, fragte er schließlich, und Hertha glaubte zunächst, ihren Ohren nicht trauen zu können. Er reichte ihr unvermittelt eine Mappe aus seiner Aktentasche. »Das hier sind meine Bewerbungsunterlagen.«

»Ach so«, kam es ernüchtert von Hertha.

»Anna Carstens hat angedeutet, mehr Zeit mit ihrer Schwester verbringen zu wollen, Lucie ist ja sehr viel auf Akquisereise im Ausland, und Eugenie wird wohl leider nicht zurückkehren«, fasste er die derzeitige Situation zusammen. »Also überlegen Sie es sich. Die Zeit mit Ihnen im Laden war so schön.«

»Stehen Sie auf, um Himmels willen!«, zischte Hertha peinlich berührt. Wie sahen sie denn von Weitem aus? »Ich sage Ja, und Lucie und die Carstens-Schwestern werde es bestimmt auch tun.«

Da fiel ihr etwas ein. »Woher wissen Sie das eigentlich von Eugenies Kündigung?«

»Ich habe ihren Verlobten getroffen, als ich einen Ladendieb anzeigen musste – der wurde bei Dralle auf frischer Tat ertappt.«, berichtete Georg. »Da habe ich Robert zur bevorstehenden Hochzeit gratuliert, und er hat mir erzählt, dass Eugenie nicht in die Parfümerie zurückkehren will.«

Und zum zweiten Mal an diesem Tag sagte Hertha: »Das wird sich noch zeigen.«

34

»Lucie! Wenn du schwanger geworden wärst!«

Hertha Harders saß im Zimmer ihrer jüngeren Schwester, die fünf Tage nach ihr in die geliebte Hansestadt zurückgekehrt war und gerade ihre Koffer auspackte.

»Schau nicht so entsetzt!«, rief die Jüngere und sah von ihrem Gepäck auf. »Anjing und ich haben aufgepasst. Es war wunderschön – und genau das Richtige. Aber es war auch eine bewusste Kopfentscheidung. Die Gesellschaft hat uns sabotiert, aber dieses eine Mal haben wir sie ausgetrickst.«

Ohne es zu wissen, wiederholte Hertha nun Anjings anfängliche Bedenken: »Aber ist nach dieser Erinnerung die Trennung nicht noch viel schlimmer für dich?«

»Mir tut jetzt gar nichts mehr weh«, behauptete Lucie und versuchte, überzeugter zu klingen, als sie war. »Ich will ausgehen und das Leben genießen. Dazu brauche ich nicht unbedingt einen Mann, ich bin jetzt ein Flapper-Girl.«

Da betrat Pauline Lambert, gekleidet in einen hübschen Sommermantel, den Raum. Sie wollte die Schwestern zu Eugenie begleiten.

»Guten Morgen, ihr zwei«, rief sie unternehmungslustig. »Also, ich wäre bereit.«

»Das sind wir auch.« Lucie beschloss, den Rest später auszupacken. Nach der langen Reise endlich nach ihrer Freundin zu sehen, hatte jetzt absoluten Vorrang.

***

Wieso musste er ihr das auch noch nehmen? Eugenie war vollkommen verzweifelt. Robert hatte soeben, ohne vorherige Rücksprache mit ihr, ein Schreiben auf seiner Maschine getippt. Es war ihre Absage für die Wiedereröffnung der Parfümerie Douglas, die er sie nun zwingen wollte zu unterschreiben.

»Aber weshalb darf ich denn nicht hin?«, rief sie, und ihr fiel auf, dass sie sich – wie öfter ihm gegenüber – wie ein hilfloses Kind verhielt. Wahrscheinlich, weil diese Version von ihr weniger Schläge abbekam als die erwachsenere. »Sie sind doch meine besten Freundinnen.«

»Strafe muss sein, Liebling«, sagte er mit ekelerregender Süße in der Stimme. »Du hast neulich dem Lehrburschen beim Krämer einen anzüglichen Blick zugeworfen, wenn ich dich erinnern darf. Du bist doch sicher nicht der Meinung, dass man seinen zukünftigen Ehemann ungestraft verletzten sollte?«

»Ich habe ihn nicht angeschaut, das verspreche ich dir«, wiederholte Eugenie zum wer weiß wievielten Mal.

»Du willst ja wohl nicht behaupten, dein Verlobter sei dumm«, drehte er ihr wieder einmal mit gefährlichem Unterton das Wort im Mund herum. »Unterschreib jetzt, und dann bring mir meinen Kaffee und meinen Kuchen, es wird Zeit, ich …«

Da wurde er von einem Klingeln an der Tür ihres Häuschens unterbrochen.

Sie wollte arglos hingehen, doch er packte sie grob am

Arm und knurrte ihr ins Ohr: »Wir gehen jetzt nicht hin! Ich will keinen Besuch.«

Nach mehrfachem Klingeln und Klopfen begann draußen eine vertraute Frauenstimme zu rufen, die Eugenie einen Stich versetzte. »Eugenie? Robert? Seid ihr zu Hause? Hier ist Hertha, und Lucie und Madame Lambert sind auch dabei.«

Die Freundinnen konnten von außen ja das Licht sehen, das sie vorhin beim Einsetzen der Abenddämmerung eingeschaltet hatte. Wie peinlich es Eugenie war, nicht zu reagieren!

»Oh, bitte, Robi, sie waren doch so lange verreist«, flehte sie verzweifelt, ohne die Stimme so zu erheben, dass er sich provoziert fühlte oder sie gar die Freundinnen vor der Tür hören konnten. »Ich würde zu gern wissen, was sie erlebt haben.«

»Ja, die Luder tingeln ohne Ehemänner in der Weltgeschichte herum«, zischte Robert angewidert. »Bist wahrscheinlich neidisch, was?«

Flehend sah Eugenie zur Tür, als es noch einmal klingelte.

»Ein Wort, und deine Eltern verrecken vor Hunger«, brachte Robert sein altes Druckmittel vor. Das, mit dem er sie gezwungen hatte, bei ihm zu bleiben, als er sie letzten November krankenhausreif geschlagen hatte. Mit dem er sie erpresst hatte, bei ihm zu bleiben und ihn bald zu heiraten.

Endlich hatten Lucie, Hertha und Pauline aufgegeben. Durch das Fenster konnte Eugenie sehen, wie sie in Richtung Wasserturm gingen, von wo die Straßenbahn zum Deichtor fuhr.

Heftig presste sie ihre Hand vor den Mund, um nicht laut aufzuschluchzen.

***

»Kennt keinen Charleston!«, empörte sich Lucie, die beschlossen hatte, sich spätabends heimlich aus dem Haus zu schleichen und ins Café Heinze an der Reeperbahn zu gehen. Karl Vollmoeller hatte erzählt, dass er dieses Etablissement häufiger frequentierte, wenn er in Hamburg war. Aber so modern wie in New York schien hier zumindest die Hauskapelle nicht zu sein, bei deren Leiter sich Lucie vergeblich ihr neues Lieblingslied gewünscht hatte. »Wieso kennen die denn alle keinen Charleston?«

Sie bemerkte, dass ihre Stimme etwas verschliffen war. Diese fruchtigen Schnäpse waren aber auch zu gut.

»Na, junges Fräulein, ganz allein hier?«, fragte schließlich ein eigentlich recht hübscher, aber verschlagen wirkender Mann, der sich neben sie an die Theke stellte.

»Ja, und ich brauche auch niemanden, zumindest keinen Mann«, rief Lucie etwas zu laut.

»Ach, so eine«, entgegnete der Fremde grinsend und zuckte mit den Schultern. »Hat das Fräuleinchen dann vielleicht Lust auf etwas weißes Puder fürs hübsche Näschen?«

Kokain – Lucie hatte gesehen, wie es sich die Flapper im New Yorker Speakeasy in Unmengen die Nase hochgezogen hatten, sie hatte jedoch ängstlich abgelehnt, als ihr dort ein freundlich lächelndes Mädchen einen Zug angeboten hatte. Ihre Nase war schließlich ihr Kapital!

»Da ist der Liebeskummer ganz schnell vergessen«, warb der aalglatte Fremde.

»Wieso Liebeskummer?«, fauchte Lucie getroffen.

»Fräulein Harders, gibt es hier ein Problem?«, ertönte in dem Moment auf ihrer anderen Seite eine Männerstimme.

Sie erkannte den geschniegelten Rechtsanwalt, der in der Nähe der Parfümerie seine Praxis hatte. »Nein, Doktor Brandis, ich habe keine Probleme! Lassen Sie mich in Ruhe!«

»Oh, Verzeihung!«, sagte er, merklich brüskiert über ihre ungewohnt unfreundliche Reaktion. »Na ja, ich wollte ohnehin gerade gehen.«

»Na, vielleicht doch ein bisschen Winterzauber für die Nase?«, fragte der Hübsche und hielt ihr ein Papiertütchen hin. »Ist ein Geschenk.«

Würde es ihr vielleicht wirklich helfen, Anjing zumindest für eine kurze Zeit zu vergessen, sie eine Weile von dem quälenden Schmerz befreien?

Wenig später stand sie im Waschraum vor dem Spiegel und starrte auf das Kokain auf der Glasablage darunter. Der Geldschein war gerollt, sie musste sich das Zeug nur noch in die Nase hochziehen.

»Was denn nu hier?«, rief ungeduldig eine leichtbeschürzte junge Dame mit fettigen Locken. »Wenn du's nicht willst, schenk das man ruhig mir, meine Lütte!«

Lucie wurde übel. Was mache ich hier? Das ist alles so falsch. Sie stolperte in die kühle Septembernacht hinaus. Nebel kroch vom Hafen herauf, sie fröstelte. Zu ihrer Erleichterung sah sie den Rechtsanwalt zu seinem Automobil gehen.

»Doktor Brandis!«, rief sie und rannte ihm, so schnell es ihre eleganten Schuhe zuließen, nach. »Bitte warten Sie!«

Er sah sie erstaunt an, als sie in ihrem dünnen Kleidchen außer Atem vor ihm stand.

»Entschuldigen Sie, dass ich so unfreundlich war. Könnten Sie mich nach Hause fahren?«, flehte sie mehr, als dass sie es fragte. »Wir wohnen am Eppendorfer Baum.«

»Ich weiß, ich habe für Ihre Schwester und Ihre Patentante schon Verträge aufgesetzt«, erinnerte er sie. »Steigen Sie ein!«

***

»Lucie, wo kommst du denn her, ich dachte, du wollest früh schlafen?«, rief Hertha erschrocken, als sie ihre jüngere Schwester zur Geisterstunde in ihrem kürzesten Kleid am Salon vorbeigehen sah. Sie saß dort mit Pauline am Kamin, da sie beide aus Sorge um Eugenie nicht hatten schlafen können und wieder aufgestanden waren.

Lucie kam herein und ließ sich, merklich angetrunken, auf die Chaiselongue vor dem nur noch glimmenden Feuer fallen. »Ich habe euch angelogen, es tut mir so leid«, gestand sie reumütig. »Ich glaube, es geht mir doch nicht gut.«

Und dann begann sie in den Armen ihrer Schwester bitterlich zu schluchzen.

»Ja, wein dich ruhig aus«, tröstete Hertha.

»Was soll ich denn nur tun?«, rief die Jüngere verzweifelt.

»Ich weiß noch, was mir damals geholfen hat, als ich um Jakob getrauert habe«, erinnerte sich Pauline. »Ich habe ein Parfüm für einen Neuanfang kreiert. Zunächst sah ich mich außerstande, doch irgendwann begann ich, tatsächlich mit Düften zu experimentieren.«

Hertha streichelte der jüngeren Schwester über die rotblonden Locken und lächelte dann geheimnisvoll. »Vielleicht bringen auch Freunde aus fernen Landen dir ein wenig Inspiration. Ich habe nämlich eine Überraschung für dich. Eigentlich wollte ich es dir noch nicht verraten, aber ich glaube, du brauchst jetzt gute Nachrichten.«

Lucie sah fragend zu ihr auf. »Ja?«

»Wir haben eine ganz unfassbare Zusage für die Eröffnung bekommen. Karl Vollmoeller wird dabei sein«, offenbarte ihr Hertha.

»Was?«, rief Lucie und richtete sich auf.

»Und er wird Anna May Wong und Josephine Baker mitbringen«, ergänzte die ältere der Harders-Schwestern und lächelte, erleichtert über die erfreute Reaktion des Nesthäkchens.

»O Gott, das ist ja großartig«, meinte Lucie aufgewühlt. »Ich muss Anna May sofort schreiben.«

Ein wenig New York würde sie also doch zurückbekommen!

»Tu das, Lulu«, sagte Hertha sanft und sah ihr liebevoll nach, wie sie in Richtung ihres Zimmers davoneilte.

»Sie kommt darüber hinweg«, war Pauline überzeugt. »Es wird vielleicht nie so schön sein wie mit ihm. Aber es gibt immer Menschen, für die es sich lohnt weiterzumachen.«

Hertha wusste, dass die Freundin in der Hinsicht aus Erfahrung sprach. Pauline fiel nun ein, wo sie stehen geblieben waren, als überraschend Lucie im Flur aufgetaucht war: »Aber du wollest mir vorhin gerade sagen, ob du enttäuscht warst, dass Georg Mülder sich nur als Buchhalter beworben hat.«

Hertha nickte versonnen. »Irgendwie hat es sich schon richtig angefühlt, als er vor mir auf die Knie gegangen ist.«

»Vielleicht tut er es ja noch mal – und dann aus anderem Grund«, meinte Pauline mit verschmitztem Lächeln.

»Das glaube ich nicht«, erwiderte Hertha skeptisch. »Irgendwie ist es mir nie gelungen … es ihm klarzumachen …«

»Was denn?«, hakte die Ältere nach.

Wie sollte sie das in Worte fassen? »Dass ich W. auch nach der Enthüllung seiner Identität noch liebe …«

»Oh, dieses Wort hast du bisher noch nicht gebraucht«, fiel Pauline auf.

Hertha war selbst ganz erschrocken. »Stimmt …«

Pauline furchte die Stirn. »Es ist schon schade, dass sowohl Lucie jetzt als auch ich damals daran gehindert wurden, dem Mann unserer Träume einen Heiratsantrag zu machen.«

»Ihr den Männern?«, hakte Hertha amüsiert nach.

»Wieso nicht?«, entgegnete die alte Parfümeurin schulterzuckend. »Wir sind doch moderne Frauen.«

»Das stimmt«, murmelte die Jüngere gedankenverloren. »Nur die Umstände haben euch daran gehindert …«

Pauline sah sie fragend an. »Und was genau hindert dich?«

Ja, was eigentlich?

***

»Guten Morgen, Herr Mülder.«

Georg sah Hertha verblüfft an, die plötzlich vor ihm in der Parfümerie von Emil Dralle stand.

»Fräulein Harders, was führt Sie zur Konkurrenz?«, fragte er.

»Sie!«, erwiderte Hertha schmunzelnd. »Ich bin sozusagen Ihr Ritter, der Sie vor dem Drachen Langeweile rettet.«

Er hob eine Augenbraue. »Wirklich?«

»Ich soll Ihnen von Anna und Lucie ausrichten, Sie könnten sich keinen besseren Buchhalter vorstellen als Georg Mülder«, informierte sie ihn. »Anna hat mir auch erlaubt, übermorgen nach Berlin zu fahren und die Verträge mit den Scherks und Elise Bock zu unterzeichnen. Und wenn Sie wollen, können Sie mich begleiten und daraus Ihre erste Geschäftsreise für Douglas machen.«

»Sie ahnen gar nicht, wie glücklich Sie mich damit machen«, sagte Mülder überwältigt.

»Doch, inzwischen habe ich einiges verstanden«, meinte Hertha. »Ich möchte Ihnen etwas zeigen.«

Sie kramte ein kleines, mit nachtblauem Samt überzogenes Kästchen aus ihrer Handtasche und öffnete es. Darin glänzte ein Ring.

»Das ist aber ein schönes Stück«, befand Georg. Dann schien ihm ein Gedanke zu kommen, und er sah sie argwöhnisch an. »Wer hat Ihnen den gegeben?«

Er war in der Tat eifersüchtig, stellte Hertha fest, wie schmeichelhaft. Sie beschloss, ihn rasch zu erlösen: »Anna Carstens. Es ist der Ring ihrer Großmutter.«

»Die Großmutter, die gesagt hat: Ich bin Realist, also glaube ich an Wunder?«, erinnerte sich Georg zu ihrem Erstaunen und ihrer Freude.

»Genau die«, bestätigte sie. »Diejenige, die den Douglas-Schwestern die Erfüllung ihres Traums von der eigenen Parfümerie erfüllt hat. Anna meinte, sie könne ihren Julius ja ohnehin nicht heiraten, deshalb solle ich ihn haben.«

Nun, wenn schon, dann richtig. Hertha ging in die Knie und hielt ihm das Kästchen mit dem Ring hin. Georg starrte sie in fassungslos glücklichem Erkennen an.

»Mein lieber W.«, sagte sie feierlich, »lieber Georg. Möchtest du mein Ehemann werden?«

Die Menschen um sie herum starrten und tuschelten. Aber sie konnten nichts gegen ihre Liebesbekundung unternehmen. Wie wunderbar! Jetzt musste nur noch Georg Müller mit dem richtigen, dem erhofften Wörtchen antworten. Erwartungsvoll sah sie zu ihm auf.

35

Am 1. Oktober vor vier Jahren war das Groß-Berlin-Gesetz in Kraft getreten und hatte die Metropole zu einer Viermillionenstadt gemacht. Die Gesellschaft versuchte merklich, sich von den konservativen Denkmustern des Kaiserreichs zu lösen, Frauen zeigten sich allenthalben selbstbewusster in der Öffentlichkeit und trugen den modernen Bubikopf.

Ein freizügiger Lebensstil griff um sich. Dieser war auch von der US-amerikanischen Kultur übernommen worden, die Lucie so begeistert beschrieben hatte. Hertha und deren frisch Verlobter Georg hatten nach ihrer Ankunft erst einmal eine Ausstellung zur Kunstrichtung der Neuen Sachlichkeit angeschaut und waren gleichermaßen begeistert. Auf dem Weg zum Salon der Elise Bock GmbH in der Kantstraße kamen die beiden zu ihrem Erstaunen und Amüsement an einigen Prostituierten vorbei, die mehr oder minder verlockend an Laternenstangen lehnten.

»Weißt du, was Klaus Mann über diese Damen gesagt hat? Letztes Jahr, als noch alles so teuer war?«, fragte Hertha.

Georg griff nach ihrer Hand und schüttelte lächelnd den Kopf. »Nein, aber du wirst es mir gleich verraten, schätze ich.«

»Einige von ihnen sahen aus wie wilde Amazonen, die in hohen Stiefeln aus grünem, glänzendem Leder stolzierten. Eine schwang einen geschmeidigen Stock und starrte mich an, als ich vorbeikam. ›Guten Abend, Madam‹, sagte ich. Also flüsterte sie mir ins Ohr: ›Willst du mein Sklave sein? Kostet nur sechs Milliarden und eine Zigarette. Ein Schnäppchen.‹«, zitierte sie.

Georg lachte. »Heute ist das bestimmt wieder günstiger. Und wenn die Reichsmark die Rentenmark ablöst, bestimmt erst recht.«

»Die Damen sind nicht dein Fall?«, vergewisserte sich Hertha mit gespielter Enttäuschung, woraufhin er sofort eifrig den Kopf schüttelte.

»Soso, und wer *ist* dein Fall?«

»Nun, die Dame, die ich nächstes Jahr heiraten werde, wenn ich finanziell wieder besser dastehe«, erklärte er und küsste sie.

Kurz darauf klingelten sie bei der Elise Bock GmbH und nahmen den Aufzug in den ersten Stock. Als Liselotte Nagelschmidt ihnen die Tür öffnete, sahen sie, dass sie noch aufgedonnerter war als sonst: besonders viel Schminke aus dem Hause Bock und ein mit Stoffblumen gekrönter Hut, der noch größer war als die, die sie sonst trug – und das wollte wahrlich etwas heißen. Nach der geradezu euphorischen Begrüßung führte Liselotte das Paar in ihr Labor. Dort saß eine mollige, dunkel gelockte Endfünfzigerin mit gutmütigem Lächeln in einem etwas zu engen Kleid.

»Das ist Elise Bock«, stellte Liselotte feierlich vor. »Meine großartige Mentorin! Die Frau, von der ich alles über Schönheit und Kosmetik gelernt habe, was es zu wissen gibt. Ein glücklicher Zufall, dass sie heute an diesem Festtag hier ist, sie hat mir ein neues Gerät vorbeigebracht.«

Hertha und Georg musterten den wenig vertrauenerweckenden Blechautomaten, der vor der älteren Dame auf dem Tisch stand.

»Wie spannend«, kommentierte Georg diplomatisch.

»Ja, normalerweise bilde ich seit dem Verkauf meiner Firma ja nur noch den Kosmetikerinnennachwuchs aus«, berichtete Elise Bock. »Aber als ich gehört habe, dass das arme Lottchen keine passende Nachfolgerin für ihre Masseurin findet, war auf meine alten Tage mein Erfindergeist wieder geweckt. Und dann habe ich mich mit meinem Mechaniker noch mal hingesetzt. Der ist inzwischen an die neunzig, aber er hat es noch hinbekommen.«

»Was ist es denn?«, fragte Hertha vorsichtig, als ginge es darum, ein Kinderbild zu loben. Vielleicht hätte man den Zweck ja auch erkennen müssen.

»Das ist eine Massagemaschine«, erläuterte Elise Bock und wandte sich schmunzelnd an den schmucken Georg. »Möchten Sie sie mal ausprobieren, mein Herr?«

»Och …«, kam es vage von ihm.

»Ach komm, mein W-chen, du sagst doch selbst immer, dass dein Nacken so verspannt ist«, trieb Hertha ihn mit sadistischem Grinsen in die Fänge der Erfinderin.

»Der Nacken?«, rief diese schrill. »Na, das ist für Elise Bocks Massage-Fix nun überhaupt kein Problem. Setzen Sie sich mal hierhin, junger Mann, den Mantel besser ausziehen. Lottchen, könntest du kurz?«

Sie ließ Mülders Mantel einfach fallen, sodass ihre einstige Schülerin sich sputen musste, ihn rechtzeitig aufzufangen.

»So, gleich verschaffen Herr Fix und die olle Bock Ihnen wunderbare Entspannung.«

Der Automat begann mit dem Geräuschpegel einer Großbaustelle ganz erbärmlich zu wackeln – und gab jede Bewegung gleich an den Kopf des Buchhalters weiter.

»Naaaa, ist das was?«, brüllte Elise Bock Beifall heischend gegen den Lärm an.

»Das ist was«, stimmte Herthas vibrierender Verlobter zu, ohne ins Detail zu gehen, was genau »das« denn für ihn genau war.

»So wunderbar, liebe Frau Bock«, lobte ihre frühere Elevin Liselotte nach einer Weile gelangweilt und ließ keinen Zweifel daran, dass sie allmählich das Interesse an dem lärmenden Gerät verlor. Es gab Wichtigeres, als Geld für eine neue Maschine auszugeben, nämlich Geld mit alten Produkten zu verdienen. »Aber jetzt sollten wir wirklich mal langsam zur Vertragsunterzeichnung schreiten und mit einem Sektchen anstoßen.«

Georg wähnte sich bereits erlöst, doch es bereitete seiner Verlobten eine diebische Freude, Liselotte zu widersprechen: »Ach, wenn Herr Mülder noch mehr Entspannung braucht, kriegen wir das auch ohne ihn hin.«

»Nein!«, rief Georg etwas zu dramatisch und sprang auf. Frau Bock und Liselotte Nagelschmidt sahen ihn konsterniert an.

»Ich meine, ich bin schon ganz doll entspannt«, beschwichtigte er hastig. »Mehr Entspannung geht gar nicht. Höchstens durch ein Glas Sekt.«

Und so stießen sie gleich nach Unterschreiben der Kooperationsvereinbarung miteinander an. »Auf unsere wunderbare Zusammenarbeit! Mit dem Namen Elise Bock auf der Schaufensterscheibe wird Ihre umgebaute Parfümerie Rekordgewinne einfahren«, prophezeite Liselotte Nagelschmidt.

Elise Bock schnüffelte argwöhnisch. »Irgendwie riecht dieser Sekt komisch.«

»Das ist nicht der Sekt«, erkannte Hertha mit alarmiertem Gesichtsausdruck. »Da brennt was!«

»O Gott, das kommt aus dem Labor!«, rief Liselotte.

Tatsächlich brannten Elise Bocks Massage-Fix und vor allem dessen Kabel lichterloh, die Flammen hatten auch bereits auf den Vorhang übergegriffen. Elise und Liselotte schütteten beherzt ihren Sekt in die Flammen – was bis auf ein sanftes Zischen völlig folgenlos blieb.

»Rufen Sie die Feuerwehr, um Himmels willen«, schrie Hertha, »das kriegen wir nicht mehr gelöscht!«

***

Seit sie wusste, dass Anjings bester Freund Karl Vollmoeller mit Anna May Wong und Josephine Baker nächste Woche zu ihrer Parfümerieeröffnung kommen würde, hatte sich Lucies Stimmung deutlich gebessert. Beschwingt zeigte sie Pauline Lambert den Hamburger Fischmarkt, wo sich die greise Parfümeurin fasziniert umsah.

»Hier hat vor vielen Jahren alles angefangen. Marie Carstens ist zum ersten Mal der Seifenfabrikantin Frau Kolbe begegnet, und bei dem darauffolgenden Stadtbummel entstand der Traum von der Parfümerie Douglas.«

Irritiert bemerkte Lucie, dass Pauline abgelenkt war und ihr gar nicht recht zuzuhören schien.

Sie folgte deren Blick. »Ist das da drüben nicht Eugenie?«

Auch Lucie hatte zunächst Schwierigkeiten, in der verhärmten jungen Frau mit Kopftuch ihre früher so modische Freundin zu erkennen. Diese schien eher erschrocken denn erfreut, als Lucie nach ihr rief. Für einen Augenblick wirkte es gar, als wolle sie vor ihnen davonlaufen.

»Endlich sieht man dich mal wieder«, sagte Lucie, als sie

bei ihr angekommen waren. Eugenies abwehrende Körperhaltung ließ sie von einer Umarmung Abstand nehmen. »Du erinnerst dich an Madame Lambert?«

»Natürlich, schön, Sie zu sehen«, sagte die einstige Verkaufsleiterin geistesabwesend.

»Ich freue mich auch, Sie wiederzusehen, Eugenie«, entgegnete Pauline aufrichtig. »Wir waren gestern bei Ihnen vor Ihrem hübschen neuen Häuschen in Rothenburgsort. Es hat Licht gebrannt, aber niemand hat auf unser Klingeln reagiert.«

»Oh, gestern Abend, sagen Sie?«, wiederholte Eugenie errötend, um Zeit zum Finden einer Ausrede zu gewinnen. »Da waren wir unterwegs. Wir lassen manchmal das Licht brennen. Wegen der Einbrecher …«

Lucie war verärgert über diese Lüge. »Eugenie, ich habe in New York Roberts ehemalige Verlobte getroffen. Sie hat erzählt, dass er ein brutaler Schläger ist«, sagte sie herausfordernd. »Dass sie seinetwegen nach Chile geflohen ist. Und dass er im Zorn bestimmt einmal eine totschlagen wird.«

Für einen Augenblick bröckelte Eugenies Fassade, und in ihrem Gesicht war Angst zu erkennen.

»Sie müssen diese Hölle nicht durchmachen, andere Menschen können Ihnen helfen«, sagte Pauline eindringlich.

»Ich brauche keine Hilfe, Madame Lambert«, versicherte Eugenie, die wieder zu ihrem aufgesetzten Lächeln zurückgefunden hatte. »Ich bin nicht in der Hölle. Diese Emma Wenz war ja schon eine besondere Marke, der sollte man nicht mehr glauben als einem Polizisten. Robert ist sehr großzügig, ich kann froh sein, dass ich ihn habe. Ich muss nun aber wirklich weiter. Schlechte Laune kriegt er in Wirklichkeit nämlich nur, wenn er Hunger hat«, versuchte sie humorvoll und unbeschwert zu klingen. »Also macht euch keine Sorgen, ihr Lieben.«

»Tapferer kleiner Scherz«, befand Pauline, als Eugenie außer Hörweite war. »Ich glaube ihr kein Wort.«

»Ich auch nicht«, stimmte Lucie besorgt zu, »aber was sollen wir tun? Wir können ja einem Polizisten schlecht die Polizei auf den Hals hetzen. Aufgrund eines vagen Verdachts.«

Was für eine verfahrene Situation!

***

»So, die Damen, der Herr, Oberbranddirektor Reichel empfiehlt sich«, rief der älteste der Feuerwehrmänner, die nach getaner Arbeit den Elise-Bock-Salon verließen, und verneigte sich leicht. »Det Feuerchen in Ihrn Labor is wieder aus, Frau Nagelschmidt. Allet in Ordnung. Aber so 'ne Jeräte schließen Sie in Zukunft bitte nich mehr an, wa?«

»Ach, ich kann mir das gar nicht erklären«, jammerte Elise Bock. »Mein Mechaniker ist doch sonst so gewissenhaft.«

»Danke, danke, danke«, rief Liselotte etwas übertrieben, während Hertha sich fragte, ob die Geschäftspartnerin den ekelerregenden Rauchgestank je wieder aus den Räumen bekommen würde. Zwar hatte nur das Labor bei dem Brand Schaden genommen – Reichel und seine Kameraden waren verblüffend rasch zur Stelle gewesen –, aber diesem beißenden Geruch würde so schnell wohl kein Parfüm der Welt beikommen. »Todesmutig, wie Sie da rein sind«, meinte Liselotte und bot dem alten Oberbranddirektor Sekt an, doch er schüttelte den Kopf.

»So 'n Lob – dat tut jut, dat tut jut«, gab er zu. »Nach

dem Brand in der Schokoladenfabrik vor zwee Jahren hat man mir ja allet Mögliche vorjeworfen.«

»Sie meinen das Großfeuer in den Sarotti-Werken?«, hakte Hertha neugierig nach. »Davon habe ich damals in Hamburg in der Zeitung gelesen. Es standen aber wenig Einzelheiten da.«

»Ick kann et Ihnen janz jenau erzählen, wenn et Se interessiert«, bot Reichel an. »Det war der 20. Januar 1922, und det war meen Unglückstag, det könn Se mer globen.«

»Ja, das interessiert mich wirklich sehr«, bekannte Hertha.

»De riesige Schokofabrik lag ja jot we de in Tempelhof. Det Feuer is im Keller ausjebrochen. Det war dann so jewaltig, dass de Tempelhofer Feuerwehr auch de Kollegen aus Neukölln, Britz und Mariendorf alarmiert hat. Doch de Vorortfeuerwehren ham den Brand nicht in 'n Griff jekriegt. Treppenflure und der Innenhof waren ruckzuck verqualmt, dreihundert Leute vom Rauch einjeschlossen. De Werksleitung hat dann och uns von der Berliner Feuerwehr jerufen. Als wir da anjekommen warn, hat schon det meiste vom Oberjeschoss jebrannt, durch de Kaminwirkung sin die Flammen an der Außenfassade regelrecht hochjeschossen. Die Einjeschlossenen konnten wir ja noch mit dem Schlauch retten, aber ick hab mich jeweigert, meene Männer uff 'n Innenangriff zu schicken. War ja keen Mensch mehr drinne, und bloß um irjendwelche Jebäudereste zu retten – da woll ick det Leben von meene Männer nicht riskieren. Klar, dat det allet ausjebrannt is. Et war och janz einfach zu spät. Aber Sarotti hat de Stadt Berlin dann verklagt – über eineinhalb Millionen Mark Schadensersatz wollen die Schokoladenheinis.«

»Die können doch nicht ernsthaft von Ihnen verlangen, dass Sie wegen reiner Sachwerte Ihre Männer opfern«, empörte sich Hertha. »Das hätte ganz schnell so enden können wie 1878 in der Brotfabrik.«

Der Oberbranddirektor sah sie erstaunt an. »Oh, dass det noch jemand weeß. Ja, damals ist der Onkel von 'nem Kameraden jestorben.«

»Ich erinnere mich«, mischte sich Elise Bock ins Gespräch, »das war die Brotfabrik in der Holzmarktgasse 15 in Mitte.«

»Janz jenau«, bejahte Reichel, »det Feuer is am 3. Mai 1878 jewesen, bei der Fabrik war ooch 'n Kornspeicher dabei, det hat allet jebrannt wie Zunder. Oberfeuermann Neugebauer und de Feuerwehrmänner Raetz und Zwenzner hat's erwischt. Einstürzende Brandmauer und herabfallendet Dachjebälk. Sind noch am selben Tag jestorbn, der Onkel von meem Kollegen, der Zwenzner, war sogar sofort tot.«

»Schlimm«, kommentierte Hertha erschaudernd. »Und dann ist da ja auch noch ein junger Pianist umgekommen.«

Reichel sah sie verwirrt an. »Een Pianist?«

»Ja, Jakob Silberstein aus Grasse«, erklärte Hertha. »Er hatte damals gerade hier an der Oper angefangen.«

»Nee, also da müssen Se wat verwechseln, junget Fräulein«, entgegnete der Oberbrandmeister kopfschüttelnd. »Bei dem Brand jab et nur jenau drei Todesopfer. Und det waren allet Kollegen von der Feuerwehr. Vielleicht ist Ihr Pianist in em anderen Feuer jestorbn, aber 1878 jab et keen anderes mit Todesopfern – zumindest nich in Berlin.«

»Aber das hieße ja – dass Alexandre Lambert gelogen hat«, wurde Hertha voller Empörung klar.

»Zuzutrauen wäre es ihm, nach allem, was er sich geleistet hat«, meinte Georg.

»Wenn Jakob gar nicht im Feuer gestorben ist, vielleicht hat dieser Dreckskerl Alexandre dann ja sogar bei seinem Tod nachgeholfen, wer weiß?«, murmelte Hertha schockiert.

»Ich muss herausfinden, wann und wie Jakob Silberstein wirklich gestorben ist.«

»Oh, da haben Sie Glück«, mischte sich Liselotte ins Gespräch, während Reichel kurz mit einem Kollegen sprach. »Als mein Mann plötzlich so verdächtig oft nach Lübeck gereist ist, angeblich geschäftlich, habe ich dort eine Privatdetektivin angeheuert: Marlene Kleinert. Sie hat herausgefunden, dass Walter mich tatsächlich mit einer jungen Kriegswitwe betrogen hat. Eine echte Schande, das Ding war nämlich viel hässlicher als ich. Na ja, auf jeden Fall will die Marlene hierher expandieren und ist deshalb gerade in Berlin.«

***

Privatdetektivin Anna Magdalena Kleinert, genannt Marlene, war Anfang vierzig und nicht sonderlich groß, dafür allerdings umso schneller bei ihrer Arbeit. »Tja, also, Fräulein Harders, Ihren Fall habe ich sozusagen auf dem Weg hierher geklärt«, berichtete die untersetzte Dame mit dem modischen Kurzhaarschnitt bei ihrer Ankunft im weiterhin nach Rauch stinkenden Kosmetiksalon, in dem Liselotte hilflos Parfüm versprühte. »Ein Jakob Silberstein ist 1878 nicht in Berlin gestorben. Aber ein Mann mit diesem Namen arbeitete noch letztes Jahr im Odeon-Kino als Filmpianist. Zumindest hat seine ehemalige Vermieterin Frau Kupka in Tempelhof das gesagt. Im Herbst hat dieser Jakob Silberstein aber bei ihr gekündigt, weil er sich die Wohnung nicht mehr leisten konnte. Es kann sein, dass er inzwischen wirklich verstorben ist. Frau Kupka hat nämlich Gerüchte gehört, dass er im Hungerwinter letztes Jahr eine Lungenentzündung bekam. Und im Adressbuch gibt es noch keinen neuen Eintrag von ihm. Um das herauszubekommen, muss ich aber nicht die Sterberegister wälzen. Im Odeon-Kino wird man es wissen. Da ging vorhin noch niemand ans Telefon, aber um siebzehn Uhr ist die erste Vorstellung. Da können Sie sogar direkt hingehen. Es befindet sich im ersten Stock am Kottbusser Damm 22.«

»Oh, es lohnt sich ohnehin, dieses Filmtheater zu besichtigen, es ist eine Kuriosität – wegen der Spiegelprojektion«, wusste Elise Bock zu berichten. »Weil es sich ja in einem Eckhaus befindet, ist die Fläche in zwei Kinosäle aufgeteilt. Die beiden Räume stoßen im Fünfundvierzig-Grad-Winkel aufeinander und sind durch eine transparente Leinwand verbunden. Im hinteren Saal sieht man den Film für ermäßigtes Eintrittsgeld. Das liegt daran, dass er dort in einem Spiegel betrachtet werden muss, denn auf der Rückseite der Leinwand ist das Bild ja seitenverkehrt.«

Hertha hörte schon gar nicht mehr richtig zu. Sie betete, dass man ihr nachher im Kino nicht den Tod Jakob Silbersteins mitteilen würde.

36

Als Hertha Harders fast eine Dreiviertelstunde vor Beginn der ersten Vorstellung nervös das Odeon-Kino am Kottbusser Damm betrat, brannte im Kartenverkauf bereits Licht. Die Tür zu dem Kassiererhäuschen stand jedoch offen, und von der zuständigen Person war nichts zu sehen. Die Parfümverkäuferin erschrak, als aus dem Kinosaal dramatische Klaviermusik erklang. Wie magisch angezogen betrat sie den zweigeteilten Raum, in dem ein Kriminalfilm von Fritz Lang lief, den Hertha sich bereits im Frühjahr mit ihrer Schwester in Hamburg angeschaut hatte: *Dr. Mabuse, der Spieler.* Die Titelfigur nutzte darin skrupellos jede sich bietende Möglichkeit, ihren Reichtum und ihre Macht zu vergrößern. Hertha empfand diesen Dr. Mabuse als Symbol für die Nachkriegszeit in einem von Inflation, Unsicherheit, Verzweiflung und Armut – aber auch von Dekadenz – geprägten Deutschland.

Da erblickte sie den Mann am Klavier. Er war schlank, trug Anzugshose und weißes Hemd und hatte dunkle Locken. Um Jakob konnte es sich also wohl leider nicht handeln, denn der wäre ja mittlerweile bereits sechsundsechzig Jahre alt. Je mehr sie sich dem Pianisten jedoch näherte, desto mehr weiße Strähnen entdeckte sie in seinem widerspenstigen Haar. Außerdem waren da wesentlich mehr Falten um die Augen, als man von Weitem gesehen hatte. Sollte er etwa doch …?

In diesem Augenblick bemerkte er die hübsche Frau und lächelte.

»Guten Tag, junges Fräulein«, sagte er, und Herthas Herz schlug schneller – ein leichter französischer Akzent! »Sie sind etwas zu früh.«

»Das glaube ich nicht«, sagte Hertha, mehr zu sich selbst. »Sind Sie zufällig Jakob Silberstein?«, fragte sie in seiner Muttersprache.

»Der bin ich«, antwortete er erstaunt. »Was … kann ich für Sie tun?«

»Ich bin eine Freundin von Pauline Lambert«, sagte sie mit zitternder Stimme.

Bei der Erwähnung dieses Namens zuckte der Pianist zusammen.

»Sie?«, vergewisserte er sich verwirrt. »Aber Sie sind so jung. Pauline ist doch schon 1878 gestorben.«

Bei dieser Aussage schwante Hertha sofort Böses über den Urheber dieser Fehlinformation. »Nein, sie lebt, sie ist zurzeit bei mir in Hamburg zu Besuch.«

Jakob stöhnte fassungslos auf. »Das muss eine Verwechslung sein. Ihr Mann hat mir die Traueranzeige geschickt.«

Hertha bebte vor Zorn. Hatte dieser miese Alexandre etwa sogar eine Todesanzeige gefälscht, um das Paar auseinanderzubringen? Da fiel ihr jedoch ein, dass er das vielleicht wegen des Ablebens seiner Mutter gar nicht nötig gehabt hatte. »O Gott, Paulines Schwiegermutter – sie hieß ja auch Pauline.«

Jakob wirkte verwirrt. »Ja, aber … ich verstehe nicht …«

»Monsieur Silberstein, ich muss Ihnen jetzt etwas sagen«,

setzte sie daraufhin behutsam an. »Kürzlich ist Alexandre Lambert gestorben, wir haben in seinem Nachlass viele Briefe von Pauline an Sie gefunden, er hatte ihre Übermittlung durch das Dienstmädchen wohl verhindert. Und Ihre Antwortschreiben an Pauline – die hat er durch einen Zweitschlüssel zu deren Postfach abgefangen. Auch sie blieben ungeöffnet.«

Jakobs Verwirrung wich nun großer Wut. »Was für ein Ungeheuer!«

Hertha nickte und ergänzte: »Außerdem hat er Pauline 1880 erzählt, Sie seien beim Brand der Brotfabrik in Berlin Mitte ums Leben gekommen. Durch einen Zufall oder Schicksal, oder was immer das war, habe ich gerade heute erfahren, dass dort in Wirklichkeit nur drei Feuerwehrmänner gestorben sind.«

»O mein Gott, was hat mein armer Schatz alles erleiden müssen?«, murmelte Jakob, der inzwischen ganz bleich geworden war.

»Aber jetzt kann Pauline glücklich werden«, versuchte Hertha ihn aufzumuntern. »Dass Sie leben ist ein Wunder.«

»Aber ... ich bin alt. Und arm. Sehen Sie mich an!«, gab der Pianist zu bedenken. »Ich habe ja nicht mal mehr eine Wohnung. Der Kinobesitzer ist so nett, mich hier in der kleinen Kammer übernachten zu lassen, sonst säße ich auf der Straße.«

Nun war also geklärt, weshalb sich Jakobs Spur nach dem Auszug bei Vermieterin Kupka verloren hatte.

»Ich kann Pauline kein Leben mehr bieten«, flüsterte er traurig.

***

»Anna, was führt dich hierher?«

Lucie hatte auf das Klingeln ihrer Patentante hin die Tür im Hause Harders geöffnet und freute sich über deren überraschenden Besuch.

Die Parfümeriebesitzerin schien jedoch aufgewühlt und besorgt. Sie reichte Lucie ein kurzes maschinengeschriebenes Schreiben. »Schau dir das an!«

»Was ist das?«, fragte Pauline Lambert, die hinzugekommen war und sah, wie sich beim Lesen des Briefs auch Lucies Gesichtsausdruck verdunkelte.

»Eugenie sagt für die Wiedereröffnung ab«, fasste Anna zusammen. »Per Schreibmaschine.«

»Dann stimmt ganz, ganz sicher etwas nicht bei ihr«, war ihre Patentochter überzeugt.

»Lucie, ich möchte, dass wir noch einmal zu Eugenies Haus hinausfahren«, bat Pauline mit ernster Miene.

»Gute Idee«, rief die Jüngste. »Diesmal lassen wir uns nicht abwimmeln – und wenn ich eine Fensterscheibe einschlagen muss!«

»Man müsste ihm ein Telegramm ankündigen«, sagte Pauline nachdenklich. »Eines, das so wichtig ist, dass er in jedem Fall die Tür öffnet.« Sie sah ihre beiden Freundinnen fragend an. »Habt ihr Eugenies neue Telefonnummer?«

Lucie war etwas eingefallen. »Die habe ich. Und ich habe auch eine Idee, welches Telegramm er nicht verpassen würde.« Entschlossenen Schrittes ging Lucie zum Telefon.

Als sie durchgestellt worden war, meldete sie sich freundlich und mit betont piepsiger Stimme: »Guten Tag, Herr Bethge. Hier spricht Müller, Sekretariat der GVG. Sie werden in etwa einer Stunde ein wichtiges Telegramm von Rolf Eidhalt in Ihr Haus zugestellt bekommen. Bitte halten Sie sich bereit!«

Anna sah ihre Patentochter fragend an. »Und du glaubst, dass Robert *das* an die Tür locken wird?«

»Allerdings«, gab sich Lucie überzeugt. »Er war doch Mitglied der NSDAP – bis man die Partei wegen des Putschversuchs letzten November verboten hat. Der Name Rolf Eidhalt ist ein Anagramm, zusammengesetzt aus den Buchstaben von Adolf Hitlers Namen, das hat Hinnerk Nieland herausgefunden. Dieses Anagramm wurde genutzt, als man Anfang Januar 1924 die GVG gegründet hat.«

Anna nickte. »Die Großdeutsche Volksgemeinschaft.«

»Genau, eine der Ersatzorganisationen für die verbotene NSDAP«, bekräftigte die Jüngere. »Da nur wenige Hitlers Anagramm kennen, wird Robert nach diesem Anruf davon ausgehen, dass ein wichtiges Telegramm eines Parteioberen unterwegs zu ihm ist, und die Tür öffnen.«

»Wie gerissen unsere kleine Lucie ist«, meinte Anna mit anerkennendem Lächeln.

Lucie wollte möglichst schnell nach Rothenburgsort hinausfahren. »Ich frage Willi, ob er uns bringen kann.«

»Ruft ihr mich in der Parfümerie an und sagt mir, was ihr herausgefunden habt?«, bat Anna. »Ich treffe dort gleich Hertha. Sie und Georg sind aus Berlin zurück. Sie hätten eine große Überraschung dabei, hat sie gesagt.«

»Na, das klingt ja spannend«, sagte Lucie und griff zum Telefon, um Willi anzurufen. »Bis später, Anna.«

***

Robert Bethge stand nach dem Anruf nachdenklich im Wohnzimmer, den Telefonhörer immer noch in der Hand.

»Wer war das?«, fragte Eugenie. »Ist etwas Schlimmes passiert?«

»Ich darf nicht darüber sprechen«, bellte er unwirsch. »Geheime Parteisache! Da kommt gleich ein wichtiges Telegramm, ich möchte, dass du dich ins Schlafzimmer verkrümelst und dich ruhig verhältst, bis ich dich wieder hole.«

»Aber ich muss doch noch mit dir reden«, erinnerte ihn Eugenie.

Sie wollte, sie *konnte* nicht weitermachen wie bisher. Und so groß ihre Angst vor seinem Zorn auch war, sie würde sich nicht länger von ihm erpressen lassen. Das wahre Gift war wahrscheinlich die Macht, die ihm ihre Angst gab. Angst um die Eltern, Angst vor Schlägen, Angst um ihr Leben.

»Muss das ausgerechnet jetzt sein?«, rief er.

»Ja, muss es«, erwiderte sie so ungewohnt laut, dass er kurz erschrak.

»Also?«, sagte er mit einem abfälligen Grinsen. »Du willst sprechen, dann fang an!«

»Ich werde zur Eröffnung der Parfümerie gehen«, sagte sie mit fester Stimme.

»Oh, das wirst du ganz sicher nicht«, erwiderte er und fügte mit ätzendem Tonfall hinzu: »mein Häschen.«

»Meine Freundinnen haben so viel für mich getan! Wenn du mich schon nicht mehr dort arbeiten lässt, dann möchte ich ihnen zumindest dort die gebührende Ehre erweisen.«

»Gebührende Ehre«, wiederholte er verächtlich.

»Ja, ich werde sie nicht länger beleidigen. Heute habe ich Lucie und die alte Madame Lambert auf dem Fischmarkt getroffen, und ich musste wie immer in letzter Zeit ganz abweisend zu ihnen sein. Aber das bin gar nicht ich. Als ich die beiden dann so traurig stehen sah, hat es mir fast das Herz zerrissen. Pauline ist alt. Was, wenn sie stirbt – und ich mein schroffes Verhalten nie wiedergutmachen kann? Ich wäre am liebsten mit ihnen einkaufen gegangen und hätte mit ihnen geplauscht. Ich vermisse sie.«

Wie so oft bebte Robert vor Wut. »Ich hatte also recht: Ich genüge dir nicht.«

»Doch!«, rief Eugenie verzweifelt. »Aber es muss auch andere Menschen in meinem Leben geben dürfen, Robi.«

»Warum muss ich mir diesen Schwachsinn ausgerechnet jetzt anhören?«, schnauzte er sie an. »Das machst du doch absichtlich. Weil du weißt, dass jeden Augenblick dieses wichtige Telegramm kommt. Es könnte um die Zukunft Deutschlands gehen, verdammt – und du kommst mir mit deinem Kinderkram. Verschwinde jetzt endlich ins Schlafzimmer, sonst setzt es was!«

Sie nahm all ihren Mut zusammen und sagte mit einer Stimme, deren Festigkeit sie selbst erstaunte: »Nein! Ich lasse mich nicht mehr einsperren. Und wenn du mich noch einmal schlägst, verlasse ich dich.«

»So weit waren wir doch schon mal«, rief er wütend. »Als du in der alten Wohnung die Koffer gepackt hast und mich im Stich lassen wolltest.«

»Im Stich lassen?«, wiederholte Eugenie schrill. »Du hast mich halb totgeschlagen, ich musste gehen, solange ich überhaupt noch dazu in der Lage war.«

»Ich habe gesagt, dass es mir leidtut«, rief er. »Und ich zahle seither deinen Eltern monatlich viel Geld. Wenn du mir so kommst, stelle ich die Zahlungen eben ein.«

»Dann musst du das tun«, entgegnete sie, nun wieder gefasster. »Es geht wirtschaftlich bergauf. Sie werden jetzt zurechtkommen. Oder Freunde von mir leihen ihnen etwas.«

»So ist das also«, sagte er und kniff die Augen zusammen. »Ich war gut genug, solange ich der Goldesel war. Aber die

Hochzeit ist schon verkündet, und du blamierst mich nicht vor meinen Kollegen.«

»Warum sollte mich das kümmern?«, zischte Eugenie, bei der sich ganz allmählich all die heruntergeschluckte Wut Luft machte. »Dir sind meine Freundinnen doch auch egal.«

Überraschend platzierte er einen so heftigen Kinnhaken in ihrem Gesicht, dass sie zu Boden geschleudert wurde. Ihr Kiefer schmerzte dermaßen, dass sie befürchtete, er sei gebrochen. Sie wollte zur Tür, davonrennen, doch ihre Beine versagten, und ihr war schwindelig.

Er packte sie an den Haaren und am rechten Arm, zerrte sie die Treppe hinauf. Dort bekam sie benommen mit, wie er sie an einen Stuhl fesselte und dann knebelte. Sie erinnerte sich daran, dass der Einbrecher Hauer dasselbe seinerzeit mit Lucie getan hatte. Robert war endgültig auf dem Niveau eines Verbrechers angelangt. Hatte er Angst, sie würde beim Telegrammboten um Hilfe rufen? Wusste er, dass er ihr unrecht tat?

»Jetzt nehme ich in Ruhe dieses Telegramm entgegen, Häschen, und danach wirst du entweder deine Lektion lernen – oder eben nicht.«

Das klang weniger nach Unrechtsbewusstsein als nach einer Morddrohung, aber lieber würde sie sterben, als weiter hier mit ihm zu leben, dachte sie, während der Schmerz in ihrem Kiefer sie halb bewusstlos machte. Ihre Zeit mit Robert Bethge war vorbei – so oder so. Und diese Vorstellung gab ihr endlich Frieden. Ihr Kopf sackte zur Seite.

37

Die Scheiben der Parfümerie Douglas waren von innen mit Packpapier beklebt, um die Überraschung auf das komplett neu gestaltete Innere nicht zu verderben. Dies war auch der Grund, warum Lucie und Hertha ihre Freundin Pauline Lambert bisher noch nicht hierhergebracht hatten.

Vor dem Gebäude am Neuen Wall stieg Hertha aus dem Automobil ihres Verlobten, das dieser dort soeben angehalten hatte.

Angelockt vom Motorengeräusch, trat Anna Carstens aus dem Laden auf das Trottoir hinaus.

»Hertha, Herr Mülder, schön, dass ihr wieder da seid«, grüßte sie bei herzlichen Umarmungen. »Ich bin ja sehr neugierig auf eure Überraschung.«

Und eben jene Überraschung war nun ihrerseits aus dem Fahrzeug gestiegen. Auf Französisch stellte Hertha vor: »Anna, das ist Jakob Silberstein.«

Die Parfümeriebesitzerin ergriff verwirrt die feingliedrige Hand des Pianisten. »Aber ich dachte …«

»Es war alles eine Lüge von Paulines Ex-Mann«, erklärte ihre Patentochter hastig. »Ich wollte sie nicht bei uns zu Hause mit ihrem Jakob überraschen, sondern ihr erst einmal ganz behutsam alles erklären. Nicht, dass sie noch in Ohnmacht fällt oder Schlimmeres. Und da wir jetzt ja ein kleines Gästezimmer hinten in der Parfümerie haben, würde ich Monsieur Silberstein bis heute Abend gern dort unterbringen. Geht das?«

»Selbstverständlich«, stimmte Anna sofort zu und wandte sich in dessen Muttersprache an Jakob. »Seien Sie uns herzlich willkommen, Monsieur Silberstein. Ich zeige Ihnen gern unseren kleinen Gästebereich.«

»Vielen Dank«, sagte er und erwiderte scheu ihr Lächeln. »Ich bin froh, dass Pauline so nette Freunde hat.«

»Oh, glauben Sie mir, wir lieben Madame Lambert alle sehr, Sie können in unserer Parfümerie viele von ihren alten Flakons und Bildern bewundern«, kündigte Anna an. »Und dort gibt es auch für *Sie* eine Überraschung, Monsieur Silberstein – die wird Sie beide freuen, denke ich.«

»Wunderbar«, sagte Hertha dankbar. »Dann fahren Georg und ich jetzt zu uns nach Hause und warnen Pauline vor.«

»Da werdet ihr sie aber nicht finden«, warnte Anna sie.

»Wieso?«

»Sie ist mit Lucie und Willi noch mal zu Eugenie rausgefahren. Nachdem sie uns schriftlich für die Wiedereröffnung abgesagt hat, war uns klar, dass wirklich etwas nicht stimmt bei ihr.«

Hertha war wie elektrisiert. »Komm, Georg, wir müssen da unbedingt auch hinfahren!«

***

Gegenüber dem Häuschen in Rothenburgsort, das Robert Bethge im Frühjahr erstanden hatte, stand an diesem lauen Septemberabend der kleine Lastwagen mit der Aufschrift »Wilh. Baumann, Gärtnerei«.

Besagter Gärtner saß mit Lucie Harders und der alten Parfümeurin Madame Lambert in der Fahrerkabine und fragte verständnislos: »Aber warum soll ich nicht mitkommen?«

»Weil man Frauen immer unterschätzt«, entgegnete Lucie. »Warte du hier lieber abfahrbereit. Es kann sein, dass wir Eugenie gleich mitbringen.«

Sie atmete tief durch, dann kletterte sie hinaus und reichte Pauline die Hand, um ihr beim Aussteigen behilflich zu sein.

Gemeinsam gingen die beiden Frauen in der Abenddämmerung auf das Haus zu, während Willi Baumann ihnen besorgt nachsah.

»Wenn ich gleich drinnen bin, stell dich bitte so in den Türrahmen, dass Bethge sie nicht verschließen kann«, flüsterte die alte Dame ihrer jungen Begleiterin zu, bevor sie klingelte.

Ihr gefälschter Anruf schien gefruchtet zu haben, denn diesmal wurde die Tür bereits nach kürzester Zeit aufgerissen.

Leider war es Robert, der sie überrascht anstarrte – und nicht Eugenie. Das wäre ja auch zu einfach gewesen, dachte Lucie enttäuscht.

Als der Polizist sie hinter der alten Dame erkannte, reagierte er gereizt. »Was wollen Sie denn?«

»Eigentlich möchten wir Eugenie sprechen.«

»Sie ist nicht da.«

Lucie hatte erwartet, dass er das sagen würde.

»Wie schade, na ja, wir hätten anrufen sollen. Aber der Telegrammbote hat mir etwas für Sie gegeben«, sagte Pauline in gebrochenem Deutsch.

»Und wo ist es?«, fragte er ungeduldig.

»Darf ich vielleicht kurz reinkommen? Meine Augen sind zu schlecht«, behauptete sie.

Genervt trat Robert zwei Schritte nach innen, sodass die greise Parfümeurin, die überzeugend die wunderliche Alte mit schwachen Augen spielte, im Licht des Hausflurs ihre Handtasche durchwühlen konnte.

Robert sah ihr dabei so neugierig über die Schulter, dass Lucie unbemerkt ihrerseits das Haus betreten konnte.

»Was ist denn jetzt?«, knurrte er ungeduldig.

Das waren doch die Stimmen von Lucie und Madame Lambert unten im Hausflur! Hoffnung keimte in Eugenie auf, und sie versuchte mit aller Kraft, bei Bewusstsein zu bleiben. Sie wollte schreien, doch der Knebel erstickte jeden Laut. Auch ihre Fesseln waren gnadenlos. Tränen liefen ihr über die Wangen, denn sie spürte, dass dies die letzte Gelegenheit war, Robert lebend zu entkommen.

Sie versuchte nun, den Stuhl durch ruckartige Bewegungen in Richtung Tür zu bekommen, stattdessen kippte sie jedoch um. Erneut Schmerz, erneut glitt sie in ihr hilfloses Dahindämmern.

»Was war das?«, fragte Pauline alarmiert.

Auch Lucie hielt das Poltern, das oben im Haus zu hören gewesen war, für ein Zeichen von Eugenie.

»Ein Fensterladen«, behauptete Robert wütend. »Was geht Sie das schon an? Geben Sie mir endlich mein Telegramm und hauen Sie ab!«

»Ich werde jetzt diese Treppe hinaufgehen und nach meiner Freundin sehen«, sagte Pauline und starrte ihm direkt in die Augen. »Und Sie werden als Polizist nicht Gewalt gegen eine alte Frau anwenden. Schon gar nicht unter Zeugen.«

Wider Erwarten blieb Robert tatsächlich wie erstarrt stehen, als die alte Parfümeurin in Richtung der ersten Stufe ging.

»Das ist Hausfriedensbruch, ich kann gleich den nächsten Kollegen anrufen«, drohte er.

»Das fände ich sehr sinnvoll«, sagte Pauline unbeeindruckt und begann nun, sich am Geländer festhaltend, mit unsicheren Schritten die steile Treppe hinaufzusteigen.

»Vielleicht sollte ich das erledigen, wo ist Ihr Telefon?«, rief ihre junge Freundin absichtlich laut, als der Polizist Anstalten machte, der alten Dame zu folgen. »Ah, da im Wohnzimmer.«

Wie erhofft kam Robert zu Lucie geeilt, um die Tür zum Telefon zu verschließen, was der alten Pauline einen Vorsprung verschaffte.

Mit letzter Kraft öffnete Eugenie die Augen wieder. Sie bemerkte, dass Robert sich – wohl wegen ihrer Fesseln – nicht die Mühe gemacht hatte, das Schlafzimmer abzuschließen, denn sie musste beim Umkippen die Tür aufgestoßen haben. Sie lag mit dem Unterkörper noch im Schlafzimmer, mit dem Oberkörper auf der Empore. Durch deren Geländer konnte sie sehen, dass mit mühsamen Schritten Pauline Lambert die Treppe hinaufkam. Mit Entsetzen bemerkte sie, dass Robert der alten Dame folgte, sein Gesicht eine hasserfüllte Fratze. Vergeblich versuchte Eugenie, durch den Knebel und mit Zappeln, ihre Freundin zu warnen. Schon griff ihr Verlobter heimtückisch nach Paulines Schulter.

Lucie überlegte kurz, ob sie hinausrennen und Willi rufen sollte, entschied sich dann aber, selbst zu versuchen, Robert aufzuhalten. Sie wollte gerade in Richtung Treppe rennen, da hörte sie einen erschrockenen Schrei von Pauline Lambert. Dann rollte auch schon polternd ein Körper die Treppe herunter, und schließlich erklang ein grässliches Knacksen.

***

»Das steht ein Polizeiwagen«, rief Hertha entsetzt und wurde augenblicklich von Panik erfasst.

Georg erhöhte die Geschwindigkeit seines Automobils und kam wenige Augenblicke später ebenfalls vor Robert Bethges Haus zu stehen.

Hertha sprang genau in dem Moment aus dem Fahrzeug, als kreidebleich und mit verweinten Augen Lucie aus dem Haus kam.

Sie fiel ihrer Schwester um den Hals und murmelte mit wackliger Stimme: »Es ist etwas Schreckliches passiert. Die Treppe ... der Körper war ganz verdreht ...«

Da kam Eugenie, gestützt von Willi Baumann heraus. Obwohl sie einen großen Bluterguss am Kinn hatte, wirkte sie zunächst etwas gefasster als Lucie. »Robert hat mich gefangen gehalten. Sie wollte mich retten.« Nun schluchzte doch auch sie auf. »Sogar gefesselt und geknebelt hat er mich ... Aber Pauline hat sich nicht abwimmeln lassen. Er ist ihr hinterher die Treppe hinaufgerannt, hat sie an der Schulter gepackt ...« In diesem Augenblick versagte auch ihre Stimme endgültig.

»... und da bin ich so erschrocken, dass ich herumgefahren bin«, wurde Eugenies Satz nun zu Herthas unendlicher Erleichterung von keiner Geringeren als Pauline Lambert beendet. Sie trat in diesem Augenblick am Arm von Oberwachtmeister Fedder aus dem Häuschen. »Deshalb ist Robert gestolpert und die ganze Treppe hinuntergefallen. Er war ganz leblos ...«

Fedder beruhigte die zitternde alte Dame: »Er lebt, machen Sie sich um Gottes willen keine Vorwürfe, Madame. Aber er wird Fräulein Schalt nie wieder schaden, dafür verbürge ich mich persönlich. Ich habe den Kollegen wegen seines politischen Aktionismus schon länger im Visier gehabt. Immerhin war er zur Zeit des Hitler-Putsches in München.«

Hertha sah, wie erleichtert Madame Lambert war, und legte den Arm um sie.

»Das werde ich Ihnen nie vergessen«, versprach Eugenie und streichelte die Wange der alten Parfümeurin.

Diese nickte mit einem zufriedenen Lächeln. Während Tränen des Glücks über ihr Gesicht liefen, wandte sie sich an Hertha: »Ich habe es geschafft, diesmal hat er nicht gesiegt.«

»Das hat er allerdings nicht«, bestätigte Hertha und kündigte dann behutsam an: »Wir haben eine Überraschung für Sie. Ich hoffe, das alles wird Ihnen nicht zu viel, aber ich glaube, heute können Sie ein Wunder gut brauchen. Es wartet in der Parfümerie auf Sie.«

»Aber ich sollte sie doch erst am Tag Eröffnung sehen«, gab Pauline zu bedenken. »Nicht, dass es Unglück bringt oder so?«

Hertha schüttelte freudestrahlend den Kopf. »Glauben Sie mir, meine liebe, liebe Pauline, wenn Sie heute in die Parfümerie gehen, werden Sie alles andere als unglücklich sein.«

***

Als Pauline Lambert an diesem Septemberabend des Jahres 1924 aus Georg Mülders Limousine gestiegen war, mussten Lucie und Hertha sie auf beiden Seiten stützen, so sehr zitterten die Knie der alten Dame.

»Ich freue mich lieber gar nicht«, redete sie sich mit kaum

hörbarer Stimme ein. »Es ist nur eine Verwechslung, er ist es leider nicht, er ist es leider nicht.«

Anna Carstens hatte sie wohl kommen hören, sie trat aus der renovierten Parfümerie und strahlte vor Erleichterung, dass all ihre Freunde wohlauf zurückgekehrt waren – sogar Eugenie war endlich wieder bei ihnen.

Als Pauline sich von ihren zwei jungen Freundinnen in den vorderen Verkaufsraum führen ließ, seufzte sie überwältigt auf bei dem schönen Anblick. Die Verkaufstheke und die Sockel der Säulen wiesen das Türkis der Freiheitsstatue auf, der Boden bestand aus in Schachbrettmuster angeordneten hellen und dunklen Marmorplatten. In den Regalen entdeckte Pauline gerührt auch ihre alten Flakons wieder, an den Wänden ihre Gemälde. Nur eines fehlte. Oder einer.

»Ist er gegangen?«, wisperte sie, ihre Stimme kaum mehr als ein Hauch.

Da erklang aus dem zweiten Verkaufsraum ein Klavier. Jemand spielte *Les temps des cerises.*

Pauline schluchzte auf.

»Wir haben das baugleiche Klavier gekauft wie jenes, das früher in Ihrer Parfümerie stand«, erläuterte Anna Carstens. »Der Vorschlag kam von unserer Marie. Wir hatten uns erkundigt, ob wir das eingelagerte Original hierherbringen lassen könnten, aber der Transport wäre unbezahlbar gewesen.«

»Diese Melodie«, brachte Pauline hervor.

Sie machte sich von den jungen Frauen los, die sie gestützt hatten. Sie wollte ihrer Vergangenheit aus eigener Kraft entgegentreten. Mit vorsichtigen Schritten betrat sie den zweiten Verkaufsraum.

Bei ihrem Anblick sprang der Pianist von seinem Klavierhocker auf. Ja, er war es. Er war es wirklich! Das war ihr

Jakob. Älter zwar, aber er war immer noch der schönste Mann der Welt. Und auf einmal waren vier Jahrzehnte wie weggewischt.

Pauline flog in seine Arme, und sie hielten sich unter Tränen aneinander fest. Sie flüsterte ihm ins Ohr: »Jetzt lass ich dich nie mehr los.«

Hertha wischte sich die Augen, um keine Sekunde von dem schönen Anblick zu verpassen: Diesem Paar war es gelungen, die Zeit zu besiegen. Alexandre hatte am Ende doch verloren.

EPILOG

JUNI 1925

Hertha fragte sich, ob sie in ihrem Leben schon einmal so nervös gewesen war wie an diesem Samstag, den 25. Juli 1925.

»Ganz ruhig, den Brautstrauß hast du schon völlig zerknautscht«, stellte Georg Mülder fest, der neben ihr im Fond des Wagens saß. »Es wird schon alles gut gehen, mein K-lein.«

Er streichelte ihr Knie, das nur von einer Strumpfhose bedeckt war – ihr durchaus alltagstaugliches weißes Hochzeitskleid war nämlich ungewöhnlich kurz.

»Wie schön, dass man heute knielang heiraten darf.«

»Mir gefällt deine weiße Fliege auch, W-lein«, sagte Hertha, »aber nervös bin ich trotzdem.«

»Dazu hast du auch jedes Recht, Hertha«, sagte Pauline Silberstein vom Beifahrersitz aus. »Das ist schließlich der aufregendste Tag im Leben einer Künstlerin.«

»Du musst es ja wissen, ma chère«, sagte grinsend ihr Mann Jakob, der das Fahrzeug lenkte.

»Oh, da ist Oberwachtmeister Fedder«, erkannte Hertha. »Ach Jakob, sei doch so lieb und fahr kurz rechts ran.«

Der Polizist sah zunächst misstrauisch in Richtung des

offenen Automobils, erkannte dann aber die Insassen und freute sich sehr.

»Ach Gott, heute ist ja der große Tag«, fiel ihm wieder ein. »Unterwegs zur Hochzeit, Fräulein Harders? Sind sicher mächtig aufgeregt.«

»Aufgeregt ist sie«, antwortete Georg für Hertha. »Aber nicht wegen der Hochzeit. Von der kommen wir gerade. Sie heißt jetzt Frau Mülder. Catherina Hertha Maria Johanna Harders hat vor knapp vierzig Minuten nämlich nachweislich Franz Georg Mülder geehelicht. Dafür gibt es etliche Zeugen. Deshalb war sie aber nicht nervös. Eine patente Frau wie meine Frau steckt so eine Hochzeit mit links weg.«

»Aufgeregt ist sie, weil die Feier in der Parfümerie gleichzeitig auch ihre erste eigene Ausstellungseröffnung ist«, erklärte Pauline Silberstein.

»Donnerwetter, das nenn ich mal einen Glückstag. Dann alles Gute für Sie«, wünschte der Oberwachtmeister. »Liebe Grüße auch an das Fräulein Eugenie, sie hat ja nun ihre Ruhe.«

Hertha wusste natürlich, worauf Fedder anspielte: Robert Bethge hatte wegen schwerer Körperverletzung und Freiheitsberaubung seinen Posten bei der Hamburger Polizei eingebüßt und sich nach München abgesetzt. Er wäre aber ohnehin zu einer Tätigkeit in der Amtsstube verdammt gewesen, da er seit seinem Treppensturz ein Bein nachzog. Inzwischen sah Robert alles andere als gefährlich aus. Sollte er nur für immer in München bleiben, dachte Hertha. Seine NSDAP war ja Ende Februar im dortigen Bürgerbräukeller neu gegründet worden, bei den gewaltbereiten Männern passte Eugenies einstiger Verlobter und Peiniger bestens in die Reihen. Parteichef Hitler war zwei Monate nach dessen Haftentlassung sein Wunsch erfüllt worden, auch aus der österreichischen Staatsbürgerschaft entlassen zu werden. In seiner Festungshaft hatte der Putschist ein Buch namens *Mein Kampf* geschrieben, das vor einer Woche veröffentlicht worden war. Hertha hatte nicht vor, dieses Machwerk zu lesen.

Die französischen und belgischen Truppen hatten indes begonnen, das Ruhrgebiet, Duisburg und Düsseldorf zu verlassen, die neue Währung machte sich gut, elf Jahre nach Kriegsbeginn roch es endlich nach Frieden und Wohlstand in ihrem Land.

»Wenn Sie wollen, schauen Sie doch nach Dienstschluss bei uns in der Parfümerie vorbei«, bot Hertha dem Oberwachtmeister vor ihrer Weiterfahrt an. »Ich würde mich sehr freuen. Die Feier geht bestimmt etwas länger.«

***

»Vincent van Gogh hat einmal gesagt: Ich kann nichts dafür, dass meine Bilder sich nicht verkaufen lassen. Aber es wird die Zeit kommen, da die Menschen erkennen, dass sie mehr wert sind als das Geld für die Farbe. Ich hoffe, dass einige von Ihnen heute zumindest ein wenig das Gefühl bekommen, dass dies auch auf meine Versuche zutrifft. Lassen Sie uns zusammen das Leben und die Liebe feiern!«

Als Hertha Mülder ihre Rede beendet hatte, brandete begeisterter Beifall auf. Ihre ausdrucksstarken und farbenprächtigen Bilder kamen bestens an bei den Gästen der großen Vernissage, die gleichzeitig eine kleine Hochzeitsfeier war.

Lucie entdeckte voller Freude Karl Vollmoeller mit seinen Begleiterinnen Anna May Wong und Josephine Baker. Als sie sich durch die Menge drängelte, um die Besucher aus den USA zu begrüßen, hörte sie, wie Elise Bock auf ihre einstige

Schülerin Liselotte Nagelschmidt einredete: »Sie sollten eins von den Bildern für den Behandlungsraum kaufen. Es würde da wunderbar reinpassen.«

»*Kaufen?* So eng, wie ich mit den Harders befreundet bin, bekomme ich mindestens eines *geschenkt*«, entgegnete Liselotte, der es mal wieder nicht an Selbstbewusstsein mangelte, wie Lucie amüsiert feststellte.

Erwartungsgemäß verlief das Wiedersehen mit ihren Freunden aus den USA euphorisch.

»Dir scheint es viel besser zu gehen als letztes Jahr«, stellte Anna May Wong zufrieden fest.

Lucie nickte. »Das stimmt.«

»Anjing hat erzählt, ihr schreibt euch wieder?«, hakte Anna May nach.

»Ja, von seiner Verlobung habe ich durch Hinnerk erfahren. Es hat mir zuerst natürlich einen Stich versetzt, aber dann habe ich mich für ihn gefreut. Denn das stimmt bei aller Trauer um unsere Liebe auch. Ich hatte das Bedürfnis, ihm zu schreiben und zu seinem Glück zu gratulieren, und das habe ich getan. Es war ein harmloser Brief, den er auch seiner Frau zeigen konnte. Er hat sich riesig gefreut, und seither versuchen wir es mit einer platonischen Brieffreundschaft. Wir wollten uns eben beide nicht ganz verlieren. Und gerade ist es einfach nur schön, ich gönne ihm das Leben mit seiner Pei, die hat sogar auch schon ein paar liebe Zeilen an mich geschrieben.«

»Und gibt es jemand für dich?«, fragte Josephine Baker.

»Zurzeit steht mir nicht der Sinn danach«, behauptete Lucie, »die Parfümerie läuft seit der Eröffnung besser als jemals zuvor.« Und damit das Gespräch nicht doch wieder zum Thema Männer zurückgehen würde, schob sie sogleich eine Frage nach: »Wie läuft es denn bei euch beruflich?«

»Ich trete im Herbst in Paris in der *La Revue nègre* auf«, berichtete Josephine stolz. »Die feiert am 2. Oktober im Théâtre des Champs-Élysées Premiere.«

»Paris, oh, wie schön«, schwärmte Lucie. Es war höchste Zeit, dass auch sie endlich die Stadt der Mode kennenlernte; und da die Zeichen zwischen Frankreich und Deutschland gerade auf politischer Versöhnung standen, war das ja auch möglich. »Das freut mich so für dich, Josi, ich möchte dort eine Vorstellung mit dir besuchen.«

»Um sie auf der Bühne zu sehen, musst du bald gar nicht mehr so weit fahren«, verriet Karl Vollmoeller schmunzelnd. »Wir besichtigen morgen hier die Baustelle von einem neuen Club, dem Alkazar. Da soll Josephine nächstes Jahr auftreten.«

»Wie wunderbar, ich werde allen Kunden und Freunden sagen, dass sie dich dort sehen müssen«, schlug Lucie voller Begeisterung vor. »Aber du tanzt heute Abend auch schon für uns, oder? Ich habe extra die Charleston-Platte besorgt, hier kennen sie die meisten noch gar nicht.«

Josephine nickte mit einem milden Lächeln. »Gerne, und wir beide tanzen auch wieder zusammen.«

»Diesmal mache ich auch mit«, kündigte Anna May an. »Ich habe bessere Laune als bei eurer Eröffnung letztes Jahr, versprochen.«

»Sie hat nämlich auch einen guten Lauf zurzeit«, erläuterte Karl.

»Ja, ich habe von Herrn Nieland gehört, dass du in *Peter Pan* mitgespielt hast«, fiel Lucie wieder ein.

»Ja, die Tiger-Lilly, eine Indianerfürstin. Endlich mal keine böse Asiatin«, freute sich Anna May.

»Wir fahren Montag in meine Berliner Wohnung, es stehen Verhandlungen mit der UFA an, dass der Film ab Dezember auch in Deutschland läuft«, erzählte Karl.

»Großartig«, freute sich Lucie für die Freunde. »Lauter Erfolge.«

»Na, was man so von Hinnerk hört, bist du selbst ja auch ganz schön erfolgreich«, betonte Karl.

»Ach ja, schon«, gab Lucie etwas verlegen zu.

Ja, sie hatte inzwischen als Parfümeurin von sich reden gemacht. Ihr Duft *Le rêve de Pauline,* den sie im Winter als Geschenk für die Hochzeit ihrer alten Freundin mit Jakob Silberstein kreiert hatte, war mittlerweile zum Verkaufsschlager geworden.

Zufrieden sah sie sich unter den restlichen Gästen um – alle schienen bester Laune zu sein. Eugenie, seit neun Monaten wieder Verkaufsleiterin der Parfümerie, saß lachend mit einer Tasse Nieland-Kakao bei ihren aus Danzig angereisten Eltern, die sich richtig schick gemacht hatten. Nachdem Anna Carstens ihnen im Oktober letzten Jahres einen zinslosen Kredit zur Verfügung gestellt hatte, war es für das Paar stetig bergauf gegangen. Inzwischen war das Geld auch vollständig zurückbezahlt, denn Herrn Schalts Schuhmacherwerkstatt in Danzig war nach Ende der Inflation beliebter denn je. Und mit dem Erfolg war auch seine Würde zurückgekehrt. Eugenies Vater war unendlich stolz, dass die Künstlerin des Abends heute Hochzeitsschuhe trug, die er entworfen und gefertigt hatte.

»Ich habe noch nie so schöne Schuhe angehabt«, war Herthas gerührter Kommentar bei der Anprobe gewesen.

Auch auf dem Trottoir vor der Parfümerie herrschte gute Stimmung. Henny Henckel stand in der Sonne und sah liebevoll lächelnd zu, wie Gärtner Willi Baumann mit ihrem kleinen Neffen Fußball spielte. Die beiden hatten sich gegen eine Ehe und für ein platonisches Freundschaftsverhältnis entschlossen. Henny hatte Willi sogar mit einer jüngeren

Freundin namens Riedel verkuppelt – ihr war der Altersunterschied nach langem Überlegen doch zu groß gewesen.

Ganz im Gegensatz zu Odile, der Stiefmutter der Carstens-Schwestern: Sie hatte sich mit Pauline Lamberts elf Jahre jüngerem Sohn Philippe verlobt. Deshalb war sie heute auch nicht bei Herthas Hochzeit und Vernissage zugegen gewesen. Odile war – ganz entgegen ihrem früheren Wesen – in fernen Gefilden unterwegs, gemeinsam mit Philippe befand sie sich auf Schiffsreise in Ägypten.

Auch Hegers Partner Hinnerk Nieland konnte heute nicht dabei sein. Portugal und das Deutsche Reich hatten nämlich soeben beschlossen, den eigentlich bereits 1923 geschlossenen Handelsvertrag fortzusetzen. Jetzt nach dem Überwinden der Inflation ergab das endlich wieder Sinn, und Hinnerk war in das Geburtsland seiner Mutter gereist, um einige Abschlüsse zu tätigen.

Vor der Parfümerie erblickte Lucie nun eine braun gebrannte Dame mit dunklem Bubikopf in einem eleganten, hochmodischen gelben Kleid, die an den Spielenden vorbeiging und den Verkaufsraum betrat. Lucie erstarrte, als sie die Schöne endlich erkannte.

»Marie!«, bemerkte da auch Hertha fassungslos.

Sie eilte los und war als Erste bei ihrer Patentante, um sie zu umarmen.

»Es tut mir so leid, dass ich die Hochzeit verpasst habe«, sagte Marie bedauernd. »Die ersten paar Tausend Kilometer von Griechenland liefen bestens, aber sobald die Deutsche Bahn mich in ihre Fänge bekommen hat, war es mit der Pünktlichkeit vorbei.«

»Du siehst unfassbar gut aus«, stellte Lucie fest. »Wie war die Kur auf Korfu?«

»Traumhaft«, schwärmte Marie. »Und der Termin bei den

Ärzten in Erlangen war noch erfreulicher. Es ist nicht zurückgekommen. Sie sagen, ich bin geheilt.«

Freudenschreie wurden ausgestoßen, und dann wollten auch alle anderen die Parfümeriegründerin in die Arme schließen.

Irgendwann warfen sich Marie und Anna, die erste Generation der Douglas-Schwestern, glücklich lächelnd einen Blick zu, und beide nickten in Richtung des Bildes ihrer Großmutter, das neben dem Eingang hing. Hertha wusste genau, an welches Zitat der alten Hanseatin die beiden nun dachten: »Ich bin Realist, also glaube ich an Wunder.«

Und egal, was die Zukunft für die Welt noch an Katastrophen bereithielt, der 25. Juli 1925 würde für alle Zeiten ein Tag der Freude bleiben – ein Tag im Paradies der Düfte.

ENDE

SPUREN DER VERGANGENHEIT

Die Recherchelage beim zweiten Band unserer Saga über die Parfümerie Douglas war von Anfang an wesentlich erfreulicher als beim ersten Teil. Sowohl von Hertha als auch Lucie Harders gab es Datenmaterial zu deren Privatleben, den Namen der Ehepartner und – es sei an dieser Stelle bereits verraten – auch Kinder! Ahnenforscher Daniel Riecke von der Generalagentur für Genealogie in Magdeburg, den wir infolge eines Interviews mit dem NDR-Fernsehen zum ersten Douglas-Buch kennenlernten, war uns diesmal glücklicherweise von Anfang an mit seiner besonderen Expertise behilflich. Er konnte auch mit den Lebensdaten der anderen zahlreichen realhistorischen Figuren aufwarten, die im »Paradies der Düfte« auftreten.

Auf eine besondere historische Figur wies uns nach dem Erscheinen unseres Romans *Die Douglas-Schwestern* freundlicherweise Dr. Dorit Kupka hin: Auf der Schaufensterscheibe der historischen Parfümerie Douglas wurde unter anderem für die Kosmetikprodukte von Elise Bock geworben. Dr. Kupka stellte uns ihre Dissertation *Kosmetik – Domäne der Frau? Zur Verberuflichung weiblicher Tätigkeiten* zur Verfügung, für die sie unter anderem auch die Tätigkeiten jener berühmten Kosmetikerin recherchiert hatte. Die Anekdote mit Elise Bocks Fix-Fix-Apparat, die im vorliegenden Roman erzählt wird, basiert beispielsweise auf realen Patentanmeldungen, die Frau Kupka entdeckt hat.

Als Herausforderung erwies sich zunächst die Ermittlung des Geburtsdatums und -orts von Elise Bock. Diesbezüglich waren alle Nachforschungen mit den Möglichkeiten der 2000er-Jahre in einer Sackgasse geendet. Ahnenforscher Daniel Riecke fand die Daten dann im Oktober 2021 dank Digitalisierung und seiner Erfahrung in der Genealogie binnen weniger Stunden für uns heraus: Die berühmte Kosmetikerin wurde am 23. Februar 1866 als Elise Heydecke in Gröningen im Kreis Oschersleben geboren.

1888 heiratete sie in Magdeburg den am 9. Oktober 1859 in Groß Oschersleben geborenen Realschullehrer Dr. phil. Wilhelm Heinrich Freimund Bock.

Dr. Kupka befragte am 19. September 2000 in Dittingen im Schwarzwald Rose Marie Heim-Schüler, die Elise Bock noch persönlich gekannt hat. Laut Frau Heim-Schülers Erzählungen begann Elise Heydeckes berufliches Leben im Alter von neunzehn Jahren – zunächst als Tänzerin im Kabarett. Ende der 1890er soll sie sich »durch Hilfe eines Mäzens« die Möglichkeit verschafft haben, ihre Tanzarbeit zu vernachlässigen, um sich stattdessen ganz der Kosmetik zu widmen.

So viel ist sicher: Elises Ehe wurde laut der Recherche Daniel Rieckes im »verflixten siebten Jahr« am 28. September 1895 in Hamburg geschieden.

1902 wurde ihre in Berlin Charlottenburg ansässige Firma »Frau Elise Bock G. m. b. H., Fabrik kosmetische Präparate Ausfuhr« gegründet, die sich mit der Herstellung, dem Vertrieb und der Anwendung von Kosmetika und kosmetischen Artikeln beschäftigte. Elise Bock war laut Dorit Kupka außerdem Gründungsmitglied des ersten deutschen Schönheitspflege-Verbandes. In dieser Zeit sei ihr Namenszusatz Schröder(-Bock) aufgetaucht, was auf eine zweite Eheschließung hindeutet. Hinweise auf eigene Kinder gebe es nicht.

Ahnenforscher Daniel Riecke wiederum fand heraus, dass Elise Bock 1909 die Namensrechte ihrer Firma an den Anwalt Dr. jur. Hugo Walter Gustav Nagelschmidt (*22. Juni 1879 in Berlin) veräußert haben muss.

Im Berliner Handels-Register 1930, S. 570, ist folgender Eintrag zu finden: *Frau Elise Bock GmbH, 1909, Sitz Charlottenburg, Gf Dr. jur. Walter Nagelschmidt. Kap(ital) 20 000 Rmk, Charlottenburg, Kantstr. 158, 6606.*

Der Sohn des Kaufmanns Simon Nagelschmidt und Ernestine, geborene Pulvermacher, war wohnhaft in der Sybelstraße 55, Charlottenburg.

Am 20. Juli 1912 heiratete Dr. Nagelschmidt in Berlin (Standesamt Charlottenburg 1) eine Frau, die die Zukunft der Marke Elise Bock in den folgenden Jahren prägte. Sie hieß ebenfalls Elise, nannte sich jedoch Liselotte. Elise Charlotte Marie Peter, geboren am 9. August 1887 in Belgard, Westpreußen, war laut Eintrag beim Standesamt wie ihr künftiger Gatte evangelisch, ohne Beruf und wohnhaft in der Fasanenstraße 54 in Wilmersdorf.

Die Ehe wurde, wie im Roman angedeutet, am 11. Juli 1924 durch das rechtskräftige Urteil des Landgerichts III in Berlin geschieden.

Bald darauf zog Liselotte Nagelschmidt nach Wien, wo sie weiterhin mit dem Vertrieb der Elise Bock GmbH beschäftigt war. Die *Wiener Zeitung* vom 29. Mai 1926 vermeldete: *Wien, 1. Bez., Kohlmarkt 8, Institut für Schönheitspflege Gesellschaft m. b. H., auch französisch: Institut lie beauté societè L'responsabilité limitée.*

Betriebsgegenstand: a) der Vertrieb von kosmetischen Erzeugnissen, insbesondere der der Frau Elise Bock Gesellschaft mit beschränkter Haftung in Charlottenburg, b) die Errichtung und der Betrieb von kosmetischen Instituten, c) die Beteiligung an gleichen oder ähnlichen Unternehmungen und Einrichtung solcher an anderen Orten.

Gesellschaftsvertrag vom 31. August 1926.

Höhe des Stammkapitals: 20 000 S(chilling); darauf geleistete Barzahlungen: 5000 S.

Geschäftsführer: Liselotte Nagelschmidt, Private in Wien, 1. Bez., Wallnerstraße 1a.

Vertretungsbefugt der Geschäftsführer allein.

Wie es mit Liselotte Nagelschmidt in Wien weiterging und was aus ihrem geschiedenen Mann wurde, hat Daniel Riecke ebenfalls herausbekommen. Das traurige Ende Elise Bocks wurde von der Zeitzeugin Heim-Schüler wiederum Dr. Kupka erzählt. Sie können all dies im dritten Band der Parfümeriesaga nachlesen.

Auch die Schiffe, mit denen unsere Charaktere im Roman unterwegs sind, hat es wirklich gegeben, und die Daten der Fahrten wurden ebenfalls von Herrn Riecke recherchiert.

Der Hapag-Dampfer *Hessen,* mit dem Anjing Wang und dessen Onkel Xu Li in der Geschichte in die USA auswandern, begann auch in der Realität am 16. Februar 1923 seine Jungfernfahrt nach New York. Danach verkehrte das Schiff hauptsächlich im La-Plata-Dienst, ab und zu auch nach Ostasien. Zwanzig Jahre später, am 12. Februar 1943, wurde die *Hessen* von einem sowjetischen U-Boot im Batsfjord torpediert und versenkt. 1946 hob man den Dampfer und dichtete ihn provisorisch ab, um ihn am 13. Juni mit einer Ladung Gasmunition vor Arendal erneut zu versenken.

Die Reisedaten der *Albert Ballin* sind ebenfalls historisch verbürgt. Trauriger Nachtrag zu dem Schiff: Das Reichsministerium für Volksaufklärung und Propaganda drängte die Hapag, die *Albert Ballin* im Herbst 1935 in *Hansa* umzubenennen, da Albert Ballin Jude war.

Ebenfalls realhistorisch ist die Familiengeschichte der Parfümerie Fragonard in Grasse. Eugène Fuchs ließ sich für den Namen seiner 1926 gegründeten Firma in der Tat vom gleichnamigen Hofmaler (geboren am 5. April 1732 in Grasse, gestorben am 22. August 1806 in Paris) inspirieren. Während ihres Aufenthalts an der Côte d'Azur machten Touristen seit den 1920ern oftmals einen Abstecher in die Stadt der Düfte an der »French Riviera«, um sich mit Parfüms einzudecken. Das nahm Eugène Fuchs zum Anlass, ein vollkommen neues Konzept zu entwickeln und seinen treuesten Kunden eine Besichtigung seiner Werkstätten anzubieten. Der Direktverkauf von Duftprodukten in Verbindung mit einer Werksbesichtigung erntete regen Erfolg bei den Touristen, die angereist waren, um den Charme der Riviera zu entdecken. Eine solche Besichtigung ist auch für Sie möglich, liebe Leserinnen und Leser. Das Parfümhaus Fragonard existiert nämlich noch heute und stellt seine hochwertigen Produkte in drei Werken an der Côte d'Azur her. Und man kann in Grasse weiterhin im Rahmen von lehrreichen und kostenlosen Führungen die verschiedenen Herstellungsschritte von Parfüms und Kosmetika kennenlernen. Zurzeit wird das Unternehmen Fragonard übrigens – passend zu unserem Roman – von drei weiblichen Familienmitgliedern geleitet.

Auch die Familie Scherk gab es wirklich, deren Geschichte werden wir im dritten Band fortsetzen – genau wie die von Hertha Harders und Georg Mülder.

Selbstverständlich wird auch offenbart werden, ob Lucie noch ihr privates Glück fand – und mit wem.

DANKSAGUNG

Zuallererst gilt unser Dank Ihnen, liebe Leserinnen und Leser! Ihre Begeisterung für die Douglas-Schwestern hat Band 1 in die *SPIEGEL*-Bestsellerliste gehievt, unter anderem zu Übersetzungen ins Italienische, Slowakische und Ungarische geführt. Sie haben damit die vorliegende Fortsetzung der Geschichte ermöglicht und auch einen dritten Band.

Wie bei allen unseren gemeinsamen Werken bekamen wir beide jede Menge Unterstützung: Für Eva-Maria Bast waren die größte Hilfe und Freude auch dieses Mal wieder insbesondere ihre fünf wunderbaren Kinder sowie Thomas Bast und Melanie Kunze.

Jørn Precht erhielt erneut Rückhalt von Erika Precht, Elias und Marlis Konradi, Martina Sturm, Familie Precht-Aichele sowie Andreas Bühler.

Zur Stadtgeschichte Essens hat uns Elisabeth Garbracht das wertvolle Wissen ihrer Eltern und Großeltern zur Verfügung gestellt, herzlichen Dank!

Von Dr. Dorit Kupka wurde uns nach dem Erscheinen von *Die Douglas-Schwestern* ihre Dissertation *Kosmetik – Domäne der Frau? Zur Verberuflichung weiblicher Tätigkeiten* zugesandt, und wir können ihr für diese Schatzkammer von

Wissen und historischen Anekdoten gar nicht genug danken. Was für eine Quelle der Inspiration! Von ihr gab es auch Feedback und viele schöne Anregungen zum Roman, ebenso von Jana Scheunert und Martina Resch.

Und was wären wir ohne unser Recherchegenie Daniel Riecke von der Generalagentur für Genealogie in Magdeburg? Wie immer hat er das Buch durch seine Unterstützung bei den Spuren der Biografien spannender und realistischer gemacht, oft sogar noch spät in der Nacht. Merci beaucoup!

Auch bei diesem Band freuen wir uns über Johannes Wiebels wunderbare Covergestaltung sowie die mitreißenden Hörbuchaufnahmen von unserer Sprecherin der Herzen Uta Simone und Tontechniker Left Engelmann. Sie alle erspüren den Geist unserer Bücher jedes Mal sehr genau und adaptieren diesen grandios.

Zu guter Letzt danken wir erneut von ganzem Herzen unserer Agentin Anna Mechler, den Lektorinnen Greta Frank und Kerstin von Dobschütz, der Programmleiterin im Piper Verlag, Andrea Müller, sowie von der Lizenzabteilung Sven Diedrich, ebenso dem Team von »Steinbach Sprechende Bücher« und Egmont/Saga.

Liebe Leserin, lieber Leser, wir hoffen, Sie hatten so viel Vergnügen bei der erneuten Zeitreise in das Paradies der Düfte wie wir beim Schreiben, und freuen uns auf ein Wiedersehen beziehungsweise Wiederlesen in Band 3!

Herzlichst
Eva-Maria Bast und Jørn Precht
alias Charlotte Jacobi

QUELLEN- UND LITERATURVERZEICHNIS

Alpha History: *Zitate – Hyperinflation von 1923.* Auf: alphahistory.com, o. O. 2014–2019.

URL: https://de.alphahistory.com/Weimarer-Republik/Zitate-1923-Hyperinflation/.

Bast, Eva-Maria; Precht, Jørn: CHARLOTTE JACOBI, *Die Villa am Elbstrand,* München 2018.

Bast, Eva-Maria; Precht, Jørn: CHARLOTTE JACOBI, *Sehnsucht nach der Villa am Elbstrand,* München 2019.

Bast, Eva-Maria; Precht, Jørn: CHARLOTTE JACOBI, *Die Douglas-Schwestern,* München 2020.

Bast, Eva-Maria; Precht, Jørn: CHARLOTTE JACOBI, *Die Patisserie am Münsterplatz – Schicksalsjahre,* München 2021.

Baumann, Jan-Peter: *Der Anfang.* Auf: www.janbaumanngmbh.de, Hamburg 2021.

URL: https://www.janbaumanngmbh.de/unternehmen/ueber-uns.

Berliner Feuerwehr: *1878: Brand in einer Brotfabrik.* Auf: www.berliner-feuerwehr.de, Berlin o. J.

URL: www.berliner-feuerwehr.de/ueber-uns/historie/historische-einsaetze/1878-brand-in-einer-brotfabrik/.

Berliner Feuerwehr: *1922: Brand der Sarottiwerke.* Auf: www.berliner-feuerwehr.de, Berlin o. J.

URL: https://www.berliner-feuerwehr.de/ueber-uns/historie/historische-einsaetze/1922-brand-der-sarottiwerke/.

Bibliografisches Institut: *Massage.* In: *Meyers Großes Konversations-Lexikon. Ein Nachschlagewerk des allgemeinen Wissens. Sechste ganz neu bearbeitete und vermehrte Auflage; Dreizehnter Band. Lyrik bis Mitterwurzer,* Leipzig und Wien 1906, S. 401.

Blochel-Dittrich, Iris: *Geboren 1918, zwei Minuten entfernt von der elterlichen Parfümerie am Kurfürstendamm,* Jüdisches Museum Berlin am 26. Mai 2018.

URL: https://www.jmberlin.de/blog/2018/05/geboren-1918-zwei-minuten-entfernt-von-der-elterlichen-parfuemerie-am-kurfuerstendamm/.

Busch, Christel: *Das Chinesenviertel auf Hamburg St. Pauli,* 23. November 2017. Auf: www.kultur-port.de.

URL: https://www.kultur-port.de/blog/kulturmanagement/14725-chinesenviertel-hamburg-st-pauli.html.

Daniel, John: *Bestandteile von Parfüm – Duftnote,* Görsbach o. J. Auf: www.onlinestore-john.de.

URL: https://www.onlinestore-john.de/ratgeber/bestandteile-von-parfuem-duftnoten.

Daniel, John: *Die größten Parfüm-Sünden,* Görsbach o. J. Auf: www.onlinestore-john.de.

URL: https://www.onlinestore-john.de/ratgeber/die-groessten-parfuem-suenden.

Daniel, John: *Lexikon der Duftnoten,* Görsbach o. J. Auf: www.onlinestore-john.de.

URL: https://www.onlinestore-john.de/ratgeber/lexikon-der-duftnoten.

Förster, Birte: *Friedensmacherinnen. Der Frauenfriedenskongress in Zürich 1919.* Auf: www.bpb.de. Bonn, 05. 04. 2019.

URL: www.bpb.de/apuz/288780/frauenfriedenskongress-in-zuerich-19.

Fragonard Parfümeur: *Eine Familiengeschichte*. Auf: www.usines-parfum.fragonard.com, Grasse/Paris/Eze, o. J.

URL: https://usines-parfum.fragonard.com/de/ueber-uns/eine-familiengeschichte/.

Heinrich, Christina: HESSEN *(1922–1946)*, o. O, o. J. Auf: www.schiffe-maxim.de.

URL: http://www.schiffe-maxim.de/Hessen.htm.

Gao Hodges, Graham Russell: *Anna May Wong. From Laundryman's Daughter to Hollywood Legend*, New York 2004.

Jürgens, Ludwig: *St. Pauli. Bilder aus einer fröhlichen Welt*, Hamburg 1930.

Kupka, Dorit: *Kosmetik – Domäne der Frau? Zur Verberuflichung weiblicher Tätigkeiten*, Straelen 2005.

Lambernd, Jochen: *Hellkamp: Hamburgs vergessene U-Bahnstation*, 21. 11. 2017. Auf: www.ndr.de.

URL: https://www.ndr.de/geschichte/Hellkamp-Hamburgs-vergessene-U-Bahnstation-,hellkamp100.html.

Mattern, Sabine: *Grasse: Die Stadt der Rosen*. Auf: www.fernweh.de, Köln 2005–2019.

URL: https://fernweh.de/europa/frankreich-grasse-die-stadt-der-rosen.

Meiners, Antonia: *Chronik 1922. Tag für Tag in Wort und Bild*, Dortmund 1989.

Melville, Herman: *Moby-Dick; or, The Whale. Chapter 92 – Ambergris*. Auf: www. americanliterature.com.

URL: https://americanliterature.com/author/herman-melville/book/moby-dick-or-the-whale/chapter-92-ambergris.

NDR: *Eine Hamburgerin gründete Deutschlands erstes Frauenhaus*. Auf: www.ndr.de, Hamburg, 08. 03. 2021.

URL: https://www.ndr.de/geschichte/koepfe/Lida-Gustava-Heymann-gruendete-Deutschlands-erstes-Frauenhaus,heymann116.html.

Rotermund, Bertram; Simon, Rudolf: *Das Chinesenviertel auf St. Pauli (Arbeitstitel). Exposee von Bertram Rotermund und Rudolf Simon in Zusammenarbeit mit dem St. Pauli Archiv e. V.* Auf: www.rotermundfilm.de, Hamburg 2021.

URL: www.rotermundfilm.de/wp-content/uploads/2020/02/Exposee.pdf.

Scherbel, Simon: *Moderne Schönheitspflege und Kosmetik,* Berlin und Leipzig 1917.

Schleinig, Philipp: *Dr. Mabuse, der Spieler.* Auf: kino.de, Berlin o. J.

URL: www.kino.de/film/dr.-mabuse-der-spieler-1922/.

The New York Times: *Miklos Laszlo, 69, Playwright is dead.* In: *The New York Times,* 20. April 1973.

URL: https://www.nytimes.com/1973/04/20/archives/Miklos-Laszlo-69-playwright-is-dead.html.

Tunnat, Frederik D.: *Karl Vollmoeller – Dichter und Kulturmanager: 1. Aufl. der Neubearb.* Edition Vendramin, o. O. 2019.

Vollmer, Hanna: *Chronik 1924. Tag für Tag in Wort und Bild,* Dortmund 1988.

Wagenführ, Horst: *Altchinesische Duftkultur,* Hilzingen-Binningen 2020. Auf: www.syringa-pflanzen.de.

URL: https://www.syringa-pflanzen.de/altchinesische-duftkultur.html.